Van Robert
Kerst '24
Lenny v. Prooyen

KONING VAN OS

JO NESBØ BIJ UITGEVERIJ CARGO

De roodborst
Nemesis
Dodelijk patroon
De verlosser
De sneeuwman
De vleermuisman
Headhunters
Het pantserhart
De schim
De kakkerlak
Politie
De zoon
Bloed op sneeuw
Middernachtzon
De dorst
Het mes
Koninkrijk
Rateiland
De jaloezieman
Bloedmaan
Het Nachthuis

Jo Nesbø

Koning van Os

Vertaald door Annelies de Vroom

CARGO

2024

AMSTERDAM

Cargo is een imprint van Uitgeverij De Bezige Bij, Amsterdam

Eerste druk oktober 2024
Oorspronkelijke titel *Kongen av Os*
Oorspronkelijke uitgever Aschehoug, Oslo
Omslagontwerp Buro Blikgoed
Omslagillustratie Handverk
Foto auteur Stian Broch
Vormgeving binnenwerk Peter Verwey
Druk en bindwerk Wilco, Amersfoort
ISBN 978 94 031 3237 2
NUR 305

uitgeverijcargo.nl

1

Iedereen heeft een zwak punt. Mijn vader prentte me dat in toen hij me leerde boksen. Ik was kleiner dan de meeste jongens, maar hij liet me zien dat zelfs de afschrikwekkendste tegenstander een gat in zijn verdediging heeft, een plek die niet afgedekt is, een fout die ze altijd herhalen. Hij leerde me ook dat het niet voldoende is om alleen dat punt te vinden, je dient ook een hart te hebben dat koud genoeg is om je inzicht zonder aarzelen te gebruiken.

En daar had je mijn zwakke punt. Een hart dat bloedde voor iemand zoals ik, dat elke zwakte herkende als was die van mij. Maar ik leerde en mijn hart werd kouder. Ja, je zou zelfs kunnen zeggen dat mijn hart nu ijskoud is, een dode vulkaan die acht jaar geleden zijn laatste uitbarsting had. En ook toen was het al koud. Koud genoeg in elk geval om al een moordenaar te zijn.

Dat dacht ik toen ik in Kjelsås in Oslo op het trapje stond van een villa met garage en boomgaard. Dat ik een moordenaar ben.

Het was zaterdagavond, bijna acht uur en ik had zojuist mijn duim gedrukt op de voordeurbel. Onder de bel hing een keramiektegel in de vorm van een hart en daarop stond dat hier de familie Halden woonde met daaronder een smiley.

Ik weet niet of ik dat met de moordenaar dacht omdat ik een slecht geweten had, of dat ik mezelf ervan wilde verzekeren dat ik dit kon omdat ik al ergere dingen had gedaan. Mijn hart sloeg sneller toen ik in huis voetstappen hoorde naderen. Rustig nu. Heb schijt aan alles, doe het gewoon.

De voordeur ging open.

'Goedenavond?'

De man was lang, veel langer dan mijn één meter vijfenzeventig. Slank, bijna mager. Grijs haar, jong gezicht, eenenveertig jaar, ik had het gecheckt. Achter hem in de gang zag ik twee buitenpakken voor kinderen hangen en schoenen in grote en kleine maten in een georganiseerde chaos die zo typerend is voor gezinnen met kleine kinderen. Volgens de kadastergegevens kochten ze vier jaar geleden dit huis. Ik gokte dat de vrouw des huizes deze villa wilde toen nummer twee op komst was. Dat had ik tenminste opgemaakt uit haar berichten op Instagram. Hij had liever een huis gehad iets hoger op de berg, dichter bij zijn hardloop- en skigebieden. Tijdens het googelen was zijn naam meermaals opgedoken op de deelnemerslijsten van plaatselijke skitochten en oriëntatielopen. Maar de laatste keer was een aantal jaar geleden, dus kennelijk had hij veel minder tijd om te trainen. Deels omdat twee kinderen meer dan twee keer zoveel werk zijn, maar vooral omdat het bedrijf dat hij begonnen was met zijn collega Jon Fuhr veel meer tijd – en niet minder – opslokte dan toen ze voor een baas werkten. Dat nam ik tenminste aan, maar ik vermoedde dat ik er niet ver naast zat. Het bedrijf heette GeoData en het had de opdracht gekregen om de geologische omstandigheden rond de Toddetunnel in kaart te brengen in verband met het omleggen van de rijksweg die tot nu toe door Os liep. Dat was al het geval geweest ver voordat de weg in 1931 het predicaat rijksweg had gekregen.

Ik schraapte mijn keel. 'Roy Opgard. Ik weet niet of je me nog herkent?' Ik trachtte het gezicht te trekken van boer-in-de-stad, maar betwijfelde of dat lukte, ik vreesde dat ik er nog steeds uitzag als Roy. Beetje somber, gesloten, gereserveerd. Gelukkig voor mij was dat net het type in wie de Noren vertrouwen hadden. Kennelijk menen we dat er een correlatie is tussen verlegenheid, sociale onhandigheid en eerlijkheid. Nou ja, dat vond ik zelf ook, dus dat was prima.

Bent liet een lang 'aaah' horen, een mix van 'ja' en 'ik weet het niet'.

'Ik heb je auto gerepareerd toen je in Os aan het werk was,' hielp ik hem herinneren.

Bent zwaaide met zijn hand door de lucht. 'Natuurlijk! Goed werk heb je toen geleverd!' Op zijn voorhoofd kwamen rimpels in de vorm van een v. 'Heb je het geld niet ontvangen?'

'Jazeker.' Ik probeerde te lachen. 'Sorry, ik had misschien even moeten bellen, maar zo doen we dit in ons dorp. We gaan gewoon even langs. Ik ben in Polen geweest, ben zojuist geland en aangezien ik toch in de stad was bedacht ik dat ik even iets bij je langs kon brengen wat nog in het handschoenenvakje van mijn auto lag. Hier gaat het om.'

Ik liet het hem zien. Aan Bents gezicht zag ik dat hij geen flauw idee had wat dat metalen ding was.

'Ik ontdekte het toen je je auto al lang had opgehaald. Ik ben gewoon vergeten het terug te zetten. De auto doet het prima zonder, maar veel beter met. Waar is je auto?'

'Mijn auto? Nu? Ik kan het er wel zelf in zetten, hoor. Wat is het eigenlijk?'

'Hoe ben je van plan dat te doen?'

Bent keek me aan. Hij lachte en schudde zijn hoofd. 'Geen idee.'

'Je hebt me betaald voor werk dat ik deze keer niet goed afgeleverd heb. Het kost me maar vijf minuten. Waar...'

'In de garage,' zei Bent, hij schopte zijn pantoffels uit, pakte de sleutels van de Audi van een haakje en begon een paar joggingschoenen aan te trekken. 'Camilla! Ik ga even naar de garage!'

Van ergens in huis kwam er antwoord. 'Sigurd moet nu naar bed.'

'Begin maar alvast, ik zal hem voorlezen!'

'Heb jij kinderen?' vroeg Bent boven het knarsende geluid van het grindpad uit dat naar de grote, witgeverfde garage liep.

Ik was niet voorbereid op die vraag en schudde slechts mijn hoofd terwijl ik er niet aan probeerde te denken dat ze nu zeven jaar zou zijn geweest. Niet dat ik wist dat het een meisje was, maar ik was daar meer en meer van overtuigd geraakt. Ik slikte de brok in mijn keel weg. Het werd elk jaar minder, maar weigerde waarschijnlijk helemaal te verdwijnen.

'Dus jij runt een autowerkplaats op Os?' vroeg hij op onderhoudende toon. 'Of is het ín Os?'

'Mag allebei. Nee, de werkplaats is al lang geleden gesloten, maar ik ben erkend automonteur. Af en toe repareer ik voor mijn plezier nog een auto. Ik run het tankstation ernaast.'

We stonden voor de garage en Bent hield de autosleutels omhoog. De garagedeur ging automatisch open. Ik zag dat het om een erg prijzig type deur ging. Bent Halden zou nu een andere keuze maken.

'Ja, nu herinner ik me dat de man die jou aanraadde dat zei. Jij bent de broer van...'

'Carl Opgard,' zei ik.

'Ja.' Bent lachte terwijl we naar binnen stapten. 'De koning van Os.'

Ik merkte dat hij direct doorhad hoe laatdunkend dat klonk. Alsof Os een lullig dorpje was waar Carl rondstapt als een belachelijke koning. Koning op de mestvaalt.

'Ik wilde niet... hij bezit toch het meeste in jullie dorp?'

'Hij bezit het meeste van Os Spa. Doe jij het portier open?'

'Nou ja, dan ben je toch de koning van Os?'

Ik ging achter het stuur zitten en Bent plofte naast me op de bijrijdersstoel. Ik pakte een schroevendraaier uit mijn zak, trok het paneel onder het stuur eruit en begon een schroef los te draaien. Bent volgde me met geveinsde interesse.

'Hoe staat het ervoor?' vroeg ik terwijl ik de bedrading opzijduwde. 'Ik las in het voorlopige rapport dat jullie van mening zijn dat de berg bij Todde oké is.'

'Klopt.'

'Juist. Hoe zeker zijn jullie daarvan?'

'Tamelijk zeker.'

'Is dat mogelijk met een berg die jullie niet vanbinnen kunnen bekijken?'

'Ja, maar er is natuurlijk altijd een onzekere factor wat het interpreteren van de seismische gegevens betreft.'

'En jullie – of misschien beter jij – interpreteren en trekken een conclusie, toch?'

'Ja, zo kun je dat stellen. Wel samen met mijn partner overigens.'

'Jon Fuhr.'

'Jon, ja. Wij zijn geologen.'

'Jij bezit zestig procent van het bedrijf en hij veertig, dus wat gebeurt er als jullie het niet met elkaar eens zijn?'

'Jezus, je weet veel over ons. Hoe...'

'O, dat is slechts een kwestie van opvragen van bedrijfsgegevens bij de Kamer van Koophandel ín Brønnøysund. Weet je, ik wilde onlangs de gegevens opvragen van een Amerikaans bedrijf dat achtbanen maakt. Maar dat was verdomme niet makkelijk. Toen merkte ik hoe vanzelfsprekend we hier in Noorwegen de transparantie vinden. We zijn een natie met zoveel vertrouwen dat een Amerikaan waarschijnlijk zal zeggen dat we naïef zijn. Maar het is juist het feit dat we alles kunnen zien dat maakt dat we elkaar vertrouwen. Net als in een dorp. In Os weten we alles van iedereen. Bijna alles. Het is niet zo dat we elkaar allemaal mogen, maar we nemen aan dat de mensen de waarheid spreken. Net zoals het ministerie van Verkeer erop vertrouwt dat jouw en Jons conclusie deugt.'

'We hebben een goede reputatie, ja.'

'Maar financieel staan jullie er niet zo goed voor.' Ik keek op en glimlachte verontschuldigend. 'Volgens Brønnøysund tenminste.'

Bent glimlachte wat afgemeten terug. 'De zaken lagen stil tijdens de pandemie. Wat wil je eigenlijk weten?'

Ik concentreerde me weer op mijn werk. 'Ik vraag me af hoe zeker jij ervan bent dat er een tunnel geboord kan worden met het budget dat beschikbaar is voor het omleggen van de rijksweg. Op een schaal van één tot tien bijvoorbeeld.'

'Tja,' zei Bent. 'Acht misschien. Negen als we zeggen dat het niet dubbel zoveel gaat kosten.'

'Waarom niet tien?'

Hij antwoordde niet, keek me slechts aan.

Ik stak mijn schroevendraaier omhoog. 'Hoeveel is er nodig om jouw mening te veranderen?'

'Wat wil je... Roy, was het toch?'

Ik lachte. 'Het spijt me, Bent. Mijn vraag komt uit een wetenschappelijk onderzoek naar overtuigingstechniek. Het is de kunst vragen te stellen die de ander ervan overtuigt dat jij gelijk hebt. Het komt uit een boek dat ik van mijn broer heb gekregen. Hij maakt daar gebruik van.'

'Overtuigen?'

'Ja. Verkopen van projecten en zo. Hij is daar goed in.'

'Dus jij bent hier om me... iets te verkopen?'

'Ja, zo kun je dat wel zeggen. Maar vergeet die techniek.'

'O?'

'Ja, ik haal je liever op de oude manier over. Ik geef jou en je partner twaalf miljoen kronen als er in het rapport voor het ministerie komt te staan dat de tunnel niet geboord kan worden.'

Het werd stil.

'Probeer je me om te kopen?' vroeg Brent.

Ik knikte. 'Ja, dat klinkt niet mooi, maar dat is wel de juiste term.'

Brent grinnikte argwanend. 'Waarom denk je in hemelsnaam dat dat lukt?'

'Ten eerste gebruik je de tegenwoordige tijd.'

'Hè?'

'Als je meende dat het uitgesloten was, dan zou je hebben gezegd: waarom denk je in hemelsnaam dat dat zóu lukken? Zo staat dat in dat boek, dat onze woordkeuze aangeeft wat we denken, vaak nog voordat we zelf weten dat we dat denken.'

Bent snoof. 'En ten tweede?'

'Hè?'

'Je zei ten eerste.'

'O ja.' Ik deed het handschoenenvakje open, haalde er de autopapieren uit en hield ze omhoog. 'Ik heb die bekeken toen ik de auto repareerde. Er staat dat je niet de eigenaar bent van de auto. Ik begrijp dat die geleased wordt door het bedrijf. Leasen is voordeliger, toch?'

'En wat dan nog?'

'Ik ontdekte dat er nog drie openstaande boetes zijn waarvan de betalingstermijn is verstreken. Dat vertelt me één ding: dat jij en jouw bedrijf een cashflowprobleem hebben, Bent.'

'Om die reden denk je dat je me kunt omkopen? Luister, Roy. Ik laat het bedrijf liever failliet gaan dan dat ik iets illegaals doe.'

Hij had zijn stem verheven, maar ik betwijfelde of hij werkelijk zo moreel verontwaardigd was als hij deed voorkomen. Ik wiegde mijn hoofd heen en weer alsof ik de zaak overdacht. 'Tja, hoe illegaal is het eigenlijk? Niemand weet precies wat er in de berg zit. Mogelijk water. Los gesteente. Acht op de tien, dat wil zeggen twintig procent kans dat het voorlopige rapport fout is. Tamelijk veel, vind je niet? Het is slechts een kwestie van het vanuit een andere hoek te bekijken, te kijken of de data niet op een andere manier geïnterpreteerd kunnen worden. *Right*?'

Bent antwoordde niet.

'Jazeker, je kunt je bedrijf failliet laten gaan, maar niet jouw gezin.' Ik knikte naar de villa.

Ik zag aan het trillen van de ene oogspier dat ik beet had. Zijn zwakke punt. De familie. Dat was ook mijn zwakke punt. Maar ik duwde wat als medelijden omhoog kwam borrelen weg. Ik hield het hart koud.

'Ik heb het in het kadaster gecheckt,' zei ik. 'Je hebt een maximale hypotheek. Net als jouw partner. Jullie moesten kennelijk extra geld vrijmaken toen jullie met het bedrijf begonnen.'

Bent bewoog zijn hoofd niet, maar ik had het idee dat hij knikte met zijn blik.

'En toen kwam de pandemie.' Ik zuchtte. 'Oké, het voordeel voor jou is dat het niet zo moeilijk kan zijn Jon over te halen mee te doen.'

Bents ogen werden groter. 'Je bent gek. Jon is...'

'...eerder veroordeeld voor verduistering,' onderbrak ik hem. 'En geweldpleging.'

Bents mond zakte open en bevroor in die stand.

'Vonnissen zijn ook openbaar,' legde ik uit. 'Heeft hij je dat niet verteld? Het ging weliswaar niet om een al te grote som geld. Hij werkte als student in een bar, maar hij werd veroordeeld tot een half-jaar voorwaardelijk. Dus hij heeft het in zich. Om die reden ben ik naar jou toe gegaan, Bent. Jij mag het met hem bespreken. Zal niet zo moeilijk zijn.'

Bent slikte. Hij boog zijn hoofd en keek naar zijn voeten. Hij zag er verslagen uit, zou ik zeggen. Maar ik herinnerde me wat vader altijd vertelde aan Carl en mij over hoe er in Amerika wilde paarden werden gevangen. Het gevaarlijkste moment was als het paard de indruk wekte op te willen geven en helemaal stilstond. Dan moest je opletten, want dan kwam er gegarandeerd nog een trap.

'Ik kan het bedrijf failliet laten gaan en overal als geoloog aan de slag komen,' zei Bent plotseling met een scherpe stem. 'Met een beter salaris dan wat ik nu verdien.'

Hij had gelijk, dat wist ik. Maar ik wist ook dat het hem niet ging om het salaris. Het ging hem erom zelf iets op poten te zetten, zijn eigen baas zijn. Toen hij zei dat ik de autowerkplaats runde, had ik bijna gezegd dat ik de eigenaar was, maar ik had dat niet gedaan. Ik had zelf gezegd dat ik het tankstation runde, niet dat ik het bezat. Want het klonk zo overdreven en opschepperig. Ik herinner me dat Mari, de jeugdliefde van Carl, me vroeg hoe het kon dat we zo verschillend waren, waarom ik niet opschepte zoals hij deed. Ik had geantwoord dat het kwam doordat ik tevreden was met mezelf. Wat uiteraard een leugen was. Want ik was niet tevreden met mezelf, nooit geweest. In mezelf, in mijn hoofd, ben ik een verrekte pachter en boer. Een woordblinde, sociaal hardhorende eenling die zichzelf heeft opgeleid in een klein bergdorpje. Met een broer die alles had wat ik niet had. Goed op school, populair bij de meisjes, populair bij iedereen eigenlijk. Carl had nooit dat verkoopboek nodig om te begrijpen op welke knoppen hij moest drukken. Hij wás het boek.

'Vertrouwen is goed,' zei ik en ik duwde het paneel onder het stuur weer op zijn plaats. 'Dat is het beste wat we hebben in Noorwegen en meer waard dan olie. Jazeker, de overheid zal vertrouwen hebben in jouw rapport. Net zoals ze vertrouwden op het weerrapport dat het aantal dagen vermeldde dat het mistig was in Hurum. Op basis van dat rapport werd besloten dat Gardermoen het belangrijkste vliegveld moest worden. Herinner je je dat nog? Dat was in 1994. Veel zakenlieden hadden er belang bij dat het Gardermoen werd. Toen begon ingenieur Wiborg te protesteren, hij meende dat de metingen fout waren. Maar twee dagen voor hij zijn eigen metingen in het Storting kon presenteren, stierf hij. Zelfmoord, werd er gezegd. Hoewel niemand kon uitleggen hoe hij in zijn eentje en naakt op de derde verdieping van zijn hotelkamer door de ruit van thermopane glas kon vallen.'

Bent knipperde met zijn ogen. Ik had met hem te doen, natuurlijk had ik dat. Zoals ik ook af en toe te doen had met de kerels die op de vuist gingen tijdens een dansavond in Årtun omdat Carl flirtte met hun meisje. Ze waren jaloers en dat was niet zo vreemd. Meestal kwamen ze uit een ander dorp en wisten ze niet dat Carl een grote broer had – die weliswaar kleiner was dan hij –, die de belagers van Carl wel in elkaar zou slaan. Ik beleefde er toen geen plezier aan en ik beleef er nu geen plezier aan. Het was gewoon iets wat moest gebeuren. Voor je familie.

Bent liet lucht ontsnappen uit zijn longen, hij staarde door de voorruit naar de garagedeur. Ja, hij was ingesloten, dat zag hij wel in. Er was geen sprake van dat hij geweld zou gebruiken en de verwijzing naar de affaire-Wiborg had hij alleen gebruikt om hem een extra argument te geven dat hij vanavond mee kon nemen in zijn overwegingen. Hij kon bij zichzelf zeggen dat het niet ging om hebzucht, nee, het ging om zijn welzijn. Was hij zover? Zat mijn werk erop? Ik hoopte dat echt. Ik wilde namelijk niet mijn laatste troef spelen: nonchalant de namen van zijn vrouw en twee kinderen noemen en vertellen naar welke crèche en school ze gingen.

Het was bovendien altijd moeilijk te voorspellen wat er gebeurde als je de familie erbij betrok. Ik hield het metalen ding in de lucht. 'Oeps,' zei ik. 'Ben ik weer vergeten dit ding erin te zetten.'

2

Kan iedereen een moordenaar worden? Of hebben sommigen – ja, de meesten van ons – een mentale of morele beveiliging die hen verhindert iemand van het leven te beroven? Ik heb het niet over doden uit noodweer of waanzin, maar of je een goede, gewone man, Bent Halden bijvoorbeeld, zover kunt krijgen dat hij een medemens in koelen bloede doodt zonder een ander motief dan dat hij zelf een iets beter en makkelijker leven krijgt?

Over dergelijke zaken dacht ik na terwijl mijn Volvo v60 en ik door het donker reden.

Zoals altijd ging het rijden van Oslo naar Os 's avonds laat sneller. Het was kort na middernacht toen ik op een parkeerplaats langs de weg stopte. Overdag kon je vanaf dat punt zowel het gemeentebord als het deel van het dorp zien dat aan het Budalsvann lag. Kort samengevat wonen er in het centrum van Os ongeveer duizend mensen en in de hele gemeente drieduizend. Het dorp ligt zeshonderd meter boven zeeniveau, de zomers zijn er kort, maar warm en droog terwijl de winters streng en intens zijn. Het centrum en de meeste boerderijen, we hebben het over het boerenland, liggen beschut in het dal terwijl andere boerderijen – zoals Opgard – hoger tegen de berg liggen en veel weidegrond hebben, maar weinig akkers. Het cliché luidt dat we een taai en weinig spraakzaam volk zijn dat geleerd heeft te overleven onder barre omstandigheden en dat is verdomme niet eens zo ver bezijden de waarheid. Dit dorp balanceert tussen een verbeten, warm saamhorigheidsgevoel en een claustrofobische roddelcultuur en afgunst.

De belangrijkste bron van inkomsten is het toerisme, voornamelijk de verkoop en verhuur van zomerhuisjes, en het overnachten in Os Spa en op de camping waar ook hutten staan. Voordat Os Spa werd gebouwd, waarmee Carl koning van Os werd, was het Willum Willumsen die regeerde met Willumsen tweedehandsauto's en -campinghutten. Alhoewel, regeren deed burgemeester Aas die al zijn leven lang in de Arbeiderparti zat tot hij zelf besloot te stoppen. Maar hij was nog altijd de grijze eminentie naar wie de nieuwe burgemeester zijn oren moest laten hangen.

De maan stond bleek boven de Ottertind en er was een heldere sterrenhemel te zien. Ik weet niet veel van sterren, ze zijn met te veel en staan te ver van me weg, maar als er iemand naast me in de auto had gezeten, dan had ik wel het een en ander kunnen vertellen over Os. Ik kon vertellen wie in welk huis woonde afgaande op de lichten onder ons.

Even schoot het beeld door mijn hoofd: ik zag voor me hoe ze naast me zat en hoe het meisje op de achterbank ons gesprek volgde. En ik vertelde dat daar, meisjes, waar de meeste lampen brandden, de markt is, en het licht hoog tegen de berg is het grote huis dat oom Carl bezig is te bouwen.

Ik herpakte me en keerde terug naar de realiteit.

Ik was drie dagen weg geweest en na twee dagen had ik heimwee gekregen. Ik weet niet waarom. Ik was alles wat ik in dit dorp had kwijtgeraakt. Maar ik had er ook alles wat ik had gekregen. Ik haatte deze plek, maar ik hield er ook van. Wat kon je uiteindelijk nog meer verlangen van je geboorteplaats?

Ik startte de Volvo en reed de rijksweg weer op. Ik kwam in de bebouwde kom, reed langs mijn werkplaats en het tankstation, langs het huis van Smitt waarvan de ruiten vuil waren van het stof van de weg en waar een groot bord hing dat reclame maakte voor de kapper en het solarium. De indruk werd gewekt dat dit gelijktijdig kon gebeuren.

Honderd meter verderop stond het gebedshuis. De witte verf bladderde van de muren, maar dat was niet altijd het geval geweest. Al sinds mijn jeugd werden daar opwekkingsbijeenkomsten gehouden die met onregelmatige tussenpauzes het dorp in hun ban hielden. Voor een korte periode was er sprake van spirituele vervoering en kreeg het gebedshuis een nieuw verfje. Dan doofde alles weer en kreeg de duivel de overhand en bleef het gebedshuis leeg en donker achter, en het spreken in tongen en de getuigenissen echoden tussen de muren. Er was iets beangstigends aan het gebedshuis en de glimlachende, rondtrekkende predikanten die steeds weer opdoken en hier een paar maanden woonden. Het leek of er zaken gebeurden in het gebouw met een kruis op het dak waar niemand over waagde te spreken. Naast al die heerlijke, schandalige zaken waarover wél werd geroddeld, maar die ogenschijnlijk nooit waren gebeurd.

Ik reed langzaam door het centrum – als je het kleine marktplein zo wilde noemen –, draaide het raam naar beneden en keek naar Fritt Fall, de enige plaats waar je op zaterdagavond in Os uit kon gaan. Ik herkende Eriks sierlijke handschrift op het reclamebord: DJ ERIK. HAPPY HOUR EVERY HOUR.

De bastonen waren buiten goed te horen, het was er vast druk. Toen ik Fritt Fall voor een appel en een ei van Erik Nerell kocht was dat niet omdat ik dacht dat er goed geld te verdienen viel in het uitgaansleven van Os, maar omdat ik het wilde hebben. Op een dag – als alles ging zoals gepland – zou het veel meer waard zijn dan waarvoor Erik Nerell het gedwongen was te verkopen. Het was zijn eigen schuld, hij had het gewoon niet goed uitgebaat. Onderdeel van de onderhandelingen was geweest dat Erik er had mogen blijven werken, maar ik stelde Julie daar aan als de nieuwe chef. Zij had bewezen dat ze het tankstation prima kon runnen als ik weg was. Ze had de biljarttafel eruit gegooid en een pizzaoven en espressomachine gekocht en het aantal biermerken uitgebreid met twintig soorten uit de hele wereld. Fritt Fall was open van tien tot tien en op vrijdag en zaterdag tot één uur. Het werkte, het was geen goudmijn, maar Os leefde na vijf uur en je moest het synergie-effect ervan niet onderschatten.

In het westen en nu precies onder de bleke maan zag ik de omtrekken van het huis waarheen Carl zou verhuizen als het over een halfjaar klaar was. De mensen noemden het de *Kongsgård* en het leek inderdaad op een statig huis zoals het boven alles uit troonde. Net zoals in het nummer 'Mansion on the Hill' van Bruce Springsteen.

Ik sloeg rechts af, reed langs Nergard. Ik merkte op – zoals dorpelingen dat doen – dat de auto van Grete Smitt op het erf van Simons stond. Daarna begon de smalle weg naar de top. Ik schakelde terug voor de Japansving. En daarna voor de Geitesving. Ik reed over het erf en parkeerde tussen de schuur en het kleine woonhuis, naast de BMW van Carl.

Opgard. Thuis.

Carl was nog op. Hij had zich niet omgekleed en zat met een biertje in de schommelstoel van vader. Het was vaders idee geweest om het armzalige huis dat hij op de berg bouwde een Amerikaanse *porch* te geven. En moeders idee dat er glas rondom moest komen en om die de wintertuin te noemen. Dat zegt wel iets over waar ze vandaan kwamen. Zij had als dienstmeid en huishoudster gewerkt bij een rederijfamilie in de stad en ze hield ervan Engelse en deftige termen te gebruiken. Zo noemde ze de naar mest ruikende gang de *hall*. Vader was opgegroeid op het platteland van Minnesota met een Cadillac, een methodistenkerk en de *pursuit of happiness*. Hij had Carl en mij een tweede naam gegeven zodat hij twee Republikeinen kon vernoemen. Ik heette Calvin naar president Calvin Coolidge en Carl Abel naar Abel Parker Upshur, de man die de annexering van Texas voor elkaar had gekregen.

Vanuit de wintertuin had je uitzicht over het hele dorp. Os Spa konden we niet zien want dat stond in het westen achter een bergtop, maar het lag op slechts een kwartier lopen over ons terrein. Net zo snel als naar het dorp rijden en dan de geasfalteerde weg nemen naar het hotel. Ik had Carl gevraagd waarom hij erop stond met de auto te gaan, want als hij de benenwagen gebruikte, raakte hij misschien een paar van de kilo's kwijt die er elk jaar bij leken te komen. Ik werd juist met het jaar magerder. Maar hij meende dat een hoteldirecteur met een zekere waardigheid op het werk moest verschijnen en dat die extra kilo's hem meer aanzien gaven.

Ik ging naast Carl zitten, haalde het blikje met Berry-snus tevoorschijn en stopte een zakje achter mijn onderlip. Vader had me geleerd dat je het niet, zoals ze hier deden, achter je bovenlip moest stoppen en dat het Berry moest zijn. Niet die rotzooi die ze hier in Scandinavië verkochten.

'En?' zei Carl.

'We zullen zien,' zei ik en ik pakte het laatste ongeopende flesje bier van de vensterbank, trok mijn zakmes uit het foedraal en wipte de kroonkruk eraf. Het bier smaakte goed. Eén flesje bier smaakt altijd goed. Het was de dorst naar meer die mij onderscheidde van Carl en vader. Ik was die nuchtere kerel die de *designated driver* was geweest voor Carl vanaf het moment dat ik oud genoeg was om te mogen autorijden, wat in Os al ver voordat je je rijbewijs mocht halen was. Vanaf mijn zestiende had ik Carl en Mari naar de dansavonden in Årtun gereden, op ze gewacht, cola gedronken, gevochten en ze weer naar huis gebracht. De relatie met Mari was voorbij nadat Grete Smitt – de beste vriendin van Mari – had rondgebazuind dat zij met Carl had geneukt. Carl was naar Amerika vertrokken om te studeren en vijftien jaar later was hij teruggekeerd met een vrouw en plannen om Os Spa te bouwen. Dat was nu meer dan acht jaar geleden, zijn vrouw was er niet meer, maar het hotel stond er. Een vijf sterren goudmijn van een berghotel, de trots van het dorp en de enige *claim to fame.*

'Maar wat denk je?' vroeg Carl terwijl hij een boer trachtte te onderdrukken.

Ik haalde mijn schouders op. 'Negentig miljoen kronen voor een achtbaan is veel.'

'Ik bedoel de geoloog. Gaat hij het aanbod accepteren?'

'Weet ik niet. Ik heb hem bedenktijd gegeven.'

'O? Dat betekent dat hij twijfelt?'

'Dat betekent dat hij gelukkig morele bezwaren heeft.'

'Gelukkig?'

'Ja.' Ik nam een slok uit mijn flesje. 'Hij heeft nu last van zijn geweten, dat komt niet pas later.'

'En dat is goed voor ons?'

'Dat betekent dat als hij instemt we niet het risico lopen dat hij later spijt gaat krijgen en terugkomt op zijn besluit. Als hij een geweten heeft, zal hij geen ja zeggen om ons een loer te draaien.'

'Af en toe zou je denken dat jij de slimste van ons tweeën bent,' zei Carl, hij zette zijn flesje tegen zijn lippen en dronk het leeg.

Het was een grapje, maar niet minder waar. Er waren niet veel mensen die meenden dat ik slimmer was dan Carl.

'Er is een reactie gekomen op ons verzoek een vangrail te plaatsen,' zei hij terwijl hij opstond. 'Nog een biertje?'

Ik tilde mijn flesje op om te laten zien dat ik nog had. Hij verdween en ik hoorde dat in de keuken de koelkastdeur open- en weer dichtging.

Dit was typerende Carl-dramaturgie. Hij laste met opzet een pauze in zodat verwachtingen zich konden opbouwen. Dat werkte goed als hij een nieuw project wilde verkopen, maar ik was er zo aan gewend dat ik niet overliep van spanning noch ongeduldig of geïrriteerd werd. Ik hoorde dat hij het flesje opende en mijn blik ging naar de Geitesving die baadde in het maanlicht. De grens waar de openbare weg ophield en overging in een privéweg was al jaren onderwerp van discussies met het ministerie van Verkeer geweest. Wij meenden dat het de taak was van het ministerie om een vangrail te plaatsen in een bocht waar de berg honderd meter loodrecht naar beneden ging en eindigde in Huken, een smal ravijn dat niet graag teruggaf wat erin viel. Geiten noch mensen. Als er auto's in terechtkwamen dan gaf Huken ze zeker niet terug.

Ik was bijna achttien en Carl nog geen zeventien toen vader en moeder verongelukten. We zagen ze in vaders zwarte Cadillac De-

Ville naar de bocht rijden en over de rand verdwijnen. Als daar een vangrail had gestaan, was dat niet gebeurd. Daar was het ministerie het ook mee eens. Maar pas toen er nog eens twee auto's over de rand waren gegaan had het ministerie van Verkeer het boetekleed aangetrokken en de verantwoordelijkheid op zich genomen.

Carl kwam terug en ging weer zitten.

'Ze beginnen na het weekend.'

'Jezus,' zei ik. 'Dat is goed nieuws. Hoe heb je dat voor elkaar gekregen?'

'Ik ben Carl,' zei hij serieus. 'Ze vragen zich alleen af welke kleur vangrail we willen.'

Ik lachte. We proostten.

'Het niet zo goede nieuws is dat ze eerst de auto's uit het ravijn willen halen.'

Ik wilde net weer een slok nemen. 'Meen je dat nou?'

'Ja, ze gaan het doen met twee kraanwagens en een oplegger met een katrol, zeggen ze. Ik begrijp dat met die katrol niet, maar jij waarschijnlijk wel.'

Ik knikte. Hoewel ik als automonteur alleen de theorie had geleerd, wist ik wel het een en ander van de natuurkundige wet van behoud van arbeid.

Carl had verstand van bedrijfskunde. Nadat Mari en hij uit elkaar waren gegaan, had burgemeester Aas ervoor gezorgd dat hij een studiebeurs kreeg van een vereniging van geëmigreerde Noren in Minnesota. Ik hoorde alleen van hem als hij geld nodig had en ik zag hem vijftien jaar niet. Maar nadat hij acht jaar geleden terugkeerde, was er bijna geen dag voorbijgegaan dat ik hem niet zag.

De mensen vonden het wellicht vreemd dat wij – twee volwassen broers – ervoor kozen op een boerderij te wonen. Oude geruchten doken weer op en die gingen vooral over mij. Als je de dertig bent gepasseerd en je hebt nog geen gezin gesticht, dan begint men in een dorp als Os argwanend te worden.

Er ging een gerucht dat ik mijn kleine broertje had misbruikt toen we tieners waren. Ja, zelfs dat we minnaars waren. Dat gerucht verdween niet toen Carl een relatie had met Mari. De geruchten verstomden wel wat toen ik als zeventienjarige een verhouding kreeg met de vrouw van Willum Willumsen. Toen werd er niet meer gefluisterd dat ik op de boerderij de keuze had uit twaalf geiten. Er werd gezegd dat ik niet door en door pervers kon zijn als ik het deed met de koningin van Os, Rita Willumsen. En Carl was een te grote rokkenjager om homo te zijn en hij had zelfs een vrouw meegenomen toen hij terugkeerde uit Amerika.

Mensen geloven zo veel en weten zo weinig. Wij vonden dat prima. Laat ik het zo formuleren: het was beter dat ze het ergste dachten over Opgard, want dat was hoe dan ook niet erger dan de waarheid.

'Relax,' zei Carl. 'Ze zullen brokstukken omhooghalen die rijp zijn voor de sloop.'

'Is dat zo?' zei ik. 'Jij zei anders dat het niet zulk goed nieuws was.'

'Ik vermoedde dat jij het geen goed nieuws zou vinden. Ik vind het prima dat we die autowrakken kwijt zijn. Dan hangen die niet als het zwaard van Sisofus boven ons.'

'Sisyphus,' zei ik. 'Dat is die man met de steen. De man met het zwaard heet Damocles.'

Carl lachte. 'Het was zo gek toen ik terugkeerde uit Amerika dat jij ineens dergelijke dingen wist. Alsof je stiekem naar school was geweest.'

'Niemand wist van die school,' zei ik zacht, ondertussen het etiket op het bierflesje bestuderend.

Carl gromde. 'Dat is waar, maar Rita Willumsen kan je dat niet allemaal hebben geleerd.'

'Ze heeft wel iets in gang gezet. Ik weet niet zoveel van dat soort zaken, jullie boerenkinkels zijn zo verrekte makkelijk te imponeren.'

'Imponeren? We hebben schijt aan dergelijke kennis, snap je dat niet?'

We lachten. Carl was nu in de goede zone. Als hij zo was, dacht ik dat het eenzaam zou worden als hij naar zijn herenhuis verhuisde.

Maar ik wist ook dat het na een paar biertjes ineens kon omslaan. Dan kwam hij in vaders zone. De donkere, zwijgende, slechte zone, die voornamelijk mijn domein was. Maar waar Carl – van wie iedereen dacht dat hij charmant, zorgeloos en spontaan was – steeds vaker op bezoek kwam.

'Verdomme, die Rita was goed,' zei Carl en hij staarde dromerig uit het raam.

'Dat is ze nog steeds,' zei ik en ik nam weer een slok.

'O ja? Ben je verder met haar gekomen?'

Ik grinnikte. 'Kurt Olsen en zij hebben zich vorige week verloofd dus ik neem aan dat je het over het kampeerterrein hebt.'

'Uiteraard.'

'De bal ligt nog steeds bij haar en ik heb er nog niets over gehoord.'

'Ze zal geen beter bod krijgen. Maar als GeoData met een rapport komt waarin staat dat de Toddetunnel niet gebouwd kan worden, dan zal de prijs omhoogschieten.'

Ik knikte. De prijzen van het onroerend goed in Os waren gekelderd toen duidelijk werd dat de rijksweg niet langer door het dorp zou gaan. Ze stegen nu weer een beetje toen Os Spa een succes leek te worden, maar er zijn grenzen aan wat een hotel kan betekenen voor een dorp zonder rijksweg, zelfs als het maar drieduizend inwoners telt. Terwijl de prijzen in Os stagneerden, was er in de rest van het land sprake van een recordgroei op de woningmarkt en in het bedrijfsleven. Kort samengevat: als de mensen er lucht van kregen dat de rijksweg toch door Os bleef gaan, dan had het dorp heel wat in te halen op het gebied van prijzen. En dat zou in zeer korte tijd gebeuren. Het kampeerterrein met zijn ligging aan het meer en slechts op tweehonderd meter van de markt zou een toplocatie worden en de prijs zou meer dan verdubbelen, daar was geen twijfel over mogelijk. Dus ja, het had haast.

Willum Willumsen zaliger had niet alleen voldaan aan het cliché van een slimme handelaar in tweedehandsauto's, hij was het voorbijgestreefd. Toen ik vader vroeg of het klopte wat ze op school zeiden, dat Willumsen hem veel te veel had laten betalen voor een oude Cadillac DeVille, had hij kort geantwoord: ‘Wij van Opgard onderhandelen niet over de prijs.’ Er klonk zowel bitterheid als trots in dat antwoord, meende ik. Plus een lichte schaamte.

‘Ze is morgen bij de wedstrijd,’ zei Carl.

‘Hoe weet je dat?’

‘Iedereen komt morgen naar de wedstrijd. Als we winnen, promoveren we namelijk. Met nog zeven wedstrijden te spelen.’

‘Is dat zo? Naar welke divisie gaan we dan?’

Carl kreunde. ‘Het is prima dat voetbal je niet interesseert, maar het gaat hier wel om óns team.’

Dat was maar gedeeltelijk de waarheid. Het was het initiatief van Carl geweest om Os Spa voor tachtig procent aandeelhouder te maken van Os FC. Dus toen ik een paar jaar geleden een groot deel van mijn aandelen in Os Spa aan Carl had verkocht, bezat ik daarmee ook nog maar weinig van de club. Dat was volkomen in harmonie met mijn interesse. Niet dat Carl zo geïnteresseerd was in voetbal, hij wilde slechts populair zijn en had het idee dat de weg naar het hart van de dorpeling via steun aan de plaatselijke voetbalclub ging. Eerst waren we sponsor, toen wilde Carl van de club een beursgenoteerd bedrijf maken en daarvan de eigenaar worden. Op die manier konden we een paar goede spelers en een trainer kopen. Dat was heel ongebruikelijk voor een club in de vijfde divisie en de mannen grinnikten en zeiden dat alleen sjeiks en Russen eigenaar van een voetbalclub waren. Maar ze hielden hun mond toen de club een Nigeriaanse spits aankocht en de voormalige sterspeler Kurt Olsen van Os FC aanstelde als trainer en zonder een verloren wedstrijd oprukte naar de vierde divisie. En nu waren we kennelijk op weg naar de derde als ik het goed begreep.

‘Goed, ik kom,’ zei ik. ‘Verder nog nieuws?’

‘Ik heb eindelijk voor elkaar gekregen dat het bedrijf in Duitsland bereid is die exclusieve keuken te installeren in mijn huis. En er zou een wolf gezien zijn bij Steinssetra.’

'Echt?'

'Ik weet het niet, maar men zegt dat Simon Nergard hem heeft gezien.'

We lachten weer. Nergard was onze naaste buurman, hoewel zijn boerderij een stuk lager lag. Simon stond erom bekend een leugenaar en een kletsmajoor te zijn, daarin was hij gewaagd aan zijn vriendin Grete Smitt, de dorpskapper en roddeltante.

'Maar gisteren heeft Erik Nerell in dat gebied het kadaver van een schaap gevonden,' zei Carl. 'Duidelijk werk van een roofdier, zei hij. Maar veel heeft hij er niet van gegeten, dus als het een wolf was dan gaat het niet om een roedel, maar om een eenzame wolf.'

Ik schudde mijn hoofd. 'Er zijn hier al vijftig jaar geen wolven gezien. Vast een loslopende hond. Het zou me niet verbazen als het om de rottweiler van Simon gaat en nu beweert hij dat het een wolf was zodat hij de schuld niet krijgt.'

Carl bromde. 'Maar stel dat het een wolf was. Dat hij hier rondloopt, is dat goed of slecht nieuws voor de hotelgasten?'

'Tja, zeg het maar,' zei ik. 'Hij zal hier in elk geval niet lang zijn.'

'Hij trekt verder, denk je?'

'Hij gaat dood. Wolven leven van grote prooidieren en om die te vangen heb je een roedel nodig.'

'Net zoals bij ons?'

'Net zoals bij ons,' zei ik en ik nam nog een slok. Ik was moe en rozig. Het was relaxed om te zitten babbelen met de persoon die je het beste kende op de wereld, die haast een verlengstuk van jezelf was. Als Carl een zin begon wist ik al na drie woorden hoe die zou eindigen en vice versa, dus vaak gebruikten we maar drie woorden. Het was bijna alsof je alleen was en je spaarde je stembanden en energie.

'Verder nog iets te melden?' vroeg ik.

'Nee. Of jawel. We hebben een nieuwe bedrijfsleider aangesteld. Een jong, slim meisje van hier.'

'O?'

Carl deed het weer. Hij dronk langzaam en liet me wachten. Haalde adem. Maar in plaats van de naam kwam een boer.

'Jezus, Carl. Ga je het vandaag nog zeggen?'

'Sorry, de dochter van dakdekker Moe.'

'Natalie?'

'Herinner je je haar nog? O ja, er was toen dat gedoe met haar, dat was ik bijna vergeten.'

Misschien loog hij voor zichzelf, maar Carl was het niet vergeten, in het beste geval had hij het misschien verdrongen. Want 'dat gedoe' was iets wat ik aan Carl had verteld.

Het was kort na Carls terugkeer, Natalie Moe zat op de middelbare school en het magere, bleke meisje met haar verschrikte ogen dook iets te vaak in het tankstation op om EllaOne-spijtpillen te kopen. Ik deed navraag bij Julie die bij me werkte en in de klas zat met Natalie. Ik vroeg of Natalie een vriend had en dat ze haar moest zeggen condooms te gebruiken. Maar Julie meende dat Natalie maar wat rondneukte. Ik wist het niet zeker, maar ik kon het me niet voorstellen. Op een dag kwam haar vader en hij vroeg ook om spijtpillen.

Toen herkende ik de schaamte in zijn blik en begreep ik het.

Politiechef Kurt Olsen reageerde echter niet op mijn verdenkingen, daarom nam ik de zaak zelf ter hand. Ik ging naar Moe, sloeg hem halfdood en zei dat ik terug zou komen om mijn werk af te maken als hij zijn dochter niet binnen de kortste keren naar een plaats op veilige afstand van haar vader zou sturen. Als hij dat deed dan zou ik mijn mond houden. Natalie heeft haar middelbare school afgemaakt in Notodden. Ik heb haar daar toevallig nog een keer in een café samen met vrienden gezien. Ik heb haar niet aangesproken, maar ik stelde wel vast dat ze die verschrikte blik niet meer had.

'Heb je nog met de Fransen gesproken?' zei ik om van onderwerp te veranderen omdat er een paar gebeurtenissen en zaken zijn waarover Carl en ik liever niet praten.

'Elke dag,' zei Carl. 'Onze kwartaal- en jaarcijfers staan hun wel aan, ze zijn onder de indruk van de tekeningen van de nieuwe vleugel en ze zullen twee bouwkundig ingenieurs sturen die woensdag het hotel inspecteren.'

'Mooi,' zei ik. Het plan voor de uitbreiding van Os Spa was eerst op scepsis gestuit tijdens de algemene aandeelhoudersvergadering die uitsluitend bestond uit lokale investeerders, mijzelf incluis. Er waren terechte zorgen over wat er zou gebeuren met de toestroom van gasten als de rijksweg uit het dorp verdween. Maar Carls argument had iedereen overtuigd. Hij zei dat consolidering pure zelfmoord was, als het hotel een goede reden moest zijn om de omweg via Os te nemen, dan moesten we offensief te werk gaan. Groots en spectaculair. 'Groei of sterf,' meende Carl. 'We kunnen geen vijf sterren boutiquehotel worden. Het is essentieel dat we goed op de kaart staan. Dan heb ik het niet alleen om kwaliteit, wat betreft de grootte moeten we ook over kritische massa heen. Ik wil dat niet alleen dit dorp, maar ook dit deel van de provincie synoniem is aan Os Spa. Als mensen Os Spa horen, moeten ze niet alleen aan een hotel en een warm bad denken, maar aan een beleving. En dan moeten wij, beste investeerders, de zaken niet vertragen.'

Daarna was er een intense, maar korte discussie geweest of een aandelenemissie buiten Os verstandig was. Maar het verstand had gezegevierd, er waren grenzen aan hoeveel kapitaal er in Os zat. De Franse hotelketen Alpin had al vijftien procent van de aandelen van het hotel nadat Carl – die de algemeen directeur van Alpin kende uit zijn jaren in de vastgoedbranche in Toronto – ze na de brand had uitgenodigd om te investeren in het hotelproject. Nu was Alpin een aandelenemissie aangeboden waardoor het bedrijf vijfenveertig procent van Os Spa zou bezitten. Dat betekende dat de controle nog steeds veilig in handen was bij ons in Os, maar het risico was gespreid en de Fransen konden mogelijk ook een bijdrage leveren door hun competentie op de internationale markt. Zodra men het eens was over de prijs van een aandeel, zou de transactie plaatsvinden en de bouw beginnen. Vanzelfsprekend zouden de Fransen bereid zijn aanzienlijk meer te betalen als er tussentijds een rapport kwam van GeoData met de conclusie dat een tunnel niet mogelijk was.

'Ik ga slapen,' zei Carl en hij stond op.

'Oké. Welterusten.'

'Ook welterusten. Je lijkt over iets na te denken.'

Ik knikte. 'Weet je wat ik dacht toen ik bij Halden aanbelde?'

'Dat je een risico nam?'

'Ja, dat ook. Maar ik dacht vooral dat ik een moordenaar ben. Dat wij moordenaars zijn.'

Carl keek me met opgetrokken wenkbrauwen aan. 'Slaap lekker,' zei hij en hij liep weg. Zoals gezegd praten we niet over bepaalde zaken.

Ik bleef in het donker zitten terwijl ik boven me zijn voetstappen hoorde.

Zeven moorden.

Carl en ik hadden samen zeven mensen gedood. Plus een hond.

Ik dronk mijn flesje leeg.

Nee, het stond me niet aan dat de autowrakken opgetakeld werden.

3

De avond voordat ik bij Halden aanbelde en hem twaalf miljoen kronen bood voor een vervalst rapport, was ik in Polen. Om precies te zijn in Zator, een stad in het zuiden van het land met ongeveer vierduizend inwoners. Of nog preciezer in Energylandia, een pretpark, het grootste in Polen. En helemaal precies, in een wagentje dat naar de top van Zadra, de grootste achtbaan van hout ter wereld, werd getrokken. Dat wil zeggen, strikt gesproken is het een hybride van staal en hout. Zo legde de ontwerper Glen Moore van Rocky Mountain Constructions het tenminste boven het klikkende geluid van de rails aan me uit. Het geluid deed me denken aan ankerkettingen die omhoog werden getakeld, nee, aan de kettingen in een slachterij waaraan de kadavers werden gehangen en bungelden. Ik trachtte te luisteren naar Moore die allerlei technische details doornam, maar het is moeilijk je te concentreren als je weet dat je over een paar seconden een vrije val van 62,8 meter gaat maken.

Hij keek me aan en ik begreep dat hij me een vraag had gesteld.

'*Sorry?*'

'*I asked if there's much wind?*'

'*Yes*,' zei ik.

'*Low temperatures?*'

'*Yes. It's in the mountains.*'

'*Then I would not recommend wood, but steel.*'

'*No*,' zei ik. '*It needs to be a wooden roller coaster.*'

Moore keek me vragend aan.

Ik had geen tijd het uit te leggen, zelfs niet als ik dat wilde, want we waren op de top gekomen. Het geratel van de kettingen was gestopt en ik zag geen rails meer voor ons, alleen platte, Poolse akkers die zich uitstrekten tot de horizon. Maar als ik tijd had gehad om een korte verklaring te geven, dan moest dat één naam zijn: Shannon Alleyne.

Het wagentje stopte op de rand van de afgrond alsof het ertegen opzag. Toen begon het langzaam met zijn neus naar beneden te wijzen. En nog verder naar beneden. Toen voelde ik de acceleratie in mijn buik en we leken verticaal te staan, de rails verdwenen onder ons alsof die naar binnen wezen. Ik dacht dat het zo moest voelen om in een auto te zitten die de Geitesving niet doorkomt, voelen dat je het contact verliest met de ondergrond, vooroverkiept door de zware motor voorin, in de afgrond van Huken staart. Ik sloot mijn ogen.

Toen Shannon Alleyne acht jaar geleden mijn leven kwam binnengestormd was ik vijfendertig jaar, single, een massamoordenaar en kennelijk klaar om een gezin te stichten. Dat ik kennelijk zeg komt doordat ik die gedachte niet bewust had gedacht voordat ze me op een dag ineens vertelde dat ze mijn kind zou krijgen en ik begreep uit mijn reactie dat dat iets was wat ik gewenst had. Ik was *over the moon*, zoals ze dat *over there* zeggen. Nu zou het zo kunnen zijn dat ik niet per se een gezin wilde, maar dat de zaak veranderde toen Shannon Alleyne de moeder was. Want Shannon was perfect. Een kleine, bleke vrouw met een engelengezicht, een baritonstem en hersenen zo scherp dat je je eigen hersenen scherp moest houden om haar te kunnen volgen. Haar familie behoorde tot de aan alcohol verslaafde, arme, witte onderklasse van *redlegs* op Barbados, nakomelingen van Ieren en Schotten die enkele eeuwen geleden waren geëmigreerd. Niemand in de familie had meer dan de basisschool gedaan, maar Shannon had het lot uitgedaagd en was in Canada architectuur gaan studeren. Er was haar een grote toekomst voorspeld. Ze was een sterke dame, maar ook sentimenteel en eigenaardig. Ze wist heel goed dat ze over een speciaal talent beschikte en was compromisloos ambitieus. Niet wat haarzelf betrof, maar als het om haar ontwerpen ging. Daarom vocht ze als een leeuwin tegen de lokale investeerders toen het ging om haar minimalistische meesterwerk Os Spa dat ze had getekend. De investeerders wilden iets wat goedkoper, niet te wild en traditioneler was. O ja, als het haar ideeën en de mensen die ze tot haar familie rekende betrof, was Shannon loyaal tot in de dood, een krijger die je aan jouw kant wilde hebben en niet als tegenstander. In bed was ze zo gulzig, gepassioneerd en verrukkelijk dat het meer een gevecht was dan het lome, deinende bedrijven van de liefde met Rita Willumsen.

Zoals gezegd, Shannon Alleyne was perfect. Er was echter een nadeel.

Ze was de vrouw van mijn broer.

Toen Shannon zwanger werd, was Carl zowel persoonlijk als financieel wanhopig en ten einde raad. Os Spa werd gebouwd, hij was de controle over het budget kwijt en had in het geheim en tegen een woekerrente geld geleend van Willumsen. Bovendien zat Shannon hem bij voortduring op zijn nek omdat haar tekeningen niet werden gevolgd. Het is mogelijk dat al die druk een deel van de verklaring was dat hij Shannon met enige regelmaat mishandelde. Ik was hopeloos verliefd, dat was ik al meer dan een jaar en dat was zij ook. Dus zonder het te weten stuurden we af op het onvermijdelijke toen we in een hotelkamer in Notodden belandden. Daar ontdekte ik de blauwe plekken op haar lichaam. Was het toen dat ik eindelijk in staat was Carl te haten? Of was dat iets later, toen ik ontdekte dat Carl van Willumsen had kunnen lenen omdat hij mijn deel van het koninkrijk als onderpand had gebruikt? Of kon ik het toen ook nog niet? Waren de schuld en boete uit mijn jeugd nog steeds te groot?

In de nieuwjaarsnacht brandde Os Spa af. Door vuurwerk, dacht men. Oplichting van de verzekering, werd er ook gefluisterd. Maar Carl vertelde me dat hij de verzekeringspremie niet had betaald om geld uit te sparen. Dat betekende dat hij met de lening niet alleen zijn, maar ook mijn deel van de erfenis was kwijtgeraakt. Ik bezat slechts een klein deel van het hotel. Mijn plan – dat nu in duigen was gevallen – was geweest om het tankstation te kopen dat ik runde. Er moest iets gedaan worden.

Willumsen trok, zoals verwacht, de lening in en zijn Deense afperser dook in zijn witte Jaguar op bij Opgard. Het was een koude winterdag en ik voegde nog een moord toe aan mijn en Carls lijst toen ik emmers water over de aarde in de Geitesving gooide waardoor het daar spiegelglad werd. Politiechef Kurt Olsen had de nodige vragen bij dit ongeluk en ook bij het feit dat Willumsen dood in zijn bed was gevonden. Ik had geantwoord dat ongelukken gebeuren. Net als zelfmoord, hij hoefde alleen maar aan zijn vader te denken, de oude politiechef. Ik zag de haat in Kurts ogen, maar hij kon – net als zijn vader – niets bewijzen. Integendeel zelfs, KRIPOS was naar Os gekomen en had vastgesteld dat er bewijzen waren dat de afperser Willumsen had vermoord, zijn eigen opdrachtgever dus.

Wij van Opgard hadden toen alle problemen opgelost. Maar eentje was er nog.

Carl.

Ik herinner me niet meer precies of het Shannons of mijn idee was geweest, maar het was ons duidelijk dat er slechts één uitweg was als we een stel wilden worden en uit de financiële problemen wilden komen. Het was geen gemakkelijk besluit geweest, maar toen het eenmaal was genomen bleek het wonderlijk eenvoudig om het plan uit te voeren. Je doet wat eerder ook heeft gewerkt, dus het plan was niet bijster origineel.

Ik tapte de remvloeistof uit Carls auto af zodat hij niet kon remmen in de Geitesving.

Op de dag dat hij van Opgard naar de investeerdersbijeenkomst zou rijden, confronteerde Carl Shannon met het feit dat ze zwanger was. Hij vertelde dat hij wist wie de vader was, een Amerikaan met wie ze had geneukt en die hij op de gastenlijst van het hotel in

Notodden had zien staan. Ze had moeten lachen en in blinde woede had Carl met het strijkijzer tegen Shannons hoofd geslagen. Toen had ze bekend. Niet met wie ze hem ontrouw was geweest, maar dat zij het hotel in brand had gestoken. Zodat het herbouwd kon worden zoals zij het wilde.

Carl had weer geslagen. En daarna lachte en ademde ze niet meer.

Vervolgens had hij gedaan wat hij deed toen hij de oude politiechef had gedood. Hij belde mij en smeekte me hem te helpen met het opruimen.

We zetten Shannon achter het stuur van Carls Cadillac DeVille, draaiden het contactsleuteltje om en lieten de auto naar de Geitesving en Huken rijden. Ik staarde naar de rode achterlichten tot ze over de rand verdwenen samen met de vrouw van wie ik hield en ons kind. Ik liet Carl uithuilen op mijn schouder.

Ik opende mijn ogen weer in Zator in Polen en zag het skelet van de constructie op ons afkomen terwijl de rode rails bogen en kronkelden alsof ze probeerden los te komen. Plotseling waren we weer boven. Moore legde me uit dat de baan drie van dergelijke *inversions* had en ik kreeg weer dat wonderlijke gevoel van gewichtloosheid. Weer een krappe bocht die voelde als een steek in mijn zij. Een minuut nadat we op de top waren geweest was het voorbij en het wagentje remde af in een zwakke bocht naar rechts en stopte.

'*What do you think?*' vroeg Moore en hij keek me aan.

Ik knikte goedkeurend. Er waren meerdere steile afdalingen geweest, maar geen ervan was zoals de eerste. Niets is zoals de eerste vrije val.

4

Het was nog vijf minuten voor het begin van de wedstrijd. We parkeerden Carls BMW achter de Duitse barakken die door Os FC al sinds de Tweede Wereldoorlog gebruikt worden als kleedkamer. Vader beweerde vaak dat de Noorse wegen en infrastructuur nooit zo goed waren geweest als de Duitsers het land niet vijf jaar hadden bezet. En dat de gemiddelde leeftijd in Noorwegen omhoog was gegaan en niet naar beneden zoals bij de Engelsen, Amerikanen en Russen die voor ons hadden gevochten. Als hij een paar biertjes had gedronken, dan wisten we ongeveer wat hij met trillende stem van woede zou gaan zeggen: 'Wisten jullie dat er meer Russen dan Noren zijn gestorven op Noorse bodem tijdens de strijd tegen de nazi's? Op Noorse bodem! Dit is verdomme het lafste volk van Europa! Slechts een handjevol mannen nam de wapens op om hun land te verdedigen terwijl er twee miljoen Amerikanen de oceaan overstaken om hun leven te riskeren *to save our ass*! Kom!'

Dan moesten we het Remington-geweer van de beugels boven de voordeur pakken, naar buiten gaan en schieten op een doel dat vader aanwees.

'Dit is ons koninkrijk!' schreeuwde hij dan. 'Komt er iemand om het in te nemen, dan verdedigen we ons tot onze laatste snik. Begrepen?'

Carl en ik knikten en schoten op imaginaire nazi's en communisten op de hei.

Nu stapten we achter de Duitse barakken vandaan en liepen langs de geparkeerde auto's.

'Zoals ik al zei, ze is hier,' zei Carl terwijl we langs Rita Willumsens Saab Sonett 58 liepen, een roadster en de enige cabriolet in het dorp. Je moet een zekere stijl hebben om door Os te rijden in een open Saab Sonett zonder dat het er belachelijk uitzag. Rita Willumsen had die stijl en meer dan dat.

We liepen rond de barakken, net op tijd om te zien dat de teams naar buiten kwamen. Os FC in rode tenues met sponsorreclames. De grootste op de borst. Os Spa. De spelers renden het veld op en hier en daar werd er geklapt en geroepen. Ik stelde vast dat er zo'n vierhonderd toeschouwers waren gekomen, wat helemaal niet slecht was. De meesten stonden langs de westelijke zijlijn waar de barakken wat beschutting gaven tegen de wind, aan weerszijden van de zeven meter brede en tweeënhalve meter hoge, houten tribune. De tribune fungeerde als een officieuze viploge voor de sponsors van Os FC. De filiaalchef van Os Sparebank stond naast burgemeester Voss Gilbert, de voorzitter van de club. De voormalige burgemeester Aas stond natuurlijk weer op zijn vaste plaats, samen met zijn dochter Mari en schoonzoon Dan Krane. Krane was redacteur van de plaatselijke krant *Os Blad*, dus ik nam aan dat hij hier was om de wedstrijd te verslaan. Toen we de tribune op liepen knikte ik naar de bedrijfsleider van de Coop en ging naast Rita Willumsen staan. Terwijl de meeste toeschouwers een comfortabele donsjas droegen, was Rita gekleed in een bordeauxrode cape die haar samen met de laarzen met hoge hakken en ranke gestalte een majesteitelijke uitstraling gaven. Ze had toegang tot de viptribune omdat ze sponsor was via Willumsen AS, maar ook bestuurslid van Os Spa, maar sommigen zeggen dat ze hoe dan ook op deze tribune terecht was gekomen want Rita Willumsen kwam het dichtst bij de elite in Os.

'We zien jou niet vaak bij de wedstrijd,' zei ze.

Ik haalde mijn schouders op. '*Heia Os, knus og mos, tygg og spyttt en aprikos!*'

'Grappig, maar het is jaren geleden dat we dat riepen.'

'Weet ik. Ik zeg het om mijn ancinniteit aan te tonen.'

'Anciënniteit.'

Ik grinnikte. De zomer dat Rita Willumsen en ik in het geheim met elkaar afspraken in hun verbouwde zomerhuis leek een eeuwigheid geleden, ja, haast of het nooit was gebeurd. Maar ze had me correct leren spreken, zeden en gewoonten bijgebracht en me veel geleerd over kunstgeschiedenis, literatuur en beminnen. Ze zei dat onze verhouding veel weg had van Sant Jordi, een Catalaanse feestdag waarop een vrouw haar geliefde een boek geeft en de man haar een roos. Hoe het ook zij, ik zou me die zomer altijd blijven herinneren als de zomer van Petrarca's sonnetten en Rita's Sonett.

'Bedankt,' zei ik zacht.

'Juich niet te vroeg,' zei ze net zo zacht. 'De wedstrijd moet nog beginnen.'

Ik zag dat er net was afgetrapt.

'Tegen wie spelen we?' fluisterde ik.

'Dat vraag ik me af en toe ook af,' zei ze.

'Vertelt Kurt je dat niet?' Ik knikte naar de overkant van het veld waar politiechef Kurt Olsen met zijn dikke, blonde haardos en sigaret in zijn mondhoek en zijn armen over elkaar voor de bank met zijn wisselspelers en assistent stond.

Nee, er waren niet veel mensen geweest die het gerucht hadden geloofd over Rita en de zeventienjarige, maar mogelijk was Rita's voorkeur voor jongere mannen duidelijk geworden toen ze als weduwe een verhouding kreeg met Kurt Olsen, die op de basisschool een klas lager dan ik had gezeten.

'Kurt heeft zwijgplicht,' zei ze. 'En ik geloof dat hij een andere wedstrijd speelt dan jij en ik.'

'Welke wedstrijd spelen wij?'

'Dat vraag ik me ook af, Roy. Je hebt me niet verteld wat je wilt met de camping.'

'Een camping runnen?'

'Onderschat me niet, alsjeblieft.'

‘Is dat de reden dat je mijn bod nog niet hebt geaccepteerd? Je wilt meer weten zodat je meer kunt vragen omdat je denkt dat het terrein me méér waard is?’

‘Kijk, dat is een beter antwoord.’

‘Wat nu als ik gewoon de eigenaar wil zijn?’

‘Nonsens. Alleen maar grond bezitten heeft geen waarde, jij wilt winst maken.’

‘Wij zijn boeren. Grond bezitten is alles. Dat zit ons in het bloed, als een ziekte.’

Rita glimlachte. ‘Wil je graag meer van Os bezitten dan je broer?’

Ik haalde mijn schouders op. ‘Rivaliteit tussen broers is een goede reden.’

‘Aha,’ fluisterde ze.

‘Aha?’

‘Je probeert het weg te wuiven omdat ik de spijker op de kop heb geslagen. Mooi, dan weet ik waarom en dat het terrein je meer waard is dan wat je me biedt. Wat zeg je ervan als we de prijs met tien procent verhogen?’

‘Vijfenhalf miljoen dus?’

‘Wat zeg je daarvan?’

Om ons heen werd gejuicht. We hadden dus al gescoord.

‘Goed,’ zei ik en ik stak mijn hand uit. ‘Dan zeggen we dat.’

Ze keek naar mijn hand zonder die te drukken. ‘Zonder onderhandeling?’

‘Wij van Opgard onderhandelen niet.’

‘Nee, Willum heeft me dat verteld. Maar misschien moeten jullie beter worden in onderhandelen. Nu denk ik dat ik nog hoger kan gaan.’

‘Ik dacht dat we een deal hadden?’

‘Nee, ik stelde een hypothetische verhoging van tien procent voor.’

‘Verdomme, Rita, nu begin je als Willum te klinken.’

Ze glimlachte even. ‘We hebben allemaal een leermeester nodig, Roy. Jij had mij, ik had mijn man. Overigens stel ik het op prijs als jij en je broer de naam van Willum niet gebruiken, bedankt.’

Haar glimlach was nog intact, maar haar ogen waren zwart geworden. Er waren zaken onduidelijk gebleven rond de zelfmoord van haar man, acht jaar geleden. Kort nadat Willum in zijn bed was gevonden met een pistool op zijn kussen, dook er een brief op waarin hij Carls schuld van dertig miljoen onvoorwaardelijk kwijtschold. Zonder dat had Os Spa er vandaag de dag niet gestaan. Mét dat geld was Rita nooit genoodzaakt geweest om de camping te verkopen. Dus misschien niet zo vreemd dat toen Carl haar na de begrafenis condoleerde, ze naar hem toe had gebogen en 'moordenaar' in zijn oor had gefluisterd.

Maar aangezien Rita de miljoenen meer miste dan die klier van een oude, dikke, jaloerse tweedehands handelaar van haar en geld nooit tot zoveel haat kan leiden als echte liefde dat kan, was haar roodgloeiende haat met de jaren afgenomen. Maar ik was niet naïef. Als Rita ons van Opgard kwaad kon berokkenen of een stokje voor onze plannen kon steken, dan zou ze dat niet laten. Zoals nu.

'Tien procent erbij,' zei ik. 'Morgen is het maandag, het aanbod geldt tot morgenmiddag vier uur. Daarna gaat het bod terug naar het oorspronkelijke bedrag.'

'De prijs is één ding,' zei ze. 'Iets anders is hoe je het gaat betalen. Ik betwijfel dat je zoveel cash hebt en het tankstation krijg je nooit verkocht nu de rijksweg verdwijnt.'

'Je weet dat dat niet het enige is wat ik bezit?'

'Ja, je zou kunnen betalen met de aandelen in Os Spa, maar dat wil je niet.'

'Waarom niet?'

'Omdat je weet dat als ik er zes procent bij krijg, dat ik dan elf procent heb en dan zou ik samen met Alpin een meerderheidsbelang hebben in Os Spa. Dan zijn de dagen van Carl Opgard als bedrijfsleider geteld, hij zal een marionet worden in handen van de Fransen. Dus, Roy, hoe kom jij aan dat geld?'

Ik moest lachen.

'Dan zal ik wel moeten lenen.'

Rita keek me aan. Ze bekeek me van top tot teen zoals ze dat een eeuwigheid geleden had gedaan op een warme zomerdag toen ze op hoge hakken de werkplaats binnenkwam waarin ik als zeventienjarige met blote bast met olievlekken aan haar Saab had gesleuteld. Ze had een van haar getekende wenkbrauwen opgetrokken en leek zich af te vragen of ik aan meer kon sleutelen. Dat was toen, nu leek ze zich af te vragen of ik kredietwaardig was.

'Succes,' zei Rita en ze richtte haar aandacht op de wedstrijd.

Ik liep twee treden omhoog op de houten tribune. Zelfs in zijn vrijetijdskleding zag Asle Vendelbo, filiaalhouder van de bank, eruit als een filiaalhouder van een bank. Ik wil niet beweren dat alle filiaalhouders er hetzelfde uitzien, maar Asle Vendelbo zag er dus uit als eentje. Vriendelijk lachen, spreken met een fluweelzachte stem. Alsof hij discreet was geboren. Misschien was dat wel zo, zijn familie bezat al drie generaties de begrafenisonderneming in Notodden. De meeste inwoners van Os wendden zich tot hen als iemand het tijdelijke voor het eeuwige verwisselde. Het was vreemd te bedenken dat ik eigenlijk te maken had met meerdere opdrachten voor hen. Ik ging naast hem staan.

'En, Roy, wat denk je, winnen we?'

'Dat ligt eraan.'

'Waar ligt dat aan, volgens jou?'

'Of we aanvallend willen spelen.'

Vendelbo keek me aan.

'Ik wil een lening aanvragen van honderd miljoen kronen,' zei ik.

Vendelbo keek naar het veld, wipte heen en weer op zijn hakken en stak zijn onderlip uit. Het is grappig hoe we zelfs tics en gewoonten kunnen erven, want zo zag Vendelbo senior er ook uit op de begrafenis van vader en moeder.

'Ik heb zin zo'n fluittoon te laten horen,' zei hij. 'Maar ik kan niet fluiten.'

'Wat denk je?' vroeg ik.

'Dat hangt er uiteraard van af waarvoor het is.'

'Ik bedoel in het algemeen.'

'In het algemeen?' Hij bestudeerde mijn gezicht. Kennelijk maakte hem dat niet veel wijzer. 'In het algemeen zou ik zeggen dat het een groot bedrag is voor zo'n kleine bank als de onze. En komt het neer op de vraag wat jij als onderpand te bieden hebt.'

'En als ik een onderpand heb?'

'Dan moeten we een risicoanalyse maken gebaseerd op dat onderpand. Hoe dan ook, een dergelijk grote lening zal via het hoofdkantoor moeten gaan.'

'Dat dacht ik al.'

'Ik moet zeggen dat ik nieuwsgierig word, Roy. Om wat voor project gaat het?'

'Dat krijg je te horen als het zover is. Ik wilde je er alleen op voorbereiden dat je binnen afzienbare tijd een vergadering bijeen zal moeten roepen. In de tussentijd hoop ik dat je je mond houdt.'

Vendelbo knikte en zei iets, maar werd overstemd door een meerstemmig geschreeuw van de toeschouwers. Ik keek naar het veld. De aangekochte speler lag op de grond, maar de scheidsrechter liet doorspelen.

Ik tikte tegen mijn slaap als groet aan Vendelbo en liep verder omhoog op de tribune. Schuifelend langs de familie Aas. De oude Jo Aas knikte glimlachend. Mari ook. Terwijl de meeste dorpelingen met het klimmen der jaren steeds dikker werden, werd Mari steeds magerder. Ik kon niet besluiten of ze nog knap was, want ik kende haar uit de tijd dat ze nog de prinses van het dorp was waardoor ik meende dat een knokig gezicht gelijkstond aan schoonheid. Nadat ze het had uitgemaakt met Carl was ze naar Oslo vertrokken om staathuishoudkunde te studeren en daar had ze Dan Krane leren kennen, die ze mee had genomen naar Os. Dan Krane was net als Mari mager, met een duidelijke adamsappel en aders bij zijn slapen die onmiskenbare indicatoren waren voor wat er achter zijn koude, blauwe ogen gebeurde. Hij was net als de Aas-familie politiek actief en ik gokte dat hij naar Os was gekomen met het plan burgemeester te worden en dat zijn baan bij *Os Blad*, de krant van de Arbeiderparti, een springplank zou zijn. Hij had lang op koers gelegen. Ze woonden in een dorp waar geen Carl of een andere echo uit het verleden woonde, kregen twee kinderen en Dan werd weliswaar niet geliefd, maar wel gerespecteerd. Hoe vriendelijk en volks mensen als Mari en Dan ook probeerden te zijn met hun flanellen overhemden en Os-dialect, het lukte ze nooit te verbergen dat ze zich wat verheven voelden boven Jan met de pet. Dan werkte hard en plichtsgetrouw, haalde zijn jachtvergunning, liep met omgeklapte rubberlaarzen en sprak en schreef steeds meer in het Os-dialect. Maar toen gebeurde er iets onverwachts. Kort samengevat: Carl keerde terug uit Amerika. Hij had een vrouw en zou geen bedreiging moeten zijn. Maar hij zag eruit als een miljoen dollar. En klonk als tien miljoen toen hij op het podium in Årtun stond en zijn plannen lanceerde over Os Spa waarvan het hele dorp eigenaar zou worden. Hij zei dat het hotel de tegenaanval was op de plannen van de Toddetunnel. Nu had niemand gedacht dat Mari losbandig was. Integendeel, als dochter van de burgemeester kon ze zich vaak neerzetten als een moralist. Aan de andere kant heb ik vaak gedacht dat vrouwen als Mari zich onweerstaanbaar aangetrokken voelen tot alfamannetjes. Ja, ik weet niet eens zeker of ze proberen hen te weerstaan, mogelijk hebben ze het gevoel dat het logisch is en door het lot bepaald, dat ze door de macht samen horen. Aangezien Carl ontegenzeggelijk een alfamannetje was, de verlosser die terug was gekomen naar zijn schapen, was het slechts een kwestie van tijd voor zij tweeën hun verhouding weer oppakten. In het geheim natuurlijk, behalve dan voor Grete Smitt, de haai die al vanaf kilometers afstand bloed kan ruiken. Nu sprak Grete daar nooit openlijk over met de klanten die naar Smitt Kapper & Solarium kwamen, hoewel de dorpsroddels bij de prijs inbegrepen waren. Maar toch kwam het een en ander van wat er werd gedacht en geloofd Dan Krane ter ore. De wetenschap dat hij bedrogen werd zal thuis vast besproken zijn, maar gezien het feit dat ze twee kinderen hadden, moesten ze geprobeerd hebben de gaten te dichten en het bootje drijvend te houden. Maar de vernedering stopte daar niet. Toen Mari haar derde kind kreeg, het meisje dat nu zes jaar was, was de gelijkenis met Carl zo groot dat zelfs Jo Aas – volgens Grete – zijn dochter apart had genomen om te vragen wat er speelde. Dan moest het ook hebben begrepen, hij liet het óf niet merken óf hij zag het vanwege de kinderen door de vingers. Verbazingwekkend genoeg hield het huwelijk stand, maar Dan was een gebroken man. Ik heb Dan Krane nooit gemogen, maar dat zegt niet zoveel, want ik mag veel mensen niet. Maar met een kind dat uit het gezicht van Carl gesneden leek, begon ik medelijden met Dan Krane te krijgen. Die ooit zo veerkrachtige tred van hem, zijn fiere houding en inspirerende artikelen waren verworden tot een verslagen man die een beetje al te vaak in de middag in Fritt Fall gebogen zat over een pilsje en die slappe hoofdartikelen schreef die bevlogen noch kritisch waren, slechts onverschillig.

Net zoals hij nu was.

Ik probeerde oogcontact te krijgen om in elk geval 'hoi' te kunnen zeggen, maar Krane stond een trede hoger en keek letterlijk over me heen. Hij staarde naar het veld alsof het hem eigenlijk geen barst kon schelen wat daar gebeurde.

Ik ging naast Carl staan en keek naar Kurt aan de andere kant van het veld. Vanaf deze afstand leek het of hij terug staarde. Naar ons, de Opgard-broers. Veel mensen hadden zich afgevraagd waarom hij de spelersbank naar de andere kant had verplaatst. Ten eerste betekende het dat de trainers, de reserves en de assistent per wedstrijd minstens vier keer het veld moesten oversteken. En ten tweede hadden ze daar twee keer vijfenveertig minuten de westenwind op hun kop. Sommigen meenden dat Kurt eventuele rotopmerkingen van het publiek, dat altijd in de luwte van de barakken stond, niet wenste te horen. Anderen meenden dat ze hem hadden horen zeggen dat hij afstand wilde tussen de eigenaars en sponsors op de viptribune, hij wilde verdomme geen discussies over zijn tactiek. Maar ik geloof dat er nog iets was.

Kurt Olsen wilde niet met zijn rug naar Carl en mij zitten. Hij wilde ons in de ogen kijken. Ons laten zien wat er zou komen.

Een plotselinge, koude winde deed de Os Spa-vlaggen aan weerszijden van de tribune wapperen.

'Er is veel haat,' zei ik.

'Typerend voor een derby,' zei Carl knikkend. 'Ze hadden minstens twee gele kaarten moeten krijgen.'

Ik zuchtte en keek op mijn horloge. Nog een halfuur. En dit was nog maar de eerste helft.

5

De promotie werd dezelfde avond in Fritt Fall gevierd.

Iedereen was aanwezig, zoals je dat zegt.

Zelf had ik meer zin in een avond alleen met de tekening van de achtbaan en de opname van negentig seconden op mijn telefoon terwijl ik in Polen over de rails denderde. Ik had wat gelezen over fysica. Snelheid, gewicht, wrijving, luchtweerstand, temperatuur enzovoorts. Het is een spel van krachten die in verschillende richtingen werken en die elkaar in evenwicht dienen te houden. Daar moet je de controle over houden anders loop je het risico dat alles naar de verdommenis gaat. Maar gelukkig is alles heel voorspelbaar, de fysica volgt de wetten beter dan de mens. Ik hield ervan naar de tekeningen te kijken, naar de geometrie van de constructie op ruitjespapier, naar de elegante bochten die zich aftekenden tegen de horizon als een replica van de bergen daarachter. Het was niet zo'n snelheidsduivel die ze in Azië en Amerika bezig waren te bouwen, een enorme achtbaan van staal met een hoogte van honderdveertig meter en een maximumsnelheid van tweehonderdveertig kilometer per uur. Hoewel de achtbaan die ik wilde laten bouwen de hoogste achtbaan van hout ter wereld moest worden, ging het me in de eerste plaats om het esthetische, om het samenspel tussen kunst en fysica. De belevenis van het zien van de achtbaan als je aankwam tot je in een wagentje zat, maakte krachten los waarover je geen controle had. Ik wilde dat het als een concert was waar je slechts je zintuigen voor hoefde open te stellen en dat je moest ondergaan.

Mezelf te openen was absoluut niet iets wat ik makkelijk deed, maar het leven had me daar ook wat lessen over geleerd.

Moore was sceptisch geweest over het feit dat zijn bedrijf een achtbaan moest bouwen op basis van tekeningen die het niet zelf had gemaakt, maar hij had beloofd ernaar te kijken.

Carl had erop gestaan dat ik naar het feest kwam.

'Jij bent de sponsor, mensen gaan zich afvragen waarom je er niet bent.'

Dus ik stond bij de bar en keek naar de dorpelingen terwijl de spelers op en neer sprongen op de dansvloer en samen met Freddie Mercury 'We Are the Champions' krijsten.

'Is het niet geweldig?' riep Julie, die het druk had met het tappen van bier.

'Jazeker,' zei ik. 'We zetten deze avond meer om dan in een hele maand.'

'Idioot!' zei ze lachend en ze sloeg met haar vrije hand op mijn schouder. 'We zijn gepromoveerd, Roy! Wees een beetje blij.'

Ik haalde mijn schouders op. 'Ik ben blij zat, Julie. Sorry dat het me niet lukt dolenthousiast te doen over het feit dat we zijn gepromoveerd van de ene klotedivisie naar de andere. Ik maak me meer zorgen over dat daar.' Ik wees naar haar dikke buik.

'Ik ook,' zei ze. 'Ze zeggen dat het de tweede keer makkelijker gaat.'

Ik knikte. Alles is de tweede keer makkelijker. Ik keek haar aan. Ze was nu vijfentwintig, weg was die onschuldige en tegelijkertijd dwarse uitdrukking op haar gezicht van toen ze als zeventienjarige bij me begon te werken op het tankstation. Ze was dikker geworden, ze zou wel, zoals Carl het uitdrukte, een dikke dorpse trien worden. En ze had de rust en het zelfvertrouwen gekregen die sommige vrouwen krijgen als ze moeder worden.

'Waar denk je aan?' vroeg ze en ze stapte opzij voor Erik Nerell die achter haar langsliep met een blad vol lege glazen.

'Aan toen je zeventien was en me elke keer moest roepen als iemand tabak wilde kopen,' zei ik. 'Aan hoe je veranderd bent.'

Ze lachte. Niemand lachte zoals Julie.

'Nu we het toch over veranderen hebben,' zei ze. 'Heb je Natalie Moe gezien?'

'Nee, ik heb alleen gehoord dat ze een baantje in het hotel heeft.'

'Ze is daar nu bedrijfsleider. En nog iets anders, we willen jou vragen of je peter wilt zijn.'

De slok bier schoot in mijn verkeerde keelgat en ik moest hoesten. 'Alweer?' zei ik. 'Hebben jullie na de vorige keer niet begrepen dat ik daar totaal ongeschikt voor ben?'

'Jawel,' zei een stem. 'Maar we vinden een heiden beter. We willen niet riskeren dat de kinderen christelijk worden.'

Het was een aangeschoten Alex die achter Julie was gaan staan en haar omhelsde. Hij had nog steeds dik, kortgeknipt haar dat op zijn hoofd geverfd leek, een scheiding met gel als een Italiaanse voetballer, maar daar hield de gelijkenis ook op. Voor het seizoen begon stond er een artikel in *Os Blad* waarin iedere speler zichzelf karakteriseerde, en Alex zei: 'Technisch gezien ben ik slecht, maar ik ben traag.'

'Hé, maak dat je aan de andere kant van de bar komt!' zei Julie lachend en ze maakte zich los van haar vriend.

'Hé, ik ben een speler!' jammerde Alex met een lach.

'Wat dan nog?'

'Vandaag moet er van ons gehouden worden.' Hij leunde voorover met getuite lippen.

'Hou hier maar van,' zei ze en ze duwde een met bier doordrenkte vaatdoek in zijn gezicht. 'Wegwezen, jij!'

Alex zuchtte en hij keek me aan met een blik of hij steun zocht, maar ik schudde mijn hoofd. Hij liep rond de bar. 'Ik zag je op de tribune.'

'Ja, right,' zei ik. 'Het was een goede dag.'

'Ik zat op de bank.'

'Dat bedoel ik.'

Hij lachte. 'Idioot.'

'Eens een idioot, altijd een idioot,' zei Kurt Olsen. Hij was aan de andere kant naast me komen staan. 'Een pilsje, Julie.'

Als er al iets veranderd was, dan was het niet Kurt Olsen. Hij was nog altijd dezelfde slanke man met ingevallen wangen met zijn Easy Rider-snor onder het blonde Boris Johnson-kapsel dat hij van zijn vader had geërfd. En altijd die gebruinde huid die hij verkreeg met een knipkaart bij Gretes solarium en aanvulde met een wintervakantie op Gran Canaria. Er wordt gezegd dat wat een man aanheeft als hij een dame aan de haak slaat, hij dat zijn hele leven zal blijven dragen. In dit geval had Kurt in de jaren negentig een dame veroverd. Dat was in de tijd dat de hipsters in de steden naar alt.country zoals Wilco en The Jayhawks luisterden en de dorpse hipsters naar Garth Brooks. Kurt Olsens kleding had van beide groepen iets met de strakke spijkerbroek die zijn O-benen accentueerden en de laarzen van slangenleer die hij geërfd had van de oude politiechef. Als voetballer was Kurt de beste speler ooit van Os FC geweest, zeiden de mensen. Hij was niet alleen technisch goed, maar kon negentig minuten lang onafgebroken rennen, hij gaf nooit op. Hij had eigenlijk in de eerste divisie moeten spelen. Maar hij had nooit toegehapt bij aanbiedingen, die hij vast moet hebben gekregen. Kennelijk was hij liever de ster in Os dan reserve in de eerste divisie. Maar toen hij op zijn achtentwintigste zijn knie ernstig blesseerde was het gedaan met het hardlopen.

'Gefeliciteerd met de promotie,' zei ik. 'Gaan jullie de teams in de volgende divisie ook opvegen?'

'De meeste mensen in Os hebben het over "we" en niet over "jullie" als het om onze club gaat, Roy.' Hij keek naar Julie die zijn biertje tapte. 'En nee, de volgende divisie is voor echte mannen, dus jouw broer zal flink over de brug moeten komen.'

'Waarvoor dan?'

'Een snelle back.'

'Alex hier is een back. Gratis en een jongen uit het dorp.'

'Ik zei een snélle back,' zei Kurt zuchtend zonder Alex aan te kijken. 'Succes in voetbal is nooit gratis, Roy. Talloze wetenschappelijke artikelen bewijzen dat het team dat het meeste wint de hoogste spelerssalarissen betaalt. Zo simpel en hard is het.'

'Dus niet het team met de beste trainer?'

Kurt Olsen nam de halve liter in ontvangst van Julie en zette die aan zijn lippen. De muziek ging van Queen naar de gitaarriffs van The White Stripes. Iedereen brulde mee: a-a-a-a-a. Kurt veegde het schuim uit zijn snor voor hij het glas op de bar zette.

'Ik begrijp dat je er geen verstand van hebt, Roy. Laat ik het zo zeggen, zelfs Mourinho is niet in staat een talentloze speler goed te maken.'

Ik tilde mijn bierflesje op. 'Dan lijkt het me een logische oplossing om de goedbetaalde trainer te ontslaan en dat geld te gebruiken om spelers als Alex goed te betalen. Om alle spelerssalarissen te verhogen, bedoel ik.'

Ik dronk terwijl ik Alex hoorde lachen. En Kurt hoorde zeggen dat Alex weg moest gaan. Toen ik het flesje weer neerzette, had Kurt zijn blik op mij gefixeerd.

'Er zijn overeenkomsten tussen een trainer en een politiechef,' zei hij. 'Weet je welke, Roy?'

'Is dit het moment dat ik moet zeggen: nee, vertel?'

Zijn ogen versmalden zich. 'Dat is vooruitkijken. Anticiperen op wat gaat komen. Ik voorkom ruzies en ongemakkelijke situaties. Ik geef het shirt met nummer tien aan de beste speler, maar de aanvoerdersband aan de speler die mijn tactiek volgt. Stanley Spind krijgt van mij toestemming om als clubarts ons trainingspak te dragen, maar hij mag niet douchen met onze jongens. Om...'

'...te anticiperen?'

Kurt draaide zijn glas rond. 'Ik zag dat je met Rita stond te praten tijdens de wedstrijd.'

'Dat zág je? Je vond de wedstrijd ook een beetje saai om naar te kijken?'

Kurt legde een hand op mijn schouder. Kneep.

'Ik weet dat Rita een beetje met je heeft gespeeld toen je nog erg jong was. Dat betekende geen bal voor haar en ze vertelde me dat je waardeloos was in bed, Roy. Je was niet alleen onervaren, maar had ook geen talent.'

'Dus zelfs als ze Mourinho was geweest, dan was het haar niet gelukt...'

'Roy...' Hij kneep harder, duwde zijn duim onder mijn sleutelbeen. 'Het kan zijn dat ik nu niet honderd procent nuchter ben en dat ik daarom nu eindelijk duidelijk tegen je kan zijn. Maar zodra ik je weer in de buurt van Rita zie, dan zal ik je reet zo toetakelen dat je dagen niet kunt zitten.'

'Kom maar op, ik zal met mijn billen voor je blootgaan.'

Kurt sproeide een mix van speeksel en bier in mijn gezicht. 'Hoop je dat ik je op je bek sla, Roy? Hoop je dat? Zodat je je beroemde rechtse kunt gebruiken? Ja, ik herinner me dat je indertijd goed kon vechten, maar het is lang geleden dat we als tieners op de dansvloer stonden. Ik had de vloer met je aangeveegd. Geloof je me niet? Sla me dan?' Hij wees naar zijn kin. 'Sla een politiechef, en dan kom je eindelijk waar jij, net als je broer, thuishoort. In de cel.'

Hij zoog zijn wangen naar binnen alsof hij speeksel verzamelde. Maar in plaats van te spugen, trok hij mijn hoofd naar zich toe en siste in mijn oor: 'In de gevangenis, Roy. Fucking levenslang. Jammer voor jullie dat het recht op verjaring is opgeheven. Dat betekent dat ik tot jullie dood achter jullie aan blijf jagen.' Hij liet me los en lachte. 'Rita zegt dat je de camping wilt kopen. Als je nog meer te zeggen hebt over jouw bod, dan loopt dat via mij. Begrepen? En je moet vooruitbetalen, ik ken jullie.'

Hij pakte zijn halve liter en vertrok. Hij waggelde zo op zijn o-benen dat het moeilijk te zeggen viel hoe dronken hij eigenlijk was.

'Wat was dat voor iets?' vroeg Julie, die ons had gezien, maar niet had kunnen verstaan wat er werd gezegd.

'The White Stripes,' zei ik. 'Mooie riff, niet?'

6

Het was zes uur 's ochtends toen ik mijn tankstation binnenliep.

Het gebeurde nog steeds dat ik mezelf eraan moest herinneren dat het van mij was. Ik had het zoveel jaar voor de oliemaatschappij gerund dat het gevoel van pachter was blijven hangen.

'Morge, chef,' zei Egil die achter de balie zat. Hij werkte hier al tien jaar en ik kon me niet heugen dat hij me 's morgens ooit anders had begroet. Het maakte voor hem geen verschil dat ik nog slechts af en toe werkte en de verantwoordelijkheden aan hem had overgedragen. Het tankstation was dag en nacht open en vooral de nacht van zondag op maandag kon druk zijn door de huisjeseigenaars die weer teruggingen naar de stad.

Toen ik aan kwam gereden zag ik dat Egil al had opgeruimd en geveegd bij de pompen, maar dat er verderop, waar de nieuwe generatie parkeerde, nog bakjes van de worst en sigarettenpeuken lagen. Prima, de nachtdienst moet het gebouw alleen verlaten als dat echt nodig is.

'Ik doe het als ik wegga,' zei Egil, die mijn gedachten gelezen had. Egil was niet altijd een jongen geweest die je kon vertrouwen. Hij spijbelde en bezondigde zich aan kruimeldiefstal. Maar er was iets veranderd toen ik hem, in plaats van te ontslaan, wat hij had verwacht, een nieuwe kans had gegeven. Het was daarna een tijd goed gegaan. Toen hij de zaak weer dreigde te laten versloffen, had hij weer een nieuwe kans gekregen. Ik had hem steeds meer verantwoordelijkheid gegeven. Hij was gegroeid. Toen ik hem een bonus gaf, op basis van de jaaromzet, had hij zijn hoofd opgetild. Het was geen enorme bonus, maar groot genoeg dat hij me in mijn ogen keek en ik zag dat de blik van de verongelijkte kleine man was verdwenen. En toen we nieuwe jonge mensen aannamen had hij mijn poster weer opgehangen in het personeelstoilet: DOE WAT JE MOET DOEN. JIJ BENT VERANTWOORDELIJK. DOE HET NU.

En hij had ze uitgelegd dat het niet om het poepen ging.

'Cool dat we zijn gepromoveerd,' zei Egil terwijl hij op kassa-shift-menu drukte. Ik hoorde het geluid van de printer in het kantoor die de dagomzet printte. 'Was je op het feest in Fritt Fall?'

'Een poosje.'

'Heb je gehoord of we de spits van Notodden krijgen?'

'Nope,' zei ik en ik zag dat de bolletjes die vannacht waren ontdooid en gerezen klaar waren om afgebakken te worden. 'Het interessantste wat ik heb gehoord was wat mij betreft The White Stripes.'

'"Seven Nation Army"?'

Ik bedacht me dat Egil een van die voetbalnerds was. Supporter van Manchester City als ik me niet vergiste.

'Ik was verbaasd dat voetballers smaak hebben. Het is een goed nummer. Is dat het nummer van jouw team?'

'Nee, nee, nee, dat is "Hey Jude".'

'The Beatles? Haten mensen uit Manchester niet alles wat uit Liverpool komt?'

'Jawel, maar dat is nou net de grap, snap je? Je pakt het beste wat ze hebben van je vijand af en gebruikt het tegen ze.'

'O?'

'Datzelfde geldt voor "Seven Nation Army". Dat was eigenlijk van Club Brugge, ze zongen het toen ze in Italië AC Milan hadden verslagen. Maar toen ze een paar jaar later thuis tegen AS Roma speelden, hadden de Roma-fans hun huiswerk goed gedaan en zongen zij "Seven Nation Army" tégen het thuispubliek. En ze wonnen de match.'

Ik knikte. Het wapen van de vijand stelen. Ik wist niet precies wat, maar daar zat wel iets in. Misschien kon ik dat gebruiken.

Egil haalde zijn jas op uit de personeelsruimte, zei dat Daniel om twee uur begon en vertrok. Ik liet Egil uiteraard de muziek spelen waar hij van hield, maar ik zette J.J. Cales *Stay Around* op zodra hij de deur uit was. Het album was zes jaar na de dood van J.J. Cale verschenen en ja, er waren goede redenen sceptisch te zijn als een album het resultaat is van een zoektocht in de nalatenschap van een artiest. Hoe goed is dat dan eigenlijk? Het is niet zo makkelijk kritisch te zijn op je dode helden en heldinnen. Was ik kritisch genoeg geweest toen ik de tekeningen van de achtbaan vond of hield ik er zo van omdat ik van haar had gehouden? Ik zag voor me hoe Shannon daarmee bezig was geweest in de keuken van Opgard terwijl ze wachtte tot de bouw van Os Spa begon. Ze had naar de bergen, naar de lijnen gekeken. Uit de tekeningen die ze had geschetst van het Budalsvann en de Ottertind was op te maken dat ze de camping had gezien als het bouwterrein. Carl had me stomverbaasd aangekeken toen ik de eerste keer over de achtbaan begon, dus ze had de tekeningen duidelijk nooit aan iemand laten zien. Waarom zou ze ook? Het idee van een grote achtbaan hier in de bergen was zonder meer absurd.

Ik had de voors en tegens tegen elkaar afgewogen of ik Carl zou vertellen dat ik tekeningen had en dat ze van Shannon waren. Maar ik was ten eerste bang dat hij me te goed kende, dat hij zou begrijpen waarom ik – de nuchtere pragmaticus – ineens een project had dat ik per se wilde uitvoeren. Dat het me om meer ging dan het synergetische effect tussen Os Spa en de houten achtbaan. En ten tweede betwijfelde ik of hij een dergelijk project zou toestaan als hij te horen kreeg dat het Shannons visie was. Na Shannons dood was hij geen enkele keer door haar papieren gegaan. Hij had koud en beslist tegen me gezegd dat ik alles wat ik vond weg moest gooien: 'Alle sporen van die hoer moeten verdwijnen.'

Maar was het waar wat ik mezelf vertelde, dat ik een achtbaan wilde laten bouwen om de vrouw te eren van wie ik hield, een herdenkingsplek waar ik naartoe kon gaan omdat Shannon begraven was in haar thuisland Barbados? Of was het iets anders in mij, iets wat niet zo bescheiden was? Koningen bouwen kerken, niet om te laten zien dat God groot is, maar om te laten zien dat ze zelf groot zijn. Vader had verteld over de twee broers Øystein en Sigurd die begin twaalfde eeuw samen koning waren. Øystein was de charmante, extraverte en erudiete van de twee en bouwde meerdere monumenten voor zichzelf, onder andere de grote berghut in Dovre. Terwijl Sigurd, de sombere en introverte, er slechts eentje liet bouwen. De kathedraal in Oslo. De broers hadden beslist een lastige relatie en het volk zag Øystein als hun echte koning. Maar toen Øystein stierf, moesten ze Sigurd als alleenheerser accepteren. Nu is het vooral Sigurd die wordt herinnerd onder de naam Sigurd Jorsalfare – Sigurd de Jeruzalemganger.

Ik keek op mijn horloge. Rita Willumsen had nog tien uur.

De dag begon rustig. Lokale klanten die tankten, en betaalden zonder een praatje te maken.

De chauffeur van Nor Tekstil die elke werkdag het vuile wasgoed van Os Spa ophaalde, koffiedronk en drie woorden sprak over het weer voordat hij doorreed naar de wasserij in Skien.

Dagur, de IJslander die in een van de twee taxi's van Os reed, kwam langs en tankte de rode Mercedes vol en vertelde dat hij erover dacht over te gaan op een hybrideauto net zoals Lillabeth en haar man die in de tweede taxi reden. Een witte hybride Toyota waarvan ze zeiden dat hun kosten twintig procent minder waren geworden.

Ik knikte en zei dat ik plannen had voor twee snellaadpalen. Het was bijna elf uur en het was een goede dag geweest tot ik Grete Smitt aan de overkant van de rijksweg zag staan. Ze droeg Crocs en een T-shirt. Helaas keek ze eerst goed naar links en rechts voor ze de weg overstak. De elektrische deuren lieten een hese zucht horen toen ze voor haar opengingen en mijn gedachten gingen naar Darth Vader.

Toen we opgroeiden was Grete bleek met steil, futloos haar. Later was ze bleek met een permanent die het er niet beter op maakte.

Haar neus leek op een bijlblad dat met kracht in haar gezicht was gedreven en je de stuipen op het lijf joeg. Nu is het uiteraard geen mensenrecht knap te zijn, maar met Grete was de Schepper wel heel gierig geweest. Daarom zou je, zoals bij ieder ander, wensen dat het verrekte rechtvaardig was als Grete zogenaamd zou opbloeien zodra ze een vriend had. Maar Grete was niet ieder ander, ze was zo slecht dat Onze-Lieve-Heer haar niets verschuldigd was en ik ook niet. Maar ze was mijn Darth Vader en dat wist ze. Een verdomde landmijn door dingen die ze wist, gezien had of gewoon had geconcludeerd en die slechts op het juiste moment wachtten om afgeschoten te worden op Carl en mij. Een landmijn die wachtte op het moment dat het loonde.

'Hoi, Roy. Wat wil jij met de camping?'

Ze stond voor me en leek niet van plan iets te willen kopen.

'Dus jij hebt Rita Willumsen vandaag geknipt?' zei ik.

'Nee, Kurt kwam langs om te vragen of ik iets wist.'

'Dus zelfs de politie gebruikt in haar onderzoek jouw roddels?'

'Ik denk dat je blij mag zijn dat dit geen politieonderzoek is, Roy.'

Ik capituleerde in de fixeerwedstrijd.

'Een bolletje, Grete?'

'Nee.'

'Op dieet?'

'Kom op, Roy.'

Ik kuchte. 'Stel dat ik geen camping wil gaan runnen, waarom zou ik dat aan jou vertellen?'

'Omdat ik je zojuist info heb gegeven dat Kurt vragen over jou stelt. Quid pro quo, nietwaar?'

Het was zo zelden dat er Latijn werd gesproken in het dorp dat ik haar nog een keer moest aankijken. Misschien kwam het door het rechtbankdrama op Netflix dat volgens Simon zo goed was.

'Dan zeg ik camping en dan staan we quitte,' zei ik.

Ze staarde me aan. 'Je liegt.'

Ik haalde mijn schouders op. 'Drie bolletjes voor de prijs van twee?'

Grete Smitt draaide op haar hakken om en de Crocs piepten op de vloer. Ze bleef een ogenblik in de deuropening staan terwijl de koude lucht naar binnen stroomde.

'Natalie Moe is trouwens terug.'

De deuren gleden weer achter haar dicht en het leek of ze een zucht van verlichting slaakten.

Om twaalf uur belde Kurt Olsen. Zijn stem was hees van gisteren. Hij ging recht op zijn doel af.

'Als je er nog een miljoen bij legt, is de camping van jou, oké?'

'Dat is veel,' zei ik. 'Ik meen dat mijn bod vijfenhalf was. En dat zakt om vier uur naar vijf miljoen.'

'Jezus. Dus het is niet waar dat jullie van Opgard nooit onderhandelen. Daar schep je toch altijd zo over op?'

'Jij bent degene die nu onderhandelt, Kurt. Weet Rita dat je mij belt?'

'Weet... Waarom zou ze dat niet weten?'

'Omdat ik me afvraag of zij op net zo'n klunzige manier onderhandelt zoals jij nu doet.'

'Waar heb je het verdomme over?'

'Rita had óf om de hete brij heen gedraaid om te zien hoe hoog ik wilde gaan, óf ze had gewoon bedankt. Dan was het aan mij een hoger bod te doen. Maar jij gooit de prijs op tafel en dan weet ik dat jullie willen verkopen. En als jullie willen verkopen, dan is het niet zo dat jullie dolblij zijn met zesenhalf, maar geen interesse hebben als ik vijfenhalf bied. Niemand weet namelijk wat het terrein waard is als de Toddetunnel er is en het is ook niet zo dat de mensen in de rij staan om in de periferie een camping te kopen.'

Het werd stil aan de andere kant van de lijn. Dat wil zeggen, ik hoorde nagels over een ongeschoren kin gaan. Ik zag Kurt Olsen met een kater voor me en hoorde een licht gekraak alsof hij nadacht. Aangezien dat niet zijn sterkste punt was, duurde dat even. Eigenlijk iets te lang, vond ik. Het antwoord dat hij gaf duurde te lang.

‘Dat is het nu net,’ zei hij.

‘O?’

‘Ja. We hebben een bod gekregen van zes komma vier miljoen.’

‘Zomaar, out of the blue?’

‘Nee, ik heb iemand gebeld van wie ik weet dat hij wel interesse heeft.’

‘In de camping?’

‘Misschien wel.’

‘En wie is dat dan?’

‘Dat kan ik natuurlijk niet zeggen.’

‘Maar ik kom het toch te weten als hij het terrein koopt.’

Kurt gaf geen antwoord. Hij loog uiteraard, hij moest doorhebben dat ik dat begreep. Nu haatte ik Kurt Olsen niet zoals hij mij haatte, heel simpel omdat ik niet zulke goede redenen had als hij. Daarom zei ik niets om hem de tijd te geven na te denken en de kans te grijpen om enigszins elegant de aftocht te blazen. Maar de seconden tikten voorbij en ik begreep dat hij die kans niet greep. Ik voelde de twijfel komen. Vergiste ik me, hadden ze echt een koper? Maar wie wilde verdomme een camping kopen waarvan de navelstreng met de beschaving op het punt stond doorgeknipt te worden?

Toen wist ik het.

Het kon alleen iemand zijn die wist dat die toch niet doorgeknipt zou worden.

‘Laat me er even over nadenken,’ zei ik.

‘Doe dat. Je hebt de tijd tot… tja, zullen we vier uur zeggen?’ Ik hoorde de triomf in zijn stem.

‘Oké,’ zei ik.

‘En Roy? Ik vertrouw je voor geen meter dus ik wil het schriftelijk hebben.’

‘Komt voor elkaar.’

We hingen op en ik belde Carl.

7

Om tien over twee reed ik weg bij het tankstation, nam de weg door het centrum en daarna de weg die was aangelegd in verband met de bouw van het hotel. Driehonderd meter verder stond ik voor het hoofdgebouw. Os Spa ziet er op het eerste gezicht niet spectaculair uit. Er is weinig opsmuk en de langwerpige vleugels voegen zich naar het landschap. De voormalige burgemeester Aas zei dat het gebouw hem een beetje deed denken aan de Duitse bunkers uit zijn jeugd, je moest er recht voor staan om ze goed te kunnen zien. Maar die associatie had hem er niet van weerhouden om na de brand te investeren in aandelen van het hotel. Dat gold voor hem, maar ook voor honderd andere inwoners van het dorp. Geen grote hoeveelheden aandelen, maar zoveel dat ze zich in zekere zin eigenaar van het hotel konden noemen. Hoewel de omzet goed was, waren er de afgelopen zeven jaar nog geen winstuitkeringen geweest. Carl had aan de algemene vergadering uitgelegd dat dat vaak het geval was bij beginnende bedrijven. Aangezien niemand wist in hoeverre de wegomlegging effect zou hebben op het hotel, was het ook moeilijk geweest aandelen te verkopen. Om die reden waren er maar weinig aandeelhouders happig op geweest meer geld te investeren in de uitbreiding en had men zonder problemen ingestemd met de deelname van de Fransen. De bouw van de nieuwe vleugel, die opgetrokken zou worden uit grijs beton en licht hout, stond op het punt van beginnen. Machines en auto's met het logo van de Litouwse aannemer AUB stonden al klaar. Voss Gilbert, die na tien jaar nog steeds de nieuwe burgemeester werd genoemd, zei dat hij stond te trappelen om, onder hoorngeschal, de eerste schep in de grond te steken.

Ik liep de lobby binnen. Graniet, glas en hout. Een buste van Jo Aas. Niet eentje van degene die dit gebouw had ontworpen, hoewel het me elke keer dat ik binnenkwam opviel hoe geniaal het was. Praktisch, smetteloos, eenvoudig en toch *sophisticated,* maar dan op een warme, uitnodigende manier. Net als Shannon Alleyne zelf.

Ik knikte naar de receptioniste en nam de lift.

Carls kantoor annex vergaderruimte lag op de tweede verdieping, iets wat ten eerste erg onpraktisch was gezien alle administratie die op de begane grond werd gedaan en ten tweede nam het de ruimte in van wat een suite met het op een na beste uitzicht van het hotel had kunnen zijn, alleen de bruidssuite met uitzicht over het Budalsvann was nog mooier.

Maar Carl had erop gestaan. Zijn plan was dat hij hier trouwe en prominente gasten kon uitnodigen voor lunch of diner, zoals vermogende cruisegasten aan de kapiteinstafel worden uitgenodigd.

Carl stond bij het panoramaraam naar buiten te kijken toen ik zonder kloppen naar binnen ging.

'Die vleugel wordt *amazing*,' zei hij zonder zich om te draaien. 'Ik heb net een meeting achter de rug met Lewi.'

'Lewi?'

'De Litouwse bedrijfsleider van AUB. Hij zegt dat de tekeningen zo gedetailleerd en perfect zijn dat ze niet aangepast hoeven te worden. Het is een handleiding, we hoeven alleen maar te beginnen met bouwen.' Hij liep naar zijn stoel en hing zijn colbert over de rugleuning. 'Ze was een genie, wist je dat?' Hij keek me aan.

Ik knikte en ging zitten aan de lange vergadertafel.

'Ik heb er even over nagedacht, Roy. Ik vind dat we de vleugel naar haar moeten vernoemen. Wat vind jij?'

'Naar Shannon?'

'Ja, de Alleyne-vleugel.'

Ik slikte. 'Ik dacht dat alle sporen van die... ik meen dat je het woord "hoer" gebruikte, moesten verdwijnen?'

Carl zuchtte. 'Weet je, tijd heelt alle wonden.'

Nee, verdomme, dacht ik. Die van jou misschien, maar niet die van haar en niet die van mij.

'Bovendien,' zei hij. 'Ik bedacht dat het op kan gaan vallen, ja, haast verdacht kan zijn, dat ik als weduwnaar haar geen erkenning geef. Begrijp je?'

Ik opende mijn mond een beetje zodat niet te zien zou zijn hoe mijn kaakspieren zich spanden en me konden verraden.

Carl plofte in zijn luxueuze zwartleren bureaustoel. 'Zo! Wat is er aan de hand?'

Ik herhaalde het telefoongesprek dat ik met Kurt Olsen had gehad. Dat er, als hij de waarheid sprak, iemand was die wist dat de rijksweg mogelijk toch niet omgeleid zou worden.

'Dus jij denkt dat ik dat ben?' vroeg Carl, hij legde vier vingers op zijn zijden stropdas en keek me aan met zijn jongensachtige lach die de harten van zowel vrouwen als mannen liet smelten. Hoewel het natuurlijk een grapje was, ging het als een schok door me heen. Want die gedachte raakte iets in me aan. Carl en ik hadden weliswaar gemeenschappelijke financiële interesses, maar was ons financiële lot niet veel minder met elkaar verweven sinds ik een deel van mijn aandelen in Os Spa van de hand had gedaan? De gedachte dat Carl en ik tegen elkaar op zouden bieden was natuurlijk absurd, maar we zaten niet meer in hetzelfde schuitje. In elk geval niet als het om onze financiën ging. Wat betreft levenslange gevangenschap was dat natuurlijk een heel ander verhaal.

'Het zou GeoData kunnen zijn,' zei ik.

Carl schudde zijn hoofd. 'Hoewel we het hier niet hebben over een beursgenoteerd bedrijf en er dus geen sprake is van voorkennis door degene die weet dat de prijs zal stijgen als het rapport uitkomt, is er toch sprake van crimineel handelen.'

'De ene partner van GeoData is veroordeeld voor verduistering.'

'Vijf miljoen is goed betaald voor een camping, zelfs mét een rijksweg, Roy. Ik kan me niet voorstellen dat een stel geologen ineens hun geld zetten op toerisme in een plaats die ze niet eens kennen.'

'Ze begrijpen dat ik iets van plan ben, ze willen het terrein voor een hogere prijs aan me terugverkopen.'

'Kom op, Roy. Er zitten misschien twee kleine visjes in het water, Rita Willumsen en misschien die partner van GeoData, maar er zijn maar twee haaien en dat zijn wij.'

'Misschien heb je gelijk,' zei ik, ik stond op en liep naar het raam. Mijn god, wat was het mooi als de hei herfstrood op de bergen brandde en de lucht zo oneindig en blauw was als vandaag. 'Maar iemand is erop uit een haai te vangen. Met grote haken. Ik heb gisteren op het feest Kurt gesproken. Hij was dronken, maar hij maakt jacht op ons, Carl. Hij gebruikte de woorden "levenslange gevangenschap". Weliswaar in omgekeerde volgorde, maar hij zei dat we nooit meer vrij zouden komen.'

'Is dat zo?' zei Carl en hij zag er verontrust uit.

'Ik kan me niet voorstellen dat hij iets nieuws weet, maar hij verwacht duidelijk iets in de autowrakken te vinden.'

Carl knikte nadenkend en nam een stuk huid van zijn kin tussen duim en wijsvinger. 'Ik was sowieso van plan deze week Kurt een nieuw contract aan te bieden. Maar misschien moet ik iets meer bieden dan ik van plan was.'

'Jij denkt dat een hoger trainerssalaris hem zal stoppen?'

Carl leunde over zijn bureau waarvan hij beweerde dat dat gemaakt was van een bedreigde palmsoort op Tuvalu en pakte een vulpen die hij van Jo Aas had gekregen. 'Ik ben altijd van mening geweest,' begon hij en hij tikte het ritme van de woorden met zijn pen, 'dat er geen grenzen zijn aan wat mensen bereid zijn te doen – of in dit geval niet te doen – als je ze maar genoeg betaalt. In de vorm van geld, seks, drugs of macht en eer. Vooral die laatste. Géén grenzen.'

'Je begint als pa te klinken,' zei ik.

De pen stopte met tikken. Onze blikken kruisten elkaar. Ik voelde de kou.

'Sorry,' zei ik en ik stak mijn hand op. 'Maar voor Kurt Olsen gaat het erom dat hij wil weten hoe zijn vader is gestorven, toch? Familie gaat boven geld. En macht en eer. Mee eens?'

Carl zag er gespannen uit zoals hij op zijn stoel met hoge rug me zat aan te staren.

'Mee eens,' zei hij ten slotte. 'Verdomme, Roy, ik moet stoppen met drinken.'

'Alweer?'

'Vroeger kreeg ik alleen daarna last van angst,' zei hij me negerend. 'Nu is er sprake van volledige paranoia. Vannacht droomde ik dat de Fransen het hier overnamen, me ontsloegen en dat ik jou moest vragen om een baantje op het tankstation.'

'Interessant. Wat was mijn antwoord?'

'Dat herinner ik me niet. Misschien werd ik toen wakker. Hoe ging het verder met het bieden?'

Ik haalde mijn schouders op. 'Ik geloof dat Kurt me achter Rita's rug om heeft gebeld om haar te laten zien dat hij een man is die wel even een extra miljoen uit me kon knijpen. Vervolgens heb ik hem mogelijk zelf op het idee gebracht dat er een andere koper in het spel kan zijn. Ineens kwam hij daarmee. Hij had alleen een paar seconden te veel nodig dus ik vermoed dat hij bluftte.'

'Met de gedachte dat we Kurt niet tegen de haren in willen strijken, moeten we hem misschien de hele pot geven.'

Ik knikte. Carls telefoon begon te zoemen.

Ik draaide me om naar het raam en belde terwijl Carl het binnenkomende telefoontje nam.

'Ja?' klonk een hese stem aan de andere kant.

'Goed,' zei ik. 'Zesenhalf.'

'Op schrift,' zei Kurt en hij leek nauwelijks te kunnen verhullen hoe opgelucht hij was, kennelijk was hij bang geweest dat hij Rita's deal met mij had verpest.

'Dat kun je krijgen, maar ik wil eerst het andere bod zien.'

'Ik zei toch wat dat was.'

'Ik wil het op schrift.'

'Luister...'

'Als jij mij niet vertrouwt, heb ik geen reden jou te vertrouwen, Kurt. Als jij een bod hebt verzonnen om de prijs op te drijven, kan dat voor mij reden zijn het contract te verscheuren. Heeft Rita je dat niet uitgelegd?'

Ik zou het niet moeten doen, ik zou Kurt over me heen moeten laten pissen, maar ik kon het niet laten. Zo zwak ben ik wel.

'Het bod werd mondeling gedaan en de bieder is anoniem,' zei Kurt.

'Ik wil het op schrift. De naam hoef ik niet te weten, ik vind het voldoende als Rita het bod ook heeft gezien en het gelooft. Want haar vertrouw ik.'

Kurt sprak grommend een paar verwensingen uit en je moet uit Os komen om te weten welke afgronden hij je in wenst.

'Om zes uur,' zei hij. 'Bij Rita.'

Carl keek me vragend aan, maar stond op en ging door met zijn overdreven Midden-Westen-Amerikaans toen ik hem gebaarde aan de kant te gaan. Ik toetste het bod met een paar korte zinnen in op zijn pc en gaf Carl een teken dat hij het moest lezen. Zonder de telefoon van zijn oor te halen, staarde hij ernaar en verbeterde twee schrijffouten. Er was geen reden Kurt munitie te geven voor een dyslexiegrap. Ik stuurde de tekst naar de printerruimte beneden, klopte Carl op zijn schouders en liep de kamer uit.

Ik hield de liftdeuren open voor een stel van middelbare leeftijd in witte badjassen en op slippers. De deuren sloten zich en we staarden stijf langs elkaar heen.

Terwijl zij doorliepen naar de spa-afdeling, liep ik langs de receptie naar de administratie.

De deur naar de printerruimte stond open en ik ging achter een meisje met blond haar staan dat de papieren sorteerde die het apparaat uitspuugde. Ze had haar kopje koffie op de printer gezet en zwaaide met haar hoofd heen en weer op het ritme van de muziek die uit de grote koptelefoon op haar hoofd kwam. Ik kuchte om mijn aanwezigheid kenbaar te maken zodat ze niet zou schrikken en haar koffie om zou stoten als ze zich plotseling naar me omdraaide. Maar de muziek stond duidelijk te hard.

Wat ik hoorde, klonk bekend. Het was de riff van gisteren.

Ik kuchte luider.

Het meisje draaide zich om en schonk me een grote, open lach. 'Bijna klaar!' riep ze onnodig hard.

'Doe rustig aan,' zei ik lachend terug. Ik verwachtte dat ze zich weer om zou draaien naar de printer, maar dat deed ze niet. Ze bleef me aankijken.

'Roy Opgard?'

'Ja,' zei ik.

Ze zette haar koptelefoon af. Ik hoorde dat het The White Stripes niet waren, maar klassieke muziek, in elk geval een hele groep blazers en violen.

'Herken je me niet?'

Ik keek haar aan. De intense ogen die te groot leken in het smalle gezicht met de hoge jukbeenderen. Er was iets met de kleur ervan, alsof de irissen in laagjes waren opgebouwd. Een groenachtige kleur in de basis die overging in blauw en bovenop lichtblauw werd. Het was niet alleen de kleur die speciaal was, maar ook de uitdrukking. Huilogen hadden Carl en ik die genoemd. Ogen die gevoeligheid, kwetsbaarheid, uitstraalden. Hoewel dit meisje, ik gokte dat ze halverwege de twintig moest zijn, er niet geschrokken of kwetsbaar uitzag, hield ze mijn blik vast zonder dat haar lach verdween. En dat was de reden dat ik haar niet herkende.

'Natalie Moe,' zei ze.

'Natalie Moe?' herhaalde ik argwanend voordat ik me beheerste. 'Maar natuurlijk. Mijn broer zei al dat je hier begonnen bent. Het spijt me, het moet... Hoe noemen ze dat ook alweer? Alz...'

'Het hoeft je niet te spijten, ik ben blij dat de mensen in Os me niet direct herkennen.'

'O?'

Ze haalde haar schouders op. 'Ik geloof dat jij dat beter begrijpt dan de meeste mensen hier, Roy.'

Ik knikte. Knikte dat langzame Os-knikje dat alles en niets kan betekenen. Op en neer. Ten slotte knikte ik naar de koptelefoon. 'Waar luister je naar?'

Ze lachte weer en begreep dat ik van onderwerp wilde veranderen. 'Bruckners vijfde symfonie.'

'Jezus, ik geloof niet dat veel mensen in Os daarnaar luisteren.'

'Doe ik eigenlijk ook niet. Ik was alleen... op zoek naar iets.'

'Op zoek,' herhaalde ik. Ik kon niet stoppen met dat verrekte geknik van me. Gelukkig zag ik achter haar dat haar batch klaar was en dat mijn vel papier met het bod eruit werd gegooid.

'Dat is mijn A4'tje,' zei ik wijzend.

Ze stapte opzij.

Ik pakte het. 'Goed te zien dat je terug bent, Natalie. Waar...'

'Nee, ik woon niet bij mijn vader,' zei ze. 'Hij is nu alleen, weet je dat?'

'Ik heb gehoord dat hij weduwnaar is geworden, ja,' zei ik.

Het is mogelijk dat ze meer in dat alleen zijn stopte, maar ik hoefde het niet te weten. Ik hoefde alleen naar haar te kijken, ze was een volwassen vrouw geworden. Niet meer die verschrikte, arme tiener die hulp nodig had. Hulp om haar schaamte te overwinnen en weg te komen uit dit dorp. Weg van haar ouderlijk huis.

'We zien elkaar vast wel weer,' zei ik.

'Roy?'

Het was vreemd om haar mijn naam op die manier uit te horen spreken. Natalie en ik hadden nauwelijks een woord gewisseld toen ze hier woonde en ze kwam maar af en toe in het tankstation om iets te kopen. Toch hadden we iets wat ons verbond en afstootte. Die keer dat ik haar in het café in Notodden had gezien, had ze gedaan of ze me niet zag en daar was ik blij om geweest.

Ik draaide me om en keek haar aan. Ze zei iets, een woord, maar dat werd overstemd door de printer die piepte dat hij klaar was. Ik glimlachte en gebaarde dat ik haast had.

De herfstlucht was koel en goed tegen mijn verhitte hoofd toen ik de parkeerplaats op liep. Ik ging in mijn Volvo zitten en startte de motor.

Ik had het woord op haar lippen gelezen.

Natalie Moe had 'bedankt' gezegd.

8

Toen ik langs Nergard reed en de weg omhoog nam, zag ik hoog tegen de berg bij de Geitesving iets bewegen. Het was het deel van het ravijn dat je van hieruit kon zien en het duurde een paar seconden voor ik begreep dat het grote beest dat langzaam omhoog leek te kruipen tegen de licht overhangende wand een auto was. Ik stopte en keek beter. Ja, het was de onderste auto, het wrak van een zwarte Cadillac DeVille, 1979-model. Vader had de auto zonder afdingen van Willum Willumsen gekocht, die beweerde dat de auto slechts over kaarsrechte, gortdroge *highways* in Nevada had gereden en daarom geen enkel roestplekje had en zo goed als nieuw was. Het duurde twee weken voor de wagen naar de werkplaats moest en de daaropvolgende jaren werd die mijn leerschool in autotechniek. Het belangrijkste wat ik leerde was dat het bijna mogelijk was alles te repareren. Een poos dacht ik alles, maar dat geloof ik niet meer.

Toen ik bij de Geitesving was gekomen, had de kraanwagen de Cadillac al helemaal opgetakeld en op de oplegger geplaatst, boven op Carls 85-model van de Cadillac DeVille en de witte Jaguar E-model van Willumsens afperser. De mannen die er stonden volgden alles. Ik herkende een van hen, de enige die geen reflecterend vest droeg. Hij stopte en liet het raam naar beneden glijden.

'Gilliani?' zei ik. 'Werk je nu bij de Verkeerspolitie?'

De technisch rechercheur met zijn Pakistaanse uiterlijk lachte en duwde zijn dikke nerdbril omhoog op zijn neus. 'Je hebt een goed geheugen, Opgard. Hoelang is dat geleden? Zeven jaar? Acht?'

Indertijd had Kurt Olsen er bij KRIPOS op aangedrongen dat ze mensen moesten sturen om de lijken uit Huken te onderzoeken. KRIPOS had niets gevonden wat erop duidde dat het niet om ongelukken ging en dat de doden waren omgekomen door de val in het ravijn. Toen ze ook kruitresten op de hand van de afperser hadden aangetroffen die hem in verband brachten met het pistool dat naast Willumsen op het bed lag, werd de zaak als opgelost beschouwd. De afperser had Willumsen gedood. En het motief? KRIPOS meende dat het er meerdere konden zijn omdat er sprake was van een schuld van dertig miljoen. Nader onderzoek was niet nodig aangezien beide partijen dood waren. Maar nu, acht jaar later, was er duidelijk wel een reden.

'Ik ga ervan uit dat Kurt Olsen KRIPOS gevraagd heeft te komen,' zei ik.

'Mogelijk.'

'Juist. Nemen jullie alle drie de auto's mee naar het lab?'

'Dat is het plan.'

'Waarom? Is er sindsdien iets gebeurd?'

'Nieuwe en betere technologie,' zei Gilliani.

'O ja?' Ik herinnerde me dat ding dat op een haarföhn leek dat kruitresten kon detecteren. 'Maar hoe zit het met de oude Cadillac?'

'Zoals je misschien weet is de verjaringstermijn opgeheven.'

'Nee,' loog ik. En ik herinnerde me de dag dat Carl en ik in de wintertuin hadden gezeten en op de radio hadden gehoord dat het Storting de wet had veranderd.

'Alle moorden van minder dan vijfentwintig jaar oud kunnen tot in de eeuwigheid worden onderzocht,' zei Gilliani.

'Is dat zo?'

'Ja, Olsen zegt dat het minder dan vijfentwintig jaar geleden is dat de eerste auto in het ravijn stortte. Klopt dat niet?'

Ik knikte. Ik weet nog goed dat Carl en ik vloekten terwijl de radioverslaggever maar door bleef zeuren over wat deze wetswijziging betekende. Was die wijziging een paar jaar later gekomen, dan hadden we ons over drie moorden minder druk hoeven te maken.

'Wat kunnen jullie na zo'n lange tijd nog aan sporen vinden?' vroeg ik.

'We zullen zien. Door de overhangende wand komt er geen regen of zon bij de wrakken en DNA is robuuster dan je zou denken.'

Ik keek Gilliani aan, probeerde zijn gezichtsuitdrukking te peilen. Probeerde hij me bang te maken of sprak hij vrijuit omdat Carl en ik al de laatste keer dat KRIPOS hier onderzoek deed van de lijst van verdachten waren geschrapt?

'Succes,' zei ik en ik zei dat ik koffie had als ze nog lang moesten blijven.

Gilliani grijnsde en schudde zijn hoofd.

Ik was al met mijn derde kopje bezig en de wegwerkers waren begonnen met gaten boren voor de paaltjes van de vangrail. Het dunne glas van de keukenramen rinkelde waardoor ik maar nauwelijks kon horen dat de telefoon overging.

'Ja?' riep ik.

'Met Halden.'

'Wacht even,' zei ik en ik liep naar de woonkamer waar we ramen met isolatieglas hadden. 'Zo. Hebben jullie een besluit genomen?'

'Waar kunnen we afspreken?' Hij klonk nerveus. Nerveus was goed, meende ik. Was hij naar de politie gegaan, dan had hij reden gehad kalm te zijn. Hij stelde geen plaats of tijd voor, liet dat aan mij over. Dus een val was het niet. Het was bovendien minder dan twee dagen geleden sinds ik hem een bezoek had gebracht en ik ging ervan uit dat de politie meer tijd nodig had om een plan te bedenken.

'Notodden,' zei ik.

'Is dat niet een beetje te dicht bij Os? Als iemand die jou kent ons samen ziet...'

'Brattrein Hotel,' zei ik. 'Woensdag drie uur. Kamer 333 als je niets anders hoort, ga daar direct naartoe. En kom alleen.'

'Maar Fuhr wil...'

'Alleen. Hij kan meegaan en in de auto wachten als hij dat wil.'

Er viel een stilte en ik kreeg het gevoel dat hij een blik wisselde met degene die meeluisterde. Fuhr, in dit geval.

'Oké, Opgard.'

'Mooi. Tot dan.'

Ik hing op. Staarde voor me uit. Waarom had ik kamer 333 gezegd? Was dat omdat ik wist hoe die eruitzag? De hoeken van de kamer, aan welke kant de badkamer zat? Maar alle kamers zullen er wel hetzelfde uitzien, dus misschien was het uit nostalgie, dat ik de kamer weer wilde zien waar Shannon en ik de eerste keer waren geweest. Of was het een kamer waarop al een vloek lag, een plek waar ik mijn eigen vlees en bloed had verraden en waar het pad was begonnen waarop ik de laatste jaren had gelopen: het pad van een cynische zondaar die zijn morele kompas was kwijtgeraakt dat ooit gemaakt had wie ik was, wilde zijn. Iemand die voor Natalie Moe was opgekomen toen niemand een vinger naar haar uitstak. Twee keer 333. Dat werd in elk geval een getal dat paste bij de nieuwe Roy Opgard.

Ik belde Carl. 'Ik ga die tunnelvent morgen ontmoeten.'

'O ja? Wat zei hij over...'

'We hebben het er vanavond wel over.'

We hingen op. Ik ging in de oude leunstoel van vader zitten die Carl vreemd genoeg had willen houden toen we het huis opnieuw inrichtten. Ik staarde naar de telefoon. Ik had GeoData of Halden niet genoemd en Carl ervan weerhouden te veel te zeggen. Hadden de dreigementen van Kurt me afgeschrikt? Kwam het omdat KRIPOS – bijna letterlijk – op onze deur had geklopt? Of was ik besmet geraakt door Carls paranoia?

Ik liep de keuken in, vond een pen naast de broodtrommel en ondertekende het bod. Ik keek naar de pijp die van de houtkachel door een gat naar de jongenskamer op de eerste verdieping ging. Het gat was zo zorgvuldig uitgezaagd dat het huis niet kon afbranden. Carl had erop aangedrongen dat we de keuken ook opknapten, maar ik had me ertegen verzet, ik weet niet waarom. Hij wilde de leunstoel houden, ik de houtkachel met de pijp. Ik kon niet zeggen dat het om dierbare herinneringen ging, maar het is gecompliceerd als het gaat om banden met wat is geweest.

Het was zes uur toen ik aanbelde bij Rita Willumsen.

Tot nu toe was dit het grootste woonhuis van Os en – met die idiote zuilen aan weerszijden van de voordeur – het huis dat het dichtst in de buurt van statig kwam.

Terwijl ik stond te wachten, bedacht ik dat het de eerste keer in mijn vierenveertig jaar in Os was dat ik voor deze deur stond. De enige keer dat ik in dit huis was geweest, was ik via de kelderdeur gegaan.

De deur ging open en Rita torende boven me uit.

'Hij wacht op je in de slaapkamer,' zei ze en ze stapte opzij.

'In de slaapkamer?' zei ik terwijl ik naar binnen stapte.

'Je kent de weg, Roy.'

Voordat ik had kunnen vragen wat voor onzin dit was, was ze al verdwenen in de woonkamer.

Ik liep de brede trap op. Aan de muur op de overloop hing een portret van Willum Willumsen. Hoewel de kunstenaar enkele onderkinnen had weggelaten en de man een waardige, of beter een gehaaide, uitdrukking had gegeven, was het schilderij net zo onaantrekkelijk als de man zelf was geweest.

De deur naar de slaapkamer, waar ik ook slechts één keer in mijn leven was geweest, stond open. Ik stak mijn hoofd naar binnen. Kurt lag op bed. Weliswaar met zijn kleren aan, maar zijn houding en de uitdrukking op zijn gezicht deden me denken aan de iconische foto van een naakte Burt Reynolds op een berenvacht in de *Cosmopolitan*. Met dit verschil dat er een sigaret tussen de lippen bungelde en geen cigarillo en hij zijn hoofd met zijn linkerhand en niet met zijn rechter ondersteunde. De rechter stak hij naar mij uit.

Ik gaf hem het A4'tje met het bod. Hij las het snel door en stopte het onder de sprei.

'Ik dacht dat je het wel leuk zou vinden de plaats delict weer te zien,' zei hij.

'O, maar Rita en ik hebben hier nooit geneukt,' zei ik.

Kurt schoot overeind en de aders op zijn slapen zwollen op. 'Hier heb je Willum Willumsen doodgeschoten,' zei hij.

'Jij hebt me naar boven laten komen om te kijken hoe ik zou reageren?' vroeg ik terwijl ik rondkeek. Voor zover ik kon zien was er niets veranderd. Maar het was toen winter en 's morgens vroeg nog donker. Ik zoog op mijn tanden. 'En werkt jouw röntgenblik, Kurt?'

'Jij bent verdomme een koelbloedige duivel, Roy.'

'Nounou, wat een gevloek, Kurt. Maar laat me dat andere bod eens zien.'

'Je zei dat het voldoende was als Rita het bevestigde.'

'Oké, roep haar naar boven.'

'Nee, ik zal het je laten zien.' Hij haalde een ander papier onder de sprei vandaan. Legde zijn hand op het onderste deel en hield het voor me. Ik tuurde. De korte tekst was met de hand geschreven en werd afgesloten met een 'met vriendelijke groet', maar Kurt had zijn hand op de naam gelegd. Hij wilde het papier weer naar zich toe trekken.

'Wacht,' zei ik.

'O, sorry,' zei Kurt. 'Ik was vergeten dat je woordblind bent.'

Ik keek er aandachtig naar. Het bod was inderdaad 6,4 miljoen kronen en er leek niet geknoeid met het getal. Ik las de korte tekst nog een keer. IK BIED VOOR DE CAMPING DIE IN BEZIT IS VAN RITA WILLUMSEN 6,4 NOORSE KRONEN. MET VRIENDELIJKE GROET. ik bedacht iets. Iets wat meer waard was dan de miljoen die ik volgens Carl aan Kurt moest betalen om hem te pleasen.

'Goed,' zei ik.

'En het geld?'

'Dat krijg je als de eigendomsakte is ondertekend. Dat is de gebruikelijke procedure. Ik ga ervan uit dat jij die als politieman kent.'

Hij grijnsde. 'Het is Rita's geld en ik ken de gebruikelijke procedure niet. Maar ik heb dit...' Hij klopte op de sprei waaronder mijn bod lag. 'Als jij niet over de brug komt...' Hij ging met een vinger langs zijn keel.

'Een echte afperser,' zei ik. 'Trouwens, als het niet de afperser was die Willum om zeep heeft geholpen, dan zou jij het wel kunnen zijn. Ik bedoel, kijk eens waar jij nu bent. Misschien had jij het allemaal uitgedacht.'

Kurt Olsen trok een grimas. 'Alsof jouw ziel al niet lelijk genoeg is, Roy.'

'Ik kom er zelf wel uit,' zei ik voor hij opstond.

Op weg naar buiten stak ik mijn hoofd om de hoek van de woonkamer.

'Ik heb je camping gekocht, Rita.'

'Gefeliciteerd,' zei ze zonder op te kijken uit het dunne boekje dat ze aan het lezen was, waarschijnlijk een klassieker. Als ze verwacht had dat Kurt daar net zo ontvankelijk voor was als ik, was ze vast teleurgesteld. Maar hij zal wel andere kwaliteiten gehad hebben.

'Waarom liet je de onderhandelingen aan hem over?' vroeg ik.

Eindelijk keek ze op. Haar ogen stonden vermoeid. 'Hij wilde dat graag.'

'Wilde hij je imponeren?' vroeg ik. 'Of mij uitknijpen?'

Rita Willumsen zuchtte haast onhoorbaar. Haar dikke haren waren gevlochten en vormden een strakke knot. Misschien om de rimpels weg te trekken die zichtbaar werden. Ik hoorde Kurt van de trap komen.

'Heb jij het andere bod gezien?' vroeg ik.

'Zes komma vier,' zei ze. 'Zag er wel goed uit.'

Ik liet een stilte vallen zodat ze de kans kreeg om zich nader te verklaren. Maar ik bedacht dat ik tevreden was, zowel met wat ik had gekocht als met wat ik bij de koop inbegrepen had gekregen. Toen knikte ik en ik liep naar de voordeur.

9

Het was kwart over zeven 's morgens toen Carl de keuken in kwam lopen.

'Ik dacht dat jij dienst had vandaag,' zei hij terwijl hij koffie inschonk uit de pruttelende koffiepot.

'Egil heeft die van me overgenomen,' zei ik. 'Rita en ik moeten vandaag bij de bank de eigendomsakte ondertekenen en ik ga iets eerder om alles door te nemen met Vendelbo.'

'Vendelbo is de juiste man om in het team te hebben,' zei Carl slurpend van zijn koffie.

Dat geluid deed me denken aan vader. Hij had de gewoonte de koffie op het schoteltje te gieten en dat leeg te slurpen. Het geluid was via de kachelpijp te horen geweest in de jongenskamer van Carl en mij.

'Trouwens, over team gesproken,' zei Carl. 'Ik heb iets bedacht. Natalie Moe, wat vind je van haar?'

'Wat ík van haar vind?'

'Volgens mij kan het een goed idee zijn om haar te betrekken bij het campingproject. Ik heb daarover nagedacht. We hebben iemand nodig die verstand heeft van marketing.'

Ik liep naar het raam. 'Misschien. Maar ze is wel een beetje jong voor zo'n groot project, niet? Misschien iemand anders.'

'Jong is wat we nodig hebben. Zij kennen de kanalen, begrijpen wat werkt. Had ik je al verteld dat ze net door een van de hotelketens in Oslo een baan aangeboden had gekregen toen we haar binnenhaalden?'

'Ze is vast goed,' zei ik. 'Maar...'

'Maar?'

Ik wachtte even. 'Weet je zeker dat ze te vertrouwen is?'

'Te vertrouwen waarin?'

'Dat ze wat besproken wordt niet in het dorp gaat rondvertellen? Als ze voor ons gaat werken, willen we niet dat ze in... privézaken gaat graven.'

'Natalie is professioneel. Een serieuze dame. Geloof me.'

Ik dacht na. Ik wist niet waarom, maar de gedachte kwam bij me op. Natalie had duidelijk gevonden dat ze me dank verschuldigd was, maar toch. Of misschien juist wel daardoor. Het kon al snel te persoonlijk worden.

'Ik weet het niet,' zei ik. 'Het lijkt me een beetje vroeg om aan marketing te denken.'

'Te vroeg?' Carl spreidde zijn armen. 'Nu heb je de camping. Je hebt de tekeningen en een aannemer die de achtbaan wil bouwen. Als uit het rapport komt dat we de rijksweg behouden, is het slechts een kwestie van het project verkopen aan Vendelbo en de bank. En dat kan ik, dat weet je.'

'Weet ik dat?' zei ik. Wolken dreven over de Ottertind, er was regen voorspeld voor vandaag. 'Wat nu als ze nee zeggen?'

'Dat doen ze niet.'

'Ik heb tijdens de wedstrijd Vendelbo gesproken over de lening. Hij was er niet direct ondersteboven van, maar zei wel dat het een kwestie van zekerheid was.'

'Precies. Als het nieuws naar buiten komt dat de rijksweg niet omgeleid zal worden, schieten de prijzen van jouw en mijn vastgoed omhoog en kunnen we de bank zekerheid bieden van hier tot de maan. Zodra we de lening hebben is het showtime, dan is het duveltje uit het doosje. Dan gaat het erom dat we het juiste verhaal klaar hebben waarmee we naar de media kunnen gaan. Dan moeten we professionele mensen als Natalie hebben om het maximale woweffect te bereiken. Je krijgt maar één kans op de eerste indruk, toch?'

Ik knikte met tegenzin.

'Oké?' zei Carl.

Ik zuchtte. 'Oké.'

Hij kwam naar me toe en ging naast me voor het raam staan. Hij legde een hand op mijn schouder en nam een slok van zijn koffie. 'Het lijkt erop dat we een vangrail krijgen,' zei hij.

'Daar lijkt het op.'

Os Sparebank zat in hetzelfde karakterloze gebouw als het gemeentebestuur, het politiebureau en de dokterspost. Filiaalhouder Asle Vendelbo en ik keken naar Rita terwijl ze de verkoopakte doorlas. Vendelbo had uitgelegd dat er geen sprake was van mandeligheid van de grond, dat er geen andere bestemmingsplannen waren en dat de verkoopsom van mijn rekening naar de bank was overgemaakt en klaarstond om uitbetaald te worden aan Rita.

'Het gaat om een standaardprocedure,' zei Vendelbo terwijl Rita de volgende bladzijde omsloeg. 'Het enige wat ik er volledigheidshalve aan toe heb gevoegd is dat er nog een bod van 6,4 miljoen was gedaan en ik begreep dat jullie niet bereid zijn te komen met de naam van de andere bieder?'

Rita en ik knikten.

Vendelbo gebaarde naar zijn adjunct-chef zodat er twee getuigen waren terwijl Rita en ik de verkoopakte en kopieën ondertekenden. Toen alles van stempels en handtekeningen was voorzien, feliciteerde Vendelbo ons met de koop en verkoop en liep met ons mee de kamer uit.

'O, Roy, kan ik je nog even spreken over iets anders?' vroeg Vendelbo toen hij de deur openhield.

Ik knikte en Rita leek opgelucht dat ze niet gelijk met mij hoefde te vertrekken.

We bleven staan om haar na te kijken. Af en toe verdenk ik vrouwen ervan extra met hun heupen te zwaaien als ze weten dat mannen naar ze kijken, maar Rita Willumsen niet. Zij liep gewoon zo, als een kat.

'Bedankt voor het opstellen van de verkoopakte,' zei ik. 'En het snel toekennen van de lening.'

'Normaal gesproken staan we een dergelijke grote lening voor een camping niet toe,' zei Vendelbo. 'Maar gezien het feit dat het slechts ging om het overnemen van een bestaande lening van de ene klant naar de andere, wilden we de zaak niet compliceren.'

We zagen hoe Rita in haar Saab Sonett ging zitten. Ongelooflijk dat ze alle twee in zo'n goede staat waren gebleven. Het ging om stijl en dat was wel het laatste wat Rita Willumsen los zou laten.

'De reden dat jullie de lening hebben toegestaan is dat die is overgenomen van een wat onzekere aflosser naar een zekere,' zei ik. 'Je hebt de rekeningen van Willumsen AS doorgenomen, neem ik aan. Jullie zullen wel blij zijn dat ze de grond heeft verkocht en wat schuld kon aflossen.'

Vendelbo glimlachte zuinig. Filiaalhouders en discretie. Hij kuchte.

'Ik wil je alleen informeren dat ik op het hoofdkantoor een balletje heb opgegooid over jouw aanvraag van een lening van honderd miljoen. Helaas is men wat sceptisch om de lening te financieren omdat het onderpand in de periferie ligt. Of beter gezegd, dat het onderpand in deze omgeving ligt. We zien immers dat jouw vermogen voor het grootste deel verbonden is aan onroerend goed hier in Os en het hoofdkantoor heeft gezien hoe de prijzen zijn gezakt sinds de plannen voor de Toddetunnel. We nemen aan dat de prijzen zullen blijven dalen.'

'Zien ze niet dat hier dingen gebeuren?' vroeg ik. 'Os Spa loopt goed en dat zal ook het geval zijn zonder de rijksweg.'

Vendelbo zuchtte, wipte heen en weer op zijn voeten en trok aan zijn broekriem. 'Os Spa alleen is niet voldoende, Roy. Het dorp gaat ten onder, het is niet eens zeker of de bank hier over een jaar of vier nog is. Dus als het aan mij ligt is alles wat nieuw leven in dit dorp blaast welkom. Maar het hoofdkantoor ziet het niet als zijn taak om Os prioriteit te geven. Ze kijken naar projecten bij Todde.'

'Todde? Er is geen plaats die Todde heet.'

'Nee, maar die gaat er komen.'

'Oké? En jij hebt wel zin om filiaalhouder te worden in...' Ik tuitte mijn lippen alsof ik wilde spugen. '...Todde?'

Vendelbo dacht na. 'Dat heb ik niet.'

'Nee, maar toch. Bedankt voor deze heads-up.' Ik knoopte mijn Levi's jack met bontkraag dicht. Julie had gezegd dat dat weer in de mode kwam. Nou, daar wachtte ik maar op.

Op weg naar mijn auto ging mijn mobiel over. Ik herkende het nummer niet, maar er kwam ook geen waarschuwing voor spam dus ik nam op.

'Ja?'

'Hoi, met Natalie. Carl heeft me gevraagd je te bellen.'

Ik vloekte in stilte. Prima dat Carl graag op de zaken vooruitliep, maar hij had te veel haast, dat had hij altijd gehad. En als hij struikelde, dan was ik het – zijn grote broer – die hem moest opvangen.

'Jij wilt graag met mij over een project praten, begrijp ik?'

'Ja,' zei ik. 'Mogelijk.'

'Oké, ik ben klaar met mijn werk. Wanneer kun jij?'

Ik dacht na en keek op mijn horloge. Morgen moest ik naar Notodden. Ik had toegezegd de dag daarna een dubbele dienst te draaien omdat Egil die van mij vandaag overnam. Misschien kon ik het maar beter gelijk doen.

'Wat vind je van nu?'

'Oké. Waar?'

'Op de camping. Heb je een auto?'

'Yep, ik ben er over tien minuten.'

Negen minuten later, toen ik Natalie uit haar stoffige Mitsubishi zag komen, viel het me ineens op dat ze knap was. Dat was ze als tiener misschien al geweest, ik had het alleen niet gezien. Of ze had het niet geweten, had met gebogen schouders en hoofd gelopen zodat ze zich achter haar zwarte haar kon verschuilen. Niet zoals Julie met haar open, extraverte karakter en vroegrijpe vrouwelijke vormen, zij bruiste van zelfvertrouwen en plezier en was uiteraard een gewilde prooi voor de jagers die rond de benzinepomp hingen als roofdieren rond een waterplas. Wat een vreselijk beeld, vooral omdat die jongens al snel naar Julies pijpen dansten.

Nee, de echte roofdieren in Os in die tijd hielden zich schuil tussen vier muren.

Hoe dan ook, het viel me op dat Natalie iets van het swingende loopje van Rita Willumsen had.

'Lang geleden dat ik hier was,' zei ze, weer met die directe blik, alsof ze op een bepaald moment had besloten dat te doen, erop had geoefend en er duidelijk in was geslaagd. Op mij maakte het een natuurlijke indruk. Ik had zelf vaak gewenst dat ik extravert en ongedwongen was, net als Carl. Maar Natalie had misschien altijd dat lichte in zich gehad, het was slechts de situatie geweest die haar donker en ineengedoken had gemaakt. Terwijl ik was opgegroeid in het donker en vanaf het begin donker was geweest. Nee, ik had me nooit ingebeeld dat ik een grote metamorfose kon ondergaan, zoals sommige mensen beweren.

Automatisch liepen we tussen de kleine houten hutjes over het pad door naar het water. Het gras moest gemaaid worden, de hutten hadden een likje verf nodig. Het seizoen was voorbij, maar Rita had me een overzicht gegeven van welke van de twintig hutten geboekt waren. De afspraak was dat de sleutels, het beddengoed en de handdoeken vanaf de herfst bij het tankstation afgehaald en ingeleverd werden.

'Wij kwamen hier in de zomer om te zwemmen,' zei Natalie. 'Dat mocht ik eigenlijk niet van mijn vader, hij maakte zich druk om de jongens die hier op vakantie waren. Dus ik ging naar mijn moeder en zei dat de camping het enige, goede strand had en van haar mocht het wel.'

'Verstandige dame.'

'Misschien,' zei Natalie lachend. 'Maar ik loog natuurlijk, het ging wel om de jongens.'

We lachten. Iets in me zei dat er in Natalies leven een voor en een na was geweest, een onschuldige tijd voordat het roofdier toesloeg.

'Hoe zit het met jou?' vroeg ze. 'Gingen jullie hier als kind heen?'

'Jazeker,' zei ik. 'Dat was nog voordat er hutten stonden, de mensen kampeerden in tenten of caravans. Tijdens een zomer had ik hier een vriend. De zomers daarna ging ik weer, maar hij kwam nooit meer terug. Dat wil zeggen, een zomer zag ik een jongen die op hem leek, dus ik liep op hem af en zei zijn naam. De naam dus van die vriend. De jongen keek naar zijn vrienden, lachte en vroeg toen waar ik mijn banjo had. Daarna kwam ik hier niet meer. Tot een paar jaar geleden.'

Ze zei niets en ik besefte dat het een vreemd verhaal was om aan iemand te vertellen die je niet kende. En dat ik het slechts aan één iemand eerder had verteld en dat ik die keer er niet over na had gedacht hoe eenzaam ik had geklonken. Omdat Shannon dat al wist.

Ik kuchte. 'De reden dat ik hiernaartoe ging, was dat ik een idee had gekregen. Daarna kreeg ik tekeningen in handen waaruit bleek dat het mogelijk was.'

Ik zag geen reden aan haar uit te leggen dat het in omgekeerde volgorde was gegaan, ik noteerde slechts dat ik mijn eerste leugen aan Natalie Moe had verteld.

'Een achtbaan,' zei ze.

'Shit,' zei ik. 'Carl?'

'Ja.'

'Ik had gehoopt de uitdrukking op je gezicht te zien als je het voor de eerste keer hoorde.'

'Waarom?'

'Om een indruk te krijgen waar op de schaal van gekte jij dat plan zou plaatsen.'

Ze lachte. 'Carl meende dat ik er niet gechoqueerd uitzag.'

'Niet? Carl beweerde dat jij een serieuze, professionele...'

'Dat ben ik!' Ze lachte weer en haar lach deed me denken aan die van haar. Natuurlijk. Ik vroeg me soms af wanneer ik zou stoppen te zoeken naar haar onder de levenden, maar het zat in me als een verrekt virus, het zat voor eeuwig in mijn bloed. Ik probeerde het van me af te zetten.

'Zo gaat dat met alle originele ideeën,' zei Natalie. 'Ze lijken in eerste instantie idioot. Maar als ze een succes worden, menen we dat het idioot is dat er nooit iemand eerder op dat idee is gekomen. Vertel.'

'Ik weet niet wat Carl je heeft verteld.'

'Hij heeft alleen gezegd dat het gaat om een achtbaan van hout. En dat die hier zal staan.'

Ik knikte. We gingen op een van de houten banken op de steiger voor het botenhuis zitten. En ik vertelde. Dat het idee was om iets toe te voegen aan Os Spa. Iets wat meer gericht was op gezinnen. Op het moment was het maar zeer beperkt wat Os Spa kinderen te bieden had. Een zwembadje en de kans om een vos of ree te zien op een wandeltocht. Maar de gezinnen met kinderen gingen liever naar Sommarland in Bø dat aan de andere kant van Notodden lag en om dieren te zien ging men naar Dyreparken in Kristiansand. Ik vertelde dat ik in Polen was geweest en Zadra gezien had, de grootste achtbaan ter wereld van hout.

'De plaats heet Zator en is niet groter dan Os en ligt in de provincie, op een uur en tien minuten rijden van Krakau. Maar het is het grootste pretpark van Polen. Ze hebben natuurlijk allerlei attracties, maar de achtbaan is de grootste trekpleister. En vader is wel bereid daar op zondag meer dan een uur voor te rijden.'

Natalie knikte. 'Zoiets wil jij hier ook? Een pretpark voor het hele gezin?'

'Ja, maar eerst de achtbaan.'

'Natuurlijk,' zei ze.

Ik keek haar aan. Hier kwam de eerste test. 'Hoezo "natuurlijk"?'

Zonder te aarzelen gaf ze antwoord. 'Omdat een achtbaan het ambitieniveau aangeeft van het park. Op die manier worden er verwachtingen gecreëerd voor de rest. En de beste kans op succes is hoge verwachtingen te creëren en die in te lossen. Zelfs als die niet helemaal worden ingelost, als je begrijpt wat ik bedoel.'

‘Hoezo?’

‘Omdat verwachtingen de perceptie beïnvloeden. Een bekend voorbeeld is de verkoop van kaas in een delicatessenzaak in Amerika. Die werd verkocht in verschillende verpakkingen. Eentje met de opdruk “gesneden kaas” en een ander met “gesneden delicatessen-kaas”. Toen ze naderhand checkten wat de klanten vonden van de kaas, bleek dat ze het meest tevreden waren over “delicatessen-kaas”. Maar daar is natuurlijk een grens aan, dat is logisch, als een pretpark veel meer belooft dan ze kunnen waarmaken, dan zullen de bezoekers je des te harder straffen.’

Ik knikte de langzame Os-knik. ‘Dus waar jij mee kunt helpen is…’

‘…het creëren van hoge verwachtingen. Om ze in te lossen is aan jou.’

‘Begrijpelijk. Hoe zou je het aan willen pakken?’

‘Vandaag wil ik slechts horen wat je van plan bent te doen, daarna zal ik iets bedenken. Oké?’

‘Dus,’ zei ik en ik kreeg de neiging niets meer te zeggen door haar onverwachte zelfvertrouwen. ‘Het was Carls idee dat ik met jou zou gaan praten, ik vraag me alleen af of ik in dit stadium iemand nodig heb voor de marketing. Os Spa en dit hier zijn twee verschillende zaken, dus je hebt hier geen verplichtingen.’

‘Dat weet ik,’ zei ze glimlachend. ‘Dus ik moet het in mijn vrije tijd doen en de gemaakte uren bij jou declareren?’

‘O, verdomme,’ zei ik. ‘Loopt de meter al?’

Ze lachte. ‘Nog niet.’

‘Oké,’ zei ik. ‘Laat me erover nadenken.’

We stonden op en liepen terug naar onze auto’s.

‘Je bent wat van je dialect kwijtgeraakt tijdens je studie in Oslo,’ zei ik.

‘Ik ben daar wel meer kwijtgeraakt,’ zei ze. Ze keek me aan met een oog dichtgeknepen. Ik dacht aan wat Shannon *ptosis* had genoemd, een aangeboren, zwaar ooglid. Ik kon niet bepalen of haar blik me uitdaagde of waarschuwde tegen meer vragen, maar ik liet het achterwege.

Een dikke man in onderbroek en T-shirt kwam uit een van de hutten. Hij boerde en krabde aan zijn bovenarm terwijl hij ons met zijn blik volgde.

Ik ging naast de Mitsubishi staan terwijl Natalie instapte. De muziek begon toen zij het contactsleuteltje omdraaide. Ook nu viool, maar geen klassieke. Een hardangerviool.

'Wat is dit?' vroeg ik.

'Odd Bakkerud. Hou je daarvan?'

Ik luisterde. Gejammer en gehuil. Vader zette altijd de radio uit als er volksmuziek te horen was, maar de muziek deed me aan iets denken... tja, aan wat eigenlijk?

'Psychedelisch gedoe,' zei ik. 'Nieuw?'

Ze lachte. 'Uit de jaren vijftig. Toen was hij speelman, voordat hij zijn speelstijl oppoetste.'

Jimi Hendrix. Daar deed het me aan denken. 'Purple Haze' tijdens Woodstock. Wel verdomme.

'Zaterdagochtend,' zei ik. 'Kunnen we dan verder praten?'

'Moest je er niet over nadenken?'

'Heb ik gedaan. Om tien uur?'

'Prima.'

'Weet je waar Opgard is?'

'Uiteraard. Weet je wat mijn uurtarief is?'

'Nee, maar ik neem aan dat je niet van plan bent me uit te knijpen.'

Natalie hield haar hoofd schuin en keek me met een vreemde blik aan. 'Ik ben niet alleen veranderd, ik geloof dat jij ook veranderd bent, Roy Opgard.'

'O? Hoe dan?'

'Dat weet ik niet,' zei ze. Toen zei ze haar uurtarief, deed het raampje dicht en reed weg. Ik keek haar na en dacht dat het tijd werd nog eens goed na te denken over afdingen.

10

Op woensdagochtend belde ik Vera Martinsen van KRIPOS.

Ze was in Os geweest in verband met de dood van Poul Hansen, de dode, Deense afperser. We hadden wat met elkaar gehad. Sommigen zouden het een verhouding noemen, zij was in elk geval een paar keer naar Os gekomen en ik naar Oslo. Het was fijn geweest en zeker therapeutisch, maar voor mij was het te kort na Shannon geweest om grote gevoelens te kunnen krijgen. Het laatste wat ik had gehoord was dat Vera op haar werk een man had ontmoet en nu samenwoonde.

Nadat we nieuwtjes over onze levens hadden uitgewisseld – zij had meer te vertellen dan ik – kwam ik ter zake. Dat wil zeggen, zij deed dat.

'Je wilt weten hoe het gaat met het onderzoek naar de auto's?' vroeg ze.

'Ja.'

'Je weet dat ik je dat niet kan vertellen?'

'Ja.'

'Maar je vraagt het toch?' Ik hoorde het verwijt.

'Natuurlijk doe ik dat. Het gaat om mijn ouders, Vera. Jij zou het ook willen weten als iemand schuld had aan de dood van jouw ouders.'

'Ja, daar heb je gelijk in. Vooral als ik mogelijk zelf tot de verdachten behoor.'

Ik verstijfde. Indertijd had Vera de beschuldigingen van Kurt Olsen verworpen. Ze had ze complottheorieën genoemd. Ze had me uitgelegd dat KRIPOS de reis naar Os had ondernomen omdat het hun policy was de kleine politiebureaus ter wille te zijn. Was ze nu van mening veranderd?

'Zo bedoelde ik het niet,' zei ze alsof ze mijn reactie kon lezen. 'Ik zeg alleen dat wat we ook ontdekken, die politiechef van jullie een manier zal vinden om het aan jou en je broer te linken. Hij lijkt nog net zo gestoord als toen.'

'Oké,' zei ik.

Ze zweeg in de stilte die viel.

'Hébben jullie iets gevonden?' vroeg ik ten slotte.

'Roy...'

'Ik weet het. Sorry. Het was fijn je stem weer te horen, Vera. Ik ben blij dat het goed met jullie gaat. Succes met het bouwen van jullie huis en zorg ervoor dat het geen reden tot echtscheiding wordt.'

'Zal ik doen. Groet de goudplevier van me.'

'*Will do*.'

Ik hing niet op. Zij ook niet.

'Ze hebben bloed gevonden,' zei ze. 'En haar.'

Ik wachtte. Meer kwam er niet. Ze had opgehangen.

Onderweg naar Notodden luisterde ik naar J.J. Cale. Maar na een poosje stopte ik langs de kant van de weg, pakte mijn telefoon en zocht Odd Bakkerud op. Ik koppelde mijn mobiel aan mijn installatie in de auto en het eerste nummer – 'Fanitullen' – begon. Ik had deze volksmuziek eerder gehoord, dat heeft iedereen. De speelman tokkelt af en toe met zijn linkerhand op de snaren. Maar dit was niet de woeste muziek die Natalie draaide in haar auto.

Ik had nog een halfuur voor het afgesproken tijdstip toen ik op de grote parkeerplaats achter het Brattrein Hotel parkeerde. Er stonden niet veel auto's, slechts een ervan had een Oslo-nummerbord en het was niet de Audi van Halden.

Daarom was ik verbaasd, toen ik vroeg naar de sleutel van kamer 333, dat de receptionist zei dat de gasten al waren gekomen.

Gasten, meervoud.

Verdomme. Politie? Ik wachtte op de lift. Moest ik weggaan?

Al voordat ik Halden in Oslo had bezocht, had ik het een en ander gelezen over omkoping of overtuigingstechnieken, waar dit volgens mij onder viel. Het was handig te weten wat er voor Halden, Fuhr en mij op het spel stond. Zoals ik het had begrepen konden beide partijen tot drie jaar gevangenisstraf krijgen volgens het Wetboek van Strafrecht. Maar er stond alleen dat het strafbaar was om steekpenningen aan te nemen, niets over onderhandelingen of er gewoon over praten.

De liftdeuren gleden open en ik ging kamer 333 binnen.

Halden zat op de stoel bij het bureau en Fuhr – die ik herkende van een foto van internet – in de leunstoel bij het raam. Ze stonden op en Halden en ik gaven elkaar een hand.

'Ik weet dat je liever had gezien dat ik alleen kwam,' zei hij. 'Maar mijn partner stond erop om mee te gaan. Er staat immers voor alle partijen hier veel op het spel.'

'Jon Fuhr,' zei de man die naast hem stond.

Ik keek naar Fuhr en zijn uitgestoken hand. Hij was een ander type dan Halden. Ten eerste zag hij er anders uit. Crewcut, legergroen bomberjack. Stevig gebouwd, gespierd, een paar puisten die wezen op gebruik van anabole steroïden. Scheve neus, mogelijk deed hij aan een vechtsport. Hij had ook een heel andere uitstraling dan zijn partner: koud, uitdagend en zelfverzekerd. Hij leek het gebruik van geweld vanzelfsprekend te vinden. Iets met zelfverdediging.

'Hoi,' zei ik en ik drukte zijn hand.

'Róy Opgard, toch?' zei Fuhr.

Ik knikte en vroeg me af waarom een gewone voornaam van drie letters zo nadrukkelijk moest worden uitgesproken en ik probeerde tevergeefs zijn blik te vangen.

We gingen zitten, ik op de laatste vrije plaats: de rand van het tweepersoonsbed waarin Shannon en ik hadden gelegen. Ik nam in elk geval aan dat dit hetzelfde bed was, het leek sindsdien niet vervangen.

'Wat hebben jullie besloten?' vroeg ik en ik keek Halden aan. Hij knipperde snel met zijn ogen, hij leek nerveus. Dat was niet vreemd.

Fuhr schraapte zijn keel. 'Voor we daar antwoord op geven, willen we eerst een aantal zaken duidelijk hebben. Is dat oké voor jou?'

'Brand los,' zei ik.

'Jij, Roy Opgard, wil ons van GeoData met twaalf miljoen kronen omkopen om een vervalst rapport over de Toddetunnel naar het ministerie van Verkeer te sturen.'

Ik staarde hem aan. Hoewel het de formele naam is, zal niemand de volledige naam van het ministerie gebruiken. Ik liet mijn blik zakken, de stof van het bomberjack was zo dun dat ik vaag het licht zag van zijn mobiel die hij in zijn zak had.

'Excuseer me een moment,' zei ik. Ik stond op en liep naar de badkamer.

Ja, de handdoeken waren vervangen. Deze waren lichtblauw, indertijd waren ze wit geweest. Net zo wit als de Ierse huid van Shannon, ze had er naakt uitgezien toen ze uit de badkamer was gekomen met een handdoek om zich heen geslagen. Ik draaide de kraan open en keek naar mezelf in de spiegel. Wat had Natalie Moe bedoeld toen ze zei dat ik was veranderd? Logisch dat mensen in acht jaar veranderen, we worden immers ouder. Maar ze had iets anders bedoeld, toch? Ik pakte mijn mobiel, toetste wat in en stopte die in een waterglas en keek naar de deur. Ik pakte een van de kleine handdoeken, wikkelde die rond mijn rechterhand, draaide de kraan dicht en liep de kamer in.

Je kunt een paar dingen zeggen over vechten. Je kunt nog zoveel aan vechtsport hebben gedaan, maar als je iemand tegenkomt die in zijn jonge jaren heeft gevochten op dansfeesten, dan stond je al met één-nul achter. Vooral omdat je in een vechtsport leert te wachten tot de scheidsrechter het startsignaal geeft.

Ik bleef niet staan om de badkamerdeur achter me dicht te doen, gebruikte de vaart die ik had en deed wat vader me had geleerd bij het trainen op de bokszak in de schuur. Ik duwde mijn heup naar voren en gebruikte mijn schouder. Aangezien Jon Fuhr zat en de stoel breed was, moest het een lage stoot zijn. Aan de andere kant leunde hij met zijn hoofd tegen de hoge rugleuning zodat hij zich niet naar achteren of opzij kon werpen om de kracht van de stoot te verkleinen.

Het klonk alsof iemand een zak aardappelpuree liet knallen toen mijn rechter zijn neus raakte.

Halden schreeuwde, maar Fuhr kreunde slechts.

Hij kreeg niet de tijd zijn hand op te tillen voor ik hem voor de tweede keer stompte. Op dezelfde plek, maar nu kraakte het niet, de neus was duidelijk al puree. Fuhr hield zijn onderarmen voor zijn gezicht als *guard*, zijn vuisten gebald, het hoofd voorovergebogen.

Ik deed een stap opzij en stak mijn linkerhand in de zak van zijn jack en viste er de mobiel uit. Samsung, hetzelfde type als dat van mij. Ik zag aan de lopende golfbeweging dat de geluidsopname doorging. Ik drukte op stop en wiste de opname. Gooide de mobiel in de schoot van Fuhr. Hij schrok, dacht kennelijk dat hij een stomp in zijn buik kreeg. Langzaam liet hij zijn armen zakken, in zijn ogen stonden tranen van pijn. De neus was nog schever en bloed stroomde uit de neusgaten en druppelde via de uitgestoken bovenlip op zijn kin en daarna op zijn bomberjack, als smeltend ijs in het voorjaar.

'Als je een val wilt opzetten,' zei ik, 'moet je ervoor zorgen dat de val niet dommer is dan de prooi.'

Fuhr nam me op en leek te overwegen of hij kon opstaan om mij te grazen te nemen, maar verstandig genoeg verwierp hij dat idee.

'We… we wilden die alleen hebben voor de zekerheid,' sprak Halden.

Ik keek naar hem. Hij zag er bleek uit en leek wel zeeziek.

'Voor het geval wij het gewenste rapport leverden en jij niet betaalde,' zei Fuhr grommend. De gebroken neus piepte en gaf zijn stem een mooie dubbeltoon, net als de hardangerviool van Bakkerud.

Ik snoof. 'Want in dat geval wilden jullie dreigen dat jullie met de opname naar de politie zouden gaan? Zodat we alle drie voor drie jaar de bak in moesten? Klinkt niet echt als een reëel dreigement.'

De twee keken elkaar aan. Fuhr nam het woord.

'Als jij niet betaalde, zouden wij technisch gezien geen steekpenningen hebben aangenomen. We konden jou dreigen met dat we naar de politie zouden gaan om te vertellen dat we een vervalst rapport hadden ingediend om jou in de val te lokken. Dat we dat hadden gedaan zonder vooraf de politie in te lichten omdat de politie geen strafbaar feit mag uitlokken.' Fuhr liet een klein lachje zien, de idioot. 'We zouden zeggen dat het belangrijk is voor de samenleving dat mensen meewerken om criminelen op te pakken, vooral als het gaat om criminelen met geld. En dat we het echte rapport al klaar hebben liggen.'

'Dat jullie al klaar hebben liggen?'

Fuhr ging met de mouw van zijn jas langs zijn neus en knikte. 'Jij hebt ook gezorgd voor een back-up, Opgard,' dubbelpiepte hij.

Ik knikte. Hij had gelijk. Een back-up. Ja, we dachten hetzelfde. Als dat niet zo was, dan had ik het niet verdacht gevonden dat hij zo nadrukkelijk en overbodig mijn volledige naam en die van het ministerie had genoemd. Dit ging om wat ze in de film *exposition* noemen. Maar door het amateurisme geloofde ik ze.

Ik draaide de handdoek van mijn hand en gaf die aan Fuhr.

'Luister,' zei ik en ik ging op het bed zitten. 'We zijn van nature geen boeven, we doen slechts wat we moeten doen. Dat doen we voor iets wat groter is dan wij. Jullie om ervoor te zorgen dat jullie werknemers in een moeilijke tijd inkomsten hebben. Ik omdat ons dorp moet overleven. Nu zitten we in een situatie dat we alle drie kunnen bereiken wat we willen, maar willen we dat voor elkaar krijgen, is het belangrijk dat we elkaar vertrouwen.'

Het was moeilijk uit te maken hoe mijn peptalk werd ontvangen, maar ik ging door.

'*Leap of faith*,' zei ik. Ik had die uitdrukking een keer eerder gebruikt toen Willumsen en ik elkaar de hand gaven en beloofden elkaar niet te doden. Dat had gewerkt, voor een tijdje in elk geval.

‘Als teken dat we bereid zijn de sprong te wagen,’ zei ik, ik haalde een dikke envelop uit de zak van mijn donsjack en gooide die op het kleine, ronde tafeltje tussen hen in, ‘krijgen jullie een klein voorschot. Dit is tweehonderdduizend.’

Ze keken naar de envelop. Ik gokte dat Fuhr de eerste zou zijn die hem zou pakken en ik kreeg gelijk.

‘En de rest?’ vroeg hij terwijl hij zogenaamd nonchalant door de biljetten van duizend ging.

‘Veertien dagen nadat het rapport openbaar is gemaakt.’

‘Waarom zo lang?’

‘Omdat dat de tijd is die de bank nodig heeft om de lening te verstrekken.’

‘Lening?’ vroeg Fuhr. Halden en hij wisselden een blik. ‘Waarom wachten op het rapport en daarna pas de lening aanvragen?’

‘Omdat het rapport ervoor zal zorgen dat ik de lening krijg. Ik bezit een tankstation plus wat onroerend goed in Os dat plotseling meer waard zal zijn als bekend wordt dat de rijksweg door het dorp zal blijven gaan.’

Fuhr keek naar Halden. Ze knikten.

‘Het rapport komt volgende week donderdag uit,’ zei Halden.

Ik stond bij het raam en keek ze na terwijl ze over de parkeerplaats liepen en in de Mercedes met Oslo-nummerbord stapten. We hadden de belangrijkste punten in het rapport doorgenomen en ze hadden onderstreept dat de data niet direct waren vervalst, alleen maar hier en daar weggelaten. Voldoende om ervoor te zorgen dat mocht het ministerie een onafhankelijke partij vragen door de data te gaan, die tot dezelfde conclusie zou komen of in elk geval de conclusie van GeoData niet zou bestrijden. Dat een tunnel bij Todde gewoonweg niet mogelijk was. Toen de oude en de nieuwe burgemeester van Os naar Oslo gingen, hadden ze in het Storting gepleit voor een andere en goedkopere oplossing, namelijk het verbreden van het bestaande tracé van de rijksweg. Maar dat zou de reistijd van A naar B nauwelijks verkorten en Os was A noch B. Maar als de tunnel niet doorging, was er een goede kans dat het plan om de rijksweg te verbreden weer op tafel kwam. Als dat aangenomen werd, zou Os niet alleen gered worden van isolatie, maar ook dichter bij de geciviliseerde gebieden rond Drammen en Oslo komen.

De koplampen van de Mercedes gingen aan en ze reden weg.

Ik liep naar de badkamer waarvan de deur nog steeds openstond, ik boog voorover voor het waterglas waarin mijn mobiel zat en las met mijn beste versie van een journaalstem: 'Dit is kamer 333 in het Brattrein Hotel en we hebben zojuist gezien dat Bent Halden en Jon Fuhr, partners in GeoData, tweehonderdduizend kronen hebben geïnd om een vals rapport te leveren betreffende de Toddetunnel.'

Ik haalde de mobiel uit het glas en stopte de opname. Ik liep de kamer weer in, ging op bed liggen en speelde de opname af vanaf het begin. Halden stond er niet op, maar je kon mijn rug zien en Fuhr die de biljetten telde. En de envelop in zijn zak stopte. Je kon het gesprek horen. Zoals gezegd: zij en ik hadden dezelfde gedachte over een back-up.

Ik sloot mijn ogen en voelde mijn gewicht op het matras. Dat was nog hetzelfde.

Op de weg terug naar huis vond ik een album dat *Warg Buen* heette. Nieuw. Twee hardangerviolen in duet, het klonk als een wedstrijd in mijn oren. Vet. Ik zette het volume hoger, nam twee keer risico bij het inhalen en besefte dat ik moest kalmeren. Ja, Halden en Fuhr hadden het geld in ontvangst genomen, het aas was uitgegooid, dat moest gevierd worden. Als ik dat niet alleen in de auto wilde vieren, met wie dan wel? Met Carl? Ja, zo zou het wel gaan, er zat verder niemand in ons team. En het plan, wat was dat? De achtbaan bouwen, inderdaad, maar dan? Wat was het plán? Allemachtig, ga ik mezelf daar weer mee lastigvallen? Dat is net als vragen wat de zin van het leven is. Dan moet je lang in het moeras ploeteren voor je weer vaste grond vindt. Als je die al vindt. Want als je erachter komt dat wat je doet, wie je bent, waardeloos is, dan jaag je misschien liever een kogel door je hoofd.

Dat was een gedachte die ik meestal op gepaste afstand wist te houden. Ik zeg gepaste afstand omdat er ook een troost in zit, dat je altijd die uitweg nog hebt. Nadat Shannon was gestorven en alles zinloos was geworden, had ik begrepen dat het enige wat weer de levenslust in me kon wekken, gevaar was. Een constante herinnering dat het leven je kon worden afgepakt zorgde ervoor dat je je eraan vastklampte. Als een kind dat krijsend speelgoed wegsmijt omdat een ander kind het wil hebben. Misschien was het om die reden dat ik de hotelkamer in was gegaan met een gevoel van blijdschap, dat je wist dat je het onbekende tegemoet trad en mogelijk zelfs je einde. Daarom had ik half gehoopt dat het karretje op de achtbaan in Polen uit de rails zou vliegen. Daarom had ik het in mijn hoofd voelen prikken toen Vera Martinsen had gezegd: 'Ze hebben bloed gevonden. En haar.'

Want natuurlijk was er bloed en haar in de auto's gevonden van vier – nee, vijf – personen die in het ravijn waren gestort. Dus het was logisch dat ze dat tegen iedere journalist kon zeggen die belde zonder dat ze haar geheimhoudingsplicht schond. Het was logisch dat ze dat niet bedoelde toen ze het tegen mij zei. Vera had me iets willen vertellen zonder het te zeggen. De manier waarop ze had gezegd: 'En haar.'

Bedoelde ze mijn haar? Als ze die gevonden hadden in een of beide Cadillacs, dan was dat niet verdacht, dat waren immers auto's waarin ik veel had gezeten. Als ze haren van mij in de Jaguar hadden gevonden, dan was dat natuurlijk moeilijker uit te leggen, maar ik betwijfelde of dat het geval was. Toen ik in Huken was afgedaald om het pistool op te halen dat ik later had gebruikt om Willum Willumsen te doden in zijn slaapkamer, was ik voorzichtig geweest en had ik ervoor gezorgd dat ik geen vingerafdrukken of spullen achterliet. Bovendien had ik een haarkleur die niet echt uniek was en ze hadden nog niet de tijd gehad een DNA-analyse te doen van het haar.

Ik reed vlak achter een tractor die duidelijk net van een akker kwam, de wielen verloren grote klonten aarde en een ervan plofte met een dreun op mijn motorkap. Ik had geen haast, maar toch zat ik er in de bocht dicht op en wachtte ongeduldig op het rechte stuk waarvan ik wist dat dat zou komen. Ik stelde vast dat de klont aarde de centrifugale krachten weerstond en op de motorkap bleef liggen. Op dat moment besefte ik het.

Haar. Haren zo platinablond, dik en lang dat die maar van twee mensen konden komen. Het haar van Kurt Olsen of van degene van wie hij het haar had geërfd. De oude politiechef. Ik zag Sigmund Olsen van twintig jaar geleden voor me, hoe hij over de rand had gekeken naar het wrak van vaders Cadillac. Carl die een stap naar achteren had gedaan en hem een duw had gegeven. Ik zie het zo duidelijk voor me alsof ik er zelf bij was geweest, ja, zelfs duidelijker. Want in mijn fantasie kan ik de gebeurtenissen vertragen, het fatale besluit seconden langer laten duren dan de impulsieve daad van een wanhopige, doodsbange tiener. Sigmund Olsen die in zijn rug wordt geduwd, hard genoeg om het lichaam in de lucht te laten draaien zodat hij op zijn rug belandt als hij op de auto ploft. Niet op de motorkap, maar op het onderstel van de auto omdat die ook een halve salto had gemaakt toen die over de rand kiepte. Ik was in de werkplaats geweest toen ik telefoon van Carl kreeg. Hij was in tranen en zei dat ik direct moest komen.

Dat had ik gedaan. Ik deed dat altijd als mijn kleine broertje me nodig had. Niet omdat ik een zelfopofferende idioot was, maar omdat we met een bloedband, schuld en lot aan elkaar waren verbonden. Dus het was in zekere zin ook symbolisch geweest dat we een honderd meter lang touw aan mij en de Volvo 240 hadden gebonden en Carl zich schrap zette en me langzaam liet zakken in Huken.

Sigmund Olsen lag deels op het onderstel, maar zijn lijf lag in een hoek van negentig graden over de bumper. Hij deed denken aan een lappenpop, een vogelverschrikker waarvan het bovenlichaam en hoofd naar beneden hingen voor het nummerbord en de kofferbak terwijl het bloed vanuit zijn haren met een gedempt geluid op de stenen drupte.

Maar een goede vogelverschrikker was de oude politiechef niet geweest, want er zat een raaf op zijn buik, zijn klauwen rond de grote gesp van zijn riem en hij vloog niet weg voordat ik een steen naar hem had gegooid.

Carl en ik hesen het lijk omhoog en trokken zijn laarzen van slangenleer uit die ik nog dezelfde nacht in zijn boot zette die ik het Budalsvann op duwde. Het lijk legden we in de schepbak van de tractor en die vulden we met de nu verboden Fritz-wasstraatreiniger die alles oplost: diesel, asfalt, zelfs kalk. Het was duidelijk dat het als een verrassing kwam toen de boot werd gevonden en alles erop duidde dat de politiechef zich had verdronken, maar men wist ook dat types als hij niet te koop liepen met dat ze depressief waren. Kurt Olsen had echter nooit geloofd in zelfmoord. Hij had Carl en mij verdacht en dat had hij sindsdien elke dag gedaan, trainer of niet.

Toch kon ik niet begrijpen dat ze bloed en haar aan de buitenkant hadden gevonden. Na twintig jaar? Huken werd weliswaar beschermd tegen regen en zon, maar er zijn toch insecten die van bloed houden en er zal toch weleens een windvlaag komen die het haar daarbeneden wegblaast?

Ik duwde de gedachten weg.

De weg strekte zich voor me uit, ik zette mijn richtingaanwijzer uit, keek in de spiegel, trapte het gaspedaal in. Keek weer in de spiegel. De tractor werd al kleiner. Ik zette het volume weer hoger. Volksmuziek zonder zang.

Ja, het zou goed komen.

11

Tot het weekend regende het, daarna werd het mooi weer met een strakblauwe, koude lucht.

Zaterdagochtend was ik in de Geitesving en bekeek de nieuwe vangrail. Ze hadden de juiste lijnen gevolgd en het zag er solide uit. Ik keek naar de weg die naar beneden kronkelde naar Nergard. Ik liep weer omhoog naar de schuur. Deed het licht aan en ging in het midden staan en keek rond. Carl en ik hadden jarenlang discussies gevoerd over wat we zouden doen met de schuur en de geitenstal. Zouden we die renoveren, afbreken en een nieuw woonhuis bouwen of lieten we alles staan tot alles omver werd geblazen? Carl had gepleit voor het laatste, hij meende dat we dan het verzekeringsgeld konden innen. Ik was ertegen geweest en had gezegd dat er grenzen waren aan hoe diep we konden zinken. Maar nu was ik daar niet meer zo zeker van. Verzekeringsgeld of niet, ik had er niets op tegen dat een herfststorm alles omver zou blazen.

De bokszak hing er nog steeds, daarop had vader zijn vuisten tot bloedens geslagen en ik had die erfenis overgenomen en hetzelfde gedaan.

Ik keek naar de muur onder de lichtschakelaars waar de buks die avond tegen had geleund. Vader had het geweer daar neergezet met twee patronen erin. Zodat ik kon doen wat ik moest doen. Wat hij niet voor elkaar kreeg, het ondier ombrengen, de verkrachter die niet in staat was te stoppen, maar die gestopt moest worden. Ik was weggelopen, had gefaald. Niet alleen tegenover hem, maar tegenover de hele familie.

Ik keek naar de vloer. Want hier was het geweest, precies hier had vader op zijn knieën gezeten met zijn dode hond Dog in zijn armen. Carl had de hond geraakt met het geweer en ik had hem afgemaakt met mijn mes omdat Carl dat niet kon.

Nee, er was hier niet veel om te bewaren.

Vanwaar ik stond zag ik de blinde westelijke muur van het woonhuis. Hier gaven de mensen niet om licht als ze bouwden, hier wilde je de noordwestenwind en kou buitenhouden. Aan de achterkant van het huis was de voordeur, die gericht was naar het noorden. Voor me – aan de zonkant – was de wintertuin van moeder en daar zat Carl nu kranten te lezen op zijn pc.

Ik spitste mijn oren en keek weer op mijn horloge. Ik liep het erf op.

Ja, er kwam een auto aan. Ik hoorde dat er teruggeschakeld werd, want hij was nu in de Japansving. Als tiener kon ik aan het geluid van de motor horen welk merk het was, als het tenminste om niet al te nieuwe auto's ging. Nu kon ik dat niet meer, het was makkelijker te raden welke banden eronder zaten.

Maar toen de auto door de Geitesving kwam, zag ik in elk geval dat het de Mitsubishi van Natalie was.

Ze stapte uit.

'Dus dit is de beroemde Opgard,' zei ze.

'Was je hier nog nooit geweest?'

Ze schudde haar hoofd. 'De weg leidt alleen hiernaartoe.'

'Ik dacht dat je hier weleens langs was gewandeld.'

'We wandelden niet. Kijk nou, jullie hebben verse sneeuw!' Ze wees lachend naar het gebied achter ons. In de loop van de nacht was er een dun laagje gevallen op de bergtoppen. Als poedersuiker op een cake en nu glinsterde de sneeuw in de zon. 'Het is verdomd mooi hier, Roy.'

'Jazeker.'

Ik weet niet waarom, maar ik voelde een zekere trots. Ja, het behoorde tot het land van Opgard, maar boerentrots draaide niet om het esthetische, maar meer om hoe goed de weidegronden waren en hoe productief het bos was en dan had Opgard niet veel te bieden, dat was een feit. Struiken, dwergberk, hei en zo, daarvan kunnen alleen geiten leven.

'Jij hebt hierboven dus nooit gewandeld?' vroeg ik.

'Weet ik niet. Moet haast wel, maar ik herinner het me niet. Hoe dan ook, ik moet het leren kennen want wandeltochten zijn een deel van het pakket dat we als hotel aanbieden.'

'Amen. Koffie?'

'Graag.'

Ze gaf me die vrolijke, open lach, maar ik was duidelijk nog niet klaar voor zoveel vrolijkheid en openheid en ik deed alsof ik het landschap nog steeds bestudeerde.

Ik ging haar voor. Zij nam aan de keukentafel plaats terwijl ik water opzette. 'Hoi, Natalie!' riep Carl vanuit de wintertuin.

'Hoi, chef!'

Hij lachte en klonk in zijn sas.

Ik draaide me om naar de keukenbank. Zag haar daar zitten. Zag de aantekeningen die ik op tafel had klaargelegd. Ineens besefte ik hoe klein de keuken was. We konden natuurlijk in de woonkamer gaan zitten, maar daar lagen nog de pizzaresten van gisteren en de lege bierflesjes van Carl.

'Weet je wat?' zei ik. 'Aangezien jij dit gebied moet leren kennen, zullen we de koffie meenemen in een thermoskan en een wandeling maken?'

Ze keek automatisch naar zichzelf. Strakke spijkerbroek en dunne Converse-schoenen.

'Je kunt de wandelschoenen van mijn moeder lenen,' zei ik.

Ik vond de oude leren schoenen van moeder in een kist in de bijkeuken en terwijl Natalie op het deksel van de kist ging zitten om ze aan te trekken, keek ik naar het Remington-geweer dat boven de deur hing.

'Een Remington 700 CDL?' klonk haar stem achter me.

Ik draaide me om. Natalie was gaan staan en trok de rits van haar Patagonia-jas omhoog en was klaar om te vertrekken.

'Heb jij verstand van wapens?' vroeg ik.

Ze schudde haar hoofd. 'Vader heeft precies hetzelfde geweer.'

'Jaagt hij?'

'Vroeger wel, ja.'

'Maar jij bent nooit mee geweest?'

'Nee, ik mocht niet aan het geweer komen, er alleen maar naar kijken. En al helemaal niet meer toen ik met kerst een houtbranderpen had gekregen en een heel klein hartje hierop had gebrand.' Ze ging op haar tenen staan en streek met haar vinger over de achterkant van de walnoten kolf. 'Je kon het amper zien, maar mijn god wat kreeg ik op mijn donder.'

'Een strenge pa,' zei ik met de deurklink in mijn hand.

'O, het was mijn moeder die zo tekeerging, zij had gezegd dat ik niet aan het geweer mocht komen.'

Ik slikte een paar opkomende vragen in, opende de deur en het daglicht stroomde naar binnen.

We liepen over de hei. Het viel me op dat ze afwisselend lange en korte stappen maakte, bijna springend, alsof ze niet zeker wist hoe ze dit terrein moest aanpakken.

Toen we op de eerste top waren gekomen en het hotel konden zien, was ze al buiten adem.

'Jij bent zo'n echte bergwandelaar, niet?' zei ze.

'O, dat weet ik niet,' zei ik.

'Jawel, jullie lopen langzaam en gelijkmatig en jullie gaan maar door. Net als Ola.'

'O ja? Wie is Ola?'

Ze hield haar hoofd scheef, kneep een oog dicht en staarde me aan. 'Iemand met wie ik op jacht ben geweest.'

'O? Dus je hébt geschoten?'

'Nee, ik heb geen jachtvergunning dus ik mocht alleen maar toekijken. Zullen we verdergaan?'

'Oké. Waarheen?'

Ze lachte. Brede mond met zachte lippen en grote, witte tanden. 'Naar de volgende top, natuurlijk.'

We gingen verder, ik liep wat langzamer en ging rechts van het vage pad lopen zodat ze naast me kon komen.

'Nu we het toch over schieten hebben,' zei ze. 'Ik wil het idee van een pretpark in Os niet direct afschieten, maar ik heb wat research gedaan.'

'*Shoot*.'

'Pretparken in Noorwegen die een succes zijn geworden hebben één ding gemeen. Weet je wat dat is?'

'Dat kan ik wel raden, maar zeg het maar.'

'Dat is dat ze aan een grote doorgaande weg liggen. De vier grootste – Tusenfryd, Kongeparken, Dyreparken en Hunderfossen – liggen alle aan een E-weg. Sommarland ligt aan een rijksweg. Dat park loopt redelijk met honderdvijftigduizend bezoekers per jaar, maar met de attracties die ze hebben zouden ze eigenlijk Hunderfossen voorbij moeten gaan. Het verschil zit 'm in het verkeer dat erlangs komt. Dus op de dag dat Os de rijksweg kwijtraakt, is, als je het mij vraagt, de kans groot dat er te weinig winst gemaakt kan worden met een groot pretpark. Heb je een kleiner park overwogen?'

'Dat heb ik,' zei ik. 'En weer verworpen.'

'Waarom?'

'Omdat het honderd miljoen kronen kost om een achtbaan te bouwen en dan moet je vanzelfsprekend duizenden bezoekers per jaar hebben.'

Natalie knikte alsof ze het begreep, maar ik zag dat dat niet het geval was.

'Jij vraagt je af of ik wel een degelijk businessplan heb,' zei ik. 'Of dat ik alleen maar die achtbaan wil bouwen.'

'En is dat het geval?'

Ik keek haar aan, en zoals eerder keek zij mij strak aan. Er was iets wat me zei dat ze me kon lezen. Lezen zoals ik de misbruikte tiener had gelezen die naar het tankstation kwam om spijtpillen te kopen. Nu ze me leek te kunnen lezen, kreeg ik veel zin haar alles te vertellen. Nou ja, niet alles, maar een deel. Maar dat kon uiteraard niet.

'De rekensom is een beetje ingewikkelder,' zei ik. 'Je hebt het synergie-effect, niet alleen tussen een familiepark en Os Spa, maar ook op het tankstation, op Fritt Fall en op de prijzen van het onroerend goed hier. Het gaat om een kritische massa, de zelfversterkende reactie op gang krijgen met de achtbaan als katalysator.'

'Juist,' zei ze, maar ze zag er nog steeds niet overtuigd uit, misschien omdat ze op de middelbare school geen exacte vakken had gevolgd of gewoon omdat ze de grote rekensom niet geloofde. 'Nu heb je mij niet ingehuurd om het businessplan te bekritiseren, maar ik wilde gewoon duidelijkheid over wat jij wilt. Dus een grote achtbaan en een groot park. Want er liggen een paar theorieën ten grondslag aan hoe de marketing aangepakt moet worden.'

'Waar denk je aan?'

'Iedereen begrijpt dat de marketing van grote, dure projecten meer geld kost, maar niet dat het vaak ook om een groter percentage gaat. Neem de filmwereld waarin elke film een eigen project is. Voor kleine, goedkope films maakt de marketing misschien tien tot twintig procent van het totale budget uit terwijl het bij de grote, dure films om wel vijftig procent of meer gaat. Heb jij dat geld?'

'Nee,' gaf ik toe.

'Dat vermoedde ik al. In aanmerking genomen dat Os ver weg van een grote stad ligt, binnenkort al het doorgaande verkeer kwijtraakt en dat jij geen geld hebt om de moeders...'

'Moeders?'

'Onderzoek wijst uit dat zij degenen zijn die bepalen waar het gezin in het weekend en in de vakantie naartoe gaat.'

'Oké.'

'Dus ik heb daarover nagedacht en een idee gekregen. Ik hoop dat ik jou aan boord kan krijgen.'

Ik knikte dat ik tot zover mee wilde gaan.

'Jij, Roy Opgard, moet naar mijn mening all the way gaan en alles op één kaart zetten. En dat is...'

'Hè?'

'Nu moet jij zeggen: en dat is?'

Ik sloeg mijn ogen ten hemel en zei: 'En dat is?'

Ze bleef staan en draaide zich naar me om. Ze wachtte tot we oogcontact hadden voor ze de woorden langzaam en duidelijk uitsprak: 'De. Grootste. Achtbaan. Ter. Wereld.'

Ik begreep er niets van toen ze mijn hand greep, mijn arm naar zich toe trok en de mouw van mijn donsjas omhoogschoof.

'Zie je het?' zei ze lachend en ze ging met haar vingers over mijn blote onderarm. 'Zie je het?'

'Zie ik wat?'

'Kippenvel. Daar heb je je enige kaart.'

'Kippenvel?' Ze had mijn arm losgelaten en ik trok de mouw weer naar beneden.

'Een beperkt marketingbudget begrenst niet alleen hoe hard je kunt roepen, maar ook wat je kunt zeggen. En het enige wat jij kunt zeggen is: de grootste...'

Ze dirigeerde me met beide handen en ik begreep dat ze niet zou opgeven voor we in koor zeiden: '...achtbaan ter wereld.'

'Die vijf woorden zijn de boodschap en die moeten elke keer gezegd worden wanneer je reclame maakt of erover vertelt in de media.'

'Jij denkt dat dat voldoende mensen zal trekken?'

'De enige twee keren in de geschiedenis van Tusenfryd dat de bezoekersaantallen boven de half miljoen kwamen was in de twee jaar nadat ze een nieuwe achtbaan openden. En die was niet eens de grootste ter wereld. Met de grootste ter wereld in Os zal ook vader een duit in het zakje doen door te zeggen dat hij daarheen wil. Om maar niet te spreken over al die rollercoasternerds die zullen komen. Alleen al in Amerika hebben ze rollercoasterclubs met duizenden leden die de hele wereld over reizen.'

'Misschien heb je gelijk,' zei ik. 'Maar dit zal niet de grootste achtbaan worden, maar wel de mooiste ter wereld. Zowel qua baan als qua omgeving.'

'Het esthetische zal de nerds trekken, maar niet de massa. Zij willen afkruisen dat ze in de grootste ter wereld hebben gezeten.'

'Dus wat jij zegt is dat...'

'...jij de grootste moet bouwen.'

'Alleen maar om toe te kijken hoe iemand twee jaar later in Dubai een nog grotere bouwt?'

'Als je kijkt naar de bezoekersaantallen van pretparken, dan zijn die tamelijk stabiel, dat wil zeggen dat het eerste jaar tamelijk goed voorspelt hoe het in de volgende twintig jaar zal gaan. Net zoals bij het openingsweekend van grote filmproducties. Als je vanaf de opening adverteert met "de grootste ter wereld", dan zal dat het product onderscheiden en de mensen zullen die kwalificatie nog lang onthouden.'

'Dat is iets om over na te denken,' zei ik en ik krabde mijn kin. Voor het eerst in lange tijd had ik het scheerapparaat niet gebruikt, maar me met het scheermes geschoren en mijn huid voelde vreemd aan.

'Zullen we daarboven koffiedrinken?' vroeg Natalie en ze wees naar de met sneeuw bedekte Nesaksla.

'Dat is verder dan het lijkt,' zei ik.

'En wat dan nog?'

Ik haalde mijn schouders op. 'Als je van koude koffie houdt.'

Natalie lachte. 'Zullen we naar de sneeuw lopen en ijskoffie maken?' Zonder op antwoord te wachten begon ze te lopen. Ik bleef staan wachten tot ze zich omdraaide. Maar dat deed ze niet en na een poosje sjokte ik achter haar aan.

De zon ging langs de hemel terwijl wij op weg gingen naar de sneeuw van Nesaksla.

Natalie had een steile leercurve als het ging om lopen op ongelijk terrein en ik kon bijna in mijn normale tempo lopen. We spraken verder over het pretpark en ik kreeg door dat ik aan veel niet had gedacht. Niet omdat zij alle antwoorden had, maar omdat ze een stroom vragen had. Na een poosje ging ons gesprek vooral over wat we om ons heen zagen. Ik kon de bergtoppen aanwijzen en zeggen hoe ze heetten en hoe hoog ze waren. En ik kon vertellen wat voor vogels boven ons hoofd vlogen. Ik wist hoe de *seters* heetten waar we langs liepen. Terwijl zij me kon vertellen over de liedjes uit deze streek. Over de veehoedsters van de boerderijen die de hele zomer alleen op de berg zaten en deze liedjes zongen. Of ze zelf schreven.

'Ken je Kari Midtigard van Tinn,' zong Natalie met heldere, diepe stem en ze trof de *blue notes* met rake precisie. 'Ze laat de jongens niet binnen.'

Het klonk zo mooi dat ik stil bleef staan. En misschien was mijn mond ook opengevallen, ze lachte in elk geval. Ze legde een hand achter haar oor toen ze antwoord kreeg over de heidevlakte. Een eentonige, melancholieke toon die in de lucht bleef hangen.

'Wat was dat?'

'Een goudplevier,' zei ik.

'Een goudplevier? Is dat een vogel?'

Ik knikte. 'We zien hem niet omdat we met z'n tweeën zijn, maar als je alleen bent dan laat hij zich zien. De goudplevier is de vaste metgezel van de eenzame wandelaar.'

'Dus dat is het,' zei ze knikkend met haar hoofd alsof ze iets had begrepen.

'Wat is het?'

'Dat geluid. Dat ken ik. Jij en de goudplevier hebben elkaar vaak gezien, of niet?'

In plaats van haar aan te kijken, wat zij nu vast deed, keek ik op mijn horloge. 'Weet je zeker dat je niet wilt omkeren?' vroeg ik.

'Ik heb verder geen plannen voor vandaag. Jij wel?'

Ik schudde mijn hoofd en liep verder.

We hadden drie uur gelopen voor we eindelijk bij de sneeuw kwamen. Die was bezig te smelten, kleine stroompjes liepen borrelend langs de bergwand waarop struiken en plukjes hei groeiden.

We vonden twee droge stenen en ik deed mijn rugzak open, pakte er de thermosfles uit en schonk de koffie in twee plastic bekers. Het was nog een beetje warm in de zon hoewel die bijna achter de Ottertind aan het verdwijnen was en Natalie vond de koffie zonder sneeuw toch beter smaken.

Een piepklein bolletje van een vogel met een dun snaveltje en een staartje dat rechtop in de lucht stak, zat op een kleine boomstronk naar ons te kijken.

'Is dat de goudplevier die toch gezelschap zoekt?' vroeg Natalie.

Ik schudde mijn hoofd. 'Dat is een winterkoninkje.'

'O? Heeft die hier een nest, denk je?'

'Dat betwijfel ik, het mannetje maakt vaak het nest in een bosje waar hij ook nestmateriaal vindt.'

'Ook hier is het het mannetje dat bouwt.'

'O ja, en daarna komt het vrouwtje om het nest te inspecteren.'

'En wat gebeurt er als ze het niet goedkeurt?'

Ik haalde mijn schouders op. 'Dan moet hij een nieuw nest bouwen of ze zoekt een ander mannetje met een beter nest.'

'Is dat de reden dat jij geen vriendin hebt, Roy?'

De vraag kwam zo onverwacht dat ik alleen kon antwoorden met: 'Heb ik die niet?'

'Ik was gisteren bij Grete Smitt om mijn haar te laten knippen en zij zei dat je sinds de politievrouw die je kwam bezoeken, en dat was vijf jaar geleden, geen vriendin meer hebt gehad.'

Ik lachte. 'Grete houdt een indrukwekkende agenda van me bij, beter dan ikzelf.'

'Dus.' Natalie keek me strak aan. 'Waarom heb je geen vriendin?'

Ik bracht de beker naar mijn lippen om mezelf wat tijd te geven.

'Sorry, als het een te persoonlijke vraag is,' zei ze zacht.

'Welnee,' loog ik. 'Er is alleen niet zoveel te vertellen. De dagen verstrijken en ik heb het druk.'

Ze knikte ernstig en keek uit over het lege, eenzame landschap waar de herfstkleuren snel zouden doven in het verdwijnende licht. 'Ik dacht alleen dat met wat jij weet over mij en mijn leven, dat het goed kan zijn om een beetje balans te vinden. In elk geval wat mij betreft.'

'Ik begrijp het,' zei ik.

Ze gooide de rest van de koffie in de sneeuw.

'Ik moet plassen,' zei ze. 'Let jij op of er niemand komt?'

Het was een grapje, maar we hoorden beiden direct de ondertoon en we lachten niet.

Ze liep omhoog en verdween achter een grote steen terwijl ik naar de zon keek en uitrekende dat we tweeënhalf uur nodig hadden voor de terugtocht omdat het terrein afliep en Natalie het juiste tempo te pakken had.

'Roy!'

Haar roep echode.

Ik draaide me om.

'Kom eens hier.'

Ik stond op en liep de vijftig meter naar de grote steen.

Natalie stond aan de andere kant en wees naar de sneeuw. 'Sporen,' zei ze.

En er stonden inderdaad pootafdrukken, vier tenen en achterpoten, het patroon leek op een narrenkap.

'Zijn die niet van een wolf?' vroeg ze.

'Mogelijk,' zei ik. 'Maar ze zijn vast van een hond.'

'Zijn ze daar niet te groot voor?'

'Dat ligt aan de hond. Feitelijk is het onmogelijk het verschil te zien.'

'Een van de dames in de kapsalon zei dat er hier wolven gezien zijn.'

'Ik geloof dat er heel wat praatjes in de kapsalon rondgaan. Dit is een jachtgebied, er komen hier veel honden.'

'Maar als het een wolf was? Straks gaat de zon onder...'

Ze keek me aan met een verschrikte uitdrukking op haar gezicht.

'Het gaat maar om een enkel spoor dus het zal dan om een eenzame wolf gaan,' zei ik en ik probeerde zelfverzekerd te klinken. Dat moest toch mogelijk zijn voor een man die bijna twintig jaar ouder was dan deze mooie vrouw. 'Het zijn vaak mannetjes die eenzaam rondlopen omdat ze de strijd met het alfamannetje hebben verloren,' ging ik verder. 'Ergo, het gaat hier niet om de sterkste wolf. Zonder roedel is het al een hongerige, verzwakte en ten dode opgeschreven dier. Bovendien is hij banger voor jou dan jij voor hem.'

'Zullen we wedden?'

Er verscheen een lachje op het angstige gezicht. Wás ze bang of nam ze me in de maling?

'De volgende keer nemen we allebei onze Remington mee,' zei ik toen we onze rugzakken hadden gepakt en afdaalden.

'Je mag niet op een wolf schieten,' zei ze.

'Uit zelfverdediging mag je op alles schieten.'

'Weet je dat zeker?' Ze liep voorop en draaide zich om zonder vaart te minderen. Ze kneep haar ene oog dicht. 'Als je ter dood veroordeeld bent en op het schavot staat, heb je dan het recht op de beul te schieten? Als de koning je beveelt om op het machinegeweervuur van de vijand af te stormen, heb je dan het recht de koning dood te schieten?'

Ik schudde slechts mijn hoofd.

'Dat is verdomme een antwoord,' zei ze met gemaakt sombere stem.

'Kijk voor je zodat je ziet waar je loopt,' zei ik.

'Als jij ondertussen nadenkt over je antwoord.' Vrolijkheid danste in de merkwaardige kleur ogen van haar.

'Ik denk,' zei ik, 'dat het verdomme een vraag was.'

Haar lach klaterde, klaterde in de scherpe, koude lucht onder de verblekende herfsthemel.

Het schemerde toen Natalie in haar auto ging zitten en wegreed.

Carl was niet thuis. Vast in het hotel. Ik had een vermoeden met wie.

Ik bleef tot laat in de avond over de tekeningen gebogen zitten. Ik had de cijfers van Zadra en ik trachtte uit te rekenen hoe een vergroting van de achtbaan de fysica zou beïnvloeden. Ik speelde een poosje met de formules, maar begreep dat ik de competentie niet had, dus ik stuurde een e-mail naar Glen Moore met de vraag of het vergroten van de achtbaan mogelijk was. En hoeveel dat zou kosten.

Voordat ik in slaap viel hoorde in een langgerekt, triest geluid in de verte. Ik dacht aan de goudplevier, maar hij was het niet. Ook geen hond. Geen wolf. Niet dat ik ooit een wolf had gehoord, maar dit klonk te menselijk. Als een gezang. Ik was kennelijk al in slaap gevallen toen het gezang werd afgebroken door een koude kreet uit Huken. Ik zag de raaf voor me die op de gesp van de riem van Sigmund Olsen zat.

12

De zondag bracht wind en een laaghangend wolkendek dat langs de hemel trok.

Vandaag hadden we een thuiswedstrijd. Carl had uitgelegd dat de wedstrijdagenda zo was opgesteld dat Os FC tot november thuiswedstrijden speelde en de laatste wedstrijden van de herfst uit speelde. In de laaggelegen streken was de kans op sneeuw kleiner.

De spandoeken op de viptribune stonden bol toen ik achter Carl de tribune op ging.

Ik zag dat de blik van Mari Aas slechts met een snel, formeel lachje over hem heen gleed alsof ze niet een paar uur eerder in Os Spa in elkaars armen hadden gelegen. Mari en hij, dat was iets waar ik nooit met Carl over sprak. Waarschijnlijk meer mijn wens dan die van Carl. Ik wilde daar gewoon geen deelgenoot van zijn en hij had dat aan me gemerkt. Mogelijk was het voor Carl ook makkelijk dat absoluut niemand op de hoogte was van het geheim, dan kon je je bijna inbeelden dat het alleen maar in je hoofd plaatsvond. Zo was dat indertijd in elk geval geweest met Rita en mij. En met Shannon, natuurlijk. Ja, als het om Shannon ging vroeg ik mezelf soms af of het werkelijk was gebeurd of dat ik het allemaal maar had gedroomd.

Er waren minder toeschouwers vandaag, zowel op de tribune als langs het veld. De promotie was immers een feit en dat was ook te zien in de opstelling. Ik zag Alex zijn trainingspak uittrekken, hij stond duidelijk in de basis.

Voordat de scheidsrechter en de grensrechters het veld op kwamen, liep de speaker met een draadloze microfoon in zijn ene hand en een coupon in zijn andere naar de middenstip. Het was Carls idee geweest om voorafgaand aan elke wedstrijd de beste speler van de vorige wedstrijd te belonen met een twee uur durende spabehandeling in het hotel.

Carl knipoogde heimelijk naar me toen de speaker de naam riep en Kurt Olsen naar de middenstip jogde.

'Dat komt nog boven op een voorstel voor een contract dat hij vrijdag heeft gekregen,' fluisterde Carl.

Kurt nam de coupon in ontvangst, maar in plaats van het gebruikelijke 'bedankt' nam Kurt de microfoon over. Door de wind kraakten de luidsprekers vreselijk en de speaker draaide Kurt om zodat hij met zijn rug naar de wind stond.

'Dat is vast de eerste keer dat een trainer wordt uitgeroepen tot de beste speler,' zei Kurt. 'Maar ik kan het er alleen maar mee eens zijn.'

Gelach vanaf de tribune.

'Maar dit is misschien ook een goede gelegenheid om de club en de fans mee te delen dat ik een besluit heb genomen.'

Carl grijnsde en leunde iets achterover met zijn handen achter zijn rug en zijn buik vooruit. Het was me nog niet eerder opgevallen dat hij meer dan een paar pondjes was aangekomen zoals hij beweerde. Er schoot me ook een andere gedachte te binnen dat de vorige koning van Os – Willum Willumsen – op Carls leeftijd ook een buik had gekregen.

'Ik heb besloten dat mijn werk voor de club erop zit,' zei Kurt. 'Ik zou graag verdergaan, maar het is nu eenmaal zo dat ik als politiechef een andere taak heb, een die om verschillende redenen al mijn tijd zal vergen.'

Alles wat er te horen was langs het veld, waren de fluitende wind en het geklapper van de spandoeken.

'Ik heb een contract aangeboden gekregen van die rijkelui daar.' Kurt wees naar ons en er klonk een lach vanaf de zijlijn die leek op die van Erik Nerell. 'Dat aanbod is royaal, ik had niet anders verwacht want ze hebben het geld en ik ben een verdomd goede trainer.'

Opnieuw was het Erik Nerell, Kurts trouwe discipel, die lachte.

'Maar ik wil en moet me volledig concentreren op mijn werk als politiechef en daarom geef ik het stokje door aan een ander. Bedankt voor het vertrouwen in mij en bedankt hiervoor.' Hij hield de coupon voor een spa omhoog en sprak luider dan het applaus. 'Hier heb ik geen tijd voor dus die is voor iemand anders! Alex was goed op de vorige training dus hij mag badderen!'

Ik keek Carl aan die met een verstijfde gezichtsuitdrukking zijn handen hard tegen elkaar sloeg alsof ze slaag kregen.

'Wat doet die vent, verdomme?' siste hij vanuit zijn mondhoek.

'Hij heeft duidelijk een bom gevonden,' fluisterde ik terwijl ik ook klapte. 'Nu schept hij afstand.'

Carl knikte, hij begreep wat ik bedoelde. Kurt had dynamiet in handen, maar voordat hij dat tot ontploffing bracht, moest hij eerst de ruimte verlaten. Afstand scheppen tussen hem en ons, geen banden, geen belangenverstrengeling. Ze hadden iets in de autowrakken gevonden, dat was de enig denkbare reden dat hij bedankte voor het aanbod en de kans een echte beroemdheid te worden in Os. Dat wil zeggen, hij had uiteraard plannen een legende te worden, alleen op een ander gebied. Hij wilde de man worden die niet alleen de moord op zijn vader oploste, maar alle zeven moorden, zeven moorden die Kurt Olsen in de afgelopen jaren min of meer had onderzocht. Dus ik bleef klappen. Want hij verdiende zeker applaus, deze taaie loopgraafsoldaat die stand had gehouden terwijl winters en lentes verstreken en er geen nieuws van het front te melden was.

Rita draaide zich om en keek omhoog naar ons en ik zag iets in haar blik wat ik nog niet eerder had gezien. Koude, pure haat. Die ging als een verrekte gammastraal door me heen en ik huiverde. Want hoe grondig je ook de reden wegredeneert dat je door een vrouw wordt gehaat die ooit haar hart en slaapkamer voor je heeft geopend, je ontkomt niet aan de vraag: heeft ze gelijk? Ben jij dat weerzinwekkende, psychisch gestoorde misbaksel dat zij ziet? Maar dat kun je toch niet altijd zijn geweest, niet in de tijd dat ze van je hield of in elk geval om je gaf? Dus wanneer was dat gebeurd, wanneer was jij het contact verloren met je medemenselijkheid? Was dat toen je de Cadillac met Shannon erin het ravijn in zag storten? Of was het al eerder toen je de Cadillac met vader en moeder zag verdwijnen? Of nog daarvoor toen je als twaalfjarige in het bovenste stapelbed lag met je handen over je oren en je je probeerde in te beelden dat je ergens anders was?

Rita draaide zich weer om naar het veld. De teams maakten zich klaar voor de aftrap. Ik had begrepen dat er voor de tegenstander het nodige op het spel stond, zij dreigden te degraderen. Het was het gebruikelijke gevecht: elftal dat het best, het slimst en het sterkst is tegen elftal dat het meeste wil.

Toen we thuiskwamen na de wedstrijd, maakte ik pasta en terwijl we aten discussieerden Carl en ik over de vraag welke bom Kurt Olsen kon hebben.

'Dus,' zei Carl. 'Als jouw dame van KRIPOS zegt dat ze bloed en haar hebben gevonden en jij denkt dat ze dat niet hebben gevonden op een logische plek, dan kan dat betekenen dat ze iets gevonden hebben in de kofferbak van mijn Cadillac.'

Het viel me op dat hij vermeed Shannons naam uit te spreken. Nadat Carl haar dood had geslagen, had hij haar in de kofferbak gegooid en mij gebeld voor hulp. Uiteraard. Het was voor mij nog steeds een mysterie hoe ik in staat was geweest een masker op te houden toen ik begreep wat er was gebeurd. Terwijl mijn leven aan diggelen viel, had ik zonder mezelf te verraden de leiding genomen, besloten dat we haar achter het stuur zouden zetten, de auto over de rand van het ravijn zouden duwen zodat het eruitzag als een ongeluk.

'Weer een ongeluk in de Geitesving?' had Carl gevraagd. Ik had geantwoord dat statistisch gezien bijna de helft van alle ongelukken gebeurt op dezelfde plek als eerder dat jaar, dus het was niet opmerkelijk dat er in achttien jaar drie ongelukken gebeurden in de Geitesving.

Ik stak mijn vork in een pastavlinder. 'We hebben de kofferbak zo grondig schoongemaakt dat ik betwijfel dat ze daarin wat hebben gevonden.'

'Wat kan het dan zijn?'

Ik haalde mijn schouders op. 'Misschien ben ik gewoon paranoïde en hebben ze hier en daar haren gevonden en toen ze die checkten zagen ze dat ze van het slachtoffer, van jou of van mij kwamen en hoeven we ons nergens zorgen over te maken. Toetje?'

'Hebben we dat?'

'Alleen als jij boodschappen hebt gedaan.'

We keken elkaar aan en lachten.

Carl ging vroeg naar bed, ik had hem gisteravond laat thuis horen komen.

Ik zou graag weten wie Mari als bondgenoot had. Haar jeugdvriendin Grete Smitt? Ja, dat zou wat zijn. Alhoewel, was dat niet wat de machtige landen voor 1914 hadden gedaan? Bondgenoot worden met de landen die ze het meest vreesden? Ik bleef erover nadenken. Met wie in Os had Mari een bondgenootschap gesloten als antwoord op de KGB? Want het was een prestatie om zo'n affaire jarenlang geheim te houden. Misschien kon ik daar nog iets van leren.

Ik checkte mijn e-mail en zag dat Moore had geantwoord. Hij schreef dat hij graag zou komen om het terrein te bekijken en het project te bespreken. Dat ik gelijk had in mijn veronderstelling dat het niet alleen een kwestie was van de getallen met een factor te vermenigvuldigen en dat de kosten van groter en hoger bouwen niet evenredig stegen, maar juist veel hoger werden. Ik antwoordde dat er niets in mijn agenda stond wat ik niet kon verplaatsen dus hij kon komen wanneer het hem uitkwam, maar wel graag zo snel mogelijk.

Daarna zocht ik naar seterliedjes en Kari Midtigard, maar ik vond niets dus ik stuurde Natalie een sms en vroeg hoe het liedje heette dat ze had gezongen.

Het antwoord kwam na twee minuten: KEN JIJ KARI MIDT-I-GARD?

Ik vond het liedje op Spotify. Een oude versie gezongen door een man. Deed me in weinig denken aan Natalies uitvoering, maar oké, deze versie had ook een ziel, al was het wel een andere.

Kort daarna volgde een nieuw bericht: BEN JE ECHT GEÏNTERESSEERD?

Ik verwierp de gedachte om als een *smart-ass* te antwoorden (definieer écht) en stuurde twee letters.

JA.

Ik hoorde niets meer.

Ik ging naar bed en las nog wat in de vertaling van *Der Zauberberg* van Thomas Mann, een goed en probaat slaapmiddel. Ik was er al twee jaar in bezig en kon nooit meer dan een bladzijde lezen voordat ik was vertrokken. Ik was net bezig in slaap te zakken toen het bericht kwam.

SORRY, LATE REACTIE. HAD EEN LANG TELEFOONGESPREK. JE KUNT WOENSDAG MEE NAAR EEN CONCERT IN NOTODDEN ALS JE MEER HARDCOREVOLKSMUZIEK WILT HOREN. WE HEBBEN PUBLIEK NODIG.

Woensdag. Nachtdienst. Ik antwoordde met:

LEUK, MAAR HEB DAN NACHTDIENST. GRAAG EEN ANDERE KEER.

Ik kreeg een duimpje terug.

Ik las nog een bladzijde. En nog eentje. Zuchtte, deed het licht uit en bleef wakker liggen. Ik woelde in mijn bed. Dacht dat het misschien niet zo vreemd is dat je wakker ligt als je hebt begrepen dat de politiechef op oorlogspad is en dat er mogelijk een bom in de kamer ligt.

Toen viel ik kennelijk toch in slaap.

13

De bom ging dinsdagochtend af.

Het was tien uur, we werkten met ons tweeën dus ik stond buiten bij de pompen en raapte papier op, veegde de tankpistolen schoon, verwisselde de papierrollen en de zeepflacons. Ik hoorde een auto terugschakelen en gekraak op het asfalt dat erop wees dat de auto afgeslagen was bij het tankstation. Ik draaide me om. De auto stopte en ik zag een man achter de voorruit. De ingevallen wangen, het langgerekte gezicht met de vorm van een zandloper. Hij zag er ziek uit. Maar dakdekker Moe zag er al ziek uit zolang ik me kon herinneren. Als hij tankte, deed hij dat altijd met een kaart, hij kwam nooit het tankstation binnen, niet sinds ik hem in elkaar had geslagen in zijn eigen keuken. Hij zoog zijn wangen naar binnen alsof hij van plan was te spugen, maar dan moest hij wel eerst het raampje van zijn oude bestelbus naar beneden draaien en dat was waarschijnlijk te demonstratief. In plaats daarvan liet hij de motor ronken, als een waarschuwing, voor hij schakelde en de rijksweg op reed en in oostelijke richting verdween.

Terwijl ik hem stond na te kijken, ging mijn telefoon.

Het was Dan Krane van *Os Blad*.

Ik moet bekennen dat ik verstijfde toen hij het zei. Dat er een lek was. Dat het morgen op de voorpagina van de krant zou staan en in de loop van het komend uur al op internet. Dat het een bom was. Hij gebruikte echt dat beeld. En nu wilde hij mijn reactie.

'Dan zul je me eerst moeten vertellen wat de bom is,' zei ik terwijl mijn hersenen in een hogere versnelling probeerden te komen, probeerden te voorspellen wat ik ging horen om razendsnel een strategie te bedenken voor wat ik zou gaan zeggen. Of beter gezegd, níet zou gaan zeggen. Plus een verklaring waarom ik niets wilde zeggen. Ik had gelezen dat de politie tegenwoordig met een nieuwe technologie veel sneller resultaten had van DNA-analyses, dus verrast hoefde ik niet te zijn. Het was immers al een week geleden sinds ze de auto's omhoog hadden getakeld. Verrassend was alleen wel dat de pers sneller contact met ons opnam dan de politie. Ze moesten allebei benieuwd zijn naar mijn verklaring van wat ze maar hadden. En dat lek, hoe was dat gebeurd? Kurt Olsen zelf natuurlijk, want anders hadden de landelijke kranten het nieuws eerder gehad dan *Os Blad*. Ik had kunnen weten dat Kurt al wist naar wie de DNA-analyses wezen voordat hij zijn ontslag als trainer nam, want hij moest natuurlijk zo snel mogelijk van de loonlijst van de Opgard-broers af. Het zou me niet verbazen als Kurt dit met opzet in scène had gezet, een lek met de Opgard-hater Dan Krane als gewillige meeloper. Hij wilde ons in het openbaar zien branden voordat we ons verschuilden achter onze advocaten. Mijn hart bonkte, iets anders kan ik niet zeggen.

'De bom,' zei Krane met een stem die niet het leedvermaak verraadde dat hij moest hebben, 'is dat het rapport van het ministerie van Verkeer is gelekt terwijl dat woensdag openbaar zou worden gemaakt. Daarin staat dat de Toddetunnel niet gerealiseerd kan worden.'

'Wat?' riep ik uit en ik hoefde niet eens te spelen dat ik verrast was.

'De tunnel zou volgens het rapport een veelvoud kosten van wat het Storting had begroot. En zelfs dan is het onzeker of de veiligheid kan worden gewaarborgd. Kort samengevat is dit een bom die het hele Toddeproject opblaast. Ik maak nu een belronde voor de reactie van de mensen die het direct aangaat. Jij als eigenaar van het tankstation en ander onroerend goed bijvoorbeeld. Wat is jouw reactie hierop?'

Ik liet de lucht uit mijn longen ontsnappen. Ik zag Egil achter de toonbank staan en drie broodjes voor de prijs van twee in een papieren zak stoppen en weer een tevreden klant binnenhalen. Ik zag zijn lippen een woord vormen. De prijs. Dat had hij van mij geleerd toen de mensen nog cash betaalden, om de prijs duidelijk te zeggen. Maar nu, aangezien iedereen met een pas betaalde en de prijs op de kaartlezer kon zien, was ik daarmee gestopt, maar Egil niet.

'Honderdtweeënzestig kronen,' kon hij zeggen en dan kwam het wel voor dat chagrijnige klanten zeiden 'dat zie ik', maar Egil liet zich niet van de wijs brengen. En als de rijksweg zou blijven zou Egil de komende jaren ook nog werk hebben.

Dus ik zei daar iets over tegen Krane, ik herinner me mijn exacte woorden niet, maar in elk geval iets over banen en dat de rijksweg hopelijk wel zou worden verbreed nu die niet werd omgeleid.

'Daar hebben we al met Jo Aas over gesproken en hij is het met jou eens.'

Natuurlijk had Aas weer een duidelijke mening. De man die in zijn tijd als burgemeester op het ministerie tegen dovemansoren had gesproken over veel te dure tunnels en dorpen die verdwijnen, had toch weer gelijk gekregen.

'Ik zag dat het nu officieel is dat jij vorige week de camping van Rita Willumsen hebt gekocht,' zei Krane. 'Goede timing, die koop is ineens niet zo dom meer.'

'Je bedoelt dat het voordat het rapport uitkwam een domme aankoop was?' Ik probeerde het op een grappige manier te zeggen, maar Krane hapte niet.

'Zesenhalf miljoen voor een stuk grond waar de rijksweg langs komt is veel, maar die prijs voor land dat niets waard zou worden? Pure idiotie zullen ze dat noemen. Een reactie op de koop en de timing?'

'Nee,' zei ik, ik tilde een tankpistool op en veegde de benzine van de greep. 'Zeg, ik heb werk te doen, Dan.'

'Begrijp ik,' zei Krane. 'Ik bel ook je broer om te horen wat hij erover heeft te zeggen. Dit is ook goed voor Os Spa.'

'Het is goed voor het hele dorp,' zei ik. 'Een verheugende dag ook voor jouw krant. Ik ben eigenlijk onder de indruk dat het je lukt zo beheerst te blijven, Dan.'

Krane lachte kort. 'O ja?'

Ik gaf geen antwoord. Krane was vergeten dialect te spreken, dat deed hij graag als hij wat ophad. Het leek of hij zich met zijn verbitterde lach even had geopend, me had laten zien hoezeer hij dit dorp haatte. Deze plaats die hem gevangenhield, een bedrogen echtgenoot met drie kinderen en te veel verantwoordelijkheden om er gewoon vandoor te gaan. Of misschien was het Mari, was het zijn liefde voor haar die hem gevangenhield. Want liefde maakt je niet vrij, die metselt je in en ontneemt je je wil. Zo had ik het ervaren en daarom bleef ik er ver van weg. Als ik erover nadacht kon ik niet anders dan een zekere sympathie voor Dan Krane voelen. Ik besefte dat hij de Toddetunnel mogelijk als een uitweg had gezien. Os zonder verkeer bloedde dood, de krant zou verdwijnen en Mari en hij zouden moeten verhuizen om ander werk te vinden. De kinderen moesten naar een andere school. Dat was zijn redding, de reden dat hij het had volgehouden. Het was zo'n trieste gedachte dat ik me bijna geroepen voelde het gesprek af te ronden met een paar opbeurende en misschien zelfs vriendelijke woorden.

'Tot ziens,' zei ik en ik verbrak de verbinding.

Ik liep naar de kleine werkplaats achter het tankstation en draaide de deur van het slot. Ik liep door de hal met de smeerput waar een afgedankte tractor boven stond. Op een plank stonden – als een soort herinnering – twee oude flessen met de giftige Fritz-wasstraatreiniger. Ik wist niet hoe ik daarvan af kon komen. Ik ging in de slaapkamer zitten die ik lang geleden had ingericht. Ik belde Carl en vertelde hem over het lek en dat GeoData inderdaad het rapport had geschreven waar wij om hadden gevraagd.

Ook hij klonk kalm. De uitkomst was duidelijk al door hem verdisconteerd, zoals ze dat noemen. Ik waarschuwde hem dat Dan Krane zou bellen voor een reactie van hem.

'Jij en ik moeten praten,' zei Carl.

'Jazeker, ik ben om zes uur klaar.'

'Liever eerder.' Er was iets met Carls stem, hij leek gestrest. 'Kun je in de lunchpauze naar het hotel komen?'

'Oké,' zei ik. 'Is er iets gebeurd?'

'Het is... een beetje veel.'

We hingen op. Ik keek naar de zeldzame nummerborden die ik aan de wand had gespijkerd. Basutoland, Frans-Equatoriaal-Afrika, Brits-Honduras. Pas nu viel me iets op waar ik nog niet eerder aan had gedacht. Dat ik alleen dingen verzamelde van wat niet meer bestond. Dat ik geen foto's had van vrienden of bekenden van Carl en mij, geen enkele.

Ik ging weer naar het tankstation.

Egil vond het best dat ik tegen lunchtijd naar het hotel ging.

'Dan kun jij vanmiddag eerder weg, als je wilt,' zei ik.

Egil haalde zijn schouders op. 'Ik blijf hier, ik heb verder niet veel te doen.'

'Niet?'

'Ik verveel me thuis rot. Iedereen is verhuisd.'

Met iedereen bedoelde Egil waarschijnlijk zijn twee vrienden met wie hij tijdens zijn tienerjaren had gegamed.

'Je kunt morgenavond een extra dienst draaien.'

Egil lichtte op. 'Echt?'

Ik lachte. 'Hij is van jou.'

Toen ik iets voor twaalven wegreed van het tankstation, besloot ik op weg naar het hotel eerst een bliksembezoek af te leggen aan de bank.

Vendelbo zag me bij de balie staan en nam me mee naar zijn kantoor.

'Heb je het gehoord?' vroeg ik.

'Uiteraard,' zei hij. 'Het was op de radio. Er zijn al reacties van de parlementsleden van de Arbeiderparti en Høyre. Ze zeggen dat het klopt wat er gelekt is uit het rapport, dus nu moeten ze terug naar de tekentafel. Omleiding van de rijksweg is nu pas over twintig jaar aan de orde, misschien wel nooit. Op de lokale radio zei zowel Aas als Voss dat zonder tunnel de weg door Os moet gaan, er zijn geen alternatieven.'

'Dan moet jij hier misschien toch blijven,' zei ik.

'Ik heb het in Os goed naar mijn zin,' zei Vendelbo met een glimlach.

'Misschien dat mijn aanvraag voor een lening ook in een ander daglicht komt te staan?'

'Daar heb ik ook al aan gedacht, ja.' Vendelbo hing achterover in zijn stoel met zijn handen in zijn nek. 'Het tankstation is volledig afbetaald en heeft geen schulden, toch?'

'Right.'

Ik spiegelde hem, vouwde mijn handen in mijn nek. Ik had gelezen dat spiegeling een onbewust teken voor empathie kan zijn, maar daarop bestaan uitzonderingen, neem ik aan.

'Hetzelfde geldt voor de Merkur-boerderij,' zei ik. 'En Fritt Fall, de camping, vijfentwintig procent van het gebouw waarin we nu zitten, de aandelen in Os Spa en mijn deel van de grond van Opgard. Geen schulden.'

'Mooi. Zullen we een afspraak maken met het hoofdkantoor?'

In het hotel werd me gezegd dat Carl al had geluncht en dat hij beneden in de spa-afdeling was. Ik liep de trap af naar de spa-receptie waar een geplamuurd en geverfd vrouwengezicht achter de balie zei dat Carl in het bad zat en dat ze de opdracht had gekregen mij daarheen te sturen zodra ik opdook.

Ik zei dat ik zou gaan op voorwaarde dat ze die mindfulnessmuziek uit zou zetten die als suikerstroop uit de luidsprekers stroomde.

De vrouw lachte alsof ze dacht dat ik een grapje maakte en gaf me een handdoek.

In de kleedkamer trok ik mijn kleren uit en ik vond Carl in het stoombad.

Toen ik de deur opentrok golfde de stoom naar buiten en ik zag hem een paar seconden naakt op de bovenste bank zitten voordat de deur zich achter me sloot en hij weer in de witte mist verdween.

Ik ging op de bank onder hem zitten, probeerde mijn lichaam ervan te overtuigen dat het niet gevaarlijk was om honderd procent luchtvochtigheid in te ademen en wachtte. Ik hoorde Carl raspend ademhalen.

'De minister van Verkeer zegt op internet dat ze eerst het hele rapport wil lezen voor ze een reactie geeft.'

'Logisch,' zei ik. 'Maar haar conclusie zal zijn dat de Toddetunnel ten dode opgeschreven is.'

'Ja, hoe gaat het met de aanvraag voor een lening?'

Ik staarde in het wit zonder iets te zeggen.

'Relax, we zijn alleen,' zei Carl.

'Dat komt in orde,' zei ik. 'Ik stuur later vandaag een omschrijving van het achtbaanproject plus een begroting naar Vendelbo. Zodra er een herberekening is gemaakt van alles wat ik bezit – nu de tunnel niet doorgaat stijgt de prijs van de grond – volgt er een bespreking. Vendelbo heeft zijn voet op het gas en neemt aan dat die begin volgende week zal plaatsvinden. De goedkeuring van de lening een week later.'

'Dan pas?'

'Ik heb tegen GeoData gezegd dat het twee weken zou duren voor ze hun twaalf miljoen krijgen en dat begrijpen ze. Waar maak je je zorgen om?'

'Maak ik me zorgen?'

'Ja.'

Ik wist dat Carl niet zou protesteren, hij kende me net zo goed als ik hem kende.

'Alpin,' zei hij.

'Wat is daarmee?'

'Ze trekken zich terug.'

'Wat?'

'Ze zeggen dat hun ingenieurs beduidende schade hebben ontdekt door de brand.'

'Wat voor schade?'

'Dat hebben ze niet duidelijk gezegd. Kennelijk schade aan dragende constructies en schade die op de lange termijn het fundament zou aantasten, zeiden ze. Voldoende om geen investeringen te willen doen.'

'Echt?' Ik draaide me om om Carl te kunnen zien, maar hij was gehuld in nevel.

'Echt.'

'Jij gelooft ze? Het is niet zo dat we een vervalst bouwkundig rapport hebben geleverd en dat ze nu met een ander komen?'

Carl lachte zonder vreugde. 'Ik zou kunnen denken dat ze me beduvelen, het zijn immers Fransen. Als ze het rapport hadden gebruikt om een lagere aandelenprijs te bedingen, dan had ik argwaan gekregen. Maar ze bedanken voor de koop. Punt.'

'Maar nu blijft de rijksweg, misschien bedenken ze zich als ze dat horen?'

Het werd stil.

'Als je knikt of schudt met je hoofd, Carl, dan kan ik dat niet zien.'

'Nee,' klonk Carls stem. 'Ze zullen zich niet bedenken.'

'Omdat?'

'Omdat ik al had verteld dat de rijksweg door Os zou blijven gaan.'

'Wat heb je?'

'Ja, ik had dat al verdisconteerd.'

Dat was een van de twee favoriete termen van hem. Uitrekenen hoeveel je moet inleggen om een bepaald bedrag in de toekomst te ontvangen. De tweede term was *pre-emptive strike*, hij beweerde dat hij dat van mij had geleerd tijdens de gevechten in Årtun. Om als eerste toe te slaan. Zo snel mogelijk aan te vallen als je denkt dat de tegenpartij van plan is aan te vallen.

Ik kreunde. 'Dus nu hebben we Fransen die weten dat iemand – waarschijnlijk wij – dat rapport heeft gekocht?'

'Ze zullen er wel wat van denken, Roy, maar het kan ze niet schelen. Dit is maar een van de honderd hotelprojecten die ze bekijken, de meeste staan in corruptere landen dan Noorwegen.'

Er liep iets langs mijn lijf, ik weet niet of het zweet was of waterdamp, maar het kietelde. Kietelde op vele plekken. Verkeerde plekken.

'Dus wat doen we nu? Stoppen we met de bouw van de vleugel?'

'Daar is het te laat voor, de contracten zijn getekend en de kosten van een contractbreuk zullen ons de kop kosten.'

'Dus?'

'Dus ik dacht aan de lening die jij hebt aangevraagd.'

Natuurlijk. Natuurlijk waren we weer op dat punt beland. Carl die er een potje van had gemaakt en nu moest zijn grote broer hem redden. Maar niet deze keer. Ik was er klaar mee. Shannon was de laatste keer geweest.

'Dat is een lening voor een pretpark, Carl. Je begrijpt toch wel dat ik die niet kan gebruiken om jou uit de brand te helpen?'

'Weer uit de brand te helpen, bedoel je?'

'Dat zei ik niet, maar inderdaad. Weer uit de brand te helpen.'

'Maar je weet toch dat je me dat verschuldigd bent?'

Weer draaide ik me om, ik staarde in de witte watten, wist niet zeker of ik het goed had gehoord. Ja, ik vond dat ik een schuld met me meedroeg, dat ik hem een schadevergoeding verschuldigd was vanwege de jeugd die hij had gehad. Maar ik weet niet of hij dat bedoelde. Het was ziek. Het leek vaak of hij, het slachtoffer, het had geaccepteerd, de verkrachtingen in onze jongenskamer deels had verdrongen. Terwijl ik degene was die ze niet achter me kon laten. Carl had vast min of meer gespeeld met mijn schuldgevoel, maar hij had nooit zonder omwegen gezegd dat ik hem iets schuldig was. Nu was er een bitterheid in zijn stem die ik nog niet eerder had gehoord als hij tegen me sprak.

Toen hij verderging was dat weer met die zachte, vleiende stem, Carl in de modus van overreder zoals ik die van hem kende.

'We zijn familie, Roy. Het hotel is van mij, het park van jou, maar hier gaat het om meer dan één plus één is twee.'

'Ik weet het, maar...'

'De bank checkt niet waar het geld heen gaat zolang ze zekerheid hebben en je rente en aflossing betaalt. Het is ook maar tijdelijk, een maand, hooguit twee, tot ik een nieuwe investeerder heb. De twee Chinese geïnteresseerden die ik eerst had afgewezen, zijn nog steeds geïnteresseerd. Ik kan ze tegen elkaar op laten bieden. Je hebt je geld terug lang voordat er betaald moet worden voor de achtbaan, dat beloof ik. Wat zeg je daarop, grote broer?'

Het is vreemd hoe iemand je in zijn greep kan hebben, zelfs als je ziet wat hij doet, zelfs als je op een kilometer afstand de truc kan doorzien die hij met zijn linkerhand uithaalt terwijl jij van plan bent de rechterhand te volgen, dan nog krijgt hij wat hij wil. Want hij heeft je hart in zijn handen en dan maakt het niet uit of dat in de rechter- of linkerhand is.

'Ik zal erover nadenken,' zei ik.

'Dat is alles wat ik van je vraag. Ik ben vanavond laat thuis, maar zullen we morgen na het werk de details bespreken?'

'Oké, of nee, ik ga naar Notodden.'

'O ja? Waarvoor?'

'Een concert.'

'Alleen?'

'Nee, Natalie dacht dat ik wel interesse zou hebben.'

Ik zei het een beetje achteloos. Of misschien niet een beetje, misschien zo achteloos dat het overdreven klonk. Het lukte me alleen niet om niet te luisteren naar de reactie uit de nevel.

'Veel plezier jullie,' zei hij. 'Overmorgen dan?'

'Ja,' zei ik. 'Ik moet nu weer aan het werk.'

'Oké, ik blijf nog even zitten.'

Ik draaide me om terwijl ik de deur openduwde, ik hield die open terwijl de witte damp naar buiten stroomde tot ik genoeg kon zien om vast te stellen dat Carl inderdaad alleen was. Alleen en naakt en met een blik op me gericht die ik niet kon duiden. Het is vreemd hoe iemand met wie je jarenlang zo intiem hebt geleefd er plotseling als een vreemde uit kan zien. Je denkt dat het aan het licht moet liggen of dat je moe bent, dat het om je kleine broertje gaat, iemand die niets voor je verborgen kan houden. Maar dan kom je tot de conclusie dat je verdomme jezelf niet eens goed begrijpt.

14

'Dus we moeten je mooi maken voor Natalie Moe?' vroeg Grete Smitt terwijl ze mijn schedel masseerde.

Ik lag relatief weerloos in de stoel met mijn hoofd boven de waskom en ik hoopte dat het geluid van het water ervoor zorgde dat de andere twee in de salon haar niet hoorden. Het ging goed met de kapsalon van Grete, ze had een meisje in dienst genomen en ik wist dat ze op zoek was naar een betere ruimte aan de markt.

'Gewoon zelfde als altijd,' zei ik. 'Ik hoef niet mooier te worden.'

Ik weet niet of ze de impliciete belediging hoorde en ook niet hoe ze aan de informatie was gekomen dat Natalie en ik vanavond naar Notodden zouden gaan, maar ik was niet van plan dat te vragen. Ze wikkelde mijn haar in een handdoek, bracht me naar een vrije kappersstoel, kamde het natte haar en begon te werken met haar beroemde Japanse Niigata 1000-schaar waarvan ze op een bepaald moment in haar monoloog zou zeggen dat die vijftienduizend kronen had gekost.

'Jij wordt niet ouder, Roy.'

Ik was een beetje verrast door het compliment. Ik bekeek mijn gezicht. In zekere zin had ze wel gelijk. Een brutale, dikke neus, brede mond, vierkante kin, diepliggende ogen en dik, donker haar met een lage haargrens van het type dat belooft dat het zich nooit zal terugtrekken. Niet volledig, in elk geval. Was het een gedachteassociatie aan een veel jongere vrouw die haar een opmerking deed maken over mijn leeftijd? Er was iets met de toon waarop ze het zei, iets wat erop duidde dat er nog een bijzin moest volgen.

'Niet zoals je broer Carl.'

Ik sloeg er verder niet veel acht op want het was waar en Grete was nog steeds bezeten van Carl. In het verleden had zich dat geuit in een jarenlange verstikkende, hopeloze liefde van haar kant die eindigde in een onenightstand met die verrekte Carl. Nu ging het haar vooral om het verzamelen van bewijzen dat ze veel beter af was met Simon Nergard. Hoewel Simon Nergard een saaie vent was, of misschien was het juist daarom, had ze daarin wel gelijk.

'Gaat je broer naar warmere streken?' vroeg ze.

'Hoezo?' Ik had direct al spijt dat ik niet gewoon had gezegd dat ik dat niet wist.

'Hij is deze week twee keer onder de zonnebank geweest.'

'En wat dan nog? Is een beetje vitamine D niet gezond?'

'Jawel, maar de mensen in het dorp denken dat mannen in het solarium homo zijn. Daarom zijn er niet veel mannen die hier komen. Filiaalchef Vendelbo, Stanley Spind, Kurt Olsen en Carl dus. Iedereen weet dat Kurt van vrouwen houdt. In Os zijn de mensen doodsbang voor homo's. Adrian heeft hier een poosje gewerkt, weet je nog?'

Dat wist ik nog. Het was een jongen die Stanley had ontmoet tijdens een vakantie op Ibiza en die verhuisd was naar ons dorp. Hij had het hier acht maanden uitgehouden, niet slecht.

'Een heel goede kapper, maar ik moest hem wel ontslaan. Zelfs vrouwen hier schrikken als een homo hun haren doet.'

Ik had geen idee waar Grete heen wilde, wilde het niet weten ook en ik sloot mijn ogen in de hoop dat ik een signaal afgaf dat ik niet geïnteresseerd was.

'Maar het is fijn dat Carl en Kurt samen onder de zonnebank kunnen. Het zijn niet bepaald de beste vrienden sinds Kurt het team van Carl niet langer wil trainen. Wat zeg jij?'

Ik zeg het liefst zo min mogelijk, dacht ik. 'Ik geloof dat ze het wel rustig opnemen,' zei ik.

'Zo leek het niet toen Carl gisterochtend het politiebureau uit kwam,' zei ze. 'Iemand vertelde me dat hij er woedend uitzag, vloekte en slippend de parkeerplaats verliet.'

Ik concentreerde me erop langzaam adem te halen. Waarom had ik in godsnaam Julie niet gevraagd om in de achterkamer van Fritt Fall mijn haar in mijn nek en rond mijn oren te knippen? Ik schraapte mijn keel: 'Waarschijnlijk heeft hij Kurt een nog beter aanbod gedaan waarop hij toch nee zei.'

Het knippende geluid van de Japanse superschaar stopte. Het vergde duidelijk concentratie om deze uitleg in overweging te nemen.

'Misschien,' zei ze ten slotte. De schaar begon weer. 'Nu we het toch over een aanbod hebben. Een kapper uit Notodden belde vorige week en wilde deze Niigata 1000-schaar kopen. Raad eens hoeveel hij wilde betalen?'

Ik keek in de spiegel naar de wandklok achter me. Ik zou Natalie niet voor zes uur ophalen dus ik had tijd genoeg. Alle tijd van de wereld eigenlijk. De gedachte die zich de laatste acht jaar met onregelmatige tussenpozen meldde kwam weer in mijn lelijke hoofd op. Dat ik meer tijd had dan me lief was.

Het regende licht toen we het dorp uit reden. In de recorder zat 'Don't Go to Strangers'. Zoals gebruikelijk keek ik in de achteruitkijkspiegel nadat we het gemeentebord waren gepasseerd.

'Zo,' zei Natalie.

'Hè?'

'In spiegelbeeld wordt het Zo. Daarom kijk je in je spiegel, toch?'

Ik moest lachen. 'Ik nam aan dat ik de enige was die dat dacht.'

'O, nee hoor. Ik was ook altijd blij als ik Zo zag staan. Want dan wist ik dat ik het dorp verliet.'

Ik knikte, maar wist niet goed hoe ik dit moest interpreteren. Betekende het dat er nare dingen waren gebeurd nadat ze was verhuisd en haar ouders weer had bezocht? Ik hoopte van niet. Niet alleen voor Natalie, maar ook voor mezelf en Moe. Ik had namelijk beloofd dat ik hem zou vermoorden als hij zijn dochter weer aanraakte. En ik had de intentie om me aan die belofte te houden.

'Wat voor muziek is dit?' vroeg ze.

'J.J. Cale,' zei ik. 'Uit de jaren zeventig.'

'Zingt hij "Don't talk to strangers"?'

'Ja, zoiets.'

'Mijn tante zei dat tegen me. Dat ik het aan niemand moest vertellen.'

De daaropvolgende seconden was het stil in de auto. Alleen J.J. Cale en de ruitenwissers sloegen een ritme.

'Tante noemde me Na-tal-niet. Ze was zelf misbruikt door haar grootvader. Zowel zij als vader, vertelde ze me.'

'Wat bedoel je? Wíst je tante dat jij…'

'Ja, ze vermoedde het in elk geval.'

Ik voelde dat mijn hart sneller ging kloppen, merkte dat ik onbewust het gaspedaal dieper had ingedrukt. 'En het enige wat ze deed was jou zeggen dat je het aan niemand moest vertellen?'

Natalie haalde haar schouders op. 'Als het om jouw familie gaat, weet je dan zeker dat jij het wel aan iemand zou vertellen?'

Ik voelde haar blik op me. Ik wist niet wat ik moest antwoorden en mijn keel werd plotseling dichtgeknepen.

'Ze vertelde me dat het voorbij zou gaan,' zei Natalie. 'Zo was dat gegaan met haar grootvader. Op een dag was hij gewoon gestopt. Het gebeurde nooit meer en na een paar jaar was het of het nooit was gebeurd. Het leek of haar lichaam een kogel had ingekapseld.'

'Right,' zei ik. Ik reed weer langzamer. 'En is dat zo? Lijkt het of het nooit is gebeurd?'

Ze schudde haar hoofd. 'Nee, nee, zo is het niet. Maar ik ben niet meer bang voor hem.'

'Waarom niet? Hij is nog steeds fysiek sterk genoeg om…' Ik zocht naar een ander woord tot ik begreep dat het geen zin had eromheen te draaien. Ik keek haar aan. '…jou te misbruiken.'

Natalie knipperde niet eens met haar ogen. 'Zeker,' zei ze. 'Maar hij heeft geen macht meer over me. Hij is zijn greep kwijtgeraakt. Nadat mijn moeder stierf heeft hij dat beetje waarover hij nog wel controle had ook verloren. Hij is een zielige man, Roy. Hij zit thuis en... ik weet het niet. Hij wacht op de dood. Ik haat hem niet. Of ja, maar ik hou ook van hem. Ik weet dat het idioot is en het maakt me soms woedend. Hij is een man die het niet verdient dat ik ook maar een traan om hem laat omdat ik medelijden met hem heb. Ik wil hem haten, begrijp je? Mijn hersenen haten hem, maar mijn hart verraadt me, snap je?'

Ik knikte want ik begreep het.

We reden een stuk. Lieten J.J. Cale zijn ding doen, ons kalmeren. Tot ze vroeg wat ik wel aan zag komen.

'Waarom heb je het gedaan?'

'Dat met jouw vader?'

'Ja, ik bedoel, je was niet de enige die verdenkingen had.'

'Niet?'

'Nee, maar je was wel de enige die iets deed. Waarom?'

'Kennelijk ben ik een burger die zijn verantwoordelijkheid neemt.'

Ze keek uit het raam. Het was donker geworden en het was harder gaan regenen dus er was niets te zien buiten.

Toen zei ze het zacht. 'Wil je het niet vertellen?'

Ik zag dat mijn knokkels wit werden doordat ik mijn stuur omklemde. Wilde ik het niet vertellen? Jawel, dat willen we allemaal. Vertellen en begrepen worden. Iemand hebben die ons helpt om weer menselijk te worden, ons spiegelbeeld leert te verdragen. Maar er was niemand aan wie ik het kon vertellen. Niemand zou het begrijpen. Niemand die ik kon vertrouwen, niemand die zijn mond zou houden.

'Roy?'

Natalie uitgezonderd. Zij was daar geweest. Zij had haar familiegeheim in een pot gestopt.

Ik haalde diep adem, was er een ogenblik niet zeker van dat mijn stem het zou houden.

'Mijn vader was ook een verkrachter.'

Daar was het, ik had het gezegd.

Ik haalde nogmaals adem. 'Daarom herkende ik het bij jouw vader. De schaamte, hij droeg die als een rugzak gevuld met zand.'

'Ik had al zoiets gedacht,' zei ze. 'Hoelang heeft het geduurd?'

Ik aarzelde. Zou ik vertellen dat Carl, en niet ik, het slachtoffer was? Dat ik de grote broer was die in het bovenste bed had gedaan of hij sliep, het had laten gebeuren omdat ik dacht dat ik toch niets kon doen, dat het iets was wat gewoon in gezinnen gebeurde en waarover je je mond hield? Nee, ik kon het geheim van Carl niet onthullen, hij was haar baas, het was zijn verhaal.

'Vanaf mijn twaalfde ongeveer.'

'Net zoals bij mij,' zei ze. 'En wanneer hield het op?'

'Toen mijn ouders stierven bij dat auto-ongeluk.'

'Zeg,' zei ze, 'weet je dat je meer dan honderd rijdt?'

'O, verdomme,' zei ik en ik minderde weer vaart. 'Bedankt.'

Ze legde een hand op mijn arm. Ik voelde de warmte dwars door mijn jack en flanellen overhemd gaan. 'Ik moet jou bedanken. Weet je dat, Roy? Dat jij mijn leven hebt gered?'

'Het enige wat ik weet,' zei ik en ik hoopte dat ze haar hand nooit meer zou weghalen, 'is dat jij me een nieuwe kans hebt gegeven om te doen wat juist was.'

'Opstaan tegen de verkrachter.'

Ik knikte. Ik keek naar mijn rechtermiddelvinger die iets omhoog stond van het stuur. Het resultaat van een pre-emptive strike. Toen ik in de keuken van Moe stond en hem voor de keuze stelde – ik zou mijn mond houden als hij zijn dochter uit huis liet gaan – had Moe voordat we gingen vechten kans gezien met een hamer het eerste kootje van mijn vinger te breken. Maar uiteindelijk lag hij snikkend in foetushouding op het linoleum met naast hem een stroompje bloed dat tot stilstand kwam tegen de zitting van een omgevallen stoel. Een paar dagen later vertrok Natalie naar Notodden.

Ze haalde haar hand weg. Zette het geluid harder. Ik legde mijn hoofd tegen de neksteun, richtte mijn blik zo ver mogelijk in de lichtkegel op de weg.

'*Oh, woman, when in doubt, call on me.*'

Het was een ander concert dan ik gewend was.

De zaal was niet groot. Een bar, een paar tafels en een provisorisch podium gemaakt van een aantal modules.

Het publiek van ongeveer vijftig personen maakte de indruk dat ze ofwel bekenden ofwel familie van de muzikanten waren. Als eerste trad een jonge kerel op gekleed in Hallingdal-klederdracht. Een wit shirt, rood vest, zwarte knickerbocker en witte kousen. Hij speelde hard op zijn hardangerviool en stampte het ritme zo hard dat het bier dat naast hem op een stoel stond over de rand klotste. Na twee nummers kwam er een andere jongeman op het podium, hij was in Setesdal-klederdracht met een grote zwarte hoed. Ik begreep uit de respons van de zaal en zijn uitstraling dat hij de ster van de twee was. Daarna kwam een stevige man met een harde blik die in lispelend Zweeds zei dat hij een nummer zou spelen dat geschreven was door zijn leermeester. Toen hij de viool onder zijn kin legde en de hals greep van het instrument, zag ik dat hij een kruis getatoeëerd had op zijn handpalm. Hij telde en begon op vijf en toen begreep ik dat dit nummer anders zou zijn. Hij speelde hard en agressief, al na het eerste nummer was er in het licht van de spotlights te zien dat enkele snaren van de viool waren gebroken. In plaats van te stampen op de vloer deed hij dat op een box die klonk als een eentonige basgitaar en een bastrommel ineen. Ik sloot mijn ogen. Dit was groots, wild en vet. Zo bekend en tegelijkertijd heel nieuw, als een meisje met wie je bent opgeroeid en dat terugkomt naar het dorp als een nieuw, een ander, persoon. Als iemand die je nu pas begrijpt. Of misschien gaat het om jezelf, misschien ben je ongemerkt door de jaren heen beetje bij beetje veranderd. Heb je inzichten gekregen die je nodig had om te kunnen zien, horen en begrijpen dat het al heel je leven bij je was.

Ik keek naar Natalie. Zij keek naar mij, ze proostte met haar bierflesje en ik hief mijn glas met water op.

Toen begon de hele band. Trommels, bassen met twee snaren, accordeon en twee hardangerviolen. Ze speelden het hard, om het zo maar te zeggen. Alle instrumenten begeleidden de melodie, alleen de violen niet. Zij speelden de hoge tonen, tegendraads, twee ritmes die botsten, die op chaos leken uit te draaien, maar elkaar toch weer aanvulden. Als je dacht dat het de ene kant op ging, ging het de andere kant op en was je op adem gekomen dan volgde er weer een vrije val. Maar net zoals in een achtbaan van hout voelde je dat er een onderliggende harmonie bestond, een orde, een bedoeling.

De Zweed tilde zijn zwarte hoed op. Zijn haar was van opzij kortgeknipt, een deel van zijn kuif was door een ring gehaald. Ik had dat eerder gezien, op tekeningen van oude speelmannen, de lok werd *spir* – hoorn – genoemd. De Zweed ontblootte zijn tanden, zijn ogen puilden uit en hij siste naar ons terwijl hij opzwepend fanatiek bleef spelen.

Na een poosje, toen we dachten – en ik weet zeker dat sommigen het hoopten – dat de band klaar was, riep de Zweed Natalie. Ze stapte op het podium, tilde een merkwaardig blaasinstrument op dat leek op een slagroomhoorntje en dat bijna net zo lang was als zij groot. Het was hetzelfde instrument dat ik buiten op de poster had gezien. Een oud schilderij uit de nationaalromantiek waarop een setermeisje op een *langlur* blaast. Ik had dat schilderij eerder gezien met dezelfde gotische letters, maar ik kon me niet herinneren waar.

Natalie zette haar lippen tegen het smalste stuk, haar borst kwam omhoog. Ze blies. Nu herkende ik de lange, trieste toon, die zij had gehoord en herkend tijdens onze bergtocht. Het was het geluid van de goudplevier. Ze blies drie tonen, steeds weer opnieuw in dezelfde volgorde. De Zweed begon voorzichtig hetzelfde langzame ritme te slaan op zijn trommel. Toen begon Natalie te zingen. Het was doodstil in de zaal, alleen die glasheldere, bijna huilende stem en het ritme als zware, langzame slagen van het hart. Ik sloot mijn ogen. Vloekte in mezelf. Want nu was ik echt in een vrije val.

Na het concert verdween de hele band, Natalie incluis, door een deur achter het podium.

Toen ze weer terugkeerden, was het grootste deel van het publiek al vertrokken. Natalie en de Zweed gingen aan mijn tafel zitten. De Zweed had zijn jas aangetrokken, zijn witte overhemd was zo nat van het zweet dat het op zijn borst plakte. Met een klap zette hij een thermosfles op tafel.

'Roy,' stelde Natalie me voor. 'Roy, dit is Ola.'

'Dus jij bent Roy,' zei de Zweed en hij stak zijn hand uit. 'Ze heeft gelijk.'

'Gelijk?' zei ik en ik drukte zijn hand.

'Dat je op Leonard Cohen lijkt, alleen niet net zo knap. Een *uddevallare*?' Hij tilde de thermos op. Het kruis op zijn hand kronkelde over de aders.

'Wat is dat?'

Hij grinnikte. Ik gokte dat hij maar een paar jaar ouder was dan Natalie, toch had hij al meerdere gouden tanden. 'Koffie met sterke drank.'

'Bedankt, maar ik rij.'

'Oké.' Hij schonk een glas in voor Natalie en zichzelf. 'Wat vind je, Roy?'

'Waarvan?'

'Van ons, natuurlijk.'

Ik keek van Ola naar Natalie en weer terug.

Ola zuchtte. 'Van de band, de muziek, verdomme.'

'O, ja.' Ik dacht na. 'Het was… sterk.'

'Sterk? Zoals een uddevallare?'

'Als een Jimi Hendrix.'

Ola knikte tevreden. 'Mooi, dan heb je het begrepen.' Hij nam een flinke slok. 'Bijna in elk geval.'

'Bijna?'

'Tja, Natalie zegt dat je een muziekliefhebber bent. Je bent ouder dan wij en Noors dus ik had verwacht dat je de andere verwijzing ook wel door zou hebben.'

'O?'

'Ja, er loopt een rechte lijn tussen twee toppers in de Noorse muziek. Volksmuziek en...'

Hij zweeg, keek me afwachtend aan met dansende poppetjes in zijn intense blik. Mijn hersenen kraakten. Maar, nee. O, wacht. Het muntje was eindelijk gevallen.

'Black metal,' zei ik. 'Burzum. De poster met het setermeisje op een van hun platenhoezen.'

Ola draaide zich om naar Natalie. 'Jouw vriend is niet gek. Ik moet even naar buiten om te offeren, liefje.' Hij legde zijn hand met de tatoeage op die van Natalie, stond op en liep naar buiten.

'Offeren?'

Natalie lachte en nam een slok van haar bier. 'Dat is iets uit het Setesdal. Het is nog niet zo lang geleden dat er op de afgelegen boerderijen voedsel en bloed werden geofferd aan de goden. Ola noemt het offeren als hij naar buiten moet om over te geven.'

'Doet hij dat vaak?'

'Voor elk concert en een paar keer daarna. Zenuwen ervoor. Daarna uitputting. Hij is een kunstenaar en stelt hoge eisen aan zichzelf.'

'Bedoel je dat hij hiervan leeft?'

Ze glimlachte. 'Nee, dat kan hij niet, dat snap je toch wel? Hij werkt hier in Notodden als koster. Maar hij leeft en ademt voor de muziek. Hij speelde de *nøkkelharpe* – de toetsharp – toen hij opgroeide in Bohuslän. Hij begon daar al op zijn vijfde mee.'

'Nøkkelharpe?'

'In zekere zin zou je die als de Zweedse versie van onze hardangerviool kunnen zien, alleen druk je toetsen in en hij heeft slechts vier snaren. Tijdens een festival met volksmuziek ontdekte hij bij familie in Setesdal de hardangerviool. Dat wil zeggen, zij hadden een oude variant met resonantiesnaren, een voorloper van de hardangerviool. Daar werd hij door gegrepen. Hij benaderde een van de beste leermeesters in Setesdal en verhuisde daarheen.'

Ik knikte. 'En nu is hij koster en speelt duivelse muziek?'

Ze lachte. 'Ola hoort alleen muziek en stemmingen. Al het andere is slechts afleiding voor hem.'

Ik kon de bewondering in haar stem horen en de glans in haar ogen zien. Het werd tijd om naar huis te gaan. Ik keek op mijn horloge.

'Heb je zin om te blijven?'

Ik keek op. 'Blijven?'

'We gaan feestvieren. Ik blijf bij Ola slapen. Daar is ook vast plaats voor jou.'

Er kwam een knoop in mijn maag. 'Ik moet terug, ik moet morgenvroeg werken. Jij moet de bus maar nemen.' Direct nadat het over mijn lippen was gerold, hoorde ik hoe dat klonk. Als iemand die boter heeft verkocht, maar niet betaald heeft gekregen. Het was te laat om de woorden terug te nemen. Ik zag ook aan haar blik dat ze iets wilde zeggen, iets wilde uitleggen. Dat ze me wilde zeggen dat ze de overnachting niet had aangeboden om een taxi terug te hebben naar Os. In plaats daarvan bracht ze snel haar flesje bier naar haar lippen. Ze knipperde met haar ogen en keek weg. Die hand die ze in de auto op mijn arm had gelegd was natuurlijk alleen dat geweest: een hand op een arm. Nu was ons gesprek in een hoek gedreven, we zaten zwijgend aan het tafeltje en ineens zag ik mezelf door haar ogen, door de ogen van Ola en al de anderen in de zaal. Een kwijlende vent van middelbare leeftijd, verkikkerd op een meisje dat met een beetje goede wil zijn dochter kon zijn. Nee, hij kwijlde niet, hij was beledigd. Terwijl haar geliefde buiten stond. Wel verdomme, zo pathetisch.

Ik balde onder tafel mijn vuisten. Wat was er loos met mij? Wat ik van mezelf aan haar had laten zien, dat was zo pijnlijk dat ik er even spijt van had dat ik ons op weg hiernaartoe niet had doodgereden. Nee, zij niet. Zij en Ola zagen eruit als mensen die elkaar gelukkig konden maken. Bovendien had ik op de terugweg een nieuwe kans omdat ik dan alleen in de auto zat. Ik lachte.

Natalie keek me verbaasd aan. 'Wat?'

'Niets, ik... Ik had eigenlijk verwacht dat we tijdens onze autorit over de presentatie van de achtbaan en het park zouden praten nu het ernaar uitziet dat we de rijksweg behouden. Maar het was leuker om het over muziek en onze jeugd te hebben. Minus...'

'...de jeugd,' zeiden we in koor. Nu was zij het die lachte.

Ik stond op. 'We kunnen dat na het weekend wel telefonisch bespreken,' zei ik.

Ze keek naar me op en had een blik in haar ogen alsof ik haar had uitgescholden, ogen van een slachtoffer haast. 'Oké,' zei ze. 'Bedankt dat je mee bent gegaan. Rij voorzichtig.'

Buiten, op weg naar mijn auto, zag ik Ola en de man in de witte Hallingdal-klederdracht ruzie staan maken. Ola had zijn handen op de schouders van de ander, hij was zo dronken dat hij kennelijk steun nodig had.

Ze zagen me niet.

Het was halftwee 's nachts toen ik op het erf parkeerde. Carls auto stond er niet. Ik liep de keuken in, pakte twee flesjes bier en ging naar de wintertuin. Na tien minuten werd ik verblind door de koplampen van Carls BMW. Hij kwam binnen, had zijn eigen bier gepakt en plofte naast me neer.

'Laat,' zei ik. 'Heb je de weg gevierd?'

'Nope,' zei hij. 'Ik heb Mari Aas weer geneukt.'

We dronken uit onze flesjes en staarden in het donker. Het regende nog steeds.

'Je lijkt niet verrast,' zei hij.

'Het enige wat me verrast is dat je het me vertelt. Of beter gezegd: dat je dat nu pas doet. Waarom?'

'Omdat ik wil weten wat jij ervan vindt.'

'Van wat?'

'Dat zij en ik een stel worden. Een echt stel.'

'Dat ze gaat scheiden van Dan, bedoel je?'

'Ja.'

'Wil ze dat? Met de kinderen en alles, bedoel ik.'

'Ja, Dan Krane wil weg uit Os. Zij niet.'

'En dan ben jij goed genoeg om echtgenoot en papa te worden?' Ik tilde mijn flesje op in de richting van het huis van Aas ergens beneden ons. 'Niet dom gedacht van Mari Aas, om iemand die nooit de koning van Os zal worden te verruilen voor een man die dat wel zal worden. Goed getimed ook en ze zal bijna meteen in het pas gebouwde kasteel kunnen trekken en nog voldoende tijd hebben om zelf de inrichting te kunnen bepalen. En ook goed voor jou, want jij kan niet alleen wonen.'

'Hou op, Roy. Het is niet zo dat Mari en ik daar niet eerder aan hebben gedacht.'

'O ja? En wat hield jullie toen tegen?'

Carl haalde zijn schouders op. 'Zij hield het tegen. Het was de som van meerdere kwesties. Ook trots omdat ik haar indertijd ontrouw was geweest en iedereen in het dorp weet dat.'

'Jezus, dat is een mensenleven geleden.'

'Ja, maar ze had ook het gevoel dat ze me niet helemaal kon vertrouwen. Zij en ik zijn immers weer wat begonnen terwijl Shannon nog leefde, dus ze heeft al twee keer meegemaakt dat ik niet trouw ben. En dan heb je nog de kinderen die aan Dan verknocht zijn. Ze zegt dat hij een superpapa is.' Carl schudde met zijn hoofd en sloeg zijn ogen ten hemel, wat dat ook mocht betekenen. 'Of was, daar laat hij nu ook steken vallen.'

Hij leunde voorover, zette zijn ellebogen op zijn knieën en vouwde beide handen om het flesje.

'Ik heb gezegd dat als we het nu doen de mensen het toch vooral over de rijksweg zullen hebben. Ze wilde niet toegeven dat het belangrijk is voor haar, maar het is duidelijk dat dat wel zo is. Ze leek er in elk geval vanavond meer open voor te staan.'

'Natuurlijk,' zei ik. 'Omdat met de rijksweg Os ineens een plek is geworden waar zij en de kinderen kunnen blijven terwijl ze tegelijkertijd weet dat Dan hoe dan ook niet in een dorp wil blijven wonen waar iedereen weet dat hij bedrogen wordt.'

Carl keek me aan. 'Weet hij het, denk je?'

'Dan Krane heeft ogen in zijn hoofd en niet alleen hij. Iedereen kan zien dat de jongste van jou is.'

Carl keek weer naar buiten. 'Wel verdomme,' zei hij zacht.

'Je moet oppassen, bedrogen echtgenoten zijn gevaarlijk.'

'Ja, daar weet jij alles van.'

Ik knikte. 'Rita vertelde me dat daar een Duits woord voor is. *Hahn-reh*. Als hanen gecastreerd werden, dan sneed men de sporen af en naaide ze aan de hanenkam vast zodat je kon zien welke haan gecastreerd was. De sporen groeiden vast en werden hoorntjes. Rita zei dat we moesten oppassen voor hoorns. Had ik dat niet gedaan, dan had Willum mij – en jou – vermoord voordat ik daar de kans voor kreeg.'

'Amen,' zei Carl.

Een fractie van een seconde was ik weer terug in de auto met Natalie voordat ik begreep dat Carl een hand op mijn arm had gelegd.

'Weet je, Roy?'

'Nee?'

'Jij bent de beste grote broer die een idioot als ik kan hebben.'

Hij zei het met zo'n warmte en zo oprecht dat ik moest slikken. Als je twee levens hebt die zo met elkaar vervlochten zijn als de onze, dan is het onmogelijk alles in een oogopslag te zien en te voelen. Je kunt focussen op een deel, je kunt zeggen 'weet je nog van die keer' en dan, voor een armzalig moment, gaat het alleen maar om de herinneringen en de gevoelens die ze opwekken.

'O, ik ben net zo'n grote idioot,' zei ik en ik hoorde dat ik eerst mijn keel had moeten schrapen.

Hij draaide zich naar me om. 'Wat is er gebeurd?'

Ik snoof en nam een slok.

Hij kneep in mijn arm en bleef me aankijken.

Toen vertelde ik het. Vertelde hoe de avond was verlopen. Hoe het me gelukt was mezelf voor de gek te houden voor ik ineens besefte waar ik mee bezig was. Of niet mee bezig was, ik was nergens mee bezig, ik voelde.

‘Je bent verliefd,’ riep Carl uit en hij lachte. Hij schoof heen en weer op zijn stoel. ‘Wel verdomme, Roy! Ik heb je nog nooit verliefd gezien!’

Mijn maag kneep samen door zijn woorden. Hij zag er zo vrolijk uit en ik kon hem de waarheid niet vertellen. Dat ik verliefd was geweest op zijn vrouw en dat ik om die reden naar Kristiansand was verhuisd. Dat ik, toen alles gitzwart was, had overwogen van de brug af te springen.

In plaats daarvan deed ik een poging tot lachen. ‘Het gaat vast over,’ zei ik.

‘O, je laat de vioolspeler winnen,’ zei Carl en hij opende twee flesjes en gaf er eentje aan mij.

‘Heb je niet gehoord wat ik zei?’ zei ik. ‘Ik wil niemand laten winnen. Het gaat om Natalie Moe, de dochter van de dakdekker. Ze was gisteren nog een meisje! Ik ga me stilletjes in een hoek zitten schamen tot dit voorbijgaat.’

Maar Carl gaf niet op. ‘Ziet hij er goed uit, die Ola?’

‘Weet ik niet. Maar hij klinkt als Jimi Hendrix. Zelfs voor zo’n gladde jongen als jij zal de concurrentie een zware dobber zijn.’

Carl grinnikte voldaan. ‘Kom op, Roy. Je hebt er nog nooit zo goed uitgezien.’

‘Idioot.’ We proostten. Ik keek op mijn horloge. Over minder dan vier uur moest ik opstaan. Ik lachte. ‘Ze heeft trouwens tegen Ola gezegd dat ik op Leonard Cohen lijk, een lelijke Leonard Cohen.’

‘Contradictio in terminis,’ riep Carl.

‘Op de terugweg schoot me een verhaal te binnen. Eind jaren zestig in New York. Leonard Cohen hangt als oudere Canadees rond in het folkmuziekmilieu van jonge artiesten. Een van hen is een prachtige dame met een gitaar en een geweldige stem. Joni Mitchell. Hij gaat met haar op een date, ze eten en lopen samen naar het Chelsea Hotel als er een limo naast hen stopt. Het raampje glijdt naar beneden, het is Jimi Hendrix. Ze licht op en zegt: “*Hi, Jimi!*” “*Hi, Joni, you wanna go for a ride?*”’

‘En?’

‘En? Ik denk fuck “Suzanne takes you down” en “Hallelujah”, hier is “Purple Haze” en “Voodoo Child”. Was ik Leonard Cohen geweest, dan had ik Joni weggeduwd en was ik zelf in de limo gaan zitten in de hoop geneukt te worden.’

Carl legde zijn hoofd in zijn nek, hapte naar adem en barstte in lachen uit. Het was bevrijdend dat te horen. Het was de lach van Carl die zei dat het leven verdomme niet zo serieus is, dat alles tijdelijk is en dat niets, absoluut niets, voor altijd, waarachtig en echt is.

‘Wat gebeurde er?’ vroeg hij. ‘Ging ze mee met Jimi?’

Ik dacht na. ‘Herinner ik me niet, ik geloof het wel.’

Ik stond op en liep naar de koelkast om nog meer bier te halen. Het werd een lange nacht.

15

Op woensdag kwam Glen Moore in een huurauto naar Os.

Ik haalde hem op bij het hotel om hem mee te nemen naar het campingterrein. Hij was dolenthousiast.

'*Wow, Roy, now I can see why you want the profile of the roller coaster to align with the mountains. And the lake! You know what, I think this can be a masterpiece, no matter the size.*'

Hij had vragen over de bodemgesteldheid en of het mogelijk was grond te kopen van de omliggende boerderijen, hij meende namelijk dat het terrein te klein was. Ik antwoordde zo goed als ik kon en vertelde hem over de regels met betrekking tot de landbouwbestemming en de concessies.

'*Anyway*,' zei Moore. '*Visually it'll be great the riding, for on-lookers and for people driving by. Let me put it this way, they will want to stop. And go for a ride themselves.*'

We besloten te lunchen in het hotel om daar naar de tekeningen te kijken.

'*Hunting season?*' vroeg hij toen we drie mannen in camouflagekleding en op klapstoelen voor een van de hutten zagen zitten. Twee van hen waren bezig hun geweer schoon te maken.

'*Yes.*'

'*What do you hunt around here?*'

'*Mostly deer, moose, some roe deer.*' En af en toe mensen, dacht ik. Ik had zojuist Kurt Olsen voorbij zien komen in zijn Land Rover. Ik had niets meer gehoord over het onderzoek naar de wrakken, dus mogelijk was dat met het bloed en haar vals alarm. Toch voelde ik het tussen mijn schouderbladen prikken zoals dat in de Morgan Kane-boeken beschreven werd, een gevoel dat iemand je op de korrel heeft.

Na de lunch mochten we een vergaderruimte gebruiken. Op weg daarnaartoe kwamen we een groepje mensen tegen met Carl. Hij schonk me een heimelijk lachje en ik begreep waarom toen ik even later ook Natalie zag.

'Hoi, Roy,' zei ze met een lach.

Ik lachte terug. Ik had haar na Notodden niet gebeld. Dat had ik natuurlijk moeten doen al was het alleen maar om te zeggen dat ik niet kon focussen op de marketing voordat andere zaken op hun plaats waren gevallen. Een bouwkundig ingenieur die de baan kon bouwen en een bank die me de lening moest verstrekken.

Ik had haar op dat moment die boodschap kunnen geven, maar haar zien overviel me. Ik voelde zelfs dat ik een beetje bloosde.

'*Tell me, why are all Norwegian women so damned beautiful?*' vroeg Moore toen we de deur achter ons hadden dichtgedaan.

Ik haalde mijn schouders op en voorkwam daarmee een volgende vraag.

De vier uur daarop zaten we gebogen over de tekeningen. De originele van Shannon en de tekeningen van Glen Moore van een grote baan met hetzelfde profiel.

'*It will be the world's tallest in wood*,' zei hij. '*It'll beat Zator, but only by two meters.*'

Maar zelfs al was deze hoger, hij verwachtte niet dat deze achtbaan de maximale snelheid van honderdeenentwintig kilometer per uur van Zator zou verslaan. De reden was het koudere weer hier waardoor er meer frictie tussen de wielen en de rails zou zijn. Hij meende dat de lagere luchtweerstand hier in de bergen daar niet tegen opwoog. Maar we zouden pas echt de snelheid weten als de baan werd getest.

'*We're looking at twelve or thirteen million dollars*,' zei hij toen we het over de prijs hadden.

Ik zei naar waarheid dat ik afhankelijk was van een lening van de lokale bank en dat ze een stijging van het budget niet zouden goedkeuren en dat met een realistische raming van de inkomsten ik de prijs die het bedrijf vroeg niet zou kunnen betalen.

'*Well*,' zei hij. '*Let's see what we can do. Every customer argues that their project is unique, that we should do it for less because it'll be a showcase for us. This is the first time that's actually true. This can be a very special roller coaster, Roy. I'd love, love, love to do it.*'

Ik lachte. Ik voelde. Had ik zojuist onderhandeld over de prijs?

Toen ik met hem meeliep naar zijn auto begon het al te schemeren.

Het geluid van een schot rolde over ons hoofd, de echo werd teruggekaatst door de Ottertind. Glen Moore tuurde naar de bergwand.

'*Let's hope the hunter can see what he's aiming at*,' zei hij.

Ja, dacht ik terwijl ik de achterlichten zag verdwijnen in de richting van het dorp. Laten we hopen dat de jager weet waarop hij schiet.

Carl en ik hadden op vrijdag een afspraak bij de bank, twee dagen nadat het rapport over de rijksweg en de Toddetunnel was gepresenteerd. De media waren na het lek zo uitvoerig ingegaan op de consequenties dat de officiële presentatie niet veel aandacht had gekregen. Enkele reacties van partijleden in de commissie voor Vervoer in het Storting werden geciteerd, maar geen van hen leek van plan de wetenschappelijke conclusies ter discussie te stellen. Zoals het partijlid van Venstre zei: 'We moeten dit rapport toejuichen en niet betreuren. Denk aan al die weggegooide miljarden die de samenleving bespaard zijn gebleven.'

In de vergaderzaal van Os Sparebank waren de meningen verdeeld. De twee vertegenwoordigers van het hoofdkantoor in Notodden meenden dat het een zwarte dag was voor de hele provincie, Os uitgezonderd. Terwijl Vendelbo het partijlid van Venstre citeerde.

Carl was ongebruikelijk bleek en zwijgzaam. Het was al elf uur, maar hij had mij gevraagd te rijden. Hij legde uit dat Lewi, de directeur van AUB, langs was gekomen om de laatste contracten te tekenen voor de bouw van de nieuwe vleugel en dat ze het daarna hadden gevierd met een etentje en een bezoek aan de bar.

'Die Litouwers zijn taai,' had hij kreunend gezegd.

Ik hield een powerpointpresentatie over het project Os Pretpark die in de keuken van Opgard indrukwekkender was geweest. Zelfs toen ik de nuchtere schattingen van het bezoekersaantal doornam en de opgeklopte cijfers toonde van de toename van het verkeer door Os als gevolg van de uitgebreide rijksweg, die slechts op een steenworp afstand langs de achtbaan liep, zag ik nog weinig enthousiaste koppen, zelfs niet bij Vendelbo.

Carl merkte dat duidelijk ook en dat zal wel de reden zijn geweest dat hij wat al te fors benadrukte dat de rijksweg gegarandeerd ten goede zou komen aan meerdere klanten van de bank, en onder andere Os Spa. Zoals gewoonlijk lukte het hem wat enthousiasme op te wekken en ik zag zelfs dat de mannen uit Notodden knikten. Maar toen Carl klaar was en de bankmedewerkers vragen gingen stellen, waren hun versteende gezichten weer terug. Ze wezen er natuurlijk op dat ik het park ook had getekend op de akkers van de naburige eigenaars en vroegen hoe ik van plan was dat op te lossen. Ik zei naar waarheid dat ik de laatste dagen gesproken had met de twee eigenaars en dat de ene interesse in verkoop had als de prijs goed was en dat de andere bereid was de grond voor twintig jaar te verhuren. Dat ik in gesprek was met de gemeente over wijziging van het bestemmingsplan en dat ik het gevoel had dat die onderhandeling positief verliep. Het ging immers om een project dat de hele gemeente een boost zou geven.

Vendelbo rondde de vergadering af door iedereen te bedanken en te zeggen dat we in de loop van de week antwoord zouden krijgen.

'Die pedante idioot,' zei Carl toen we in mijn auto gingen zitten. 'Zag je hoe hij genoot?'

'Vendelbo?'

'Hij haatte het toen we Os FC overnamen en dat klotebankje van hem niet langer zijn naam op de shirts had staan. Maar nu serveert hij in zijn goedkope pak vruchtengebakjes en meent dat hij voor één keer de macht heeft die hem toekomt.'

'Ik geloof dat je je vergist,' zei ik en ik reed de parkeerplaats af.

'O?'

'Ik geloof dat Vendelbo gewoon zijn werk gedaan heeft. Maar ik heb dat niet gedaan. Ik was niet goed.'

'Onzin. Ze begrijpen het totaalplaatje niet.'

'Niemand begrijpt het totaalplaatje, Carl, ik was niet goed. Jij hebt gedaan wat je kon.'

'Uiteraard, je bent mijn broer.'

'Bedankt, maar juist het feit dat we broers zijn is een probleem.'

'Wel verdomme!' Carl sloeg met zijn hand op het dashboard. 'Een goed argument is een goed argument, van wie dat ook komt.'

Toen ik het parkeerterrein van het hotel op reed kon ik aan de drukte zien dat het lunchtijd was.

'Veel volk,' zei ik.

Carl zuchtte. 'Dat mag ook wel met een kok die de Bocuse d'Or heeft gewonnen.' Hij deed het portier open. 'Als Vendelbo die lening weigert, zal ik hem de toegang tot de spa weigeren.'

'Jij denkt dat hij dat dreigement serieus zal nemen?'

'O ja.'

'Oké, zeg Carl?'

'Ja?'

'Gebruik nog even die mondspray voor je naar binnen gaat.'

Hij grinnikte en deed wat ik had gezegd. Voor hij uitstapte, tikte hij me tegen mijn wang en stevende daarna op de hoofdingang af. Niet omdat hij een afspraak had, maar omdat – zo had hij me uitgelegd – in het zakenleven dezelfde regel geldt als in een achterbuurt in Caracas waar je niet overvallen wilt worden: doe alsof je het druk hebt.

'De rest van je leven,' zei Stanley Spind in zijn dialect van Sørlandet en hij keek me aan vanachter zijn smalle bureau.

'Ik moet deze pillen voor de rest van mijn leven blijven slikken?'

vroeg ik argwanend terwijl ik naar het recept staarde dat hij me had gegeven. Hij had me uitgelegd dat mijn toestand waarschijnlijk meer genetisch bepaald was dan het gevolg van een ongezonde levensstijl.

'Jij en honderdduizend andere Noren met een te hoge cholesterol,' zei hij. 'Tenzij je dood wilt gaan aan een hartaanval zoals honderdduizend ande...'

'Bedankt,' onderbrak ik hem en ik keek hem aan.

Ik mocht Stanley. Hij droeg een hawaiihemd met doodshoofden onder een legerjas. Zijn haar was geblondeerd en hij zag eruit als dertig, maar hij was net zo oud als ik. 'Plus dat je anders moet gaan eten en meer moet trainen.'

'Ik dacht dat je zei dat het genetisch bepaald was en niet aan mijn levensstijl lag.'

'Ja, maar dat betekent alleen dat je nog strenger moet zijn dan...'

'Honderdduizend andere Noren?'

'Precies. De pillen kun je halen bij de apotheek. De dichtstbijzijnde is in...'

'Notodden,' verzuchtte ik.

'Ik weet het,' zei Stanley en hij typte iets in op zijn pc. Hij stopte ineens en keek me aan. 'Jouw tankstation wordt toch gecontroleerd door de voedsel- en warenautoriteit?'

'Ja.'

'Os is te klein voor een apotheek, maar weet je dat je ook medicijnen mag verkopen?'

'Ja, ik verkoop al medicijnen zonder recept. Paracetamol, spijtpillen en zo.'

'Ik bedoel dat jij recepten in ontvangst mag nemen en dat de medicijnen dan door de apotheek naar het tankstation worden gestuurd. Dan hoeven de mensen niet naar Notodden te gaan. Iets meer werk, maar dat kan lonend zijn nu het dorp toch niet zal leeglopen. Ik heb het voorgesteld aan de Coop, maar zij hebben niet genoeg medewerkers boven de achttien, meenden ze. Asle heeft me beloofd dat de bank graag een startlening geeft als ze de verkoop willen doen.'

‘Bedankt, maar ik geloof dat ik mijn krediet bij de bank niet kan verhogen,’ zei ik en ik voelde mijn telefoon trillen in mijn broekzak. Ik vouwde het recept op, bedankte Stanley, liep de dokterspost uit en belde terug.

Het was Julie die vertelde dat haar dochter ziek was geworden en dat geen van de vaste invallers de avonddienst in Fritt Fall kon overnemen.

‘Kan Erik het niet alleen af?’

‘Nee, Roy, niet op vrijdagavond.’

‘Ik zou graag iemand van het tankstation willen sturen, maar de enige die oud genoeg is om alcohol te schenken is Egil en hij is dit weekend op een motorclubmeeting in Kongsberg.’

‘Egil? Hij rijdt toch geen motor?’

‘Nee, maar Børge en hij hebben een motorclub.’

‘Børge Lid? Hij heeft een motorrijbewijs? Toen hij verhuisde was hij blind aan één oog. Minstens.’

‘Ze hebben geen van tweeën een motorrijbewijs, maar Børge heeft een afgekeurde motor.’

‘En ze hebben samen een motorclub?’

‘Lid & Evensen. Stoer logo, heb je dat nog niet gezien?’

Julie lachte. Ze was gestopt met roken toen ze de eerste keer zwanger was, maar de sigaretten hoorde je nog steeds in haar mooie, hese, schaterende lach die op zich altijd een cadeautje was.

‘Ik kan wel invallen,’ zei ik.

‘Jij?’

‘Ik kan bier tappen, vaten verwisselen en een kassa bedienen. En dj kan ik ook zijn.’

‘Erik is de dj dus dat hoef je niet te doen, maar dank je wel. Je bent een kanjer, Roy.’

‘Kanjer is mijn tweede naam.’

16

Toen ik Fritt Fall binnenliep zat Erik aan een van de tafels met het reclamebord voor zich. Het was zeven uur en de dagklanten waren naar huis en de avondklanten doken pas over een uur of twee op.

Ik ging achter hem staan en zag dat hij iets met krijt op het bord schreef. Hij had al in grote, sierlijke letters geschreven DJ ERIK FRIDAY NIGHT LIVE. En voegde daaraan toe: HITS ONLY.

'Wat zeg je ervan?' vroeg hij en hij probeerde zijn hoofd schuin te houden.

Ik zeg 'probeerde', want Erik had zo'n klein hoofd en brede gespierde nek dat die twee zaken – hoofd en nek dus – haast één geheel leken te vormen. Erik had ooit een crewcut die zo dicht was geweest als die van de tennisser Djokovic, maar nu begonnen er hier en daar gaten in te komen. Je kon de huid zien. Hij was bovendien begonnen zijn haar te verven, waarschijnlijk in een poging om de oorspronkelijk blonde kleur te behouden, maar het resultaat was dat het op ongekookte spaghetti leek.

'Mooi,' zei ik over het reclamebord. 'Je hebt een persoonlijke stijl, ze zouden deze stijl naar jou moeten vernoemen.'

'Nou,' zei Erik zonder op te kijken. 'Ik kan tenminste spellen.'

Ik zag dat zijn nekspieren zich spanden alsof hij hoorde dat hij te ver was gegaan.

Ik lachte. 'Eén-nul voor jou. Je mag me vertellen wat ik moet doen, chef.'

Hij keek eindelijk op en schonk me een zuur lachje. 'Ik meende dat jij de chef was.'

'Eigenaar en chef zijn twee verschillende zaken, weet je.' Ik lachte terug, maar ik had zo'n vermoeden dat het een vermoeiende avond zou worden.

De start was wel oké.

Rond halfacht begonnen de gasten binnen te druppelen en om tien uur was het druk.

Ik stond bij de biertap en had genoeg te doen.

Eriks werk als dj bestond uit het afspelen van de playlist op zijn mobiel. Het klopte wat hij had beloofd dat hij alleen hits liet horen. Of preciezer: een mix van hits van het type 'Bombadilla Life' en van het onverwoestbare type als 'Hungry Hearts'. Plus de hit van deze zaal 'Free Fallin''. Ik keek even als ik een korte adempauze had. Ik weet niet hoelang ik mezelf voor de gek kon houden met het idee dat ik niet op zoek was naar een speciaal iemand. Hoe dan ook, ze was er niet en dat was ook goed. Als je in plaatsen als Os een uitgaansgelegenheid hebt, dan heb je niet een bepaald soort gasten. Hier komen allerlei mensen, Krethi en Plethi, zoals ze dan zeggen. Toch schrok ik een beetje toen ik Asle Vendelbo voor me zag staan die vier bier bestelde. Niet alleen omdat het vreemd was de filiaalchef niet in pak te zien, maar omdat hij een vrouw en twee kinderen thuis had. Ik volgde hem met mijn blik toen hij terugliep naar een tafel waar hij drie halve liters voor drie jongemannen neerzette.

Ik herkende er maar eentje, een opvliegende vent en niet van het slimste soort die Johnny Depp werd genoemd. Johnny omdat dat zijn voornaam was en Depp omdat hij de waarnemende politiechef – de *deputy* – was van Kurt Olsen. De mannen namen het bier in ontvangst, maar leken niet geïnteresseerd in een gesprek met Vendelbo, die naast Johnny was gaan zitten die het bier naar binnen goot. Vendelbo legde een hand op Johnny's schouder, maar hij keek naar hem alsof hij vogelpoep was, hij stond op, gebaarde naar de twee anderen en ging aan een ander tafeltje zitten.

Toen Erik door de zaal liep om lege glazen te verzamelen, pakte ik zijn mobiel vanonder de bar, zocht Spotify en toetste Hell Spelemannslag in. De band stond, weliswaar zonder foto, op de streamingdienst en had honderdzevenendertig maandelijkse volgers en ik had toegang tot elf nummers. Ik tikte op eentje 'Ihjælslått' – doodgeslagen –, zette het geluid van de installatie harder en drukte op play. De hardangerviolen zetten de aanval in en het leek een ogenblik of de zaal een film was die stilstond. Toen viel de rest van de band in en ja, verdomme, de hel barstte los. Ik legde een vaatdoek over de mobiel en liep terug naar de biertap terwijl Erik kwam aangerend.

'Waar ben jij verdomme mee bezig?' riep hij boven de jankende tonen uit. 'Wil je iedereen naar huis jagen?'

'Ik dacht dat het wel leuk zou zijn om iets lokaals te laten horen waar geen mos op groeit.'

'Mos? Groeit er geen dikke laag mos op de hardangerviolen? Verdomme, waar is mijn telefoon?' Hij zocht koortsachtig tussen de glazen onder de bar.

'Ik zal je helpen zoeken zodra ik deze heb getapt,' zei ik.

Erik keek me woedend aan.

De nummers van Hell Spelemannslag duurden gemiddeld tussen de twee en drie minuten dus 'Ihjælslått' stierf langzaam weg voor we terug waren bij Creedence. Ik ruimde voor de tweede keer die avond de vaatwasser uit en zei dat ik weer een rondje ging maken om glazen te verzamelen.

Ik liep naar Vendelbo die alleen aan een tafeltje zat, zette het dienblad neer en ging zitten.

'O, ben jij het?' zei Vendelbo, die niet helemaal nuchter leek.

'En?' zei ik. 'Wat zeiden de mannen van het hoofdkantoor toen wij weg waren?'

Vendelbo draaide zijn glas rond. 'Wat denk je zelf dat ze zeiden?'

'Dat ze niet in het project geloofden.'

'Een pretpark in een bergdorp, Roy. Je moet het met me eens zijn dat dat tamelijk idioot klinkt.'

'Right,' zei ik. 'Maar ze hoeven het niet normaal te vinden, wat van belang is dat ik garant kan staan voor succes.'

Vendelbo antwoordde niet. Hij zag er ouder, niet jonger, uit in zijn T-shirt en spijkerbroek. Maar dat was niet wat ik niet vond kloppen, er was iets met zijn gezichtsuitdrukking.

'Of niet?' voegde ik eraan toe.

'Klopt.' Hij nam een slok van zijn halve liter. 'Of niet.'

Ik voelde onrust in me borrelen. 'Wat zeg je nu, Vendelbo?'

De filiaalchef keek me in de ogen en die blik was nog standvastig.

'Het draait allemaal om vertrouwen, Roy. Ik zou het misschien niet moeten zeggen, maar het probleem is dat Carl er ook bij betrokken is.'

'Carl? Waarom is dat een probleem?'

'Os Spa is nu niet bepaald punctueel in het terugbetalen van de lening en het hoofdkantoor vindt dat Carl geen opening van zaken geeft van wat er aan de hand is.'

Ik slikte. 'Maar Os Spa en het pretpark zijn twee verschillende bedrijven.'

'Zoals gezegd,' zei hij en hij liet zijn blik door de zaal gaan. 'Het draait allemaal om vertrouwen. Jullie zien twee bedrijven, wij zien een gezamenlijke schuld. Misschien moet je het proberen bij een andere bank, een bank waar Carl geen lening heeft lopen.'

'Maar... geen enkele andere bank zal de waarde van het pretpark voor Os kunnen begrijpen.'

'Ze zullen vast voorzichtiger zijn, maar als je ze wat meer tijd gunt, komen ze zeker met een aanbod.'

'Hoeveel tijd dan?'

'Ga naar meerdere banken en geef ze een maand of twee. Probeer ze niet op te jagen, dan zeggen ze liever nee.'

'Maar ik heb geen maand of twee.'

'Die heb je wel. De bouw start niet voor de lente, zeiden jullie.'

'Ja, maar...'

Ik had een droge mond. Dit was een donderslag bij heldere hemel. Wat kon ik verdomme zeggen? Dat ik binnen veertien dagen twaalf miljoen nodig had om steekpenningen te betalen?

'Asle,' zei ik en ik hoorde hoe vals het klonk dat ik voor het eerst in mijn leven deze voornaam uitsprak. 'Jij kunt het hoofdkantoor ervan overtuigen dat we te vertrouwen zijn. Doe dat, alsjeblieft.'

Vendelbo wiegde zijn hoofd heen en weer. 'Dat zou ik kunnen doen, Roy. Maar het probleem is dat ik hun zorgen deel. Niet wat jou betreft, maar wel Carl.'

Ik keek hem aan, overwoog hem te vragen of hij iets wist van mijn broer, maar verwierp het idee.

'Wanneer nemen jullie een besluit?' vroeg ik.

'We hebben op woensdag een kredietvergadering.'

'Oké,' zei ik en ik stond op. 'Ik zal voor die tijd met iets komen om jullie te overtuigen.'

Vendelbo keek me met zijn trieste, bleke lach aan. 'Niets zou me meer plezier doen, Roy.'

Ik keek op hem neer. Een deel van me haatte hem nu. Een ander deel had medelijden met hem, hij zag er zo eenzaam en niet op zijn plek uit.

De rest van de avond bleef ik bier tappen terwijl de gedachten door mijn hoofd raasden. Als ik Halden en Fuhr liet zien dat ik een opname had van het in ontvangst nemen van cashgeld in de hotelkamer, dan zouden ze wellicht schrikken en wel geduld willen hebben met de uitbetaling. Maar ze begrepen ook dat ik evenveel te verliezen had in dit omkopingsschandaal, dus het was maar de vraag hoelang ze geduld wilden hebben. Het juiste rapport lag vast ergens in een la te wachten. Het enige wat ze hoefden te zeggen was dat ze de data nogmaals hadden doorgenomen en dan waren ze safe en ze hoefden ook niet bang te zijn dat iemand anders het eerdere rapport uitvoerig zou bestuderen.

Ik moest met Carl praten, hij moest begrijpen hoe alles bezig was in te storten.

'Een biertje, oom Roy,' sprak iemand met dubbele tong en hij oogstte gelach van de mannen naast hem.

Ik keek op. Het was Johnny Depp. Hij was dronken, zijn ogen zwommen.

'Sorry, we mogen niet tappen voor dronken mensen,' zei ik hopend dat het – in strijd met alle ervaring – daarbij zou blijven.

Johnny lachte. 'Waarom denk je verdomme dat ik dronken ben, oom Roy?'

'Om te beginnen omdat jij denkt dat ik je oom ben.'

'Niet van mij, gek, maar van een van de kinderen van Mari Aas.' Johnny keek verwachtingsvol naar zijn *wingmen*. De mannen grijnsden vermaakt, maar ze lachten nog niet, in plaats daarvan keken ze me verwachtingsvol aan. Uit de boxen kwam David Bowies 'The Jean Genie', een goede keuze van Erik moest ik zeggen. Het nummer bouwde naar het eind op tot een crescendo, zoals je dat zegt.

'Maar natuurlijk,' zei ik. 'Nu ik erover nadenk is het niet uitgesloten dat ik toch je oom ben.'

Waar je het refrein van 'The Jean Genie' zou verwachten, stopte het nummer ineens en in de stilte die volgde staarde Johnny me aan. Zijn kaakspieren bewogen, hij opende zijn mond, sloot die weer als een verrekte vis in een aquarium.

'Geen comeback, Johnny?' vroeg ik. 'Met zo'n lange reactietijd is het niet verstandig om achter het stuur te gaan zitten, of niet? Wat zal het zijn? Een cola? Nee? Cola Zero?'

Johnny Depp schudde langzaam zijn hoofd dat hij had gebogen alsof hij tegen iets aan wilde rammen. Zijn ogen puilden uit.

'Zoals je wilt,' zei ik. 'Hoe dan ook, doe de groeten aan je zus.'

Een van zijn kameraden dacht even niet na en lachte, maar daar stopte hij snel mee.

Johnny stompte.

Ik stond met mijn ene hand aan de tap en in de andere had ik een halfvol bierglas, maar dat was geen excuus. De dansavonden in Årtun hadden me genoeg ervaring gegeven om een man te herkennen die onder invloed van alcohol en hormonen op het punt stond te ontploffen. Ik had aan zijn lichaamshouding gezien dat hij de aanval voorbereidde, dus waarom was ik niet opzijgestapt? Was ik oud geworden, traag en sloom, was dat het? Misschien. Maar ik had hem getergd waardoor hij eigenlijk geen keuze had. Was het niet zo dat ik deze stomp verwelkomde? Ik wist dat met de bar tussen ons en Johnny Depps korte armen er een grens was aan de kracht die hij aan de stomp kon geven, maar ik zou hem wel voelen. Iets voelen. De stomp was harder dan verwacht. Ik zag sterretjes, viel achterover en zat plotseling op mijn kont met een gebroken glas tussen mijn benen en schuimend bier dat in mijn broek trok.

Iemand riep. De muziek werd uitgezet. Mensen dromden samen.

'Wat gebeurt hier, verdomme?' riep Erik die naar de bar kwam gestormd.

Ik krabbelde overeind, wreef over mijn kin en keek in de verschrikte ogen van Johnny. Zijn ogen zwommen niet meer, hij leek ineens volkomen nuchter. Want in tegenstelling tot Erik begreep hij wat er stond te gebeuren. Hij zag de koppen in *Os Blad* al voor zich: 'Dronken politieman slaat barman neer'. Met meerdere getuigen die in de rij hadden gestaan om een biertje te bestellen zou Dan Krane niet eens een voorbehoud hoeven te maken. Misschien zag Johnny al voor zich dat hij verder bladerde in de krant op zoek naar de personeelsadvertenties.

'Niets,' zei ik. 'Ik struikelde gewoon.' Ik verhief mijn stem. 'Er is hier niets gebeurd, mensen! We gaan weer door met dansen en drinken!'

Hier en daar gelach.

Erik liep naar de versterker achter de bar en zette de muziek weer aan.

Een van de vrienden van Johnny had een hand op zijn schouder gelegd en probeerde hem weg te trekken, maar Johnny bleef naar me staan staren. Ik klopte de glasscherven van mijn broek en boog naar hem toe. Ik sprak zo zacht dat alleen hij het kon horen: 'Zullen we dit vergeten, Johnny? Dan kun jij je nog steeds Depp blijven noemen. Maar dat betekent wel dat je bij me in het krijt staat. Dat begrijp je toch wel?'

Johnny bleef staren. Hij knipperde leeg met zijn ogen. Opende en sloot zijn mond weer voordat hij in staat was een zin te formuleren.

'Jij zieke klootzak.'

Hij schudde de hand van zijn vriend af, draaide zich om en liep onvast naar de uitgang.

Ik keek op mijn horloge. Nog geen middernacht. Erik zette het geluid van 'Macarena' harder. Ja, het zou een vermoeiende avond worden.

Toen ik kort na twee uur naar buiten liep, pakte ik mijn mobiel en zag dat ik twee gemiste oproepen had. De ene was van Carl. De andere was van een nummer dat niet in mijn contactenlijst stond, maar dat ik toch herkende. Hetzelfde nummer had ook een sms'je gestuurd. BEL. MAAKT NIET UIT HOE LAAT.

Ik drukte op het hoorntje en hield de telefoon tegen mijn oor terwijl ik over de markt naar mijn auto liep.

'Hoi.' Natalie klonk slaapdronken.

'Hoi,' zei ik. 'Heb ik je wakker gebeld?'

'Ja. Waar ben je nu?'

'Op de markt. Ik heb gewerkt in Fritt Fall. Ik zag je bericht nu pas.'

'O ja. Ik wilde...' Ze onderbrak zichzelf met een geeuw. Ik vroeg me af of ze fluisterde omdat er iemand anders bij haar was, maar ik was niet van plan het te vragen. '...vragen of je me kon leren jagen.'

'Jagen? Op dieren?'

Het was stil aan de andere kant. Maar de stilte was gevuld met iets waardoor ik wist dat ze alleen was.

'Natalie?' Ik fluisterde nu ook.

'Ja. Nee, ik heb het nooit eerder gedaan.'

'Maar je denkt dat ik dat wel gedaan heb?'

'Heb je dat niet?'

'Maar twee of drie keer. Afgezien dan van wat kleinwild.'

'Kleinwild?'

'Hazen en vogels. Wat je in een nacht kunt opeten.'

Ze lachte zacht. In de verte hoorde ik een melodie. Uit een koptelefoon misschien.

‘Je was verdwenen,’ zei ze.

‘Ja, dat was ik misschien wel,’ zei ik en ik ging ondertussen in mijn auto zitten. ‘Ik weet nog steeds niet of we wat aan elkaar hebben. En jij bent ook druk.’

‘Druk?’

‘Bezig met ander werk.’

‘Ja, dat is zo,’ zei ze langzaam. Misschien vergiste ik me, misschien kwam het niet door de slaap, misschien was er iets anders met haar stem. Dronken was ze niet, daarvoor was haar dictie te helder, was ze misschien onder invloed van drugs? Marihuana? 4-MA? Andere pillen?

‘Maar ik kan je natuurlijk dat beetje leren wat ik weet over de jacht,’ zei ik.

‘Wanneer dan?’

‘Wanneer kun je?’

‘Ik heb het hele weekend vrij.’

Die slome, langzame manier waarop ze dat zei gaf de woorden zo’n intensiteit dat het leek of ze me niet slechts twee dagen aanbood, maar heel haar leven. Dat was natuurlijk belachelijk, maar het verhinderde niet dat mijn hart in mijn borstkas aangenaam snel begon te kloppen. En ik was zo goed op weg geweest met de aftocht.

‘Morgen,’ zei ik. ‘Om tien uur bij het hotel. Oké?’

‘Oké.’

We verbraken de verbinding en ik legde mijn hoofd op het stuur.

Verdomme.

17

Het was een van die warme oktoberdagen die als een onverwacht cadeautje kwamen. Er dreven een paar witte wolken langs de hemel en zodra de zon daarachter verdween zakte de temperatuur behoorlijk. Maar verder was het warm genoeg onder de herfsthemel.

Natalie en ik trokken al na een kilometer onze gore-texjassen uit en propten die in onze rugzakken. Ik had het geweer van de muur gehaald en droeg het aan een riem over mijn schouder. Terwijl we liepen vertelde ik wat ik wist van het halen van de jachtvergunning. Wat niet veel was want de vergunning was pas verplicht nadat ik al als achtjarige als jager was gedebuteerd.

'Carl en ik hadden eigenlijk een schiettest moeten doen, maar mijn vader schreef de korpschef dat we ervaren jagers waren en stuurde een foto mee waarop Carl en ik met een geweer stonden naast twee gedode geiten, en we werden vrijgesteld.'

Natalie lachte.

We liepen over de paden en joegen een paar hoenders op, maar ik legde uit dat we op hazenjacht waren en niet op vogels gingen schieten.

Het was zo windstil dat we tijdens onze eerste koffiepauze op een heuveltop konden zitten met uitzicht rondom zonder dat we onze jassen hoefden aan te trekken.

'We moeten je leren schieten,' zei ik toen we de koffie opgedronken hadden.

Ik laadde het geweer en liet haar zien hoe ze moest gaan liggen. De kolf, het vizier, de ademhaling, het overhalen van de trekker zonder te wild te rukken.

Ze vuurde een schot af. Het geluid golfde door het dal en de echo kwam pas enkele seconden later terug.

'Nog een keer!' riep ze.

Ik lachte en laadde het geweer.

'Nu moet je op iets richten,' zei ik en ik wees. 'Stel je voor dat die dwergberk daar een nazi is.'

'Of een communist?' Ze kneep het ene oog dicht en duwde de trekker langzaam naar achteren. Bij de derde poging – nadat ze zelf het geweer had geladen – trilde het boompje licht.

'Je bent een *natural*,' zei ik lachend terwijl zij juichte.

We vierden het met nog wat koffie.

'Denk je dat ik iemand zou kunnen doden?' vroeg ze en ze staarde naar de bergen terwijl ze haar handen rond de beker hield. 'Ik bedoel echt doden?'

'Een onschuldige doden, bedoel je?'

'Niet een onschuldige. Maar een noodzakelijke moord. Niet in een oorlog, dan heb je eigenlijk geen keuze. Maar vanuit het besluit dat een leven moet eindigen.'

'Dat hangt van het motief af,' zei ik. 'Als je denkt dat de wereld een betere plaats wordt zonder die persoon, dan misschien wel.'

'Ik heb erover nagedacht. Als ik de kans had om een paar leiders van landen dood te schieten omdat zij de bevolking laten lijden en niet van plan zijn daarmee te stoppen, zou ik het dan kunnen? En weet je? Ik geloof het niet. Ik heb dus de wens en de wil, maar ik zou het niet kunnen. Hoe zit dat met jou?'

Ik zoog op mijn lippen alsof ik nadacht. 'Moeilijk te zeggen.'

'Ja, toch?'

Ze zag eruit of ze erop door wilde gaan, maar ik schraapte mijn keel en vroeg of haar band in Fritt Fall zou willen spelen.

Ze zoog de wangen van haar lieve gezicht naar binnen en schudde haar hoofd. 'Dat is zo'n vreemde paradox,' zei ze. 'Hoe kleiner het dorp, hoe minder de dorpelingen geïnteresseerd zijn in hun eigen volksmuziek.'

'Zou kunnen,' zei ik. 'Maar misschien wil Ola proberen de mensen enthousiast te maken voor zijn muziek aangezien het om het dorp van zijn vriendin gaat?'

Natalie draaide zich naar me om. 'Wat zijn we vandaag aan het doen?'

'We zijn op hazenjacht.'

'Dus niet aan het vissen?'

Ik lachte slechts. Ze lachte zelf ook en keek weer naar het uitzicht.

'Ola is niet mijn vriend. Hij is een van mijn beste vrienden, we zijn eerder broer en zus. We hebben geen geheimen voor elkaar, hebben elkaar in de slechtste en beste tijden gezien en toch houden we van elkaar.'

'Jammer, jullie leken me een mooi echtpaar.'

'Echtpaar?' Ze snoof. 'Ola heeft gezegd dat hij op mijn bruiloft wil spelen als hij mijn verloofde mag zijn. Maar er komt geen bruiloft.'

'Waarom niet?'

Ze haalde haar schouders op. 'Jij hebt me bevrijd. Ik wil dat graag zo houden.'

'Ik heb je niet bevrijd,' zei ik. 'Dat heb je zelf gedaan.'

'Oké, maar jij hebt in elk geval de deur voor me geopend.'

Ik antwoordde niet.

Ik liet mijn blik gaan over het rode tapijt van de hei en ik had even het gevoel dat haar gedachten die van mij waren toen ze zei: 'Mijn god, het lijkt wel of het in brand staat.'

We bleven in stilte zitten en dronken onze koffie. Toen, zonder een woord te zeggen, stonden we op, pakten onze rugzakken en liepen verder.

Een uur later kwamen we bij een meertje met berken en lijsterbessen eromheen.

Ik weet niet of het klopt als ik zeg dat ik niet voorbereid was op haar vraag.

'Zwemmen?'

We maakten een vuur voordat we ons uitkleedden. We hielden ons ondergoed aan hoewel we wisten dat we na het zwemmen onze bovenkleding over ons naakte lijft moesten aantrekken. Het vuur zou het zware katoen niet op tijd droog hebben. Ik ging er als eerste in. Het water was zo koud dat ik direct al geen gevoel meer had in mijn benen.

'Mag ik me nog bedenken?'

'Nee, verdomme!' gilde Natalie, ze rende langs me en dook met gestrekte armen in het water. Ze verdween en kwam enkele meters verderop weer boven.

Ik vloekte zacht en dook achter haar aan. Ik dacht even dat ik onder water het bewustzijn verloor. Toen ik weer bovenkwam, zag ik Natalie die met blauwe lippen en opengesperde ogen wanhopig terug zwom.

'O, was dat alles?' riep ik en ik ging snel achter haar aan.

We droogden ons min of meer af, kleedden ons aan en gingen bij het vuur zitten. Toen we bleven klappertanden, sloegen we de armen om elkaar heen en probeerden we de ander warm te wrijven. Ze duwde een ijskoude neus in mijn hals, drukte haar voorhoofd tegen mijn wang. Ik had mijn armen om haar heen geslagen, voelde dat de ademhaling – zowel die van haar als die van mij – tot rust kwam. Toen tilde ze haar hoofd op en keek ik in die vreemd gekleurde ogen. Ik keek en ik keek en ze hield haar gezicht vlak voor dat van mij. Ik wachtte. Ik kuste haar pas toen dat het enige was wat moest gebeuren. Ze knoopte mijn overhemd open. Toen ik dat van haar. Ze had kippenvel en ze rilde, ik wist eerst niet of het van de kou was of van opwinding. Maar toen ze de knoop van mijn broek openmaakte en toen die van haar en me naar beneden trok, wist ik het.

Ze ging op me zitten, de druppels van haar natte haren troffen me als kusjes. Ik wilde iets zeggen, dat ze niet hoefde door te gaan, dat we hier konden stoppen, maar toen ik ademhaalde legde ze haar hand op mijn mond alsof ze het al aan mijn gezicht had gezien.

'Ik gebruik niets,' fluisterde ze, ze leunde voorover en bracht mijn lid naar binnen terwijl haar ademhaling in mijn hals hijgde.

Het voelde onwerkelijk en onvoorstelbaar goed in één keer. De droom om met Natalie te vrijen had me al nachten bezocht. Maar we vreeën niet, we neukten. Alsof het iets was wat eruit moest, alsof we elkaars medicijn waren.

De hei schraapte langs mijn rug terwijl zij op me op en neer ging en ze met haar handen op mijn buik steunde. Ik zag haar silhouet tegen de lucht, haar borsten deinden, haar ogen waren gesloten, haar gezicht was naar de hemel gericht. Weg. We waren één, zoals ze dan zeggen. En toch leek ze zo ver weg, zo alleen. Of ze alleen wilde zijn. Toen ging haar ademhaling in staccato, ze bewoog steeds sneller en ik begreep dat ik haar niet moest storen, ik probeerde slechts haar ritme te volgen. Haar niets in de weg te leggen, alleen te versterken wat ze zelf deed. Ze kwam met een langgerekte, woedende, trillende kreun. Haar haren vielen voor haar gezicht en ze zakte op me neer.

Zo bleven we liggen, volkomen stil. Haar vingertoppen tegen die van mij, maar ze reageerde niet toen ik haar streelde. Ik wilde mijn arm om haar heen slaan, maar bedacht me. Ik liet haar bepalen wanneer ze weer wilde reageren. Ik luisterde naar haar ademhaling die weer rustig werd. Ergens floot een vogel, het klonk als een waterspreeuw. Ik dacht aan een van de eerste keren dat Shannon, Carl en ik met elkaar gesproken hadden. Ik vertelde dat in de bergen de mannetjesvogels niet zingen voor de vrouwtjes. Dat vinden ze maar ijdeltuiterij. In plaats daarvan bouwen ze een nest om haar mee te imponeren.

'Hotel?' had ze gevraagd. 'Of tankstation?'

'Lijkt me dat een hotel het handigst is,' had ik toen gezegd.

Natalie bewoog een beetje. 'O?' zei ze met een zware stem om me na te doen. 'Was dat alles?'

Ik lachte.

'Dat is toch wat je denkt?' vroeg ze.

'Nee,' zei ik en ik sloeg een arm om haar heen. 'Ik dacht: zoveel en dit was pas de eerste keer.'

Ik voelde een lichte schok door haar gaan en ik had direct spijt van mijn woorden.

'Relax,' zei ik. 'Het was slechts een aanbod. Ik vond het fijn. Oké?'

Ik voelde dat de spanning weer afnam in haar lichaam.

'Bedankt,' fluisterde ze en ze kuste me op mijn wang.

Gelijk daarna kwam ze overeind en begon ze zich aan te kleden.

'Ik ga terug,' zei ze.

'Nu al?' Ik trok mijn broek aan.

'Ja, we hebben wat geschoten.'

Ik wist dat ze het grappig bedoelde, maar we lachten geen van tweeën.

'Ik ga alleen,' zei ze. 'Ga jij maar door met de jacht.'

'Ik ga natuurlijk met je mee,' zei ik en ik maakte mijn rugzak open. 'Maar zullen we niet eerst een boterham eten?'

Natalie schudde haar hoofd. 'Ik heb nog wat zaken die ik moet regelen voor het personeelsfeest. Als je het niet erg vindt wil ik graag voelen hoe het is om alleen door de bergen te lopen. Is dat goed?'

Ik moest er verbluft hebben uitgezien want ze begon te lachen.

'Ik verdwaal heus niet, Roy. Ik zie de Ottertind en ik heb gps. Het is toch geen probleem?'

'Natuurlijk is het geen probleem,' zei ik met een vraagteken in mijn stem.

Maar ze zei niets meer, pakte haar spullen in, omhelsde me even en vertrok.

Ik bleef haar bij het vuur na zitten kijken, vroeg me af wat er zojuist was gebeurd. Waar het fout was gegaan. Of het mijn fout was. Of dat het gewoon was hoe zij het wilde. Het fysieke, maar zo min mogelijk intimiteit. Dat kon natuurlijk te maken hebben met die fucking jeugd van haar. Dat die geen invloed zou hebben gehad op haar relatie met seks zou vreemd zijn. Maar ik kwam tot de conclusie dat het geen zin had om daarover na te denken, misschien was ik gewoon een slechte sekspartner geweest. Of was het wel oké geweest, maar had ze geen behoefte aan herhaling. Of misschien was dit hoe het ging als je met haar op jacht ging.

Ze werd kleiner en kleiner. Ten slotte verdween ze achter een heuveltop.

Ik schonk weer koffie voor mezelf in.

Het vuur doofde langzaam en de rook steeg loodrecht omhoog, zo windstil was het.

Er was bijna een uur verstreken en ik had mezelf gedwongen aan iets anders te denken. Ik dacht aan hoe het me in godsnaam zou lukken Vendelbo te overtuigen me die lening te geven, toen ik hem zag. Als ik niet zo stil had gezeten of als er geen water tussen ons was geweest, dan had hij zich gegarandeerd niet laten zien.

Ik had hem niet zien aankomen, maar nu stond hij op een steen bij de waterkant, zo'n honderd meter van me vandaan. Zijn vacht was grijs en zwart tegen de rode hei, zijn oren stonden recht omhoog op zijn krachtige kop. Het was een wolf. Hij was mager, maar groot. Lange voorpoten, brede borst.

We keken naar elkaar, allebei roerloos. Mijn geweer stond tegen een boomstam, twee meter van me vandaan en hoewel het beest natuurlijk niet begreep dat ik daardoor minder gevaarlijk was, had ik dat gevoel wel. Twee eenzame wolven in hetzelfde territorium. Mijn wandelgebied, zijn jachtgebied. Dacht hij na, kon hij dat? Was hij hongerig genoeg, zag hij me als een mogelijke prooi? Ik betwijfelde het. Ik geloof dat hij probeerde uit te maken welk risico ik voor hem vormde. En toen – alsof hij geconcludeerd had: neuh, hij zal geen problemen geven – draaide hij zich om, liep een stukje langs het water en verdween in tegenovergestelde richting van Natalie.

Toen ik water over het vuur had gegooid en wilde vertrekken, hoorde ik een schot rollen. Het kwam uit de richting waar de wolf naartoe was gelopen. Misschien was hij op zoek naar dezelfde prooi als de jager.

Het was nog steeds klaarlichte dag toen ik naar het hotel liep waar mijn auto stond.

Ik zag de Land Rover van Kurt naast mijn Volvo geparkeerd staan.

Toen ik bijna bij de auto's was, zag ik dat beide portieren opengingen en dat Kurt en Johnny uitstapten. Beiden in spijkerbroek, beiden in de reflecterende jas van de politie en beiden met een geweer in hun hand.

'Politie!' riep Kurt en het woord galmde tussen de auto's en ramen van het restaurant. 'Roy Opgard, pak je geweer bij de loop en leg het op de grond! Nu!'

Een ogenblik dacht ik dat Kurt een grapje maakte of het in elk geval niet letterlijk zo bedoelde en ik stond op het punt het geweer van mijn schouder te halen en het boven mijn hoofd heen en weer te zwaaien om ze te laten zien dat ik het wilde geven. Maar toen zag ik aan de lichaamstaal dat het de twee ernst was. Zwaaien met het geweer zou voor Kurt Olsen de reden kunnen zijn waar hij al jaren van droomde.

Dus ik deed wat hij zei, greep het geweer bij de loop, boog voorover en legde het langzaam op de grond. En richtte me weer op.

'Laat je rugzak van je schouders glijden en steek je handen in de lucht zodat we ze kunnen zien,' riep Kurt.

Ik gehoorzaamde. Ik zag hoe de hoofden in het restaurant zich naar ons omdraaiden.

'Doe nu vier stappen in onze richting, draai je om en ga op je buik liggen met je neus op het asfalt! Nu!'

Het was absurd. Dit was de Bronx niet, dit was Os en die man daar was Kurt Olsen, de politiechef met o-benen en het kapsel van Boris Johnson en het leek of hij zijn vierdedivisiespelers commandeerde.

Maar ik deed wel wat hij zei. Terwijl ik de vier geëiste stappen zette, keek ik naar een muur van verschrikte gezichten in het restaurant. Een van hen was Natalie die tussen twee tafels stond met een hand voor haar mond.

Ik ging op de grond liggen, ademde stof in, bedacht dat ik de orders nauwgezet zou opvolgen zodat Kurt geen reden had me nog meer te vernederen dan bij een gewone arrestatie. Natuurlijk bleek al snel dat ik me vergiste. Ten eerste ging hij op mijn rug zitten alsof ik zijn pony was, hij trok mijn handen op mijn rug en klikte de handboeien rond mijn polsen. Toen, omdat ik niet zonder hulp omhoog kon komen, greep hij me bij mijn jaskraag en trok me overeind. Terwijl ik daar zo stond in de greep van Kurt, flitste er een licht. Het was Dan Krane. Hij stond tussen de auto's, vijf meter van ons vandaan, en had zijn camera op mij gericht. Nog twee keer volgde er een flits.

'Bedankt,' zei Dan, ik weet niet of hij het tegen mij of Kurt had. Hij liet zijn camera zakken en bestudeerde het resultaat op het kleine schermpje. Kurt wachtte en hield me nog steeds vast. Dan keek op en gaf Kurt een knikje.

'Dan gaan we,' zei Kurt en hij duwde me in de richting van de Land Rover waarvan Johnny al het achterste portier openhield. De auto was hoog, maar toch hield Kurt zijn hand zogenaamd beschermend op mijn hoofd toen ik instapte. Hij wilde zijn publiek laten zien dat de politie hier in Os tot in het kleinste detail professioneel was. Hij zou me vast graag luid en duidelijk op mijn *Miranda-rights* hebben gewezen.

Johnny gooide mijn rugzak en geweer achterin en ging voorin zitten. Ik zag het flitslicht van Krane een paar keer blinken toen we wegreden.

18

Na een paar minuten in stilte te hebben gereden zag ik dat Kurts blik in de spiegel op mij gericht was.

'Vraag je het niet eens, Roy? Is het zo duidelijk?'

Ik haalde mijn schouders op en keek uit het raam. Het begon te bewolken. Het leek er sowieso op dat het een beroerder weekend zou worden dan ik vanmorgen had gedacht.

In het kleine politiebureau deed Johnny mijn handboeien af en zei dat ik moest gaan zitten op een stoel in de kamer zonder ramen die fungeerde als een cel en ook gebruikt werd voor opslag van papieren en ordners die tegen de muur gestapeld stonden. Johnny kwam binnen met een kop koffie voor me en onze blikken kruisten elkaar. Hij keek als eerste weg.

Kurt kwam binnen en ging zitten.

'Is het goed als we dit gesprek opnemen?' vroeg hij en hij legde een telefoon op tafel die al bezig was met de opname.

'Ja,' zei ik. 'Als ik ook toegang krijg tot de opname.'

'Uiteraard,' zei Kurt glimlachend. 'Wil je je naam, geboortedatum en adres geven zodat die worden opgenomen?'

Ik deed wat hij zei.

Kurt vouwde zijn handen en zei een datum met een jaartal. 'Gaat er een belletje rinkelen?' vroeg hij.

'Dat is lang geleden, Kurt. Jij en ik waren bijna twintig, maar aangezien jij degene bent die het me vraagt en aangezien je al zo lang mij probeert te linken aan de verdwijning van je vader en aangezien je inmiddels zelf politiechef bent geworden, gok ik dat het de dag was dat je vader verdween, eventueel de dag dat de lege boot met zijn laarzen werden gevonden.'

'De dag dat hij verdween, Roy. Wat heb jij die dag gedaan?'

'Die vraag heb je me precies acht jaar geleden hier ook gesteld, Kurt. Lees je aantekeningen maar terug.'

'Ik wil dat je in je geheugen graaft.' Al sinds de arrestatie bij het hotel was Kurt verontrustend kalm en dat was een teken voor me dat hij goede kaarten in handen had. Maar nu zag ik dat zijn kaakspieren begonnen te bewegen door diverse opgekropte gevoelens. 'En in je geweten,' zei hij met een samengeknepen keel en een metaalklank in zijn stem.

Ik leunde wat voorover en sprak met luide en duidelijke dictie. 'Dan wil ik nu heel duidelijk zeggen dat ik tot dit tijdstip in het verhoor niet door de persoon die me verhoort, Kurt Olsen, of iemand anders op het bureau ben geïnformeerd waarom ik ben gearresteerd, welke rechten ik heb, of ik verplicht ben te antwoorden, behalve dan op de vraag wie ik ben, hoelang ze van plan zijn me hier te houden en in hoeverre ik het recht heb contact op te nemen met een advocaat.'

Kurt grinnikte en keek naar Johnny die achter hem tegen de muur stond geleund. 'Maak je niet zo dik, Roy, we komen daar nog.'

'Opmerking voor de opname,' zei ik. 'Politiechef Kurt Olsen bevestigt dus dat hij het verhoor is begonnen zonder dat hij me de gewenste informatie heeft gegeven.'

Kurt leunde voorover, zijn gezicht was rood geworden en hij zette de opname stil. 'Probeer niet de slimmerik uit te hangen, Roy, dat spel ken je niet. Je maakt dit alleen maar moeilijker voor jezelf.'

'Ik hoor wat je zegt. Ga je de opname wissen of moet ik dat doen?'

'Wat denk je?' siste hij.

Ik gaf geen antwoord.

Kurt sloot zijn ogen en haalde diep adem. Julie had gezegd dat Kurt de enige man was die mee had gedaan aan de korte yogacursus in de kelder van de boekwinkel, dus misschien ging het om dat zen-gedoe. Hij had vast voor zich gezien hoe het zou verlopen en nu wilde hij de trein weer op de rails hebben. Hij schakelde de opnamefunctie weer in en nu sprak hij met een fluweelzachte stem.

'Wij kunnen je achtenveertig uur vasthouden omdat op het misdrijf waar we je van verdenken meer dan zes maanden gevangenisstraf staat. Daarna hebben we toestemming nodig van de officier van justitie om je langer te mogen vasthouden. Je mag contact hebben met je naasten en je mag een advocaat inschakelen. Je bent hoe dan ook niet verplicht te antwoorden op de vragen die we je stellen. Is het duidelijk?'

'Ja,' zei ik.

'Jij bent gearresteerd op verdenking van of medeplichtigheid aan de moord op Sigmund Olsen, de voormalige politiechef in de gemeente Os.'

'Oké,' zei ik. 'Gaat het nog steeds om die afgezaagde persoonlijke verdenkingen van je, Kurt, of is er nieuws in de zaak?'

Kurt perste zijn lippen op elkaar en het leek een poging tot een glimlach. Ik huiverde en zette me schrap. Ze hadden wat bloed en haar gevonden, had Vera gezegd. Dat klonk niet verontrustend. Maar ik zag aan Kurt dat het niet veel goeds beloofde. Of juist wel veel goeds, vanuit zijn perspectief.

'De technisch rechercheurs hebben lang moeten zoeken, maar uiteindelijk hebben ze bloed gevonden op de Cadillac van je ouders,' zei Kurt. 'Bloed en drie haren.'

Ik haalde mijn schouders op. 'Zou vreemd zijn als ze dat niet hadden gevonden in het wrak.'

'Ja, maar ze hebben dat op de buitenkant van de auto gevonden, Roy. Om preciezer te zijn: toen ze aan de achterkant het nummerbord eraf hadden geschroefd.'

Het voelde alsof iemand de huid op mijn schedel straktrok. In een flits zag ik alles voor me en begreep ik wat er was gebeurd. En dat was een ramp. Ik zag Kurts mond bewegen, maar ik had het gevoel dat de huid rond mijn ogen, oren en mond nog strakker werd getrokken.

Toen Sigmund Olsen op zijn rug op de onderkant van de kofferbak van de Cadillac smakte, was zijn hoofd net boven de kentekenplaat geklapt. Het bloed was naar beneden gelopen, achter de kentekenplaat gekomen en had ook wat haren meegenomen en alles was samen vastgekleefd rond schroeven en moeren. Daar had het verrekte DNA-bewijs geduldig en beschut liggen wachten tot iemand slim genoeg was om daar te zoeken. Iemand als Kurt Olsen. Hij zag er zo triomfantelijk uit, hij had er vast over gedroomd hoe mijn kop eruit zou zien wanneer hij me vertelde dat hij er niet mee kon stoppen.

'De reden dat het even duurde voor we ontdekten dat het om bloed en haren van mijn vader ging, is dat we geen DNA-profiel of DNA-materiaal van hem hadden. Niemand dacht er in die tijd aan dat je bijvoorbeeld een paar haren van een jas moest bewaren en nu was alles schoongemaakt of weggegooid. Afgezien van één ding.' Kurt stak zijn wijsvinger in de lucht. 'Eigenlijk twee.' Hij grijnsde en stak ook zijn middelvinger naar me op. 'Zijn laarzen van slangenleer. Die jij zelf in de boot hebt laten staan zodat het zou lijken dat hij overboord was gesprongen en was verdronken. Die hebben we namelijk niet weggegooid. Ik heb ze gebruikt als een hulde aan de beste politiechef die het dorp heeft gehad. En dat is maar goed ook, want ze hebben resten van een teennagel onder de binnenzool gevonden. Van hem en van mij.' Kurt grijnsde van oor tot oor.

Waarschijnlijk voldeed de uitdrukking op mijn gezicht aan al zijn verwachtingen. Als de huid nog strakker kwam te staan dan zou die scheuren.

'We weten dat mijn vader de dag dat hij verdween op Opgard was, maar nu weten we ook dat hij daar nooit vertrokken is. Dat hij in Huken is gevallen en bloedde op de auto die daar lag. Jij en je broer verklaarden indertijd dat jullie hem hebben zien weggaan. Wat zeg je nu, Roy?'

Ik moest mijn mond een aantal keren open- en dichtdoen voor ik kon antwoorden.

'Ik zeg dat ik graag mijn advocaat wil bellen.'

'De dichtstbijzijnde zit in Notodden, er staan twee vaste advocaten op de lijst en ik weet tamelijk zeker dat ze beiden bezet zijn op zaterdag. Maar als je de rest van de dag en de nacht hier wilt blijven wachten tot er iemand uit Notodden of Oslo komt, ga je gang. Het alternatief is dat je antwoord geeft op een paar vragen en dan mag je vertrekken.'

'Nee.'

Kurt keek me met een ijskoude blik aan.

'Goed,' zei hij ten slotte. 'We noteren dat je zonder advocaat weigert vragen te beantwoorden. Als je dit papier ondertekent waarin staat dat je de komende veertien dagen meldplicht hebt, dan kun je als een vrij man het politiebureau uit lopen.'

'Dat is ongehoord,' zei ik.

'Ben ik met je eens,' zei Kurt, hij hing achterover in zijn stoel, trok een verfrommeld pakje sigaretten uit zijn broekzak, pakte een sigaret en stopte die tussen zijn lippen. 'Maar zolang er geen gevaar is dat je bewijzen vernietigt of dat je naar het buitenland vertrekt, is er geen reden je langer vast te houden.'

Hij stak zijn hand uit om de opname te stoppen en hij keek me doordringend aan toen ik mijn hand tussen hem en de telefoon hield.

'Ik bedoel dat het ongehoord is dat ik moet lópen,' zei ik. 'Jullie hebben me bij mijn auto die bij het hotel staat opgepakt, ik eis dat jullie me terugrijden.'

Kurt nam me op. We dachten ongetwijfeld hetzelfde. Dat het voor de mensen in het restaurant die getuigen waren geweest van de arrestatie eruit kon zien dat de politie fout zat en dat ze me een halfuur later weer terugbrachten.

'Het verzoek staat op band,' zei ik. 'Dus?'

De haat in Kurts ogen voelde als warmtegolven.

'Johnny,' zei hij met zijn blik gevestigd op mijn voorhoofd.

Ik liep achter Johnny Depp aan naar de parkeerplaats. Halverwege draaide ik me om. Kurt Olsen stond op de trap voor het gebouw. Het begon te schemeren en ik kon de sigaret zien gloeien terwijl hij ons nakeek.

De lichten in de bank, de dokterspost en gemeentehuis waren uit. Had Kurt het resultaat van de DNA-analyse al een paar dagen in handen, maar had hij gewacht tot het zaterdag was omdat hij wist dat het moeilijk zou zijn een advocaat te pakken te krijgen? Het was in elk geval duidelijk dat hij op tijd een afspraak had gemaakt met Dan Krane, want ouders met kleine kinderen hebben het zoals bekend druk in het weekend.

Kurt had mogelijk gehoopt dat hij meer uit me zou krijgen, maar hij had bereikt wat hij wilde: hij had me vernederd. In Os was nu duidelijk dat ik werd verdacht. Het geklets was begonnen, de ratten kwamen uit hun schuilplaats en vertoonden zich in het daglicht. Degene die iets wist over wat er toen was gebeurd, maar daar niet mee naar de politie was gegaan, kreeg een nieuwe kans.

Johnny deed het portier van een oude, gedeukte Honda Civic open.

Hij ging met moeite naast me zitten en startte de auto die ronkte en het onmiskenbare geluid van gejank en getik produceerde.

'Daar moet je voorzichtig mee zijn,' zei ik.

'Het is de slippende aandrijfriem,' zei Johnny. 'Ik ga dat repareren.'

'De aandrijfriem kun je misschien repareren, maar dit geluid komt van een versleten distributieriem. Als die begint te roken, dan rookt de hele motor.'

Johnny keek naar me om te checken of ik de waarheid sprak.

'Kom maandag even naar het tankstation,' zei ik. 'Dan vervangen we de riem in de werkplaats. Zo gebeurd.'

Johnny concentreerde zich op de weg.

'Die poppenkast was niet mijn idee,' zei hij. 'We zijn naar Opgard gereden om je op te halen, maar je broer zei dat je naar het hotel was gegaan. Daar besloot Kurt dat we op je zouden wachten.'

'En Dan Krane?'

'Kurt had met Krane afgesproken dat hij naar het bureau zou komen zodat hij foto's kon maken als we daar aankwamen. Maar toen we bij het hotel stonden, heeft Kurt Krane weer gebeld en gezegd dat hij daarheen moest komen. Meer drama.'

Ik knikte. We reden een stuk in stilte.

'Bedankt,' zei Johnny. 'Dat je niets over gisteren hebt gezegd.'

'Als ik daar al aangifte van zou willen doen, dan zou dat niet bij Kurt zijn, maar bij het bureau in Notodden,' zei ik.

Johnny verschoof onrustig op zijn stoel. 'Ben je dat van plan?'

Ik schudde mijn hoofd. Ik was niet van plan hem aan te geven, hij had zijn lesje wel geleerd. Bovendien had ik andere dingen aan mijn hoofd. Het DNA-bewijs. Natalie. De omkoping. En de investering die op het punt stond naar de verdommenis te gaan. Genoeg om wanhopig van te worden. Genoeg om elke strohalm te grijpen. Misschien dat ik daarom reageerde met een tegenvraag.

'Wat speelt er tussen jou en Vendelbo?'

'Speelt?'

'Hij trakteerde jou en je vrienden op een biertje.'

Johnny grinnikte. Hij aarzelde, maar hij begreep wel dat hij me iets verschuldigd was. Dat hij bereid moest zijn informatie te geven. 'Hij wil kennelijk iets van me. Niets illegaals. Ik ga niets doen, maar als hij me bier, eten en een lening wil geven, dan is dat zijn zaak.'

'Een lening?'

'Ja, maar dat werd niets.'

'Vertel.'

'Nou, ik had hem een paar weken geleden een foto laten zien van een tweedehands Porsche. Zag er goed uit en was te koop in Notodden. Hij zei dat hij me een lening kon geven tegen een lage rente.'

Ik voelde mijn hart sneller gaan kloppen – dat had het vandaag al meerdere keren gedaan. Zou dat de strohalm zijn? Ik slikte. 'Dat zei hij zeker zomaar?'

'Nee, nee, hij meende het.'

'Hoe weet je dat?'

'Hij stuurde me het hele aanbod per sms. Lage aflossing en bijna geen rente. Hij zei dat we het contract na sluitingstijd in de bank konden ondertekenen. Dat hij een manier zou vinden hoe ik hem kon betalen. Maar ik begreep het en bedankte daar natuurlijk voor. Ik hou van vrouwen, snap je?'

'Ik begrijp het,' zei ik. 'Hij heeft je vast nog meer sms'jes gestuurd, of niet?'

'Dat kun je wel zeggen,' zei Johnny grinnikend.

'Ook foto's?'

'Nee, nee, Vendelbo is getrouwd, hij wil het risico niet lopen dat iemand ermee aan de haal gaat.'

'Maar uit die sms'jes blijkt wel wat hij wil?'

'Je moet tamelijk onnozel zijn als je dat niet begrijpt.' Johnny keek naar me. Ik zag argwaan in zijn domme ogen. 'Waar wil je eigenlijk naartoe?'

'Naar het hotel,' zei ik.

We reden verder, maar hij was langzamer gaan rijden alsof hij op zijn hoede was voor wat er zou komen, alhoewel hij niet wist wat.

'Johnny,' zei ik. 'Wat zeg je ervan als jij en ik een dealtje maken?'

19

Op zondag had ik gewerkt op het tankstation. Dat gaf mijn hersenen wat afleiding, want die gingen maar door en door met nadenken over het nieuwe DNA-bewijs en hoe ik aan honderdtwintig miljoen en zo snel mogelijk aan twaalf miljoen moest komen.

Zaterdagavond hadden Carl en ik met Liv Goebbel gesproken, een strafrechtadvocaat die Carl uit Oslo kende en met wie we op maandag een Zoommeeting hadden. Goebbel was een energieke, recht-voor-haar-raapdame van in de vijftig die ik tijdens een diner in Os Spa voor het eerst had ontmoet en die ik – met de hoge eisen die ik stelde – zonder mankeren vertrouwde.

Nu zagen we haar op het beeldscherm met een opgeruimd bureau voor zich en door het raam achter haar zagen we het raadhuis. Ze had een whiskylach en ze sprak zo snel dat ik me goed moest concentreren om haar te kunnen volgen.

Ze legde uit dat de politie zelfs zonder een teennagel had kunnen bepalen dat het bloed achter het nummerbord afkomstig was van Sigmund Olsen. 'Met de huidige analysemethoden kan een druppel bloed van een zwangere vrouw ons niet alleen het DNA-profiel van het ongeboren kind geven, maar ook dat van de vader. In dit geval hadden ze dus het bloed van Kurt Olsen kunnen gebruiken. Om te bewijzen dat het bloed afkomstig was van zijn vader.'

Ze zei dat ze verbaasd was dat de politie Carl niet had verhoord, dat ze het kennelijk alleen op mij gemunt hadden. Ze vroeg hoe oud we toentertijd waren en toen ze hoorde dat ik net achttien was geworden, maar dat Carl nog zeventien was, zei ze dat dat de reden moest zijn. Hoewel de leeftijd waarop jongeren berecht kunnen worden vijftien jaar was, was achttien jaar een duidelijker grens. Het was moeilijk om iemand onder de achttien aansprakelijk te stellen en gevangen te zetten. Dus als ze een oude zaak behandelden, keken ze eerst naar degene die ze gevangenisstraf konden geven. Ik dus.

Op de website van *Os Blad* stond een kort stukje over de arrestatie nadat er DNA was gevonden in een oude vermissingszaak, maar zonder dat er gezegd werd om welke zaak het ging, en ook zonder mijn naam en een foto van de arrestatie.

Goebbel meende dat het te maken had met de toenemende terughoudendheid van de media. Zolang ik nog vrij rondliep en er geen aanklacht tegen mij was ingediend, hoefde de samenleving niet meer te weten.

Carl en ik hadden elkaar slechts vertwijfeld aangekeken, de dame uit Oslo begreep duidelijk niet dat iedereen, absoluut iedereen in Os allang wist wie er gearresteerd was en waarvan hij werd verdacht. Dat Kurt Olsen nu zat te wachten op iemand die hem belde omdat hij of zij wat te vertellen had.

Ik had nauwelijks geslapen en het was een opluchting toen om zes uur de wekker ging. Zondag was de drukste dag voor het tankstation met mensen die vanuit het hotel of de hutten in het dal weer huiswaarts keerden. Ze wilden niet alleen tanken, maar ook eten en drinken kopen voor de lange autorit. In de rustige momenten vertelde Egil over de motorclubmeeting en hij zei dat het een groot succes was geweest. Toen ik hem vroeg hoe het succes van zo'n meeting werd gemeten en of het ging om het aantal aanwezigen, zei hij dat dat van ondergeschikt belang was, het belangrijkste was dat iedereen het naar zijn zin had.

'Meer dan verwacht dus?' vroeg ik.

'Hè?'

'Om het een succes te noemen moet het dus gezelliger zijn geweest dan werd verwacht.'

'Ik geloof dat ze erop rekenden dat het een succes zou worden,' zei Egil.

Ik had zojuist vijf broodjes met worst en een garnalensalade over de toonbank geschoven toen ik Natalie binnen zag komen. Ze had haar haren onder een truckerpet verborgen en ze droeg een hoodie van Tame Impala. Ze zag er moe uit en ging bij het schap met ruitenwisservloeistof staan. Toen de rij was opgelost, liep ze naar me toe.

'Wat zal het zijn?' vroeg ik.

Ze keek me in mijn ogen en weer ging er een schok door me heen. Verdomme.

'Vertel me wat je hebt,' zei ze zacht.

'Tja,' zei ik. 'Ik heb taai geitenvlees in de aanbieding. Het is oud, maar nog steeds goed, zou ik zeggen.'

Ze lachte zachtjes. 'Dat snap ik. Maar hoe zit het met het vlees dat gisteren is gekomen? Is daar iets mee aan de hand?'

Ik haalde mijn schouders op. 'Sommigen denken dat in de tijd dat jij net was geboren de oude politieman door een jonge geit op de hoorns werd genomen en dat hij in Huken is gevallen.'

'Is dat zo?'

Ik schudde mijn hoofd. De deur ging open en een klant kwam binnen. Egil was buiten bezig bij de pompen. 'Maar het vlees moet hoe dan ook verkocht worden,' zei ik met mijn blik gericht op de klant. 'Je kunt beter ergens anders naartoe gaan waar het vlees verser is.'

'Roy?'

Ik keek haar aan. Ze lachte, maar aarzelend, alsof ze niet in staat was de lach lang vast te houden.

'Sorry.'

Ik probeerde te lachen. 'Je hoeft geen sorry te zeggen. Doe wat je wilt, Natalie.'

'Oké,' ze haalde diep adem, het leek of ze op haar tenen ging staan. 'Ik wil...' Ze zweeg.

De klant had ruitenwisservloeistof gepakt en ging achter Natalie staan.

'…je weer zien. Als jij dat ook wilt natuurlijk.'

Ik keek haar aan. Ze was zo mooi als een lied dat je aan het huilen maakt. Het was niet dat ik bang was gebruikt te worden, zaken werden daar vaak beter van. Maar nu waren de zaken te gecompliceerd, boven op al het andere kon ik dit er nu niet bij hebben. Het probleem was alleen dat ze een morfinepomp was die je gebruikte als je veel pijn had. Het was onmogelijk om niet meer te willen. Dus ik dwong mezelf van haar weg te kijken en mijn aandacht weer te richten op de klant achter haar.

'De aanbieding is drie flessen voor de prijs van twee.'

'Oei,' zei de klant en nog voordat ik kon zeggen dat hij ze wel kon pakken als hij de winkel verliet, sjokte hij al terug naar het schap.

'Laten we later verder praten, Natalie. Als het wat rustiger is, oké?'

Ik keek haar weer aan. Haar ogen waternat en haar pupillen groot en zwart. Gebruikte ze iets of huilde ze?

'Wanneer is het dan wat rustiger?' vroeg ze. Haar stem was schor.

Ik slikte. 'Over vijf, zes…' begon ik en ik wist niet of ik weken of dagen zou zeggen. Ik zag een traan onder de wimper van haar vreemd gekleurde oog komen. 'Uur,' zei ik. 'Dan ben ik klaar met werken. Wacht om zes uur voor het tankstation op me.'

Om vier uur ging ik naar buiten, ruimde wat op bij de pompen en liep naar de nieuwe generatie hangjongeren die in hun hoge en lage *sleeper cars* zaten.

'Raap die peuken op,' zei ik en ik wees naar vijf opgerookte filtersigaretten op het asfalt.

'Ja, papa,' zei de vent die achter het stuur zat te roken. Hij had zijn blote arm in een afgeknipte spijkerjas uit het raam hangen. En een tatoeage verkondigde NO MERCY.

'Nu,' zei ik.

'Dat doen we als we weggaan,' zei hij en hij zoog krampachtig aan zijn sigaret.

'Nee, ik wil dat je het nu doet.'

'Als we weggaan, papa.' Hij tilde een flesje cola op en grijnsde. 'We zijn betalende klanten, of niet?'

Ik trok de sigaret tussen zijn lippen uit voor hij tijd had om te reageren. Ik gooide de sigaret op de achterbank waar een meisje en jongen zaten die schreeuwden en uit de auto sprongen.

'Wel verdomme!' brulde de chauffeur.

'Nu weet je hoe het voelt,' zei ik en ik liep door naar de vangrail en het pad naar het Budalsvann. Ik pakte mijn mobiel en belde Asle Vendelbo.

'Ja?'

'Ik geloof dat ik heb wat nodig is om de lening te krijgen,' zei ik.

'Ben jij het, Roy?'

'Ja. Sinds de laatste keer is er iets opgedoken wat als borg kan dienen. Is het goed als ik morgenochtend bij je langskom?'

'Dat kan goed nieuws zijn,' zei hij zonder dat hij erg enthousiast klonk. 'Maar ik heb begrepen dat de politie jou in het vizier heeft?'

'Een misverstand,' zei ik. 'Maar daar kunnen we het morgen over hebben en ook over de andere zaken. Schikt het om tien uur?'

'Morgen is een beetje lastig, Roy.'

'Een beetje lastig is beter dan erg lastig. De groeten van Johnny Depp trouwens.'

Het viel stil aan de andere kant.

'Tien uur?' vroeg ik.

Vendelbo kuchte. 'Als we het binnen een halfuur kunnen afhandelen.'

'Ik gok dat we minder tijd nodig hebben,' zei ik.

We hingen op. Het zwakke punt. Was mijn hart koud genoeg om het te benutten?

Ik draaide me om en liep terug naar het tankstation. De vent in zijn spijkervest was uit zijn auto gestapt. Hij stond me op te wachten. Hij wiebelde wat heen en weer.

Een jongen met rood haar stapte uit een van de andere auto's, liep naar hem toe en fluisterde iets. Het spijkervest keek argwanend naar de roodharige en toen naar mij. De roodharige haastte zich naar zijn auto en het spijkervest deed het portier open om weer achter het stuur te gaan zitten.

'Hé, hé!' riep ik. 'Eerst die peuken.'

Hij staarde me aan, zelfs van tien meter afstand kon ik zijn adamsappel omhoog zien schieten. Toen ging hij op zijn hurken zitten en begon de peuken van het asfalt op te rapen. Ik twijfelde er niet aan dat de roodharige hem zojuist had verteld dat ik gisteren was gearresteerd op verdenking van moord op de vorige politiechef.

'Boe.' Ik fluisterde het slechts toen hij langs me liep, maar hij schrok zo dat hij de peuken weer liet vallen.

Zeker was mijn hart koud genoeg.

Op de kop af om zes uur verliet ik het tankstation.

Natalie stond bij mijn auto, huiverend met gekruiste armen. Ik was verbaasd want het was niet koud, eerder het tegenovergestelde.

'Sta je al lang te wachten?' vroeg ik.

Ze schudde haar hoofd.

'Je ziet er verkleumd uit. Zullen we een stukje gaan rijden?'

Ze hield haar hoofd iets schuin. 'Deden jullie dat toen jullie jong waren?'

'Ja, zeker als je een rijbewijs en een auto had dan was je sociaal aantrekkelijk.'

Ze lachte. 'Dus jij was de bestuurder terwijl de anderen dronken en meisjes versierden?'

'Is dat zo duidelijk?'

'Misschien. Heb je geen plek waar we alleen kunnen zijn? Het liefst binnen.'

'Tja, hou je van de geur van olie?'

Toen ik de deur van de werkplaats van het slot draaide, bedacht ik me dat de laatste keer dat ik hier met iemand was met Shannon moest zijn geweest.

We gingen in de kamer zitten waar ik een paar jaar had gewoond.

Ik in de *stressless*-stoel, zij op het bed. Ze was bleek en trilde als een espenblad, dus ik zette de ventilatorkachel die ik in de winter gebruikte hoger. Legde het enige Lou Reed-album dat wat voorstelde – *Transformer* – op de plantenspeler en zette thee. De honing had minstens tien jaar in de kast boven het fornuis gestaan, maar aangezien het met honing is als met moord – geen houdbaarheidsdatum – deed ik drie lepeltjes honing in de gloeiend hete thee en zette een volle beker voor haar neer.

'Het lijkt erop dat je bezig bent ziek te worden,' zei ik.

'Ik bén ziek,' zei ze en ze nam voorzichtig een slokje. 'Bedankt. Wat zijn dat?' Ze wees naar de muur.

'Nummerplaten van landen die niet meer bestaan,' zei ik. 'Mijn oom was begonnen met de verzameling dus die hingen hier al toen ik de werkplaats overnam. En sommige heb ik zelf op de kop getikt.'

'Basutoland,' las ze hardop van een nummerbord.

'Nu Lesotho,' zei ik.

'Lesotho?'

'Een piepklein koninkrijkje, een enclave in Zuid-Afrika. Vast heel mooi. Ligt in de bergen en de hoogste toppen zijn besneeuwd.'

'Een beetje zoals hier dus. Een koninkrijk in de bergen. Wie is de koning?'

Ik haalde een zakje snus uit mijn snusblikje. 'Daar of hier?'

Ze lachte en tilde haar beker thee op. 'Je weet zulke rare dingen, Roy.'

'Ik herinner me niet hoe de koning heet,' zei ik. 'Hij besteeg de troon toen zijn vader omkwam bij een auto-ongeluk.'

'O?'

'Hij vertrok van de boerderij om zijn vee te controleren. Hij raakte van de weg en stortte in een ravijn. Er zijn mensen die beweren dat iemand had geknoeid met de auto, dat het een aanslag was.'

'Wat denk jij?'

Ik haalde mijn schouders op. 'Dat zijn complottheorieën. Nu zit zijn zoon in elk geval op de troon.'

'Hoe heet hij?'

'Weet ik niet.'

'Zullen we het googelen?'

'Of laten we het hangen in de lucht?'

'Hangen is goed,' zei ze. 'Wil je me kussen?'

Deze keer was het heel anders. Langzaam, teder en geduldig zoekend. En toen we het vonden, gingen we door in een verrukkelijk traag tempo. Ik moest haar een aantal malen tot kalmte manen, maar toen begreep ze het. En als twee dansers vonden we hetzelfde ritme en dezelfde golflengte en pas toen begonnen we de frequentie op te voeren.

Deze keer kwam ze zonder een geluid te maken. Ze huilde schokkend, maar even geluidloos tegen mijn schouder.

We dronken nog meer thee. Ik draaide de plaat om en we vreeën weer. Daarna keken we naar de oude debuutfilm van Peter Jackson, *Bad Taste,* die we beiden erg tof vonden. En we ontdekten dat we beiden het woord tof tof vonden.

Ik ging naar de winkel van het tankstation om een diepvriespizza te halen die we opwarmden in de oven.

Het was warm in de kamer en toch klapperde ze met haar tanden. Maar ze had geen koorts, integendeel, als ik haar vasthield was haar lichaam koud van het zweet.

'Wat voor ziekte is dit?' vroeg ik.

'Wat denk je?'

'Ik geloof dat de ziekte abstinentie heet.'

Ze knikte.

'Hoe heet het middel dat je gebruikt?'

Ze haalde haar schouders op. 'Ik heb mijn grenzen, maar daarbinnen ben ik flexibel.'

'En dat wil zeggen?'

'Xtc, speed, cocaïne. En een heel kleine dosis ketamine als ik depri ben. Wiet om te slapen. Ayahuasca als dat er is en ik er geld voor heb. Maar nooit meth, morfine of heroïne.'

'Wanneer ben je daaraan verslaafd geraakt?'

'Ik ben niet verslaafd. Het is meer een *habit*, als je begrijpt wat ik bedoel. Elke keer dat ik weer begin, kick ik kort daarna weer af. Dat kan ik. Net zoals nu. Het gaat goed, over een dag of twee voel ik me veel beter.'

'Waarom begin je weer?'

Ze blies haar wangen op en liet de lucht weer ontsnappen. 'Goede vraag. Omdat ik me verveel. Omdat ik depressief ben. Om de drukte in mijn hoofd voor een tijdje te stoppen.'

'Zeg je dat ayahuasca de drukte in je hoofd stopt?'

'Het is in elk geval een andere drukte.'

'Hoe kom je aan dat spul?'

'Ik moet ervoor naar Notodden.'

'Naar Ola?'

Ze keek me een poosje aan om er zeker van te zijn dat ze me kon vertrouwen voordat ze knikte.

'Hoe weet je dat?'

'Dat het Ola is? Hij is een blackmetalfiguur met een viool, of niet?'

Ze lachte, maar schudde haar hoofd. 'Fout. Blackmetaljongens zijn disfunctioneel, maar keurig. Ze lopen in pak en zijn hardwerkende nerds in kleine dorpjes. Het zijn de muzikanten die volksmuziek spelen die een rock-'n-roll-leven leiden. En daaraan doodgaan. Zo is het altijd geweest. Weet je, ik heb altijd een flesje ipecac bij me voor de jongens in de band. Eigenlijk vooral voor Ola, hij slikt de meeste pillen.'

'Een flesje met wat?'

'Ipecac. Gedroogde wortelstok van de ipecacuanhaplant. Door de siroop moet je ontzettend braken. Je moet het binnen een uur nemen nadat je een overdosis hebt geslikt, anders is het met je gedaan.' Ze zweeg even. 'Schrik je hiervan?'

'Of ik schrik?'

'Ik gebruik drugs. Ik ben misbruikt. Ik heb depressies. Het leven is simpeler als je met een boog om zo iemand heen loopt.'

‘O, bedoel je dat. Nee, het is goed. Ik heb ook zo mijn dingen.’

Ik haalde de pizza uit de oven, legde die op een bord en begon te snijden. Ik hoorde Natalie gaan verzitten op het bed achter me.

‘Afgezien dat jouw vader zich aan je heeft vergrepen, wat is dat dan?’

‘Is dat niet genoeg?’

‘Tja, misschien wel. Maar er is altijd meer.’

Ik sneed de pizza in zes stukken, zette die en twee borden op de deken over haar schoot en kroop naast haar.

‘Als je daar zin in hebt,’ zei ik knikkend naar de pizza.

‘Daar heb ik zin in,’ zei ze. ‘Maar vertel.’

‘Ik bedoelde…’

‘Ik weet wat je bedoelde. Maar ik wil het weten.’

Ik pakte een stuk, door de witte kaasslierten leek het of het stuk zich wanhopig vastklampte aan zijn oorsprong. Dat het niet wilde loslaten. Ik nam een hap, kauwde terwijl zij toekeek en wachtte. Ik slikte terwijl ze bleef kijken en wachten. Haalde een paar keer adem en ze keek en wachtte.

‘Moshoeshoe II,’ zei ik.

‘Wat?’

‘Zo heette hij. De koning van Lesotho. Zijn oudste zoon heet Letsie III. Er doen veel speculaties de ronde over wat er kan zijn gebeurd, maar er zijn geen heldere conclusies. En mijn vader noemde Opgard ook zijn koninkrijk en ik ben Letsie die de boerderij heeft overgenomen. Met een verschil.’

Natalie nam een stuk pizza. ‘En dat is?’

‘Ik geloof niet dat Letsie zijn vader heeft vermoord.’

20

Ik was achttien jaar, Carl nog geen zeventien.

Ik had Carl beloofd dat vader zich niet nog eens aan hem zou vergrijpen, dat ik hem zou vermoorden. Vader wist dat ook, hij had het in mijn blik gezien en hij daagde me uit. Hij verlangde kennelijk verlost te worden uit de martelkamer in zijn hoofd. Hij was die nacht in onze kamer geweest en nu stond hij in de schuur. Hij sloeg en sloeg tegen de bokszak en wist dat ik achter hem stond.

Hij had het hagelgeweer klaargezet, het leunde tegen de muur. Het was geladen, ik hoefde slechts van dichtbij een kogel door zijn hoofd te jagen en het geweer naast hem neer te leggen. Politiechef Sigmund Olsen zou concluderen dat het hier om de gebruikelijke zelfmoordmethode voor mannen ging. Maar ik kon het niet. Ik kon het verdomme niet. Want hoe ik hem ook haatte, hij was mij en ik was hem.

Dus het ging door.

Tot de avond in hetzelfde jaar dat Carl en ik voor de oude Volvo stonden die ik van oom Bernard had gekregen. De auto stond op het erf voor de wintertuin. We zagen hoe vader en moeder met de Cadillac op weg waren naar de Geitesving. Ik wist wat er stond te gebeuren. Het had me een halfuur gekost om de schroeven en moeren los te krijgen om in de remleiding twee gaatjes te kunnen maken. De remvloeistof had ik opgevangen in een emmer. Ik had er geen rekening mee gehouden dat moeder samen met hem in de auto zou stappen, maar er zat een zekere rechtvaardigheid in. Ze had gedaan of ze niet wist wat er gebeurde en ze wilde niet luisteren als ik het haar probeerde te vertellen. Ze had altijd meer van vader gehouden dan van Carl en mij, mogelijk was dat een biologische anomalie, maar zo was het nu eenmaal. Het is niet dat ik haar niet begreep, niet begreep hoe overweldigend de schaamte moest zijn, want ik had het ook nooit aan iemand verteld. Ik had het overigens ook niet onrechtvaardig gevonden als ik de doodstraf had gekregen die ik mijn moeder oplegde.

Ik weet nog hoe heftig mijn hart in mijn keel bonkte, ik dacht dat het te horen moest zijn in de stilte die viel toen het gekraak van de grond onder de wielen stopte. Ik herinner me het rode achterlicht dat naar me staarde als het oog van een zwijgende getuige. Toen waren ze weg. Een vrije val van honderd meter. Ik herinner me dat het doffe geluid van de auto die op de bodem van Huken viel verrassend zacht klonk en dat mijn eerste gedachte was dat ze het hadden overleefd. Dat we al snel vader uit het ravijn zouden zien klauteren. Bebloed, maar niet dood en met zelfhaat en woede in zijn blik. We bleven wachten tot we het zeker wisten.

'Je hebt gedaan wat je moest doen,' fluisterde Natalie. Ik had veel tijd nodig gehad om het te vertellen, had haar vragen beantwoord en een paar oude flesjes bier geopend die nog goed smaakten. Ik had niet geprotesteerd toen ze een joint rolde om de scherpe kantjes van de abstinentie af te halen. Het werd nacht zonder dat we een lamp aandeden.

'Ja, ik heb gedaan wat ik moest doen,' zei ik. 'En ik zou het weer doen.' Ik imiteerde haar stem zoals zij die van mij vaak imiteerde: 'Schrik je hiervan?'

Ik voelde dat ze in het donker lachte. Ze streelde met haar hand over mijn blote borst, wang, haren en nek.

'Nee,' zei ze. 'Ik vraag me alleen nog iets af.'

'Ja?'

'Hoe weet je of je me kunt vertrouwen?'

Ik lachte ook. 'Wie heeft gezegd dat ik dat doe? Maar je bent naakt dus ik heb gezien dat Kurt Olsen geen microfoon op je heeft getapet en zonder opname is het jouw woord tegen het mijne.'

Ze gaf me een duw. 'Praat geen onzin. Wat nu als ik iets neem, iets meer dan dit...' Ze hield de joint omhoog. 'En ik word loslippig. Niet dat dat al is gebeurd, maar je kunt dat niet weten.'

Ik haalde mijn schouders op. 'Soms moet je in het leven risico's nemen.'

Ik zag de kleur niet, alleen het wit van haar ogen en het silhouet van haar hoofd en lichaam. Maar toch, als ik zou willen zou ik me kunnen voorstellen dat het Shannon was. Maar dat wilde ik niet. Ik hoefde dat niet.

Ze leunde naar me toe en kuste me. Ze smaakte naar wiet, bier en Natalie. Ik kuste haar terug, niet om geil te worden, maar uit nieuwsgierigheid of zij dat zou worden. Haar kussen werden gulziger en ik reageerde direct.

'Verdomme!' zei ik en ik liet haar los.

'Ik weet het!' riep ze luid en ze begon te lachen.

Ik veegde de pizzakruimels van de deken, stond op en waste de lege borden af. Ik stond met mijn rug naar haar toe en vroeg me af in wat voor situatie ik mezelf had gebracht. Had ik een moord bekend als een liefdesverklaring? Had ik mijn lot in haar handen gelegd om iets te bewijzen? Of deed ik wat vader had gedaan? Het geweer tegen de muur gezet, het geladen en me daarna omgedraaid, deels hopend dat ze deze kans zou benutten? Misschien. Misschien niet. Ik had haar alleen over mijn eerste twee moorden verteld.

De lijken van vader en moeder waren uit het ravijn gehaald, maar de Cadillac hadden ze laten liggen, het zou te kostbaar en gevaarlijk zijn om die omhoog te takelen. Ik had Natalie niet verteld dat Sigmund Olsen eraan was gaan twijfelen dat het om een ongeval ging, dat hij naar Opgard was gekomen en in Huken af wilde dalen om de auto te checken en dat Carl hem een duw had gegeven. En ook niet over de afperser, Willumsen of Shannon en het kind.

Ik trok mijn handen terug toen ik besefte dat de pijn kwam van het water dat inmiddels kokendheet was geworden.

21

'Maar genoeg over het weer,' zei Asle Vendelbo en hij keek op zijn horloge om me eraan te herinneren dat we maar een halfuur hadden. 'Je zei dat er nieuwe ontwikkelingen zijn wat jouw activa betreft.'

'Jazeker,' zei ik en ik keek uit het raam naar de markt. Het verkeer op de rijksweg door Os was op een oktoberse maandagochtend belabberd. Maar het was er wel. Ik wachtte tot hij het zou vragen.

'Om wat voor activa gaat het?'

Ik keek Vendelbo aan. Hij zat achter zijn bureau waarop een foto van zijn gezin stond, ik zag dat hij zijn vingertoppen tegen elkaar zette. De mouwen van zijn colbert waren te kort. Ik weet niet waarom filiaalchefs van banken in kleine plaatsen ervoor kiezen in slechtere kostuums te lopen dan die in de stad. Het salaris is voor zover ik wist hetzelfde. Is het omdat de boerenpummels het gevoel moeten hebben dat hun filiaalchef het niet te hoog in zijn bol heeft? Dat een Ermenegildo Zegna-kostuum hier komisch – of misschien eerder beledigend – zou zijn voor de doorsneeklant in Os?

'We hebben het over goodwill,' zei ik.

'Goodwill?'

'Ja, dat deel op de balans dat je immaterieel noemt.'

'Ik weet wat goodwill is,' zei Vendelbo. 'Maar dat is een verzamelterm voor alles wat niet onder vaste activa valt. Dus om wat voor goodwill hebben we het hier? Een merk? Goede beoordelingen? Een patent?'

'Goede beoordelingen,' zei ik.

'Wil dat zeggen dat je een of meer potentiële kopers hebt voor jouw tankstation en dat de verkoopprijs beduidend hoger is dan de waarde die je hebt opgevoerd?'

'Nee,' zei ik.

Vendelbo zuchtte diep. En ook een beetje opgelucht, zo leek het. Het zweet stond op zijn bovenlip toen ik om vijf minuten over tien aankwam. Hij had me direct meegenomen naar zijn kantoor waar de koffie klaarstond en babbelde ondertussen over koetjes en kalfjes. Waarschijnlijk had hij een bang voorgevoel gehad, zich afgevraagd waar het gesprek over zou gaan. Maar nu leek hij kalmer geworden.

'Dan gaat het alleen om veronderstellingen dat het bedrijf meer waard is. En de bank zal goodwill hoe dan ook niet als onderpand accepteren, zoiets kan in de loop van een nacht verdampen. Vooral als...' Hij klemde zijn lippen op elkaar.

'Vooral als?'

Vendelbo ging rechtop zitten. Hij keek me aan op een manier die stelligheid moest uitdrukken. 'Vooral als de eigenaar van het bedrijf door de politie van iets wordt verdacht. Maar zoals gezegd, goede beoordelingen kunnen niet als onderpand dienen.'

'Zelfs niet als het niet om beoordelingen van mij gaat?'

'Sorry?'

'Zelfs als het niet om beoordelingen van mij gaat, maar om die van jou die ik in mijn bezit heb?'

Hij slikte en zijn stem steeg naar de hoogte die hij had gehad toen ik arriveerde: 'Wat bedoel je precies, Roy?'

Ik legde mijn mobiel op het bureau en wees.

'Daarin heb ik e-mails en tekstberichten die jij gestuurd hebt naar een jongeman. Dat jij het wilt doen met een man is uiteraard een zaak tussen jou en je vrouw, maar het kan natuurlijk dat ze er niet van op de hoogte is. In dat geval – als ik het doorstuur naar haar – moet je misschien dat familiekiekje veranderen.'

Het leek of het remlicht op het gezicht van Vendelbo was verschenen toen hij naar het schermpje van mijn mobiel staarde.

'Maar erger dan je huwelijk is het misschien dat je carrière ook naar de knoppen gaat.' Ik swipete naar het volgende bericht op mijn telefoon. Ik gaf Vendelbo de tijd om zijn eigen formuleringen te lezen voor ik verderging. 'Je had het aanbod niet schriftelijk moeten doen, Asle, je hebt me zo uitvoerig ingelicht over de regels van de bank bij het verkrijgen van een lening dat zelfs ik kan zien dat dit niet binnen die regels is gegaan. Om een jongeman, op wie jij valt, te lokken met geld van de bank en een lening aan te bieden tegen een veel te lage rente, hoe noem je dat? Corruptie? Fraude? Ik ben niet zo goed met woorden, maar ik ben er zeker van dat het hoofdkantoor er eentje heeft dat de lading dekt. Dan Krane en *Os Blad* hebben dat in elk geval zeker.'

Vendelbo keek op en staarde me aan. Hij sprak met zo'n hese stem dat ik die niet herkende. 'Wat wil je?'

Ik knikte langzaam, keek op mijn horloge. 'We hebben nog vijftien minuten om de details te bespreken en wat er moet worden gedaan,' zei ik. 'Maar de korte versie is dat ik binnen een week een lening van honderd miljoen wil. Als je dat lukt, dan zal ik niet hierop drukken.'

Ik wees op het verzendsymbooltje en leunde achterover. Ik wachtte. Ik zag hoe Vendelbo naar een punt voor zich staarde terwijl hij zwaar door zijn neus ademde.

Ten slotte schraapte hij zijn keel en vroeg: 'Welke rente stel je voor?'

'De marktrente,' zei ik en ik vouwde mijn handen voor mijn buik. 'Wij van Opgard onderhandelen niet.'

Lopend over de markt zag ik dat Natalie had gebeld.

'Hoi, schat,' zei ze toen ik terugbelde.

Het was natuurlijk een grapje, maar toch kreeg ik het warm van deze woorden.

'Werk je vanavond?'

'Nee,' zei ik.

'Als je zin hebt kan ik vanavond voor ons koken.'

'Graag.'

'Om zeven uur?'

'Perfect. Moet ik nog iets meenemen?'

'Zoals wat dan?'

'Een fles wijn bijvoorbeeld.'

Ze lachte. 'Helemaal naar Notodden rijden voor een fles wijn?'

'Jij verwacht niet dat ik een fles heb liggen?'

'Vergis ik me daarin?'

'Ja.'

'Ja?'

'Of nee. Ik leen er eentje van Carl.'

Haar lach kriebelde in mijn oor. 'Bedankt, maar niet voor mij, Roy. Ik drink vanavond water.'

'Ik begrijp het.'

'Echt?'

'Wijn was een slecht voorstel. Je zei gisteren nog dat je vanaf vandaag broodnuchter wilde zijn.'

'Alles wat daartussen ligt werkt niet voor mij. Hou je van forel?'

'Zelf gevangen?'

'Ja, in de diepvries van de Coop.'

'Zo hebben we die het liefst. Goed opgevoed, tam en morsdood. Als je daar genoeg van eet, help je de chlamydia om zeep.'

Ik wist dat ik te goed betaald kreeg voor zulke slechte grappen, maar zolang ik die lach tevoorschijn kon toveren, ging ik ermee door.

We hingen op en ik bleef staan om te kijken naar het sierlijke handschrift van Erik op het reclamebord voor ik Fritt Fall binnenliep.

'Eriks bloemkoudsoep?' vroeg ik bij de bar.

Erik keek op uit de krant. 'Koude bloemkoolsoep.'

'Omdat die goed smaakt of omdat het een mooie woordspeling is?'

'Hij smaakt goed!' Hij grijnsde. 'Maar een coole woordspeling, of niet?'

'Hoe gaan de zaken?' vroeg ik en mijn blik ging door de zaal. Tien gasten. Twaalf als je de twee mannen meetelde die hun formulier voor de paardenraces aan het invullen waren.

'Gaat goed. Raad eens hoeveel we vrijdag hebben omgezet?'

'Veel,' zei ik. 'Maar toen had je ook een verrekt goede biertapper.'

'Het was een hit!' zei Erik. 'Ik weet dat jij je te verheven voelt om bepaalde nummers te draaien, maar ze waren een succes. Het is een kwestie van de juiste categorie te vinden die alle leeftijden, man en vrouw en de vier seksuele voorkeuren die we hier in Os hebben aanspreken.'

Erik liet zijn twee gouden tanden zien in zijn nog bredere, verwachtingsvolle grijns. Maar ik vroeg niet om welke vier het ging. Ik had hem die grap eerder horen maken en hoewel ik de uitleg was vergeten, wist ik nog dat ik die niet nogmaals hoefde te horen.

'We hebben trouwens contact gehad met een ambtenaar van Verkeer omdat we zo'n bord met een mes en vork langs de rijksweg willen nu we een volledige menukaart hebben. We hopen dat we wat klanten van jouw tankstation kunnen inpikken.'

'Succes,' zei ik glimlachend. 'Als het bord de automobilisten eraan herinnert dat ze honger hebben, dan verdienen we er beiden aan. Was het jouw of Julies idee?'

Erik leek perplex. 'Tja, zeg het eens. Ik zou het ons idee willen noemen.'

Ik knikte op de langzame Os-manier. Julies idee dus.

'Nieuwe ideeën zijn altijd goed,' zei ik. 'En initiatieven. Dat hebben we nodig om winst te blijven maken. Dat is eigenlijk ook waarvoor ik ben gekomen.'

Erik Nerell keek me argwanend aan. Niet zo vreemd, hij was eraan gewend dat als ik met iets nieuws kwam, het vaak slecht nieuws voor hem was.

'Ik heb naar de resultaten van het laatste kwartaal gekeken,' zei ik. 'Het probleem zijn niet de variabele, maar de vaste kosten. Hoofdzakelijk de loonkosten van de vaste medewerkers.'

Ik zag aan Eriks blik dat het precies was wat hij vreesde. Want Fritt

Fall had maar twee medewerkers, namelijk Julie en hijzelf. En Julie was goed en bovendien zwanger, dus haar kon en wilde ik niet ontslaan.

'Ik heb Julie nog niet gesproken,' zei ik. 'Ik wilde het eerst met jou bespreken.'

'Wat wil je bespreken?' Er zat al een harde klank van wanhoop en woede in zijn stem.

'Ik ben van plan haar mede-eigenaar van Fritt Fall te maken, maar haar vaste salaris te verlagen. Op die manier zitten we in hetzelfde schuitje of het nu goed of slecht met de zaak gaat. Volgens mij is het een aantrekkelijk aanbod nu de rijksweg toch door Os blijft gaan.'

Ik zag aan het bewegen van de kaakspieren dat zijn kiezen over elkaar knarsten. 'En ik?' vroeg hij met een rauwe stem.

'Ik wil jou hetzelfde aanbod doen,' zei ik.

'Hetzelfde?' Hij keek me wantrouwend aan alsof hij ervan uitging dat 'hetzelfde' helemaal niet hetzelfde was, maar dat het een slechte deal was voor hem.

'Dat Julie, jij en ik ieder voor een derde eigenaar zijn.'

Erik kneep een oog dicht, maar niet zoals Natalie dat deed, niet nieuwsgierig, alleen maar verrekte achterdochtig.

'Jij wilt dat we ons inkopen?'

'Nee,' zei ik. 'Jullie krijgen gratis een derde deel. Maar ook dat jullie vaste salaris met vijftien procent daalt. Als we naar de laatste twee halfjaarcijfers kijken, dan betekent dat voor Julie een stijging van inkomen met vijfentwintig procent en voor jou een stijging van achtentwintig procent.'

'Ik verdien meer dan Julie?'

'Ze heeft een hoger salaris dan jij, dus is een daling van vijftien procent voor haar meer. En jullie krijgen zoals gezegd hetzelfde deel van de winst van de zaak.'

Erik Nerell leek niet te weten wat hij ervan moest denken. 'Waarom… doe je dit?'

Ik spreidde mijn armen. 'Zoals ik al zei, ik wil in hetzelfde schuitje zitten. Personeel met initiatieven en ondernemingszin eigenaar maken van de zaak die ze runnen. Alles wat goed voor hen is, is ook goed voor mij. Zoals bloemkoudsoep. En "Bombadilla Life".'

Erik lachte. Stopte. Dacht na. Hij schudde zijn hoofd en lachte weer. 'Dat is verdomme wat.' Zijn gouden tanden blonken. Ik wist hoe hij zich voelde. Zo had ik me ook gevoeld toen ik het tankstation kon kopen waar ik al zoveel jaren werkte. Wat van mij was, was eindelijk echt van mij. Het is de boer in ons, we moeten bezitten, grond hebben, op eigen benen staan, het liefst nog meer bezitten. Het is een verdomde ziekte. Nu werd dat allemaal wakker in Erik, het leek of ik kon zien hoe het boerenduiveltje uit zijn ogen staarde.

'Maar het is logisch,' zei ik. 'Als je in hetzelfde schuitje zit, dan betekent dat dat als de een verliest de ander ook verliest. Dan moet je elkaar helpen.'

'Dat is logisch,' zei Erik ietwat afwezig terwijl hij met een andere blik door de zaal keek, de blik van de eigenaar die de uitgaven en inkomsten uitrekende.

'Jij moet me bijvoorbeeld helpen door het opfrissen van je geheugen over iets wat er in de winter gebeurde toen ik zeventien jaar was. Jij moet toen vijftien zijn geweest.'

'O?' Erik keek me weer aan. 'Heeft dat iets te maken met Kurt die jou in het weekend heeft meegenomen naar het bureau?'

Ik knikte. 'Ik weet dat Kurt en jij vrienden zijn...'

'O, ik weet niet of je kunt zeggen dat we vrienden zijn,' haastte Erik zich te zeggen. 'Het is meer dat hij naar me toe komt als hij hulp nodig heeft. Hij weet dat hij die zal krijgen, want de tapvergunning hier is altijd afhankelijk geweest van zijn welwillendheid tegenover mij en de zaak, of niet?'

'Maar je weet ook dat Kurt zich nooit heeft kunnen verzoenen met het idee dat zijn vader verdronken is, dat hij complottheorieën verzint met Carl en mij in de hoofdrol, of niet?'

'Zeker, jaren geleden wilde hij me in Huken laten zakken om de auto te checken.'

‘Daar heb je het. Daarom moet je me helpen de gebeurtenis voor hem te reconstrueren toen mijn vader de Cadillac had vastgereden in een sneeuwwal vlak bij de Nerell-boerderij. Jij was toen vijftien jaar.’

Erik keek me vragend aan. ‘Heeft jouw vader dat gedaan?’

‘Ja, herinner je je dat niet?’

Hij krabde in zijn spaghettikleurige haar. ‘Niet direct, nee.’

‘Dat is niet zo vreemd. Het is al een tijd geleden en het is natuurlijk niet echt dramatisch. Maar laat ik je het stap voor stap vertellen zodat je herinneringen weer terugkomen. Met dergelijke herinneringen uit je jeugd is het vreemd gesteld, ze moeten gewoon geactiveerd worden.’

Eriks mond hing half open en hij keek me met een geconcentreerde blik aan. Toen knikte hij langzaam, heel langzaam. ‘Misschien wel,’ zei hij.

22

'Het begon toen ik twaalf jaar was,' zei Natalie. 'Toen ik voor het eerst ongesteld werd. Ik weet niet of het een met het ander samenhangt. Ik heb het aan psychologenvrienden gevraagd, in algemene zin, ik vertel aan niemand wat er vroeger thuis gebeurde. Zij zeggen dat het zeker mogelijk is, biologisch gezien is het logisch. Maar psychologen zijn net als astrologen, ze accepteren alle voor de hand liggende patronen en verbanden. In dit geval zou het tegenovergestelde juist logischer zijn. Het is biologisch bekeken niet slim om je eigen dochter zwanger te maken. Dat zal mijn vader toch ook begrepen hebben. Daarom ging hij naar het tankstation om spijtpillen te kopen als hij meende dat hij niet voorzichtig was geweest.'

Ze verschoof om beter op mijn arm te liggen. Haar bed was net zo smal als het mijne in de werkplaats, maar tot nu toe was elk bed breder dan een meter prima voor ons.

'Tot mijn twaalfde was ik een vrolijk en extravert meisje,' zei ze. 'Maar daarna werd ik stil, somber, een meisje met wie niemand bevriend wilde zijn. En dat zelf ook met niemand samen wilde zijn. Maar geen enkele leraar of volwassene stelde vragen.'

'Hetzelfde gold voor Carl,' zei ik. 'Dat wil zeggen, toen er vage verdenkingen rezen, werd ik verdacht.'

'Daar heb je het al,' zei ze. 'Maar volgens mij kun je ook niet zeggen dat volwassenen het hadden moeten zien, de meeste pubers veranderen immers in de loop van enkele jaren. Misschien was ik ook wel zo geworden zonder de verkrachtingen. Niet dat ik dat geloof, maar zeker weten doe ik het niet. Misschien ben ik dit. Hetzelfde geldt voor de verdovende middelen.'

'O?'

'In die tijd ontdekte ik alcohol. Ik had meer gedronken als ik er makkelijker aan kon komen. Ik klampte me vast aan oudere jongens die toegang hadden tot huisgestookte drankjes. Om die reden zal ik wel de bijnaam slettebak hebben gekregen. Dat was ik maar voor een deel. Hoe dan ook, vaak onder invloed zijn en promiscuïteit zijn wel klassiek gedrag van een slachtoffer, maar ik weet niet hoe ik was geweest zonder. Misschien hou ik er wel van om onder invloed te zijn. Rond te neuken.'

'Doe je dat?'

Ze haalde diep adem. 'Nee, voor de laatste terugval heb ik een jaar niets gebruikt dus kennelijk ben ik liever nuchter. En ik heb met acht mannen geslapen, inclusief jij. Ik weet niet met hoeveel jij samen bent geweest, maar acht maakt me een non in het milieu waarin ik verkeer.'

'Acht is meer dan ik, maar het zijn er ook niet heel veel,' zei ik.

'Oké, negen met mijn vader meegeteld.'

Het was een paar seconden stil voor we beiden in de lach schoten.

'Vind jij het vreemd dat we er afstandelijk over kunnen praten?' vroeg ze.

Ik schudde mijn hoofd. 'Ik geloof dat het de enige manier is waarop we erover kunnen praten.'

'Het is vreemd,' zei ze. 'Het is als praten over iets wat in een parallel universum is gebeurd, alsof het een droom of nachtmerrie was. Maar dan vind je bewijzen dat het waar is. Je onderbroek die hij aan stukken heeft gescheurd, de geur van hem in je beddengoed...'

Ze zweeg, ze voelde mogelijk dat ik verstijfde, voelde de plotselinge razernij in me opkomen die altijd kwam als ik dergelijke beelden voorgespiegeld kreeg. Alleen al het zien van het stapelbed in onze jongenskamer kon woede bij me opwekken.

'Gaat het?' vroeg ze.

Ik snoof de geur van haar haren op. Mijn hart kwam tot bedaren. Buiten op de markt toeterde een auto. Haar flat lag op de eerste en tweede verdieping aan de Meierigård. De slaapkamer was net als de woonkamer, spaarzaam gemeubileerd en er hing niets aan de muren. Het was de flat van iemand die zich op het werk stortte en geen tijd of interesse had in hoe ze woonde. Of geen plannen had om hier te blijven.

'Ik zou moeten vragen of het wel gaat,' zei ik. 'Maar ga verder.'

'Oké.' Ze kuste mijn schouder. 'Nadat ik naar Notodden was verhuisd, heb ik me vaak afgevraagd hoe het zo lang had kunnen doorgaan. Mijn vader had natuurlijk vrij spel. We woonden alleen op de boerderij, ik was enig kind en mijn moeder was al ziek en lag veel op bed. We hadden nauwelijks sociale contacten en ook geen naaste buren of familieleden in de buurt. Maar toch. Het was bij mij niet zoals bij het misbruikte meisje dat ik in Notodden ontmoette. Zij vertelde me dat haar vader haar liet geloven dat ze het zelf ook wilde. Hoewel ze wist dat dat niet waar was, leed ze nog steeds onder de schaamte. Mijn vader probeerde dat ook bij mij. Om me meegaand te maken of zich ervan te verzekeren dat ik het aan niemand vertelde. Dat is hem alleen niet gelukt. Maar dat was niet de reden dat ik niemand waarschuwde. Ik was bang, maar niet voor mezelf. Ik was bang voor wat er met hem ging gebeuren. Is dat niet van de gekke? Dat je je bezorgd maakt over degene die je het meest van iedereen op aarde haat?'

'Ja,' zei ik. 'Maar dat is hoe het gaat met naaste familieleden, toch?'

'Soms las hij me voor uit de Bijbel. Over mannen van God die seks hadden met familieleden. Abraham met zijn halfzus, Lot met zijn dochter enzovoort. Vader stond in de familie bekend als een godsvruchtig man, maar hij gaf me geen christelijke opvoeding. Toch gebruikte hij die verhalen om me ervan te overtuigen dat we niet zouden branden in de hel.'

'Het lijkt erop dat hij vooral zichzelf daarvan probeerde te overtuigen.'

'Misschien wel. Hij probeerde in elk geval het beeld te schetsen dat het niet verkeerd was wat hij deed. Of niet direct schandelijk. Je moet ook met jezelf kunnen leven.'

'Ja,' zei ik en ik duwde een zakje snus achter mijn lip. 'Dat moet je inderdaad. Totdat je beslist dat dat niet moet.'

Ik luisterde naar de herfstavond. De wind die door de dorre bladeren ging, de tweestemmige toon van een brullende motor en het gejank van spinnende banden op het asfalt.

'Je vader en zijn hagelgeweer?' vroeg ze.

'Als ik hem wilde straffen, dan moest ik hem met zichzelf laten leven. Maar ik moest wel. Om mijn broertje te redden. Zo bekeken was het meer actieve hulp bij zelfdoding dan moord.'

De auto was weggereden. Ik beeldde me in dat het een Volvo was met twee jongens erin die met honderdtwintig over de rijksweg reden, op weg naar de gemeentegrens, weg uit Os. Toen beantwoordde ik de niet-gestelde vraag van haar.

'Mijn moeder... ik weet het niet. Ja, ik veroordeelde haar tot de dood omdat ze niets had gedaan. Maar het leek of ze wist wat er ging komen. Het was de nacht dat ik besloten had mijn vader te doden. Ik had het jachtmes mee naar bed genomen en wachtte tot hij onze kamer in kwam. Hij kwam, maar mogelijk rook hij onraad. Hij draaide zich in elk geval om. Daarna hoorde ik via de kachelpijp gesnik. Ik ging naar beneden en moeder zat aan de keukentafel. We zeiden nooit een woord over wat vader met Carl deed, maar die avond zei ze het zonder eromheen te draaien. Als een gebed. "Weet je, Roy, ik hou zoveel van je vader dat ik niet zonder hem kan leven. Als ik zou moeten kiezen tussen het redden van jouw en Carls leven en dat van hem, dan zou ik voor hem kiezen. Dat moet je weten. Zo'n moeder ben ik."'

'Jij denkt dat ze er zelf voor zou hebben gekozen om samen met je vader in de auto te stappen?'

Ik knipperde met mijn ogen en probeerde haar te zien in het donker.

'Ik weet het niet. We zijn heel goed in geloven wat we willen geloven. Dat is bij mij net zoals bij je vader.'

'Roy,' zei ze en ze kroop dichter tegen me aan. Naakt en warm. 'Noem jezelf en mijn vader nooit in een en dezelfde zin, oké?'

'Oké,' zei ik.

Ze ging naar de wc en toen ik het bedlampje aandeed om mijn onderbroek te zoeken, zag ik een paar bloedvlekjes op het laken. Natalie lachte toen ze binnenkwam en me verschrikt zag kijken.

'Vind je het grappig?' vroeg ik.

'Die uitdrukking op je gezicht,' zei ze en ze kuste mijn voorhoofd. 'Je kijkt of je denkt dat je iemand hebt vermoord. Ik bloed gewoon af en toe na het vrijen, het is niet gevaarlijk en ook niet ongebruikelijk.'

We trokken het dekbed over ons heen en kropen dicht tegen elkaar aan. Luisterden naar de geluiden buiten om te horen of er iets veranderd was.

'Zeg,' zei ze. 'Was jij in Krakau?'

'Krakau?'

'Toen je in Polen was. Je zei dat Krakau niet ver van het pretpark ligt. De oude stad moet prachtig zijn.'

'Dat wordt gezegd. Maar... ik was alleen en ik had geen reden om daarnaartoe te gaan. Ik heb het park bekeken en heb het eerste vliegtuig terug genomen.'

'Een weekendje Krakau doen?'

'Jij en ik, bedoel je?'

'Ja, even weg van Os. Dat heb jij toch ook nodig?'

'Misschien wel,' zei ik.

'Het liefst zou ik vrijdag al vertrekken, maar dan is het personeelsfeest. Ik heb het gecheckt, er zijn zaterdag ook goedkope directe vluchten vanaf Oslo.'

'Je bedoelt dít weekend?'

'Ja, waarom niet?'

Ik knipperde weer in het donker. Zij en ik. In Krakau, of all places. Ja, verdomme. Waarom niet? Dat was toch niet verkeerd? Nee, dat was het niet. Het was heel, heel juist, eigenlijk.

23

Op woensdagmiddag kreeg ik het telefoontje dat ik van Asle Vendelbo had verwacht.

De lening was behandeld op de kredietvergadering. En toegekend.

We spraken kort over de praktische afhandeling zonder te hinten op het andere deel van de afspraak. Er was voor hem ook geen reden om zich zorgen te maken, we zaten immers in hetzelfde schuitje. Als ik aan iemand doorbriefde wat ik wist over Vendelbo, dan zou ook duidelijk worden dat ik die kennis had gebruikt om hem onder druk te zetten om me een lening te geven en dan zou ik ook de sigaar zijn. Door de manier waarop we via de telefoon spraken over de lening, kreeg ik het gevoel dat het om een gewone lening ging. Ja, het lukte hem zelfs me op hartelijke toon te feliciteren. Puur toneelspel. Het leek of hij dacht dat we werden afgeluisterd.

Die gedachte was nog niet bij me opgekomen. Dat de reden dat Kurt Olsen me had gearresteerd was dat hij wilde zien wat ik ging doen. Dat hij me bespioneerde in de hoop dat ik iets deed waaruit bleek dat ik bezig was een moord te verdoezelen. Ik was niet van plan hem deze omkoping als bonus te geven.

Daarom belde ik Bent Halden niet met mijn eigen telefoon, maar leende ik die van Egil.

'Ja?'

'Goedendag, Halden, met Os Werkplaats. De auto is klaar. Waar kunnen we die afleveren?'

In de stilte die volgde hoorde ik de stem van Jon Fuhr op de achtergrond, het leek of hij bezig was een telefoongesprek af te ronden.

'Een ogenblik,' zei Halden met een duidelijke trilling in zijn stem. 'Ik geef de andere eigenaar van de auto even.'

Ik hoorde hoe de telefoon werd doorgegeven en daarna klonk Fuhrs stem.

'We moeten afspreken,' zei hij. 'En de voorwaarden van de levering doornemen. Alleen voor de zekerheid.'

'Juist,' zei ik. 'Het hotel in Notodden?'

'Nee, ergens langs de rijksweg. Ik stuur je de coördinaten nog wel. Morgenochtend om vijf uur precies, lukt jou dat?'

'Vijf uur 's ochtends?'

'We hebben een drukke dag op het werk, veel vergaderingen, bovendien neem ik aan dat we niet gestoord zullen worden. Neem je mobiel mee, dan kan ik je de precieze coördinaten sturen. Klinkt dat goed?'

Ik luisterde alsof de geluidsgolven via het telefoonnet me konden vertellen wat Fuhr dacht.

'Dat is goed,' zei ik en ik verbrak de verbinding.

Toen belde ik Carl om te vertellen dat de lening voor elkaar was.

Hij juichte zo hard dat ik de telefoon van mijn oor moest halen.

Ik reed die middag naar Opgard en in de keuken stond Carl met een brede grijns op zijn gezicht een champagnefles te ontkurken.

De kurk vloog tegen het plafond en hij schonk twee groene champagneglazen in die volgens vader het idiootste huwelijksgeschenk ooit waren en die hij slechts één keer had gebruikt. Niet toen Carl of ik werd geboren, maar toen hij de Cadillac had gekocht.

Ik nam een klein slokje terwijl hij de inhoud naar binnen goot.

'Oké,' zei Carl. 'Ik heb met het bestuur gesproken en dit is het plan. Jij koopt de hele emissie voor vijfhonderd kronen per aandeel, alles samen zal dat vijftig miljoen kronen zijn.'

Ik wilde net nog een slokje nemen. 'Kopen? Wel verdomme, we hebben het over een lening! Een lening met een korte looptijd.'

'Jaja, rustig maar. Met het kopen van de aandelen krijg je een optie, maar geen verplichting, om de aandelen na zes maanden terug te verkopen aan Os Spa voor een bedrag van vijfhonderdtien kronen per aandeel. Die zes maanden geven ons meer dan genoeg tijd om nieuwe investeerders te vinden. De tien kronen verschil is voldoende om de rente te betalen aan de bank plus nog een beetje meer. Dit wil zeggen dat hoe het aandeel ook in waarde daalt, je het toch aan ons kunt verkopen zonder verlies te leiden. Als het aandeel meer waard wordt, kun je het aandeel ook houden, als je dat wilt.'

'Dat kan ik niet, over zes maanden heb ik het geld nodig om de achtbaan te bouwen.'

'Ik weet het en aangezien er geen markt is voor de aandelen van Os Spa, stellen we ons voor dat de uitgifte vijfhonderd per aandeel zal zijn en dat we ze weer terugkopen voor vijfhonderdtien. Oké?'

Ik draaide mijn glas rond. 'Het wordt dus gewoon een lening van mij aan het bedrijf?'

'Inderdaad. Je verdient er niet zoveel aan, maar je krijgt in elk geval voor zes maanden dertig procent van de aandelen en je kunt zitting nemen in het bestuur.'

'Dat wordt dan zesendertig procent met de aandelen die ik eerder heb gekregen. Met zoveel zou ik toch bestuursvoorzitter moeten worden?'

Carl lachte. 'Ik geloof dat we die zes maanden wel kunnen overbruggen zonder dat we een nieuwe voorzitter moeten aanstellen, we vinden dat Jo Aas goed werk levert. Wat vind je ervan, grote broer?'

Ik proefde. Eigenlijk hou ik niet van champagne, maar deze smaakte beter dan die ik eerder had gehad. Ik hief mijn glas.

'Ik hou van je!' riep Carl en hij tikte zo hard met zijn glas tegen het mijne dat de champagne erover klotste.

We deden een kant-en-klaarpizza in de oven en ik vertelde over het gesprek met Halden en Fuhr en wat ik daarover dacht. Hij knikte en belde Goebbel en zei dat ik wat spullen op zou sturen.

We aten aan de keukentafel. Carl deed zijn beklag dat hij de champagne alleen moest opdrinken.

'Ik moet rijden,' zei ik.

'Rijden? Je hebt de hele nacht om de alcohol uit je lichaam te krijgen als je met Fuhr om vijf uur hebt afgesproken.'

'Ik moet zo meteen rijden, ik slaap bij Natalie.'

Hij trok een wenkbrauw op. 'Echt? *Threenightstand*? Is ze zo goed in bed?'

Ik haalde mijn schouders op en pakte een van de pizzakorsten die Carl altijd liet liggen.

'We gaan dit weekend naar Krakau,' zei ik.

'O ja? Jullie gaan weer kijken naar de achtbaan?'

'Nee, alleen...'

'Alleen?'

'De oude stad bekijken. Wijn drinken en lekker eten.'

'Dat ga jíj doen?' Hij lachte. Maar het leek of er de laatste dagen iets met zijn lach was gebeurd, die had niet langer de onbezorgde blijdschap die zo aanstekelijk was. Dat was al voor de arrestatie begonnen, dus dat was niet wat hem bezighield. Was het vanwege Mari Aas en het gepieker of ze de sprong zouden wagen om een stel te worden? Was het het huis met alles wat geregeld moest worden en de eeuwige vertragingen? Of was het gewoon het werk, de dagelijkse strijd van het ophouden van een façade terwijl er winst gemaakt moest worden voordat de rode kleur in de boeken niet langer weggepoetst kon worden? Ik had het hem natuurlijk kunnen vragen. Waarom vroeg ik het hem niet? Was er iets tussen ons gekomen wat maakte dat ik het niet kon? Nee, wat zou dat moeten zijn? Dus ik vroeg het.

'Waar pieker je over, Carl?'

Hij keek me nadenkend aan. 'De optelsom,' zei hij. 'De optelsom van alles. Tja, je weet wat ik bedoel, kijk alleen maar wat de druk met jou doet.'

'Wat dan?'

'Dat je denkt dat Kurt Olsen onze telefoon afluistert. Dat is paranoïde en legt een deken over alles.'

Ik knikte. 'Je hebt gelijk. Het gaat erom het hoofd koel te houden.

Voorzichtig zijn zonder in paniek te raken.' Ik keek op de klok en stond op.

'Ga je al weg?'

Het leek of die woorden zomaar over zijn lippen rolden en misschien klonken ze zelfs smekender dan hij wilde. Ik keek in de grote, mooie ogen van mijn broertje en een ogenblik overwoog ik Natalie te bellen en te zeggen dat Carl vanavond behoefte had aan gezelschap.

Het leek of ik hem in de wintertuin kon zien staan toen ik het erf af reed, kon zien hoe zijn gezicht rood kleurde van het achterlicht toen ik het rempedaal intrapte voor de Geitesving.

Toen ik in Natalies armen lag nadat we hadden gevreeën en zij sliep, lag ik wakker en hoorde ik de stem van mijn vader door het huis galmen: 'Wij zijn een gezin. We hebben elkaar en niemand anders. Vrienden, geliefden, buren, dorpsgenoten, de staat: alles is een illusie en geen rooie cent waard als het er op een dag werkelijk op aankomt. Het is wij tegen de rest, Roy. Wij tegen absoluut iedereen.'

24

Toen ik met behulp van de coördinaten de rijksweg verliet en stilstond op een parkeerplaats, was het vijf minuten voor vijf en nog donker. Mijn koplampen vingen Jon Fuhr die met zijn armen over elkaar tegen de enige auto op de parkeerplaats stond geleund. Niet dezelfde auto als de vorige keer, maar een Suzuki Across. In het licht zag ik het logo van Bislet Autoverhuur. Het was een goede plek, er stopten hier zelden auto's. Misschien omdat het hier zo afgelegen en afgezonderd was. Zwarte, loodrechte bergwanden die het uitzicht aan drie kanten belemmerden en een steenhelling achter de vangrail die eindigde bij een saai binnenmeertje. Misschien omdat het nog maar twintig minuten rijden was naar Os waar een parkeerplaats was met kiosk, fraai uitzicht over een meer en een tankstation.

'En?' zei ik toen ik uitstapte en naar beneden keek langs de steile helling en de maan weerspiegeld werd in het zwarte, roerloze water. 'Wilde Halden niet mee?'

'Dat was niet nodig,' zei Fuhr en hij krabde zijn kin. Hij had er sinds de laatste keer een paar puisten bij gekregen.

'Ik wilde je alleen de IBAN- en rekeningnummers geven waar je het geld naar moet overmaken.'

Hij gaf me een papier. Een raaf kraste op de bergwand terwijl ik las.

'Twee rekeningen op de Kaaimaneilanden?'

'Volledige anonimiteit. Daar zijn we alle drie bij gebaat.'

'Dat is goed mogelijk.' Ik vouwde het papier op en wilde het in mijn achterzak stoppen.

'Ik wil het terug hebben,' zei Fuhr. 'De bedoeling is dat je het geld hier en nu overmaakt.'

'Nu?'

'Je hebt je mobiele telefoon toch bij je?' Hij griste het papier uit mijn hand. Hij stond met zijn rug naar de maan waardoor ik de uitdrukking op zijn gezicht niet kon zien.

Ik wreef in mijn handen, het was koud. 'Waarom zo'n haast?'

'Omdat jij verdacht wordt van moord en je geen geld zult kunnen overmaken als je in de bak zit.'

'Jezus,' zei ik. 'Wie heeft je dat verteld?'

'Een paar mannen uit Os die aan de Toddetunnel werken. Ik kan beter zeggen: wérkten. Als de politie jouw handel en wandel onderzoekt dan lopen we ook het risico dat deze zaak ontdekt wordt. Bent vindt dat we ermee moeten stoppen, het geld moeten weigeren en een herzien rapport moeten insturen. Schijt hebben aan jouw dreigementen om ons uit een hotelraam te duwen of wat je ook zei.'

'Ja, want je hoeft niet bang te zijn als ik achter slot en grendel zit, dachten jullie?'

Fuhr gaf geen antwoord. Hij keek naar een langsrijdende trailer.

'Dus,' zei ik, 'Halden is hier niet omdat hij bang voor me is. Jullie dachten dat als ik inderdaad een moordenaar ben, ik jullie dan om zeep zou kunnen helpen nu het rapport uit is en op die manier de twaalf miljoen niet hoef te betalen.'

Fuhr haalde zijn schouders op. 'En ook het risico niet lopen dat we het rapport alsnog herzien. Het is niet ongebruikelijk dat een rapport wordt aangepast.'

'Is dat een dreigement?'

'Nee, een motivatie.' Fuhr ging wijdbeens staan. Hij bereidde zich voor, ik kon geen gebruik maken van het verrassingsmoment zoals vorige keer. Hij maakte ook geen bange indruk. De puisten wezen erop dat hij meer steroïden was gaan slikken waarmee het testosterongehalte was toegenomen, kwam het daarvan? Of was hij bewapend? Verdomme, natuurlijk was hij dat. Er stak iets omhoog achter zijn broekband die onder zijn bomberjack zat. Het kon van alles zijn, maar ik wist dat het om een pistool ging. Mijn hart begon sneller te kloppen.

'Goed,' zei ik. En ik hoopte dat Fuhr niet aan mijn stem zou horen dat ik bang was geworden. 'We hoeven nu niet over onbelangrijke zaken te kletsen.' Ik pakte mijn mobiel. 'Het is slechts een kwestie van een paar toetsen indrukken en dan heb je het geld.'

'Het zijn er meer dan een paar,' zei Fuhr. 'Het gaat om twee overboekingen dus laten we in jouw auto gaan zitten.'

'Twee?'

'Je hebt toch twee bankrekeningen gezien? Er moet zes miljoen op de ene rekening worden gestort en negen op de andere.'

'Uit mijn hoofd is dat vijftien.'

'De prijs is gestegen, Opgard. Zoals gezegd, sinds jij de politie in je nek hebt, is het risico voor ons groter geworden.'

'Zeker zes op Haldens bankrekening en negen op die van jou?'

'Kom, laten we in jouw auto gaan zitten.'

Ik slikte. Het was zo stil, na de trailer was er geen enkele auto langsgereden.

Fuhr bemerkte mijn aarzeling en hij bracht zijn hand naar zijn broekband en leek op het punt te staan zijn pistool te trekken.

Ik voelde de waakzame blik van hem op me terwijl ik naar de auto liep en achter het stuur ging zitten. Fuhr liet zich op de bijrijdersstoel zakken. Er kwam een dwaze gedachte bij me op. Hij had zijn pistool nog niet getrokken dus als ik de auto startte, de portieren afsloot, mijn raampje naar beneden deed en door de vangrail reed, dan kon de auto al volgelopen zijn met water voordat hij kans had te reageren en ik kon aan mijn kant via het raam ontsnappen. Het was zoals gezegd een dwaze ingeving, maar de gedachte aan een aanval was mogelijk af te lezen aan mijn lichaamstaal, want toen ik me naar hem omdraaide, had hij inderdaad een pistool in zijn hand. Een verrekt lelijk ding ook nog.

'Haal je niets in je hoofd, Opgard. Maak alleen het geld over terwijl ik toekijk, daarna gaan we ieder onze eigen weg en spreken we elkaar nooit meer. Klink dat goed?'

Ik knikte en staarde naar de pistoolloop. Een opengesperde mond die een snelle en relatief pijnloze dood beloofde. Had ik daar twee weken geleden naar gestaard, dan was ik ook bang geweest, maar ik had hem ook op een trieste manier welkom geheten. Nu was dat anders. Niet omdat ik een lening had van honderd miljoen, een campingterrein en een rijksweg, maar omdat ik twee vliegtickets naar Krakau had voor minder dan duizend kronen.

'Trouwens,' zei hij. 'Zet je telefoon aan en geef die aan mij.'

Ik deed wat hij zei en keek toe hoe hij de telefoon met zijn ene hand bediende en me ondertussen in de gaten hield. Hij gaf me de telefoon terug. Ik zag dat hij het bericht aan mij met de coördinaten had gewist.

'Ik begrijp het,' zei ik.

'Wat begrijp je?'

'Ik begrijp wat je plan is.'

'Ja, dat heb ik je net verteld.'

'Ja, het deel dat we elkaar nooit meer zullen spreken, is waar.'

Hij legde het papier met de rekeningnummers op mijn schoot. 'Stop met die klotepraatjes van je en toets de nummers in op je telefoon, Opgard.'

Ik verroerde me niet, staarde slechts naar het papier.

'Nu!' riep hij en hij drukte de pistoolloop tegen mijn slaap.

'Ik betwijfel of je me neerschiet voordat ik het geld heb overgemaakt,' zei ik. 'Maar daarna...'

Er reed een bus langs. Daarna werd het weer stil. Het enige wat te horen was, waren twee mannen die ademhaalden in een te krappe cabine. Die nog steeds ademhaalden...

'Toets!' siste Fuhr in mijn oor.

'Toets zelf,' zei ik en ik gaf hem de telefoon.

'Wat?'

'Weet je nog wat ik in Notodden zei, Fuhr? Als je een val wilt opzetten, moet je ervoor zorgen dat de val niet dommer is dan de prooi.'

'Waar heb je het verdomme over?'

'Jouw plan, ik ben er tamelijk zeker van dat het jouw plan is, niet dat van Halden, om met mij af te spreken op een afgelegen plek zonder getuigen en waarvan niet te achterhalen is dat jij er bent geweest. Daarom ben je met een huurauto gekomen en daarom heb je zeer waarschijnlijk je mobiel thuis laten liggen. Klopt dat?'

Fuhr antwoordde niet, hij drukte alleen het pistool harder tegen mijn slaap.

'Je wist natuurlijk het bericht met de coördinaten op mijn telefoon zodat de politie, als men twijfelt of het echt om zelfmoord gaat, dat niet zal vinden. Maar het is natuurlijk niet onlogisch dat iemand die verdacht wordt van een oude moord de makkelijkste weg kiest. De klassieke eenling die nog voor het ochtendgloren, op een verlaten plek, met een pistool de hand aan zichzelf slaat. Ik heb overigens het gevoel dat je de juiste hoek hebt gevonden voor het schot, Fuhr. Ik neem aan dat je een pistool hebt bemachtigd dat niet opgespoord kan worden. Via je oude maatjes in de onderwereld? Daar ben je zo agressief geworden, toch?'

Ik hoorde dat Fuhr het pistool anders vastgreep, alsof hij voelde dat hij zo hard had geknepen dat het melkzuur zich begon te melden in zijn onderarm. Hij strekte zijn vrije hand en stopte iets in mijn jaszak.

'Wat is dat?'

'Een zelfmoordbrief, Opgard, zodat er geen twijfel mogelijk is. Maar het is nog niet te laat. Als je het geld nu overmaakt, dan gaat er niemand dood.'

'O ja? Je denkt toch niet dat ik gek ben? Je hebt die zelfmoordbrief niet geschreven om me te bedreigen, maar om die te gebruiken! Het enige wat me nu kan redden is het geld niet overmaken.'

'Er zijn ergere dingen dan een kogel door je hoofd, Opgard.'

Ik lachte. 'Kijk daar hebben we je, Fuhr. Je bedoelt een beetje martelen? Met de krik? Een mes? Maar dan lijkt het niet meer op zelfmoord, toch?'

‘Wel verdomme!’ Het leek of er bloed naar zijn puisten werd gepompt. ‘Als je het geld niet overmaakt, dan vermoord ik je en dan vermoord ik...’

Zijn adem blies tegen mijn oor en er hing een geur in de auto, een die – als je Amerikaanse thrillers mocht geloven – kwam van angst, testosteron of adrenaline. Eventueel alle drie.

‘Dan vermoord je wie?’ vroeg ik. ‘Want dat is het probleem. Misschien word ik opgepakt voor moord en zo bekeken ben ik niet zo bang om nu dood te gaan. Tegelijkertijd heb ik niemand die meer voor me betekent dan ikzelf. Triest natuurlijk, maar nu is dat mijn geluk.’

Hij slikte. Kreeg controle over zijn ademhaling. Over zichzelf en de situatie, dacht hij.

‘Je begrijpt het niet, Opgard. Het beste is dat we het geld krijgen. Het op een na beste is dat jij verdwijnt, dat deze hele zaak verdwijnt, dat we terug zijn op het punt voordat jij opdook. Begrijp je? Dus ik schiet je over vijf seconden dood als je nu niet begint met overmaken. Als je het geld overmaakt, dan heb je een kans dat ik je niet doodschiet. Waarom pak je die kans niet?’

‘Ik heb in plaats daarvan een aanbod waar je geen nee op kunt zeggen,’ zei ik. ‘Iets wat voor ons beiden de zaak oplost.’

‘O ja?’

‘Ga naar mijn mail,’ zei ik knikkend naar de telefoon. ‘Naar de box “verzonden” en de mail die bovenaan staat, naar Liv Goebbel. Open die.’

Met het pistool nog steeds tegen mijn slaap, hoorde ik hoe Fuhr bezig was. Ik staarde recht voor me uit. Door de voorruit en in het donker. Zag ik het niet goed of kwam er vaag iets grijs aan de horizon aan de overkant van het water? Ik wist dat Fuhr nu de e-mail las die ik de avond tevoren had verstuurd:

VERWIJZEND NAAR HET TELEFOONGESPREK. IN HET GEVAL VAN MIJN DOOD OF ALS IK LANGER DAN DRIE DAGEN WORD VER-

MIST, GEEF IK LIV ALS MIJN ADVOCAAT TOESTEMMING OM NAAR ONDERSTAANDE LINK TE GAAN, DE VIDEO IN DE BIJLAGE TE OPENEN EN DE BETREFFENDE OVERHEDEN OP DE HOOGTE TE STELLEN VAN DE INHOUD. MET VRIENDELIJKE GROETEN, ROY OPGARD

Het duurde een paar seconden voor we onze stemmen hoorden in hotelkamer 333 in het Brattrein Hotel. Fuhr luisterde alles af, inclusief mijn samenvatting aan het eind.

De druk van het pistool verdween en ik keek hem aan. Hij zat met gebogen hoofd naar het telefoonscherm te staren.

'Het goede nieuws is,' zei ik, 'dat wij van Opgard niet onderhandelen. Dus ik zal de twaalf miljoen natuurlijk overmaken. Want het was twaalf, nietwaar?'

Fuhrs ogen lieten het scherm niet los, hij knikte zo langzaam dat je zou denken dat hij ook uit Os kwam.

'Mooi, dan staan we quitte,' zei ik. 'Geef me mijn telefoon dan maak ik het nu over.'

Ik had het natuurlijk moeten zien aankomen, maar ik had kennelijk de feeling verloren voor wanneer mensen toeslaan. Fuhr sloeg. Hij gebruikte zijn pistool en ik zag sterretjes voor mijn ogen toen hij mijn voorhoofd raakte. Bloed liep over mijn ene oog en ik voelde de warmte en proefde de metaalsmaak toen ik mijn tong uitstak.

'Zo,' zei Fuhr en hij gaf me de telefoon. 'Nu staan we quitte.'

Toen Fuhr was vertrokken, bleef ik zitten en ik voelde dat mijn hart bedaarde.

Ik haalde de brief uit mijn jaszak. Hij had het bericht in blokletters geschreven, waarschijnlijk omdat hij niet wist hoe hij mijn handschrift kon vervalsen.

IK HEB GENOEG VAN DIT LEVEN. VAARWEL, OPGARD.

Kort en duidelijk. Ja, ik was in zekere zin geïmponeerd want het klopte behoorlijk met hoe ik het zou formuleren.

'Ik zie eruit alsof een duizendpoot over mijn gezicht loopt,' zei ik toen Stanley Spind me een spiegel voorhield.

'Je hoeft in elk geval geen masker voor Halloween te kopen,' zei Stanley en hij pakte zijn spullen om te hechten bij elkaar. 'Het is maar dat je het weet, Roy, ik geloof niets van dat verhaal dat je tegen een deurpost bent gelopen.'

'Iets beters kon ik niet verzinnen,' zei ik en ik ging met mijn vingers over de verse hechtingen in mijn hoofd.

'Niet aankomen,' zei Stanley, hij ging achter mijn stoel staan om de boel te verbinden. 'Hoe zit dat trouwens met dat verhaal van je arrestatie?'

Stanley kon ik vertrouwen, hij had geen verborgen agenda, wist ik, en was totaal niet geïnteresseerd in alle intrigespelletjes in het dorp. Hij was rechtdoorzee. Hij zei waar het op stond en stelde zonder omwegen vragen over wat hem bezighield. Zoals nu, omdat hij als allochtoon niet zo op de hoogte was van alle dorpsroddels als de autochtonen.

'Tja,' zei ik. 'Valt dit ook onder je beroepsgeheim?'

'Als je dat wilt.'

'Ze hebben bloed gevonden van de vorige politiechef op de Cadillac van mijn ouders. Kurt probeert dat te linken aan mensen die nog leven. Het verhaal dat zijn vader zich van het leven heeft beroofd bevalt hem niet.'

'Ik begrijp het,' zei Stanley. 'Dat doen wij mensen, we verzinnen verhalen die ons beter uitkomen. Dat doe jij toch ook, Roy?'

Ik haalde mijn schouders op. 'We zijn allemaal helden in onze eigen film, of niet?'

'Daar heb je gelijk in. Zo, nu heeft Os eindelijk de eerste inwoner met een tulband.' Stanley maakte het verband vast met een paar krammetjes en ging weer achter zijn bureau zitten. 'Hoe gaat het met de liefde, Roy?'

Ik lachte. 'Zitten er geen patiënten te wachten?'

'Ja, daarom vraag ik het ook.'

‘O?’ zei ik terwijl ik mijn jas van de kapstok pakte.

Hij legde zijn handen achter zijn hoofd en grijnsde. ‘Dit is mijn snelle gezondheidscheck. Mensen die verliefd zijn, zijn in de regel gezond.’

‘Is dat zo? Bestaat daar empirisch onderzoek naar?’

‘Alleen anekdotische bewijzen, maar die zijn wel sterk. Wie is de gelukkige?’

Ik moest lachen. ‘Bedoel je dat je het aan mensen kunt zien?’

‘Ik kan het zien aan de bloeddruk, de hartslag en het oogwit.’

‘Misschien is het omgekeerde het geval. Gezonde mensen zijn sneller verliefd.’

‘Misschien wel,’ zei hij.

‘Hoe zit het met jou en de liefde, Stanley?’

‘We zullen zien, ik ga dit weekend een huttentocht maken.’ Hij schreef iets op een briefje en gaf dat aan mij. ‘Pijnstillers, als je die nodig hebt.’

Ik keek op het briefje. ‘Zeg, ik vraag me iets af. Is het waar dat je tijdens een zwangerschap een vaderschapstest kunt laten doen?’

‘Jazeker. Het DNA-profiel van de baby wordt bepaald door cellen die je met een simpele bloedtest van de moeder vindt.’

‘Geweldig.’

‘Ja, toch?’

Toen ik door de wachtkamer liep zat dakdekker Moe daar. Hij staarde krampachtig in een tijdschrift zonder op te kijken. Hij zal mijn stem wel in de spreekkamer hebben gehoord.

Ik zette mijn voet op de pedaal van de kleine, glimmende afvalbak en liet daar het zware condoom in vallen. Ik huiverde even toen het deksel weer dichtviel.

‘Je hoofd geeft licht in het donker,’ zei Natalie toen ik de slaapkamer in kwam.

‘De onzichtbare man,’ zei ik.

‘Hè?’

'Alleen het verband is te zien. Als ik het verband eraf haal dan ben ik onzichtbaar en kan ik met je doen wat ik wil.'

'Volgens mij doe je al wat je wilt mét verband.'

Ik gleed in de bedwarmte, zij draaide me haar rug toe en duwde haar billen naar achteren. Ik kuste haar in haar nek en ze kirde van plezier.

'Mag ik je iets vragen?' vroeg ik.

'Ik zou ja willen zeggen, maar als je het op deze manier inleidt dan weet ik dat niet zeker,' zei ze en ze stak haar armen naar achteren om me naar haar toe te trekken.

'Het kan wel wachten,' zei ik. 'Of nog beter: laat maar.'

'Nee.'

'Jawel.'

'Nu is het te laat. Kom op.'

'Ik...'

'Shoot!'

'Ben je een keer zwanger geweest?'

Het leek of de stroom uitviel. Ze liet me los.

'Ik weet het niet,' zei ze na een lange stilte.

'Ik weet dat je spijtpillen gebruikte, maar is er een keer geweest dat je het wíst?'

Het kussen kraakte toen ze haar hoofd schudde.

'Is dat iets waar je ooit over hebt nagedacht? Een kind krijgen?'

Ik voelde dat ze verstijfde.

'Nee, nee,' zei ik snel. 'Dat is geen voorstel, ik ben gewoon nieuwsgierig.'

Ze zweeg. Heel lang, en ik had spijt dat ik ons naar gevaarlijk terrein had gebracht.

'Ja,' zei ze.

'Ja? Jij hebt nagedacht over een kind krijgen?'

'Nee, ik wist het.' Ze draaide zich naar me om. 'Dat ik zwanger was. Eén keer.'

'Van...'

'Ja, van hém.'

'Wist hij dat?'

'Ja, hij heeft me naar de dokter gestuurd. Daar heb ik het...' Ze zocht naar een ander woord, maar gaf het op. 'Laten weghalen.'

'Herinner je je of ze toen een bloedtest hebben gedaan?'

Ze keek me aan. 'Nee, waarom wil je dat weten, Roy?'

'Ik weet het niet,' zei ik, ik ging op mijn rug naar het plafond liggen staren. 'Ik weet het eerlijk gezegd niet.'

In de stilte die volgde leek er iets veranderd te zijn in de kamer. Alsof er een ongenode gast in bed was gekropen en tussen ons in was gaan liggen. Ik wist dat ik hem eruit moest schoppen en snel ook, voor de gast hier zijn intrek nam. Ik slikte.

'Ik hou van je,' zei ik.

'Wat zei je?' vroeg ze en ik hoorde verbazing in haar stem.

Ik schraapte mijn keel. 'Sorry voor mijn slechte dictie. Ik heb niet veel getraind op dat woord. Ik zei...'

Haar lippen hielden de rest tegen.

'Au,' zei ik zakelijk toen ze klaar was.

'O, sorry. Je hoofd.'

'Nou ja, zo pijnlijk was het nu ook weer niet,' zei ik en ik trok haar hoofd naar me toe.

'Vooruit met...' mompelde ze na een poosje.

'...de geit,' zei ik.

'Ik wil je in me hebben, maar doe voorzichtig. Eisprong.'

'O nee, ik vertrouw ons allebei niet. We wachten tot Krakau. Poolse condooms zijn vast veel goedkoper.'

Ik voelde dat haar lijf begon te schudden.

'Ik begrijp heel goed dat je nu huilt van vreugde om dat vooruitzicht,' zei ik. 'Ik zou ook graag door mij geneukt willen worden.'

Ze draaide zich op haar zij, nog steeds schuddend van het lachen. Het beste publiek dat ik ooit heb gehad.

'Lach je nu omdat je me grappig vindt of omdat ik een poging doe?' vroeg ik.

'Laten we zeggen een combinatie daarvan,' zei ze en ze streelde me over mijn wang.

Na een poosje steunde ze op haar elleboog en fluisterde ze in mijn oor: 'Dat mag je niet al na twee weken zeggen, weet je dat? Maar goed, ik hou ook van jou.'

Voordat ik in slaap viel, dacht ik dat de dingen op hun plaats vielen. Verdomme zeg, wat vielen ze op hun plaats.

Twee dagen later was alles weer omgedraaid.

25

Het was zaterdagochtend zes uur. Er lag een dun laagje sneeuw op de weg van Opgard naar beneden, langs Nergard tot aan de markt. De temperatuur zou gaan stijgen, maar ik was blij dat de auto al winterbanden had zodat ik niet in een slakkengangetje naar het vliegveld hoefde te rijden.

De laatste dagen waren ontzettend snel voorbijgegaan.

Nadat de vergadering van aandeelhouders de emissie had goedgekeurd, was een snelle bestuursvergadering voldoende geweest om mij als koper te accepteren en het geld – de vijftig miljoen – was door de bank overgemaakt en de aandelen zouden van mij zijn. In elk geval voor zes maanden, dan zou ik ze weer verkopen. Ik had langzaam en aandachtig de emissieovereenkomst en de verkoopoptie doorgenomen. Alles leek nu in orde, maar het was duidelijk: je kon er met zo'n bedrag pijn in je buik van krijgen.

Ik stond voor de Meierigård en zag mijn spiegelbeeld in de deur. Ik stelde vast dat het grootste deel van mijn kuif het litteken bedekte nu ik het verband er gisteren af had gehaald. Ik drukte weer op de bel bij Natalie.

Voordat ik vertrok had ik haar gebeld op haar mobiel en toen ze niet opnam vermoedde ik dat ze laat thuis was gekomen van het personeelsfeest. Ik was om drie uur wakker geworden van Carl die door het huis stommelde. Toen ik wegging ronkte hij als een tweetaktmotor. Maar ik vond het vreemd dat ze niet was wakker geworden van haar wekker. Ik had die een keer gehoord toen ze terugkwam van het kopen van het ontbijt en hij galmde als een schoolbel.

Ik keek op mijn horloge.

De eventuele antwoorden op de vraag 'wat is er verdomme aan de hand?' raasden door mijn hoofd, maar ik duwde ze weg. Behalve eentje. Dat ze was gezwicht en nu stomdronken of totaal buiten westen van een of andere drug in haar huis lag. Ik had er schijt aan dat het een heerlijke dorpsroddel zou worden en belde aan bij de buren. Ik hoorde dat de bel ging.

Na een tijdje klonk er een slaperige stem door de luidspreker van de intercom. Ik legde de situatie uit, dat Natalie niet wakker werd en dat we een vliegtuig moesten halen. De buurman klonk sceptisch, ik had mijn naam gezegd en die werd door de dorpelingen natuurlijk direct geassocieerd met 'verdacht van moord'. Maar toen ik zei dat Natalie op een feest was geweest, begreep hij de situatie en – zoals je kon verwachten in Os – had hij een sleutel van haar appartement. Voor het geval dat.

Ik ging naar de eerste verdieping waar de buurman in een slobberige joggingbroek en een T-shirt met daarop DON'T SUCK klaarstond om de deur van het slot te draaien.

Hij bleef in de gang staan terwijl ik naar binnen ging. Ik weet niet wat ik verwacht had. Maar er was niemand. Het bed opgemaakt. Een paar alternatieven meldden zich natuurlijk, maar snappen deed ik het niet.

Ik reed naar het hotel.

Het meisje van de receptie zei dat ze de hele nacht dienst had gehad en daarom niet naar het personeelsfeest kon gaan. Maar dat ze haar collega's had zien komen en vertrekken. Ze wist heel goed wie ik was, de broer van haar chef en een van de aandeelhouders van het hotel. Toch aarzelde ze toen ik vroeg wanneer Natalie Moe was vertrokken. Ik liet haar het vliegticket met Natalies naam zien, legde uit dat ze niet thuis was toen ik haar op wilde halen. Het meisje bloosde en zei dat Natalie vroeg vertrokken was van het feest, rond halftien, als ze het zich goed herinnerde, en dat ze een taxi had genomen. Ik kon wel raden waarom ze bloosde dus ik vroeg het haar voordat ik te veel raadde.

'Alleen of met iemand samen?'

'Alleen,' zei het meisje.

'Nuchter?'

Het meisje blies haar wangen op en zag er ongelukkig uit. 'Nee.'

Oké, dat betekende dat ze naar iemand was gegaan. Een minnaar? Een vriendin?

'Weet je waarheen?'

'Nee.'

'Welke taxi heeft ze genomen?'

Ze begon te tikken op haar toetsenbord, waarschijnlijk om te zien of er een taxi was besteld.

'Een witte of een rode auto?'

'Een rode.'

'Dan weet ik genoeg... Bedankt.' Ik liep naar buiten en belde Dagur.

Hij nam na twee keer overgaan op. Ik vroeg hem waarheen hij Natalie Moe had gebracht.

'Het spijt me, Roy,' zei hij in zijn zangerige versie van ons dialect. 'Maar dat kan ik je niet zeggen.'

'Het maakt me geen zak uit naar wie ze is gegaan, Dagur, ik wil alleen weten of ze oké is.'

'Begrijp ik, maar dat is beroepsgeheim.'

Ik snoof. 'Dat heb je niet.'

'Jawel, dat weten heel veel mensen niet, maar dat is bij wet geregeld.'

'Wat?'

'Als ik iets zeg, dan riskeer ik straf en intrekking van mijn vergunning. Sorry, maar als je informatie wilt over een klant, moet je dat regelen met Kurt. Ik moet nu ophangen, Roy.'

De verbinding werd verbroken.

'Verdomme!' In woede had ik de telefoon weggesmeten, ik pakte hem op en zag dat het scherm een barst in een van de hoeken had.

Ik ging met mijn duim over de oneffenheden en vroeg me af wat ik moest doen toen de telefoon oplichtte. Ik dacht eerst dat ik dat had gedaan met mijn duim, maar toen voelde ik de trilling. Natalie belde. Het was als het ontwaken uit een nachtmerrie.

'Ja?' Ik riep het bijna. Of nee, ik riep het.

'Roy?' Ze sprak niet met dubbele tong, maar klonk beslist niet goed. 'Het spijt me zo.'

'Waar ben je? Is alles in orde?'

'Ik kan niet naar Krakau, Roy.'

'Dat is helemaal goed. Waar ben...'

'Maar ik vind dat jij moet gaan.'

Ik stopte. 'Jij vindt... Waarom zou ik alleen gaan?'

'Omdat... omdat ik niet met je mee kan.'

Ik luisterde of ik geluiden hoorde waaruit ik kon opmaken waar ze was.

'Ik begrijp dat het gisteravond uit de hand is gelopen,' zei ik. 'Dat kan gebeuren. Maar dan gaan we een andere keer. Niets aan de hand. Echt niet.'

'Jawel,' zei ze. 'Er is wel wat aan de hand.' Ik hoorde dat ze bijna huilde, misschien dat ik daarom zin had om een potje te gaan janken.

'Niet als jij verder in orde bent,' zei ik. 'Ik ben hier met de auto, zal ik je ophalen?'

'Nee,' zei ze fel. Te fel.

'Oké,' zei ik. 'Oké, het lijkt erop dat je nu geen behoefte hebt aan gezeur van mij. Klopt dat?'

Ze gaf geen antwoord.

Ik liet lucht ontsnappen uit mijn longen. Ik voelde me een verrekte angsthaas. 'Natalie? Bel me als je je beter voelt. Of... ja, bel me.'

'Roy?'

De manier waarop ze mijn naam uitsprak stond me helemaal niet aan, alsof het de aanzet was van iets ergers. 'Ja?' dwong ik mezelf te zeggen.

'We kunnen elkaar niet meer zien.'

Ik slikte. Ineens was het of ik toch niet wakker was geworden uit een nachtmerrie.

'Waarom niet?' vroeg ik zacht. 'Je zei toch dat je...' Ik maakte de zin niet af.

'Vergeet wat ik heb gezegd, Roy. Oké? Vergeet alles. Het is allemaal mijn fout. Míjn fout. Goed?'

'Maar...'

'Geen gemaar, Roy. Ik hang nu op.'

'Is er een ander, is dat het?'

Ik hoorde haar aarzelen.

'Laten we zeggen dat het allemaal aan mij ligt, oké? Het gaat niet om iemand die iets te betekenen heeft.'

'Als die persoon niet belangrijk is, dan komt het goed, Natalie. Ik meen het. Ik ben een volwassen man. Shit happens, ik weet het. We kunnen erover praten.'

'Nee! Nee, dat kunnen we niet. Het spijt me.'

'Of er niet over praten. We kunnen...'

'Luister naar me, Roy!'

Ik vond dat als iemand het recht had om te schreeuwen in de telefoon, dat ik dat was. Maar ik voelde de behoefte niet.

'Ik luister,' zei ik.

Ze haalde twee keer adem, diep en bevend.

'Je moet me één ding beloven.'

'Ja?'

'Dat je niet bij me langskomt. Beloof je dat?'

Ik slikte en slikte. Ik bewoog mijn tong, bewoog mijn wangen en lippen om drie zielige woorden te kunnen fluisteren: 'Dat beloof ik.'

Een angsthaas, een lafaard. Ibsen heeft zo'n personage zo goed beschreven in *Vijand van het volk*. Rita Willumsen had het keer op keer aan hem voorgelezen. Er zat geen mannelijke moed in Aslaksen.

'Bedankt,' zei Natalie en ze hing op.

Ik bleef op de parkeerplaats staan en ontdekte dat ik bijna op dezelfde plek stond waar ik op mijn knieën had moeten gaan voor Kurt Olsen toen hij me arresteerde. Ik had zin weer op mijn knieën te zakken. Was dit echt gebeurd? Welke duivel vond het leuk om zo'n spel met me te spelen? Dit moest mijn straf zijn. De straf voor zeven moorden.

'Hé, zit jij niet in een vliegtuig?' vroeg Egil vanachter de balie toen ik het tankstation in kwam gelopen.

'Geannuleerd,' zei ik terwijl ik doorliep.

'Vanwege de mist?'

Ik spreidde mijn armen op een manier dat hij daar alle kanten mee op kon. 'Ik ga wat administratie doen,' zei ik. 'Roep me maar als je hulp nodig hebt.'

'Ja.' Egil keek me na met een blik of ik een bom was die elk moment kon ontploffen.

Werken was altijd mijn medicijn geweest tegen melancholie. Zoals de meeste medicijnen zorgde het niet voor genezing, het dempte alleen de verschijnselen. Zolang ik mijn aandacht kon richten op lichamelijk werk, het schoonmaken van de wasstraat bijvoorbeeld, of op denkwerk zoals de boekhouding, dan had mijn hoofd minder ruimte om zinloos te piekeren over *matters of the heart*, zoals ze dat noemen.

In de achterkamer hing ik mijn caban op naast Egils leren jas met daarop afgebeeld twee gekruiste beenderen in een cirkel en in gotische letters: LID&EVENSEN MC CLUB.

Ik ging aan het smalle bureau zitten dat bijna bezweek onder de stapels papieren, schoof de samples en het kapotte koffiezetapparaat aan de kant en begon te bladeren in de papieren met de cijfers van het laatste kwartaal die ik nog niet had doorgenomen.

Ik was in de war. Het is niet zo dat ik een enorme mensenkenner ben. Nee, ik geloof dat de meeste mensen zouden zeggen dat Roy Opgard een eenvoudige, praktische man is die eenvoudige, praktische oplossingen zoekt. Misschien zat daar het probleem, ik had niet het talent te begrijpen hoe de hersenen – of het hart – van mensen als Natalie werken.

Ik smeet de kwartaalcijfers weg.

Want het was niet waar dat ik mensen niet begreep. Het was net als met lezen, ik was dyslectisch en ik maakte af en toe fouten, maar ik kón verdomme lezen. Dus wat hield ze voor me geheim? Als Natalie onder invloed de nacht had doorgebracht met een andere vent, iemand met wie ze niet van plan was iets serieus te beginnen, so what? Ze schaamde zich, dat was duidelijk. Het was natuurlijk mogelijk dat ze vond dat ze me ontrouw was geweest. Ontrouw? Verdomme, we waren nog helemaal geen officieel stel! Het kon ook zijn dat ze vond dat in een half verdoofde toestand een nummertje maken wat haar betreft betekende dat ze niet klaar was voor een vaste relatie waar ze met mij naar op weg was. Toch? Nee, het was net als met de kwartaalcijfers, het klopte niet! Ze had gewoon met me kunnen praten en alles uit kunnen leggen, dat ze geen vaste relatie wilde. Geen drama of hysterisch geschreeuw door de telefoon.

Dus wat was er gebeurd? Toen ze zei dat ze van me hield, had ze dat niet gemeend? Ik had het niet alleen gelóófd, ik had het gevoeld! Maar dan klopte de rest niet, dat was gewoon zo.

Ik sloot mijn ogen en beet mijn kiezen op elkaar. Ik onderdrukte mijn gedachten. Toen ik mijn ogen weer opende, trok ik de kwartaalcijfers weer naar me toe, zette mijn vinger op de eerste kolom, haalde diep adem en begon te zoeken naar de fout.

Het was tien uur en ik was bijna klaar met het doornemen van de boekhouding van de laatste drie maanden toen ik verstijfde. De deur stond open en vanwaar ik zat was er slechts een dun wandje tussen mij en de toonbank. Ik hoorde een bekende stem. Die van Natalie.

Ik hoorde niet wat ze zei, maar ik hoorde wel een zachte plof op de toonbank en Egils heldere, duidelijke stem: 'Driehonderdveertien kronen.'

Er is maar één artikel in het tankstation dat driehonderdveertien kronen kost en dat hebben we achter de toonbank. De EllaOne-spijtpil.

Ik greep de rand van mijn bureau vast en kneep mijn ogen en mond stevig dicht. Ik kneep zo hard alsof ik me moest vastklampen. Ik had het gevoel onder water te worden getrokken, de stroom nam me mee, naar haar toe, waar ik mijn mond opende om iets te zeggen, maar er kwamen alleen luchtbellen en zij staarde naar me en zag hoe ik verdronk.

Pas toen ik de pling hoorde ten teken dat ze was vertrokken, hapte ik naar adem en begreep ik dat ik mijn adem had ingehouden. Ik liet me voorovervallen op het bureau om weer tot mezelf te komen. Ik stond op om in de winkel een kop koffie te halen. Terwijl ik bij de automaat stond, keek ik uit het raam. De sneeuw was weggedooid, maar het mistte nog steeds flink. Ik zag nog net Natalies rug terwijl ze over het voet- en fietspad naar de markt liep. Ze liep langzaam en kromgebogen, droeg een veel te grote parka die ik nog nooit had gezien. Of had ik dat wel? Toen verdween ze in de mist.

Egil staarde aandachtig naar zijn telefoon.

'Het pistool van pomp twee hangt niet goed,' zei ik.

'Ik zal even kijken,' zei hij en hij keek me aan. Zijn gezicht had een neutrale uitdrukking alsof hij melk en brood aan Natalie had verkocht en geen spijtpil. Misschien niet zo vreemd, want ik had hem niet verteld dat ik met iemand naar Krakau zou gaan en hij had waarschijnlijk ook niet gehoord dat Natalie en ik iets hadden samen. Of hij had dat wel en hij nam aan dat Natalie en ik onvoorzichtig waren geweest, no big deal. Ook best. Ik liep terug naar de achterkamer en ging weer verder. Nog steeds had ik die verdomde fout niet gevonden.

Even voor twaalven hoorde ik een stem met een IJslands accent bij de toonbank.

'Ik hoorde dat jij en Børge naar een motorclubmeeting zijn geweest?'

'Ja,' zei Egil. 'Pomp één. Zevenhonderdzestig kronen.'

'Ik hoop dat het rustig publiek was. Op IJsland zijn ze helemaal losgeslagen. Hells Angels, Bandidos, Outlaws, ze komen allemaal.'

'Naar IJsland? Waarom?'

'Iedereen wil koning van iets zijn, snap je. Heb je al een motor?'

'Nog niet, er is zo weinig aanbod.'

'Klopt. Zou je interesse hebben in die van mij? Ik moet zoveel taxiritten maken sinds het hotel hier is dat ik nauwelijks tijd heb om motor te rijden. Ik vraag er een schappelijke prijs voor.'

'O ja? Ik heb je motor gezien, maar is hij in goede staat?'

Dagur begon aan een uitleg die wel een tijdje zou duren.

Ik stond op en liep de achterdeur uit naar de parkeerplaats tussen het tankstation en de werkplaats. Daar stond mijn Volvo. Ik liep om het gebouw recht op de rode Mercedes af die bij pomp één stond. Na een snelle blik op de winkel en de rug van Dagur ging ik achter het stuur zitten.

Niet dat ik een computerracer ben, maar ik had weleens een taxi in Os genomen en gezien dat de ritten op het display onder de radio te zien waren. Ik tikte op het scherm dat direct geactiveerd werd. En voilà, daar stonden de nachtritten. Inclusief het startpunt, het aantal kilometers en de prijs. Er waren er meerdere met Os Spa als vertrekpunt, maar slechts eentje rond halftien, om 21.23 uur om precies te zijn. Het aantal kilometers vertelde me dat de rit langer was dan van Os Spa naar de Meierigård. Maar niet wat het eindpunt was. Ik tikte op de balk met de rit om te kijken of er nog meer informatie kwam. Dat was het geval. Niet waar de rit naartoe ging, maar wel informatie over de betaling.

Natalie Moe had niet voor de rit betaald.

Ik huiverde toen ik het zag.

Achter het creditcardnummer stond de naam Anton Moe. De dakdekker. De vader. Ineens wist ik waar ik de parka eerder had gezien. Anton Moe had hem gedragen.

De misselijkheid kwam zo snel opzetten dat ik bijna moest overgeven. Ik opende mijn mond, kon niet ademhalen door mijn neus, sloot mijn ogen en opende ze weer. Als dit een nachtmerrie was dan zat ik daar nog steeds in gevangen. Ik tikte op de toets beginscherm en stapte uit de auto.

'Jezus, dat is een service!' riep Dagur toen hij enkele seconden later uit de winkel kwam gelopen. Ik ging met een spons met sop over zijn voorruit.

'Goede klanten krijgen goede service.' Ik gooide nog wat water op de ruit en ging verder met de wisser.

Dagur kwam naast me staan. 'Het spijt me dat ik je vanmorgen niet kon helpen, Roy. Is het probleem opgelost?'

Hij had een dikke baard en vriendelijke, bruine ogen. Het bestaat niet dat alle IJslanders goede, vriendelijke mensen zijn, maar ik moet de eerste die dat niet is nog tegenkomen. Dat kon natuurlijk ook liggen aan het feit dat ik er maar drie had ontmoet.

'Het is opgelost,' zei ik. 'Natalie werd dronken op het feest en ze was heel verbaasd toen ze wakker werd in het huis van haar vader.'

Dagur lachte. 'Ja, ik dacht dat ik haar daar het beste naartoe kon rijden.'

'Jíj dacht dat dat het beste was?'

'Ik weet natuurlijk dat ze aan de Meierigård woont, maar ik vond dat iemand op haar moest letten in die toestand.'

Ik keek hem aan. 'Dat was verdomde zorgzaam van je, Dagur.'

Hij lachte vriendelijk. 'Geen probleem. We wonen in een klein dorp en dan passen we op elkaar, of niet?'

'Klopt,' zei ik. 'Ik begreep dat Anton naar buiten kwam om jou te betalen en haar naar binnen te helpen?'

'Yep,' zei Dagur. 'Ze was helemaal van de wereld. Ik moest ook helpen, maar hij was niet kwaad, hij hielp haar zoals een goede vader doet. Een prima kerel, die Anton. Ik...'

Dagur stopte en leek te beseffen dat hij beroepsgeheim had.

'Jaja,' zei hij. 'Bedankt voor het schoonmaken van de ruit.'

Hij ging in de auto zitten en ik duwde de ruitenwissers weer op hun plaats. Ik trok een stuk van de papierrol en droogde de wisser af terwijl ik de rode Mercedes in de richting van de markt zag rijden.

Zeven moorden.

Ik had zeven moorden op mijn geweten.

Ik had gehoopt dat het daarbij bleef.

26

'Ik moet die verdomde fout vinden,' zei ik.

'O?' Egil keek vanachter de toonbank naar me en ik vulde mijn kopje weer bij het koffieapparaat.

'Ik word er gek van. Nu sluit ik me op in de achterkamer en ik wil niet gestoord worden. Door niemand. Oké?'

Egil keek me lichtelijk verbaasd aan, maar knikte.

Voordat ik naar de achterkamer liep, zette ik de muziek in de winkel luider.

'Mooie muziek,' loog ik.

In de achterkamer draaide ik de deur naar de winkel op slot en trok mijn jas aan. Toen ik mijn mobiel in de bureaula wilde leggen, zag ik dat ik een gemiste oproep had van Kurt Olsen. Ik aarzelde even. Heel even maar. Ik liep de achterdeur uit naar de werkplaats. Draaide de deur van het slot en ging naar de smeerput. Achter de tractor stond een fiets waarop ik als tiener heen en weer naar Opgard had gereden. Soms hadden we de tijd opgenomen in wat Carl en ik Tour de Opgard hadden genoemd. Ik fietste in de zomer nog weleens naar een van de mooie badplaatsen langs het Budalsvann. Of was dat al heel lang geleden? Ik kon me niet herinneren wanneer de laatste keer was geweest.

Ik pakte een nijptang van de wand met gereedschap en een paar handschoenen en knipte de ketting van de fiets door. Ondertussen dacht ik aan het gesprek dat ik indertijd met Moe had gehad in zijn keuken, toen ik hem had gezegd wat ik zou doen als hij zijn dochter nog een keer aanraakte.

'Hoe ben je dan van plan me te vermoorden?'

'Je morsdood te slaan. Dat is toch een passende Bijbelse straf?'

Ik wond een poetsdoek rond mijn knokkels, draaide de fietsketting een aantal keren om mijn hand en balde mijn vuist. Jazeker, het was Bijbels.

De ketting stopte ik in mijn zak. Ik liep de mist in, stapte in de auto en startte met zo min mogelijk geluid de motor zodat Egil me niet zou horen.

Ik nam de rijksweg naar het oosten zodat hij me ook niet kon zien. Bij een platform waar lang geleden melkbussen hadden gestaan sloeg ik af en keerde. Toen ging ik naar het westen. Ik reed over de markt en door de mistflarden zag ik licht branden op de eerste verdieping van de Meierigård. Dat licht was niet aan geweest toen ik een paar uur eerder voor de deur had gestaan.

Goed, dan was Natalie buiten de vuurlinie. Ik reed verder naar het westen.

Het kwam me goed uit dat er een dichte mist hing. Met dit zicht waren er niet veel mensen die met zekerheid konden zeggen dat ze mijn auto voorbij hadden zien komen. Goede timing dus. Aan de andere kant was er dat telefoontje van Kurt. Wat wilde hij nu weer? Iemand vermoorden als de politie naar je op zoek is, was wel een slechte timing. Misschien dat ik daarom begon na te denken over mijn besluit.

Of kwam het doordat een uitspraak van vader toen hij me leerde boksen me ineens te binnen schoot?

'Wie woedend wordt, heeft verloren,' zei hij altijd. Dat was ook het voordeel geweest als ik op de dorpsfeesten tegenover de kerels stond die Carl in elkaar wilden slaan omdat hij met het verkeerde meisje had geflirt. Zij waren woedend, ik was kalm en koud.

Maar nu was ik het die woedend was.

Ik minderde vaart. Zei tegen mezelf dat ik eerst goed moest nadenken. Zelfs in deze mist was het verrekte moeilijk om weg te komen met moord als ik rechtstreeks naar het huis reed van die vent en hem doodsloeg. Vooral in een dorp waar slechts één man woonde die al verdacht werd van moord.

Ik ging nog langzamer rijden.

In hetzelfde schuitje.

Juist. Ik kon Moe op dezelfde manier straffen als de vorige keer, alleen harder. Ik kon hem echt verwonden. Een lijk kan zich niet verdedigen, maar dat zou Moe wel moeten doen als hij niet wilde dat ontdekt werd dat hij zijn dochter sodomiseerde. Hoewel ik wist dat ik nu mijn hoofd koel moest houden, kon ik de beelden niet stoppen van een bewusteloze Natalie die in haar bed lag met haar jurk opgetrokken tot haar buik en haar vader op haar. Ik zag voor me hoe ze de volgende ochtend wakker werd, alleen, naar beneden keek en begreep wat er was gebeurd. Wat er weer was gebeurd. Alleen deze keer was het haar eigen schuld. Ja, ze voelde zich zo schuldig dat ze me niet onder ogen kon komen of aan me kon vertellen wat er was gebeurd. Ze meende dat ze beschadigd was, pure, echte liefde niet waard. Hoe wist ik dat? Nou, omdat ik zelf ook beschadigd was.

Ik merkte dat ik weer harder was gaan rijden en ik liet het gaspedaal los.

'Wie woedend wordt, heeft verloren,' fluisterde ik tegen mezelf en ik trachtte de beelden weg te duwen.

'Beschadig hem nu, later kun je hem doden.'

De boerderij van Moe lag op vlak terrein, zo'n vier kilometer ten westen van de markt, aan de overkant van de rijksweg. Ik sloeg af en reed langzaam over de grindweg naar de woning en de schuur. Door deze dichte mist en enkele honderden meters tussen de akkers en de naaste buren kon ik ervan uitgaan dat er geen getuigen zouden zijn.

Ik parkeerde tussen de schuur en de woning en stapte uit.

Er brandde licht in de keuken en de bestelbus stond in de schuur waarvan de deur wagenwijd openstond. Hij was thuis, geen twijfel mogelijk.

Ik liep het trapje voor het huis op en klopte op de deur.

'Zoek je iemand, Opgard?'

Ik draaide me langzaam om.

Moe – met zijn hoofd als een zandloper – stond in de deuropening van de schuur. Natalie had gelijk, het geweer van haar vader was een Remington. Hij hield het op borsthoogte, gericht op mij.

'Ik zoek jou,' zei ik. 'Ik hoopte dat je me niet aan zou zien komen.'

'Nee, maar geluid in de mist draagt ver, snap je. Ik denk trouwens dat je op zoek bent naar Natalie, niet naar mij.'

'Alleen naar jou,' zei ik. 'We hadden een afspraak, weet je nog?'

'Ik heb begrepen dat jij achter haar aan zit,' zei hij. Zijn stem piepte en kraakte als een niet gesmeerd scharnier en de plukjes haar dansten rond zijn hoofd hoewel ik geen wind voelde. 'Dat verklaart waarom jij er toen zo op gebrand was dat ze het huis uit ging. Jij wilde haar hebben, ze moest alleen wat voller worden en twintig jaar worden.' Hij stapte uit de deuropening in het fletse licht van een lamp. 'Klopt dat, Opgard?'

'Nee,' zei ik hees.

'O jawel,' zei hij. 'Maar Natalie is een slimme meid dus dat gaat niet gebeuren. En weet je? Ik heb er genoeg van steeds over mijn schouder te moeten kijken en te bedenken wat jij nu weer van plan bent. Jij bent een verrekte moordenaar, hoorde ik.'

Ik slikte. Het doet iets met je lichaamsfuncties als je onder schot wordt gehouden en dit was al de tweede keer in korte tijd.

'Kom,' zei Moe en hij knikte naar de schuurdeur. 'We gaan hier naar binnen.'

Ik verroerde me niet.

'Zoals je wilt,' zei Moe en hij legde het geweer tegen zijn wang.

Ik liep het trapje af.

'Naar binnen,' zei Moe en hij deed een stap naar achteren zodat hij op veilige afstand van me stond. Hij herinnerde zich kennelijk die snelle rechtse van mij van de vorige keer.

Ik liep naar binnen en ging bij de bestelbus staan.

'Verder naar achteren,' zei Moe en hij wees met de geweerloop.

Ik deed wat hij zei. Liep naar wat ooit een varkenskot was geweest.

Moe liep langs me waardoor hij achterin kwam te staan en ik met mijn rug naar het daglicht stond. Het begon me te dagen wat hij van plan was. Wel verdomme, hij ging me doodschieten. Mijn mond was zo droog dat ik het twee keer moest proberen voor ik geluid kon produceren. 'Hoe ga je dat naderhand uitleggen, Moe?'

'Laat dat maar aan mij over,' zei hij. 'Als ze hier een vuile moordenaar vinden met een mes in zijn hand, dan begrijpen ze dat het zelfverdediging was.'

Het waren werkelijk zinnige woorden die hij zei. Het was een kwestie van na mijn dood een mes in mijn hand drukken en dat was ook de reden dat hij achterin was gaan staan. Nu leek het of ik hem in een hoek had gedreven, hem geen keuze had gegeven. Hij hield zijn hoofd iets schuin zodat hij precies over de loop keek. Hij zou goed zijn best moeten doen om nu niet raak te schieten, maar ik nam aan dat hij zo precies mikte omdat het een hoofdschot moest zijn. Dan wist hij zeker dat ik bleef liggen op deze plek en voor de technische recherche zou het reconstrueren van wat er was gebeurd eenvoudig zijn. Zijn vinger spande zich rond de trekker.

Omdat hij mikte op mijn hoofd en ik tegen het licht in stond, zag hij niet dat mijn hand naar mijn jaszak ging, ik pakte de fietsketting en trok die uit mijn zak. Ik zwaaide mijn arm langs mijn zij en toen omhoog. Ik wist dat een fietsketting met honderdzestien schakels honderdachtenveertig centimeter lang was, en mijn gestrekte rechterarm zeventig centimeter, en dat het daarom niet uitmaakte hoe lang de loop van de Remington 700 CDL was.

Er klonk een ratelend geluid toen de ketting een paar maal rond de loop draaide. Ik trok mijn arm naar me toe. Het geweer werd uit de handen van Moe gerukt op het moment dat het schot afging en al voordat het geweer de grond raakte besefte ik dat ik geraakt was in mijn been.

Ik heb gelezen dat een schotwond niet bijzonder veel pijn doet. Ik heb ook gelezen dat je het niet moet geloven als je leest dat een schotwond niet bijzonder veel pijn doet. Ik kan zeggen dat het bijzonder veel pijn deed. Maar niet zoveel dat het me niet lukte de ketting en het geweer naar me toe te trekken voor Moe, die een stap naar voren deed, daar kans toe zag.

Wat er daarna precies gebeurde staat me niet helder voor de geest.

Wat ik me herinner is dat Moe naar de deur rende en dat ik de pijn in mijn been verbeet en achter hem aan ging. Kort daarna lagen we beiden naast de bestelbus op de grond. Ik wist bovenop te komen, ging op zijn borst zitten en zette mijn knieën op zijn armen, haalde de poetsdoek uit mijn zak, draaide de poetsdoek en de ketting om mijn hand en begon te slaan. In het begin niet zo hard, ik moest er even in komen. Daarna volgt er een gat in mijn geheugen. Ik herinner me dat ik naar zijn tronie keek – dat wil zeggen, wat er nog van over was –, het is niet fraai hoe een ketting de huid openscheurt en kapotmaakt. Het leek op de snuit van Dog en ik dacht hetzelfde als toen. Dat ik die stakker uit zijn lijden moest verlossen. Dog piepte voordat ik hem doodde en nu piepte Moe ook. De blinde razernij gleed van me af en ik ging door, niet om hem nog meer pijn te bezorgen, maar om de pijn te stoppen. Ik sloeg en sloeg tot er niets meer te slaan viel, tot ik de plankenvloer ónder zijn hoofd tegen mijn knokkels voelde.

Daarna werd het een poosje zwart.

Het volgende wat ik me kan herinneren is dat ik naar Moe keek die gestopt was met ademhalen en dat mijn been nu vreselijk veel pijn deed. Het bloed liep over de rand van mijn schoen en trok in de ruwe planken. Daardoor kwam ik bij zinnen. Want het was mijn bloed op de plaats delict en dat betekende twintig jaar gevangenisstraf.

De vluchtreflex schoot door mijn lijf, trok aan me en ik probeerde de raad van de amygdala te negeren en te luisteren naar wat de rest van mijn hersenen had te zeggen. Die zei dat ik een keuze had. Ofwel schijt hebben aan alles, weggaan om later opgepakt te worden. Ofwel hier blijven, constructief nadenken en doen wat ik moest doen, maar wel het risico lopen dat ik op heterdaad werd betrapt. Want het was immers zo: geluid draagt ver in mist, zoals Moe had gezegd, en de buren aan weerszijden hadden vast het schot gehoord. Als ze hier niet naartoe kwamen, dan zou Kurt Olsen er over een minuut of tien zijn als hij was gebeld. Kort samengevat: als ik vluchtte zou de uitkomst zeker catastrofaal zijn, als ik bleef waarschijnlijk catastrofaal. Dus ik koos het laatste.

Ik keek rond. Moe had een werkbank met een mooie verzameling gereedschap aan de muur en vast ook in de kist op de grond. Het eerste wat ik deed was een rol ducttape pakken die daar lag, mijn broek optrekken en de tape een paar keer stevig rond het bloedende gat te wikkelen. Aan de andere kant van het been zat geen gat, dus de kogel was mogelijk gestuit op bot.

Ik keek weer naar de werkbank. Hamers, tangen, zagen. Tegen de muur leunden vier autobanden en erbovenop lag een krik. Moe zelf, of het lijk van Moe, deed me denken aan schilderijen van Pablo Picasso die Rita Willumsen me had laten zien, waarop de gezichten volledig waren verbouwd. Rita zei dat Picasso het surrealisme gebruikte om de werkelijkheid realistischer te schilderen dan de werkelijkheid zelf. Dat was precies wat het was: surrealistisch en tegelijkertijd verrekte realistisch.

Ik besefte dat ik dat moest doen: een schilderij maken. Een beeld dat realistischer leek dan het zieke wat zojuist was gebeurd.

27

Het schilderij was bijna klaar.

Toen ik wegreed van de boerderij van Moe, keek ik op mijn horloge. Het was veertig minuten geleden dat ik dakdekker Anton Moe had gedood en er was nog steeds sprake van dichte mist. Gelukkig, want volgens het weerbericht zou de mist in de loop van de dag optrekken. Ik had weer een onbeantwoorde oproep van Kurt Olsen.

Acht minuten later reed ik langs het tankstation, keerde om bij de oude verzamelplaats van de melkbussen, reed terug, sloeg af en uit het zicht van Egil parkeerde ik achter het tankstation. Ik stapte uit, voelde de pijn door mijn linkerbeen schieten, keek naar de kapsalon van Grete en hoopte dat ze op zaterdag te veel te doen had om de hele tijd uit het raam te kijken. Ik draaide de deur van de werkplaats van het slot, opende een van de flessen van Fritz-wasstraatreiniger, liet de fietsketting erin zakken en draaide de dop er half op zodat de fles niet zou exploderen door de chemische reactie. Ik wist niet hoelang het duurde voor metaal oploste. Het had dagen geduurd voor alle beenderen van de oude politiechef waren opgelost. Aangezien ik ook niet zeker wist hoe de reactie zou gaan, legde ik de fles in de schepbak van de tractor en zette de bak in de hoogste positie. Toen liep ik naar buiten, sloop naar de achterkamer van het tankstation, knoopte mijn caban open, klopte het stof van de schouders, draaide de deur naar de winkel van het slot en liep naar binnen. Ik liep naar het rek met pijnstillers en pakte een doosje paracetamol.

'Is het je gelukt?' vroeg Egil, opkijkend van zijn telefoon.

Hoewel ik het betwijfelde dat Egil me zo kalm en koud mededeelde dat hij me had ontmaskerd, moest ik toegeven dat mijn hart een keer oversloeg.

'Heb je de fout gevonden?' voegde hij eraan toe.

'Misschien,' zei ik. 'Maar ik moet ervandoor.' Ik deed mijn jas weer dicht terwijl ik naar de deur liep.

'De politiechef heeft trouwens naar je gevraagd.'

Ik verstijfde. Als Kurt Olsen hier was geweest, hadden ze op de deur geklopt en ontdekt dat de auto en ik weg waren, samen met mijn alibi.

'Ik zei dat je hier was, maar dat je bezig was met iets,' zei Egil. 'Ik heb gezegd dat ik je zou vragen hem terug te bellen.'

Ik haalde opgelucht adem. 'Dus hij belde alleen maar?'

'Ja.'

'Goed, we spreken elkaar.'

'Je loopt mank,' zei Egil.

'Ik heb me vanmorgen in mijn been geschoten,' zei ik.

Egil grinnikte en concentreerde zich weer op het scherm van zijn mobiel.

Ik liep naar buiten, om het gebouw heen naar de achterkant, ging in mijn auto zitten waar ik net uit was gestapt, nam vier paracetamols in zonder water en reed weg. Dat met Olsen was een *close call* en Grete was natuurlijk een potentiële getuige, maar als ik het schilderij klaar had zou ik hopelijk geen alibi nodig hebben.

Negen minuten later stopte ik op het erf van Opgard. De auto van Carl was weg, hij zou wel in het hotel zijn. Ik strompelde de keuken in, opende de la met onze verbandspullen en vijf minuten later had ik mijn been verbonden, dat al behoorlijk dik was geworden. Ik pakte het Remington-geweer van de muur, laadde het, trok het luik omhoog en liep de trap af naar de koude, vochtige aardappelkelder van anderhalve meter hoog. Ik deed het luik boven mijn hoofd dicht om het geluid nog meer te isoleren. In het donker vuurde ik een schot af op een van de zakken hout die daar lagen.

Toen ik weer naar buiten liep, zag ik dat de mist bezig was op te trekken, slechts enkele flarden zeilden langs de blauwe hemel boven me. Verdomme, ik was te laat.

Maar toen ik om het woonhuis heen liep, zag ik dat er nog dichte mist in het dal hing. Ik liep zo snel ik kon met mijn manke been naar mijn auto.

Op de rijksweg stond ik bij de weg naar de boerderij van Moe even stil, je kon nog steeds niet de boerderij of de buren zien. Het was stil, niets wees erop dat er alarm was geslagen.

Langzaam reed ik over de grindweg en op het erf parkeerde ik. Ik liep de schuur in, langs de bestelbus en Moe, zonder naar het lijk te kijken, terwijl mijn hart als een heimachine in mijn borst tekeerging.

Toen ik weer naar buiten liep en in mijn auto wilde gaan zitten, bleef ik ineens staan en keek naar het woonhuis. Had ik de deurklink aangeraakt? Ik strompelde naar de deur en veegde het messing schoon met de mouw van mijn jas. Drukte de klink naar beneden. De deur was uiteraard niet op slot, daar was geen reden voor. Ik aarzelde even. Toen liep ik naar binnen. Bij de trap naar de eerste verdieping hing een borduurwerk aan de muur. Ik las de tekst: WANT WAT BAAT HET EEN MENS DE GEHELE WERELD TE WINNEN EN AAN ZIJN ZIEL SCHADE TE LIJDEN?

Ik keek omhoog naar waar het gebeurd moest zijn. Toen begon ik aan de traptreden.

Er waren twee slaapkamers, met elk een bed dat niet was opgemaakt.

Ik trok het dekbed weg, eerst van het tweepersoonsbed en daarna van het eenpersoons. Er zat geen bloed op de lakens. Maar het kon ook beneden op de bank zijn gebeurd, voordat ze midden in de nacht wakker was geworden en op eigen kracht naar haar kamer was gegaan. Ik sloot mijn ogen en dacht na. Dacht dat het jammer was dat ik Anton Moe al had vermoord, want nu kon ik het niet nog een keer doen.

Toen ik mijn ogen weer opende, merkte ik dat het buiten lichter was geworden.

Twee minuten later was ik weer op de rijksweg.

De pijn klopte in mijn been. De doktersport was op zaterdag gesloten, dus ik belde het privénummer van Stanley Spind. Een vrouwenstem meldde dat het nummer niet bereikbaar was en ik herinnerde me dat hij dit weekend een huttentocht zou maken.

Het natte asfalt glom, de zon stond op het punt door de mist te branden.

En na honderd meter te hebben gereden was dat precies wat er gebeurde. Plotseling baadde ons dorp in zuilen van licht die door de gaten van het wolkendek vielen, net als op de schilderijen van Jezus in de tempel. Ik zou vast de schoonheid ervan hebben gezien als ik niet zo wanhopig was geweest en had getwijfeld aan verlossing.

Carl was niet in zijn kantoor.

'Hij laat zich net masseren,' zei een jongen die nu in de receptie zat.

Ik hinkte naar de spa, langs de balie zonder met het meisje dat daar zat te overleggen. Ik vond Carl nadat ik eerst twee andere ruimtes was binnengegaan waar de massage in volle gang was. De persoon op de bank lag met een handdoek over zijn billen en zijn gezicht in een gat, maar ik herkende de moedervlekken op de rug van mijn kleine broertje.

'Laat ons even alleen,' zei ik tegen de masseuse die me geërgerd aankeek.

'*Please leave, sir…*' begon ze, maar Carl onderbrak haar.

'*It's okay, Petra, just continue.* Roy, ze begrijpt geen bal van Noors. Wat is er aan de hand en waarom ben je niet op weg naar Krakau?'

Ik ging op een stoel zitten, boog voorover en sprak tegen de kin en neus die aan de onderkant van de massagetafel uit het gat staken.

'Krakau ging niet door,' zei ik. 'Natalie wilde niet.'

'Niet? Ze is anders toch gewillig genoeg?'

Ik was verbluft, maar het was moeilijk uit te maken wat hij bedoelde aangezien ik zoals gezegd niet veel van zijn gezicht zag en je stem wordt hoe dan ook vervormd als iemand op je rug drukt terwijl je praat.

'Kurt wilde me spreken,' zei ik. 'Ik weet niet precies waarover, maar ik geloof niet dat het toeval is dat het op zaterdag is en daarom lijkt het me verstandig contact op te nemen met Goebbel.'

'Prima, moet je doen.'

'Ze is jouw advocaat.'

'Ze is nu onze advocaat. Bel haar gewoon.'

'Bedankt.'

'Bedankt? Mijn god, Roy, ben je soft geworden?'

'Misschien wel,' zei ik. 'Ik wilde je alleen op de hoogte brengen.'

'Je had me toch kunnen bellen?'

'Zoals ik laatst al zei, denk ik dat we voorzichtig moeten zijn met de telefoon.'

'Ja, dat zei je. Een beetje paranoïde, toch?'

'Een beetje is niet verkeerd,' zei ik en ik stond op om te vertrekken toen me een gedachte te binnen schoot, en ik stelde toch de vraag die ik eerst niet had willen stellen. 'Wat bedoelde je met dat Natalie anders gewillig genoeg is?'

Carl gaf geen antwoord. De masseuse maakte een paar zijwaartse bewegingen over zijn ruggengraat waardoor zijn billen heen en weer gingen alsof hij kwispelde.

'Petra.' Zijn stem weergalmde tegen de vloertegels. '*Take a break and leave us alone for a minute, okay?*'

Toen de masseuse de kamer uit was, ging Carl rechtop zitten. De handdoek gleed van hem af. Ik meende dat hij nog een paar kilo was aangekomen sinds de laatste keer dat ik hem naakt zag.

'Je bent bleek, is er iets?' vroeg hij.

'Iets in mijn been gekregen.'

'Oké. Ten eerste, Natalie is een *booty call*, of niet?'

'Een booty call? Waarom denk je dat? Ik zou verdomme met haar naar Krakau gaan.'

'Maar dat is toch precies wat je met een booty call doet? Een kort weekend, goedkope vliegtickets en drank en neuken. Als je het serieus met haar meent, dan neem je haar mee naar Parijs of New York, toch?'

Ik staarde hem aan. Iets in de hondenblik van hem maakte een ernstige onrust in me wakker en als ik zeg ernstig dan bedoel ik ernstiger dan ik al had.

'Wat probeer je me te vertellen, Carl?'

'Het is toch niet zo dat jullie sámen zijn? Je hebt geen monopoliepositie?'

'Kom ter zake, Carl.' Ik hoorde mijn stem trillen. Want ik wist het, ik wist het al.

'Ter zake?' Hij gaf me een schaapachtige, schuldbewuste lach. 'Nou ja, de zaak is… tja, dat ik haar gisteren op het feest heb geneukt.'

Ik slikte, het was te veel om te verwerken, het waren slechts woorden. Geluiden.

'Zeg dat het niet waar is, Carl.'

'Het is niet waar,' zei hij. Hij zuchtte diep. 'Maar het is wel waar. Een paar glazen te veel en… ja, het gebeurde gewoon.'

'Op het feest? Hoe is dat mogelijk?'

'Het feest was toch in het hotel, dus genoeg mogelijkheden. Dat was een deel van het probleem, denk ik.'

'Waar en wanneer?' vroeg ik.

'De bruidssuite was vrij,' zei hij. 'Het was vroeg. Om negen uur al? Hoe dan ook, ze dronk daarna de minibar leeg en was zo in de olie dat ik voorstelde dat ze de nacht bleef terwijl ik weer naar het feest ging. Maar ze was bang voor een schandaal en stond erop dat ze naar huis ging, dus ik vroeg de receptie een taxi voor haar te bellen.'

Ik voelde me leeg, volkomen leeg. Geen kracht, gevoel, doel, ideeen en zin om verder te gaan met dit leven.

'Ze wilde waarschijnlijk naar huis omdat ze het vliegtuig naar Krakau wilde halen,' fluisterde ik.

'Mogelijk, maar daar zei ze tegen mij niets over,' zei Carl. 'Ze had het helemaal niet over je, dus ik dacht... ja, ik dacht eigenlijk niet zoveel. Het spijt me heel erg, Roy. Vooral omdat ik zie hoe erg jij het vindt.'

Ik boog mijn hoofd, staarde naar de vloer. Mijn voet en onderbeen waren nu zo opgezwollen dat ze tegen mijn broekspijp drukten.

'Want dat is toch zo?'

'Wat?' vroeg ik.

'Je vindt het erg?'

'Ja, dat klopt.'

'Het moet verrekte pijn doen.'

Ik zei niets, keek alleen naar hem. Zijn gezicht en stem waren bekend, maar toch was het of ik een vreemde zag en hoorde. Hij leek ook iets te zoeken in mijn gezicht, hij vond het, hij knikte in elk geval.

'Je moet het zeggen als ik iets kan doen om het goed te maken,' zei hij.

'Dat is goed,' zei ik. 'Ik was haar toch al kwijt.' Ik slikte en zei de woorden niet die ik had moeten zeggen: en nu ben ik jou ook kwijt.

Ik liep naar de receptie en vroeg om de sleutel van de bruidssuite. Ik zei dat ik die wilde bekijken omdat een paar vrienden overwogen hier hun bruiloft te houden.

De jongen keek op zijn computerscherm. 'De kamer is nog niet klaar,' zei hij.

'Ik kijk daar wel doorheen,' zei ik en ik stak mijn hand uit. En voegde eraan toe toen ik hem zag aarzelen: 'Ik ben voor zesendertig procent eigenaar.'

De deur van de suite viel met een zachte klik in het slot.

Het licht stroomde naar binnen en werd gereflecteerd door het witte beddengoed van het grote hemelbed dat bedoeld was voor een pasgetrouwd bruidspaar.

Zoveel licht dat ik mijn ogen een beetje moest dichtknijpen. Maar ze bleven samengeknepen toen ik het dekbed opensloeg en de kleine, rode vlekjes bloed op het laken zag.

Ik opende de minibar. Die was inmiddels weer bijgevuld en ik kon zien dat er voldoende in zat om iemand die al aangeschoten was in elk geval stomdronken te maken.

Ik liep terug naar de receptie en reed naar Opgard.

Het was vier uur in de middag toen de SUV van Kurt Olsen het erf op reed van Opgard en Johnny en hij uitstapten.

Nadat ik teruggekeerd was van het hotel had ik het verband verwisseld en in het medicijnkastje gezocht wat we nog meer aan pijnstillers hadden. Ik had een doosje angst onderdrukkende, olijfgroene pillen gevonden die Carl had aangeschaft kort nadat Shannon was gestorven. Maar toen was mijn blik op een potje tramadol gevallen dat hij had gekregen tegen de pijn na een blindedarmoperatie. Ik had drie pillen genomen en die hadden me zo moe gemaakt dat ik met moeite uit de stoel kwam om de deur open te doen voor Kurt en Johnny.

'Waarom neem je je telefoon niet op?' vroeg Kurt met een wippende sigaret tussen zijn lippen.

'Is dat een burgerplicht?' vroeg ik, me vasthoudend aan de deurpost.

'Nee, maar als je dat wel had gedaan en je had gemeld op het politiebureau, dan had je jezelf en ons deze herhaling bespaard.'

'Dus je gaat me weer arresteren?'

'De vorige keer was het slechts een aanhouding.'

'En dit is?'

'Een inhechtenisneming.'

'En dat is?'

Kurt veranderde van standbeen. 'Als je wilt kunnen we dit een arrestatie noemen.'

'Voor wat dan?'

Ik wist niet wat zijn antwoord zou zijn en feit is dat het me ook niet meer kon verdommen, het voelde als een opluchting dat alles voorbij was. Dat er een streep getrokken kon worden. Iets kon worden afgerond.

Kurt tikte de as van zijn sigaret. ‘We hebben ontdekt dat je een vliegticket naar Krakau hebt gekocht.’

‘O ja? Wat dan nog?’

‘Wat dan nog?’ aapte hij me na. ‘Als je niet woordblind was geweest, dan had je mogelijk gelezen in de overeenkomst die je bij ons hebt getekend dat een poging om het land te verlaten gezien wordt als een schending van de meldplicht. Dat is strafbaar, Roy. En het maakt het veel makkelijker om van de officier van justitie een bevel tot inbewaringstelling te krijgen.’

Deze keer richtten ze geen wapen op me en ik kreeg ook geen handboeien om. Maar toen we het politiebureau in marcheerden, begreep ik dat het serieus was.

28

Het eerste wat me opviel toen ik het bureau binnenliep was dat Kurt en Johnny voor de gelegenheid hadden opgeruimd. De tafel die in de cel had gestaan was verplaatst naar de kleine kantoorruimte en daarachter zaten twee personen. Gilliani met zijn nerdbril en een tonvormige, bleke vrouw die ik nog niet eerder had gezien, maar die net als Gilliani een ID-kaart van KRIPOS om haar nek had hangen.

Ja, dit was serieus, deze mensen reden niet voor hun lol op zaterdag van de hoofdstad naar Os. Bovendien zat er een man in een pak dat hij geleend kon hebben van Vendelbo.

Kurt trok een stoel voor me naar de tafel.

'Ik beken,' zei ik en ik plofte neer.

'Wat beken je?' vroeg de tonvormige vrouw en ze drukte op een kleine recorder die op tafel lag.

'Dat mogen jullie bepalen,' zei ik gapend.

Gapen kan betekenen dat je moe bent, maar – zoals iedere halfbakken psycholoog je kan vertellen – kan ook een nerveuze reactie zijn, dat zie je regelmatig bij honden.

In mijn geval lag het aan iets te veel tramadol.

'Ik zou je niet aanraden dat zij dat mogen bepalen,' zei de man in het Vendelbo-pak.

'Wie ben jij?' vroeg ik.

'Ik ben de nummer twee, en laatste, op de lijst die de politie belt als er in Notodden en omgeving een advocaat nodig is.'

Het was moeilijk van zijn bulldogkop af te lezen of hij een poging deed grappig te zijn of niet. Ze hadden hem in elk geval uit zijn bed gebeld nadat hij gisteravond een feest had gehad. Mooi, dan waren er twee die nu het liefst gingen slapen. De man sloeg een notitieblok open.

'De eerste vraag is of je me accepteert als advocaat.'

'Moet ik dat?'

Hij grinnikte naar me. 'Ik kan nu teruggaan, als je dat wilt. Ik krijg per uur betaald, inclusief mijn reistijd, en er zijn dingen die ik vandaag liever doe.'

Kurt Olsen kuchte. 'Zeg ja, Roy, alleen beroepscriminelen vragen om een andere advocaat.'

Ik keek naar Gilliani die haast onmerkbaar knikte.

'Dan doen we dat,' zei ik. 'Ben ik gearresteerd omdat ik een vliegticket naar Krakau heb gekocht of omdat jullie iets nieuws gevonden hebben?'

'Ik zou liever...' begon de advocaat, maar ik stak mijn hand op en hij hield inderdaad zijn mond.

'Wat we hebben is meer dan genoeg,' zei Kurt. 'De KRIPOS-mensen hier kunnen bevestigen dat het bloed achter het nummerbord van mijn vader is. Of niet?'

Hij wendde zich tot de tonvormige vrouw die knikte, waardoor haar blonde paardenstaart vrolijk op en neer danste. 'Het klopt dat we bloed hebben gevonden dat afkomstig is van de vorige politiebrigadier, ja.'

'De vorige wat?'

'De vorige politiebrigadier.'

Ik keek Kurt aan die er opgelaten uitzag. 'We zeggen niet meer politiechef,' zei hij.

'Die was ook niet bepaald genderneutraal,' zei de ton. 'Hoe dan ook, het bloed...'

'Dus jij bent de titel van je vader kwijt,' onderbrak ik haar zonder mijn blik van Kurt af te wenden.

Ik zag het aan hem. Hij had gelogen, ze hadden meer gevonden. Maar wat?

'Dat heb je tegen niemand gezegd, Kurt. Er staat nog steeds OS POLITIECHEF op het bord buiten.'

'Dat moet nog worden veranderd,' gromde Kurt tussen zijn tanden door. 'Roy, ben je van plan antwoord te geven op onze vragen, of niet?'

'Hier moet ik protesteren, als mijn cliënt...'

'Hou je mond!' sisten Kurt en ik in koor zonder de advocaat ook maar aan te kijken.

'Vraag maar raak,' zei ik.

'Hoe was jouw relatie met je vader?' vroeg de ton.

'Míjn vader?' vroeg ik. 'Wat heeft hij hiermee te maken?'

'We vragen het omdat we ook vraagtekens hebben bij zijn ongeluk.'

'O ja? Welke dan?'

Gilliani schraapte zijn keel. 'Wij van de technische recherche hebben een paar merkwaardige technische mankementen aan de auto vastgesteld die niet verklaard kunnen worden door de val in het ravijn. Aangezien jij in die tijd sleutelde aan auto's...'

'Fout, ik ben automonteur,' onderbrak ik hem, alleen om een kleine denkpauze te krijgen. Want dit was dus wat Kurt niet wilde zeggen. Ze hadden de Cadillac natuurlijk niet alleen gecheckt op bloedsporen.

Gilliani duwde tegen zijn bril. 'Ik vraag me af wat het verschil is, maar zoals gezegd...'

'Het verschil,' zei ik, 'is dat automonteur een beroep is. Als mensen vragen wat je doet, zeg jij dan dat je agentje speelt?'

Gilliani keek met een vertwijfelde blik naar de advocaat en leek hem te vragen of hij ervoor kon zorgen dat ik me gedroeg.

'Dus,' zei Gilliani. 'We vonden twee gaatjes in de remleiding en de schroeven van de stuurkolom waren losgedraaid. Volgens een... eh... automonteur die we hebben gesproken kan dat er de oorzaak van zijn geweest dat de auto van je ouders in de bocht bij jullie boerderij onbestuurbaar was. Wat heb je daarop te zeggen?'

Ik knikte. Langzaam en lang.

De advocaat met de kater deed duidelijk zijn best de situatie juist in te schatten en vond het opportuun voorover te buigen en een standaardzin op te dreunen: 'Mijn cliënt hoeft geen antwoord te geven op hypothetische vragen.'

'Nee, hij hoeft geen antwoord te geven op welke vraag dan ook als hij dat niet wenst,' zei de vrouw zonder haar blik van me af te wenden.

Ik gaapte. Dat deed ik echt. Het was niet bedoeld als provocatie, maar mijn hersenen hadden gewoonweg iets meer zuurstof nodig. Toen ze dat hadden gekregen, leunde ik achterover op mijn stoel.

'Luister mensen, dit is al een lange dag voor mij. Dus laat ik het zo kort mogelijk houden. Zoals ik het begrijp heeft politiechef, eh... pardon, politiebrigadier Olsen me eerst gearresteerd en me daarna weer vrijgelaten om me in de gaten te houden in de hoop dat ik bang was geworden en iets doms zou gaan doen omdat duidelijk zou zijn dat ik zijn vader heb vermoord. Aangezien ik dat tot zijn teleurstelling niet heb gedaan, gebruikt hij het vliegticket naar Krakau als excuus om me in bewaring te stellen om te zien of ik breek als ik een poos opgesloten heb gezeten. Om me nog een beetje meer onder druk te zetten worden jullie ingeschakeld met de wilde hypothese dat ik ook te maken zou hebben met de dood van mijn ouders. Vergis ik me? Nee, geef geen antwoord, Kurt, dit was een zogenaamde retorische vraag. Ik heb het volgende voorstel: ík geef jullie hier en nu een getuige die een plausibele en weinig dramatische verklaring heeft voor het feit dat er bloed van Olsens vader op de auto zit. Bovendien zal ik jullie een complete bekentenis geven dat ik mijn ouders van het leven heb beroofd. Wat zeggen jullie hierop?'

Vier gezichten keken me een paar lange seconden aan. Toen begon de paardenstaart van de ton weer te dansen. Ze knikte.

Erik Nerell zat naast me te staren naar de recorder op tafel.

Normaal gesproken zouden Kurt en KRIPOS hem zonder andere

aanwezigen hebben verhoord, maar Erik had erop gestaan dat ik ook aanwezig zou zijn om hem te helpen herinneren, zoals hij zei. Toen Kurt zei dat daar geen sprake van kon zijn, had Erik zich tot de twee van KRIPOS gewend en gezegd dat als ze wilden horen wat hij te zeggen had, ik dan daarbij aanwezig moest zijn, anders konden ze naar de hel lopen.

Dus nu zaten Erik, de advocaat en ik aan de ene kant van de tafel en Kurt en de twee van KRIPOS aan de andere.

'Begin jij maar met vertellen,' zei Erik. 'Dan zal ik het zeggen als ik het me anders herinner.'

Ik zag dat Kurt wilde protesteren, dus ik nam snel het woord.

'Het was in de winter voor mijn ouders verongelukten,' zei ik. 'Vader en ik reden langs de boerderij van Nerell. We reden in een flauwe bocht en hadden niet veel vaart, maar het stuur vertoonde kuren en de remmen waren slecht. Dat wist vader al sinds de dag dat hij de tweedehands Cadillac voor veel te veel geld bij Willumsen, die sluwe vos, had gekocht. Hoe dan ook, we raakten van de weg en belandden in een sneeuwwal, nota bene met de kont van de auto eerst. De auto en wij hadden niets, maar we konden niet meer wegkomen. Gelukkig kwamen Erik en zijn vader, die ons hadden gezien, helpen met het op de weg duwen van de auto. Het lukte ons bijna, maar de achterwielen hadden zich diep in de sneeuw gegraven. Uiteindelijk besloot Eriks vader de tractor te halen om de auto eruit te trekken.'

Hier stopte ik even zodat Erik kon knikken en zeggen: 'Ja, dat klopt.'

'Misschien dat het vanaf dit punt verder verteld kan worden door Nerell,' zei de ton.

Erik keek me onzeker aan. Ik knikte, hij droogde zijn handpalmen af aan zijn broek voordat hij begon te praten.

'Nou ja, dit is wat er gebeurde. De politiechef, de vorige politiechef dus, kwam langsgereden en stopte. Toen hij hoorde dat mijn vader de tractor ging halen, zei hij dat we maar een klein beetje hoefden te duwen, dan zou de auto weer op de weg staan. Zo was het toch, Roy?'

Erik keek me aan en ik nam het weer van hem over voor de ton kon ingrijpen.

'Jazeker. We zeiden dat we dat hadden geprobeerd, maar de politiechef zei dat het een kwestie was van op de juiste plek duwen. Kennelijk wilde hij laten zien dat hij sterker was dan Eriks vader. Hij ging achter de auto staan, greep de bumper, commandeerde ons jongens waar wij moesten duwen en zei tegen vader dat hij voorzichtig gas moest geven. Vader deed wat hem werd gezegd en de politiechef duwde uit alle macht. Zo hard dat hij zelfs brulde. En de auto bewoog inderdaad. Maar toen gleed de politiechef uit. Waarschijnlijk door zijn laarzen van slangenleer, die hebben verdomd gladde zolen. In elk geval sloeg hij met zijn hoofd tegen de rand van het nummerbord. Bloederige toestand. Weet je nog, Erik?'

'Jazeker.'

Ik keek Kurt strak aan. 'Misschien heeft hij dat verteld toen hij thuiskwam?'

'Nee,' zei Kurt. 'Ik herinner me ook geen hoofdwond.'

Ik haalde mijn schouders op. 'Het was niet bepaald iets om over op te scheppen. De snee zat iets boven de haargrens, toch Erik?'

Erik schudde zijn hoofd. 'Het is zo lang geleden, ik herinner het me niet precies, maar dat kan zeker kloppen.'

'Hij had veel haar, die vader van je,' zei ik en ik keek Kurt aan. 'Dus het kan zijn dat je de snee niet hebt gezien.'

Ik beëindigde het wedstrijdje Kurt aanstaren en richtte me op de anderen.

'De vader van Erik heeft overigens met zijn tractor de auto weer op de weg gekregen.'

De personen aan de andere kant van de tafel, de juiste vertegenwoordigers van de wet, wisselden een blik. De ton fluisterde iets in het oor van Gilliani voor ze mij aankeek.

'En de bekentenis die je ons hebt beloofd?'

'Die heeft te maken met wat ik jullie al heb verteld.'

'Hoe dan?'

Ik haalde mijn schouders op. 'Ik was automonteur. De auto van mijn vader was in zo'n slechte staat dat het gevaarlijk was erin te rijden. Maar ik nam de tijd niet om daar iets aan te doen. Het is duidelijk mijn schuld.'

Het werd stil in de kamer.

De ton schraapte haar keel. 'Is dat je volledige bekentenis?'

'Het is heel wat, vind ik.'

Ze wisselde een blik met haar collega's. 'Heb je er een verklaring voor waarom je de auto niet hebt gerepareerd?'

Ik haalde mijn schouders weer op. 'Mijn enige excuus is dat hij me dat nooit heeft gevraagd. Verder zal het net zo zijn als de kinderen van een schoenmaker, die met gaten in hun schoenen lopen. Alleen moet je... nou ja, dat omdraaien, het kind is...'

'Bedankt, ik begrijp het,' zei de ton en ze verzamelde de papieren die voor haar lagen als een onbewuste start van haar spullen pakken en vertrekken. Onverrichter zake. Of misschien zagen ze dat niet zo, misschien waren ze door en door professioneel en meenden ze dat ze hun werk hadden gedaan door een onschuldige man te ontdoen van verdenkingen. Mogelijk, maar Kurt Olsen zag dat niet zo. Hij zat ineengedoken op zijn stoel en staarde met een lege blik voor zich uit toen we vertrokken.

Buiten was het donker geworden. Erik bood aan me naar Opgard te brengen.

'Goed gedaan,' zei ik toen we in de auto zaten die geparkeerd stond op de markt.

'Ik heb mijn best gedaan,' zei hij. 'Wanneer denk je dat je mijn eigendomspapieren van Fritt Fall in orde hebt?'

'Volgende week,' zei ik en ik keek op naar de Meierigård. Er brandde licht in haar slaapkamer.

29

Ik zat in de wintertuin te wachten met twee tramadols in mijn lijf en zes flesjes bier voor me.

Waar ik precies op wachtte, wist ik niet.

Dat Natalie zou bellen?

Dat Carl thuis zou komen?

Dat iemand me zou vertellen dat Anton Moe dood was aangetroffen?

Of dat KRIPOS en Kurt met blauw zwaailicht het erf op kwamen gereden om me te arresteren voor een of meerdere van de nu acht moorden waaraan ik schuldig of medeschuldig was?

Ik opende het eerste flesje en vatte de situatie samen.

Natalie had me gedumpt en dat had duidelijk te maken met het feit dat ze geneukt had met mijn broer. Ik wist natuurlijk niet precies hoe het zat met oorzaak en gevolg, of ze had besloten me te dumpen en daarmee vond dat het toegestaan was Carl te neuken. Of dat het gegaan was zoals Carl beweerde en dat ze vond dat ze nu uiteraard niet met mij kon verdergaan. Misschien dacht ze dat Carl niets zou zeggen, dat het geheim voor me bleef, maar dat zij en ik elkaar niet meer konden zien. Dat er alcohol in het spel was geweest zag ze waarschijnlijk niet als een verzachtende omstandigheid, integendeel, het betekende dat ze op meerdere fronten had gefaald.

Dat een aangeschoten Carl een vrouw – voor hem maakte het niet uit wie – mee had genomen naar een hotelkamer om haar te neuken, kwam niet als een verrassing. Dat hij zich daarmee op mijn terrein had begeven was moeilijker te verdragen. Booty call? Hij wist dat ik smoorverliefd was op haar. Dus waarom moest zij het zijn? Was hij zelf verliefd op Natalie? Nee, dat zou ik hebben gemerkt, hij was mijn broer en we kenden elkaar door en door.

Maar was dat wel zo?

Ik had achter zijn rug om een relatie met Shannon, dat had hij niet gezien terwijl ik niet echt een Oscar-winnende acteur ben.

Ik opende het tweede flesje.

Het was misschien vreemd dat ik het moeilijker vond om aan dat met Natalie en Carl te denken dan aan het feit dat ik een onschuldige man had vermoord. Dat wil zeggen, onschuldig was hij natuurlijk niet. Dus daarom kon ik ermee leven, dat kon ik echt. Dat is misschien het voordeel van al zeven moorden op je kerfstok hebben: je bent niet meer zo weekhartig.

Maar ik kon natuurlijk opgepakt worden voor deze moord, er is altijd iets wat je vergeet als je bezig bent je sporen te wissen. Bijvoorbeeld dat het bloed van de oude Olsen op de auto terecht was gekomen na zijn val in Huken of dat ik gaatjes had gemaakt in de remleiding en de stuurkolom had losgedraaid. Maar dat was nu in orde. Alles was in orde.

Erik zou zijn deel van Fritt Fall krijgen.

Halden en Fuhr hadden hun twaalf miljoen.

Asle Vendelbo en Johnny Depp hadden mijn belofte gekregen dat ik mijn mond zou houden.

Ik moest bijna lachen, want dit deed me denken aan het enige boek dat ik vader ooit in de jaren tachtig had zien lezen. *The Art of the Deal*. Dat die gek van een schrijver president zou worden was idioot. Koning van Amerika. Maar het gebeurde duidelijk zelden dat de juiste persoon in *The Mansion on the Hill* terechtkwam.

Wat betreft het eigenaarsdeel van Erik: het schoot me te binnen dat ik Julie nog niet had verteld dat zij ook voor een derde deel eigenaar zou worden. Ik pakte mijn telefoon en toetste haar nummer in.

Ze nam midden in een geeuw op met 'hoi'.

'Sorry, lag je al in bed?'

'Nee,' zei ze. 'Ik heb gisteren tot laat gewerkt dus ik ben gewoon moe.'

'Ik dacht dat je gisteren vrij was?'

'Ja, maar Carl had me gevraagd om in de bar van het hotel te bedienen. Ze hadden immers een personeelsfeest dus hij wilde dat zo veel mogelijk personeel vrij had.'

'Ik begrijp het. Zeg, ik heb een voorstel voor je.'

'O ja? *In a good way*, hoop ik?'

'Ik zei voorstel, toch?'

'Ja, maar mensen krijgen een voorstel voor vervroegde uittreding als ze wordt verteld dat ze overbodig zijn geworden.'

Ik lachte. Ik dacht af en toe dat Julie, naast Carl, de enige persoon was met wie ik uren in dezelfde ruimte kon zitten zonder dat de gebruikelijke verveling toesloeg.

'Ben je morgen op het werk?' vroeg ik.

'Yep, we openen om elf uur, gelijk met de predikant.'

'Dan kom ik langs.'

We hingen op. Ik dronk het tweede flesje leeg en overwoog een derde. Ik heb overigens tramadol gegoogeld en gelezen dat het een opiaat is en daarom was het een slecht idee om het te combineren met alcohol. Oké, misschien moest ik mezelf nog een tramadol gunnen en naar bed gaan.

Ik weet het niet zeker, maar ik denk dat ik dat heb gedaan. Want de dromen die ik die nacht had waren opiaat-dromen. Ik zag Shannon worstelen om uit een stoel te komen, maar dat lukte niet omdat er twee flinke spijkers in haar dijen waren geslagen. Ze schreeuwde en strekte haar armen uit naar een baby die op de stoel naast haar zoog aan een tepel van Natalie die op haar beurt op Carls schoot zat. De handdoek van Carl was naar beneden gezakt, hij was naakt en hij bewoog zijn heupen op en neer terwijl hij 'Hop, paardje, hop' neuriede. Plotseling begon het kind met een diepe basstem te zingen: 'Ken je Kari Midtigard van Tinn, ze laat de jongens niet binnen.' Ik zie dat de baby het gezicht van een bejaarde heeft gekregen. Het duurt even voor ik zie wie het is en ik moet zelf lachen, alhoewel ik liever zou huilen. Want die bejaarde ben ik.

30

De kerkklokken galmden door het dal.

KERKKOFFIE EN VERGEVING stond er in Eriks handschrift op het reclamebord voor Fritt Fall.

'Je loopt mank,' was het eerste wat Julie tegen me zei toen ik binnenkwam.

'Ik heb een geweerkogel in mijn been,' zei ik en mijn blik gleed door de lege zaal. 'Ben je niet een beetje te vroeg?'

Ze leunde op de bar. 'Ja, maar ik word thuis zo rusteloos van het wachten. Ben je op iets gaan staan of zo?'

'Dat kun je wel zeggen,' zei ik. 'Mijn voorstel is dat je een derde deel krijgt van Fritt Fall, Erik en ik hebben ook ieder een derde deel. Dat krijg je tegen inlevering van vijftien procent van je huidige salaris. Verder neem je minstens twee jaar de dagelijkse leiding op je, los van je zwangerschapsverlof en zo.'

Ik zag eerst verbazing in haar gezicht, toen dat haar rekenmachine hard begon te werken.

'Dat is voordelig voor mij,' zei ze na een poosje. 'Als we de zaak tenminste niet naar de kloten helpen. Als we het potentieel benutten met de plannen die ik heb, verdien ik veel meer.'

'Ga dat doen,' zei ik.

Julie lachte, ze liep om de bar heen en omhelsde me.

'Bedankt,' zei ze, een traan wegvegend.

'Bedankt? Ik doe het om ervoor te zorgen dat Erik en jij je rot werken en ik ook meer verdien.'

‘Dat weet ik, maar toch bedankt.’

‘Komende week zal ik de papieren in orde maken,’ zei ik terwijl Julie koffie voor me inschonk.

‘Hoe was het om weer in de bar van het hotel te werken?’ vroeg ik.

‘Net als toen,’ zei ze. ‘Is dat niet gek? Onze generatie heeft een heel ander leven dan onze grootouders. We kleden en eten anders, lezen en kijken naar andere dingen, maar we drinken als vanouds. We gaan naar een bar en worden dronken. Op dezelfde manier als honderd, nee, duizend jaar geleden! Minstens.’

‘Zo bekeken is deze business stabiel. Waren er op vrijdag veel dronken lui?’

‘Ja, dat kun je wel zeggen.’

Ik nam een slok van mijn koffie. Hield het kopje nog steeds voor mijn mond en dacht dat ik nog een slok moest nemen om de vraag tegen te houden, maar dat lukte me niet.

‘Heb je Natalie Moe nog gezien?’

‘Natalie? Jazeker, ze is een echte dame geworden, heb je haar al gezien?’

Ik keek in Julies grote, blauwe, onschuldige ogen. Het gerucht over Natalie en mij was kennelijk nog niet wijdverspreid.

‘Ja,’ zei ik. ‘Ze heeft me een beetje geholpen met een project. Werd ze net zo dronken als de anderen?’

Julie zette haar eigen kopje neer, staarde voor zich uit en leek op de binnenkant van haar wang te bijten.

‘Nee, niet net zo.’

‘Erger?’

‘Ja. Of nee.’

‘Nee?’

‘Ik weet natuurlijk niet of ze tijdens het eten had gedronken, maar toen ze bij de bar kwam bestelde ze water. En leek volkomen nuchter. Maar een halfuur later wankelde ze op haar benen. Het leek wel of ze een pil of zoiets had genomen. Haar hoofd hing op haar borst en ze zwaaide heen en weer op haar stoel. Als het Natalie niet was geweest, dan had ik haar gevraagd naar huis te gaan, begrijp je? Gelukkig greep Carl in voordat ik dat moest doen.'

Ik vloekte en bad in mezelf. Verdomme, alsjeblieft, niet dit.

'Wat deed hij?'

'Hij liep met haar de bar uit en ondersteunde die arme meid. Later op de avond heb ik nog naar haar gevraagd en iemand vertelde me dat ze had gezien dat Carl haar in een taxi had gezet. Fijne vent, die broer van jou.'

Ik knikte langzaam, bedankte voor de koffie en hinkte weg.

Ik bleef naast mijn auto staan die ik voor de deur had geparkeerd en keek naar Natalies appartement. Er brandden geen lampen, maar zag ik de gordijnen bewegen?

In tegenstelling tot de auto van Carl moest ik wel schakelen en ik trok een grimas elke keer dat ik de koppeling in moest trappen.

Ik wist niet of ik terug zou gaan naar Opgard of dat ik even langs het tankstation zou rijden om te kijken hoe het ging. Soms kun je het aan je lichaam overlaten welke beslissing je neemt dus dat deed ik. Dat koos de derde optie: het hotel. Ik kon doen alsof ik niet wist waarom, maar dat wist ik natuurlijk wel.

Ik parkeerde tegen de regels in voor de ingang, strompelde naar de receptie en vroeg naar de ruimte waar de spullen van *housekeeping* stonden. Ze herkenden me kennelijk, ze wezen in elk geval slechts naar de gang en lieten me zonder verder vragen te stellen de gang in hinken. Aan het eind van de gang duwde ik een brede deur open waarop OPSLAG stond en ik bevond me in een kamer waar ongeveer twaalf karren vol wasgoed stonden. Ze waren hoog en ik moest me behoorlijk uitrekken om er iets uit te trekken. Ik trok er een witte dekbedhoes uit.

'*Can I help you, sir?*'

Ik draaide me om en keek naar de vrouw die me had aangesproken. Haar accent klonk Oost-Europees en haar uiterlijk was norser dan de vraag.

'*I'm looking for a ear…*' Ik probeerde op het Engelse woord te komen.

'Ik versta een beetje Noors,' zei de vrouw. Ze was breed, zag er sterk uit en had die natuurlijke autoriteit die je vaker ziet bij mensen die zich zeker voelden in hun rol, wat hun plaats in de hiërarchie ook was.

'Oorbel,' zei ik. 'Van mijn vriendin. Ze denkt dat ze die in bed is kwijtgeraakt. Er zit een haakje aan dus ze denkt dat het vast kan zitten in het laken. Als u het goedvindt dan zou ik graag even door de wagens met lakens gaan.'

'In alle wagens zitten lakens.'

'In allemaal?' Ik telde snel, het waren er elf. Dat zou verdomd veel werk zijn om daardoorheen te gaan.

'Wanneer was ze hier?' vroeg de vrouw. Het norse gezicht was weg, in plaats daarvan zag ze er levendig en opgewekt uit.

'Nog voor het weekend.'

'Het spijt me, *but the laundry is picked up every morning*.'

'Door Nor Tekstil in Skien,' zei ik. 'Maar die komen alleen op werkdagen. En mijn vriendin was hier in de nacht van vrijdag op zaterdag.'

De vrouw keek me aan. 'In welke kamer?'

'De bruidssuite.'

'Uw nieuwe vrouw of een vriendin?'

Ik lachte, ze lachte terug en zuchtte. Toen wees ze.

'Het is niet zeker, maar ik denk in een van deze drie wagens. Ik ben over twee minuten terug, ik zal het checken.'

Ik was tot de bodem van de tweede wagen gekomen en had al een laken bekeken van een gast die duidelijk menstrueerde – dat hoopte ik tenminste – toen ik het laken vond met kleine bloedvlekjes. Ik had geen mes bij me, maar ik had mijn nagels al een poosje niet geknipt dus die gebruikte ik om het bloed van het laken af te krabben.

'*Did you find anything?*' vroeg de vrouw die binnenkwam toen ik het laken net weer in de wagen had gegooid.

'Helaas,' zei ik.

'*I spoke with my girls now, they haven't found anything, I'm sorry.*'

'De oorbellen waren niet zo duur, ik zal nieuwe voor haar kopen.'

De vrouw lachte ondeugend en trok een mondhoek op. '*And maybe be a little more gentle next time?*'

Terug op Opgard gebruikte ik een tandenstoker om het opgedroogde bloed onder mijn nagels vandaan te peuteren en ik verzamelde het in een leeg blikje Berry-snus. Daarna belde ik Vera Martinsen.

'Hoi,' zei ze en ze begon te lachen.

'Hè?'

'Gilliani vertelde me hoelang Olsen bleef pruilen nadat hij had gehoord hoe het bloed achter het nummerbord terecht was gekomen.'

'Kurt zal nooit opgeven,' zei ik.

'Ik zei al eerder tegen je dat je aangifte tegen hem moet doen wegens intimidatie.'

'Ik weet het, maar ik heb nu iets anders wat ik me afvraag. Twee dingen eigenlijk. Ten eerste: wordt mijn telefoon afgeluisterd?'

'Nee.'

'Nee? Dat kun je zonder aarzeling direct zeggen?'

'Iemand vroeg ons naar de mogelijkheden voor toestemming, ik laat het aan jou over wie dat was. We hebben in elk geval geantwoord dat er heel veel nodig is voor we toestemming geven voor afluisteren. Meer dan hier sprake van was. Wat is het tweede?'

Ik vertelde haar waar het om ging.

Toen we ophingen voelde ik dat de pijn erger werd. Er stond op internet dat je snel verslaafd kon raken aan tramadol en dat je daardoor kans liep op een overdosis. Maar na een paar minuten kon ik het niet meer verdragen en ik deed het medicijnkastje weer open. Ik zou een van de olijfgroene pillen moeten nemen want die werkten ook als slaapmiddel, maar in plaats daarvan nam ik nog een tramadol. Ik strompelde de trap op naar mijn slaapkamer. Terwijl ik mijn T-shirt uittrok, keek ik uit het raam. Opgard lag iets te ver van het dal om het hele dorp te kunnen overzien, maar ik zag de heuvel met de Kongsgård. Er brandde licht in het huis dus Carl was daar. Misschien inspecteerde hij het werk dat was gedaan of liet hij Mari het huis zien. In dat geval had ze vast opmerkingen over wat er was gedaan, dacht ik. Stel dat ze daar waren, had Carl er dan geen last van dat hij nog geen achtenveertig uur geleden de vrouw had bedrogen met wie hij nu de kinderkamers bekeek? En dat met een van zijn medewerkers en de vrouw op wie zijn broer verliefd was. Mogelijk stond hij nu voor een van de grote terrasramen en keek hij naar het licht van Opgard. Dat ik de gordijnen kon gebruiken om morseseinen naar hem te sturen. Seinen dat ik al genoeg was kwijtgeraakt, dat ik hem ook niet wilde kwijtraken. Dat ik hem probeerde te haten, maar dat het waar was dat bloed dikker is dan water en niet alleen dat, het is dikker dan goed en kwaad. Familie is een kant in de oorlog die je niet hebt gekozen, maar die je gewoon krijgt. Ik wilde verdomme niet op Opgard geboren zijn en een verdomde Opgard wezen. Maar dat was wel zo en dat bleef ik.

De telefoon ging over.

Ik boog me voorover en pakte mijn broek van de vloer.

Het was Stanley.

'Ik kom net terug van de huttentocht en zag je bericht nu pas. Heb je je in je been geschoten?'

'Ja.'

'En je bent niet naar het ziekenhuis in Notodden gegaan?'

'Te pijnlijk. Ik heb er verband omheen gedaan.'

'Mijn god, Roy. Ik ben over een uur in Os, kun je dan naar de dokterspost komen?'

Stanley bestudeerde de wond terwijl ik op de onderzoekstafel lag en het plafond bestudeerde.

'Je hebt ongelooflijk veel geluk gehad,' zei hij.

'Ja, dat voel ik ook.'

'De kogel is gestuit op bot en het lijkt erop dat er geen botsplinters zijn. Ik kan de kogel zelfs zien zitten. Maar we moeten zorgen dat je in Notodden komt. Daar wordt een röntgenfoto gemaakt en halen ze het ding eruit.'

‘*Really*? Als je de kogel ziet, kun je die er dan niet zelf uit halen?’

Stanley lachte even voor hij begreep dat ik het meende. ‘Als we op een onbewoond eiland zaten dan had ik dat natuurlijk gedaan, Roy, maar we willen de kans op een infectie zo klein mogelijk houden. Dan is het beter om naar het ziekenhuis te gaan.’

‘Dat wil ik niet.’

‘Dat begrijp ik, maar...’

‘Als in: dat weiger ik. Of jij haalt die kogel eruit of ik neem een pincet mee naar huis, maak die heet en doe het zelf.’

Stanley keek me peinzend aan. ‘Zijn de mogelijke gevolgen van een infectie je duidelijk?’

‘Ja hoor,’ zei ik. ‘Amputatie en een uitkering. Dus wat wordt het?’

Stanley zuchtte diep.

‘Mooi,’ zei ik. ‘En geen verdoving, bedankt.’

Stanley trok een van zijn goedverzorgde wenkbrauwen op. ‘Zeker weten?’

Ik dacht na. ‘Correctie. Alle verdoving die je hebt.’

Daarna werd alles zwart. Het is mogelijk dat ik hem niet had geïnformeerd over mijn inname van tramadol en in combinatie met wat hij me gaf, ging ik volledig onder zeil, maar ik herinner me in elk geval niets tot het moment dat ik een pling hoorde en ik mijn ogen opende en tegen Stanley zei dat het klonk als in een western als Doc de kogel in een metalen schaal laat vallen.

Stanley lachte en liet me de metalen schaal zien met de bloederige kogel erin.

Hij verbond de wond, schreef pijnstillers voor en zei dat ik in mijn toestand niet mocht rijden, maar dat hij me wel naar Opgard kon brengen.

Ik zei dat dat aardig van hem was, maar dat ik Dagur zou bellen en dat het zijn gewoonte was verdoofde personen te rijden.

Toen ik op krukken de dokterspost verliet, zag ik in het donker voor het politiebureau een gloeiende sigaret.

‘Goedenavond,’ zei ik.

'Goedenavond,' zei Kurt, hij duwde zich af tegen de muur waartegen hij geleund stond en liet zijn peuk vallen. 'Wat is er met je been gebeurd?'

'Schietongelukje in huis. Zeg, is dit je gewone werktijd of volg je me?'

Hij lachte kort en hard. 'Waarom zou ik?'

'Omdat je er nogal op gebeten bent te bewijzen dat ik iemand heb vermoord, bijvoorbeeld?'

Kurt snoof. 'Jij bent een verrekte moordenaar, Roy. Herinner je je dat computerspel nog dat in de gang stond van de oude Kaffistova?' Hij knikte naar Fritt Fall. 'Waar asteroïden explodeerden voor je ruimteraket en je alle brokstukken moest proberen te ontwijken? In het begin was dat makkelijk, maar hoe hoger het level, hoe sneller en meer brokstukken er kwamen. Uiteindelijk lukte het niet meer.'

'Dat herinner ik me nog goed,' zei ik. 'Volgens mij had ik het hoogste aantal punten gehaald, toch?'

Kurt schudde zijn hoofd. 'Niemand herinnert zich dat zo, Roy.'

De Mercedes van Dagur kwam voorgereden. Ik legde mijn krukken op de achterbank voor ik het portier aan de passagierskant opende en zei over mijn schouder: 'Vraag het aan Rita, zij zal het zich wel herinneren.'

We reden, en in de zijspiegel zag ik het vlammetje van de aansteker toen Kurt een nieuwe sigaret opstak.

31

Ze vonden Anton Moe op maandagochtend en nog voor de koffie wist heel Os het.

Ik had er natuurlijk aan gedacht dat Natalie hem zou kunnen vinden, maar volgens Grete Smitt was het een buurman die het was opgevallen dat Moe zondag niet in de kerk was geweest en dat hij ook de vlag niet had gehesen terwijl hij wel thuis zou moeten zijn want het licht brandde.

'Het was vreselijk,' zei Grete en ze hield haar hoofd in haar handen alsof ze zelf het lijk had gevonden. Ze stond in het tankstation met Egil, Simon Nergard en mij als toehoorders. 'Zijn hele hoofd was kapot.'

'Dat is niet zo vreemd,' zei Simon. 'De bestelbus van hem weegt twee ton. Het is vreemder dat hij helemaal onder de bus lag terwijl hij een band verwisselde.'

'Hij zal wel gelijk de onderkant hebben willen checken nu de bus toch omhoog gekrikt was,' zei ik.

'Oké, maar hoe krijgt hij het voor elkaar de krik weg te schoppen waarop twee ton leunt?'

Ik gebaarde met mijn handen. 'Misschien heeft hij de krik niet geraakt, maar de bus licht verschoven door bijvoorbeeld tegen de wielkast te duwen en heeft hij niet gezien dat de krik scheef stond.'

'Wel verdomme,' zei Egil en hij trok een grimas. 'Hij heeft de wielkast in zijn gezicht gekregen.'

'Geen fraai gezicht,' zei Grete met een diepe zucht. 'Kurt moest Natalie ophalen om Anton te identificeren.'

‘Waarom dat?’ liet ik me ontvallen. De andere drie keken me aan. Ik schraapte mijn keel.

‘Voor zover ik weet heeft Kurt de laatste acht jaar Anton vaker gezien dan zij.’

‘Dat is waar,’ zei Grete. ‘En bij Anton is immers een testikel weggehaald dus op die manier hadden ze hem ook kunnen identificeren.’

Nu staarden we alle drie naar haar.

‘Wisten jullie dat niet?’ zei Grete lichtelijk verbaasd. ‘Anton had kanker.’

Gedurende de hele maandag bleef ik piekeren over hoe het met Natalie zou zijn. Ja, ik had beloofd geen contact met haar op te nemen, maar mocht je met een sterfgeval in de familie die belofte niet breken? Misschien hoopte ze wel dat ik contact met haar opnam? Het was uiteraard waarschijnlijker dat ik hoopte dat zij dat hoopte, maar kon ik me voorstellen dat ik nooit meer met Natalie zou praten? En als ik dat niet kon, was het nu niet het juiste moment om dat te doen?

Rond één uur belde Vera Martinsen.

‘Ik heb met het lab gesproken en zoals ik gisteren al tegen je zei, doen ze liever een urinetest. Maar op deze manier lukt het ook. Ze vragen zich nu af of er een chromatografische test moet worden gedaan of dat er volstaan kan worden met een immunologische screentest?’

‘Wat is het verschil?’

‘De laatste is sneller en eenvoudiger als je naar een specifieke stof zoekt.’

‘Dat doe ik.’ Ik vertelde haar om welke stof het ging.

‘Oké,’ zei ze. ‘Maar voordat ik je die dienst bewijs, moet ik zeker weten dat het niet als een boemerang bij me terugkomt, Roy.’

‘Dat beloof ik je,’ zei ik. ‘Dit heeft niets te maken met de zaken waar Olsen zich mee bezighoudt.’

‘Dan vertrouw ik je op je woord.’

‘Doe dat,’ zei ik, en ik hoopte dat het net zo zelfverzekerd klonk als ik me voelde. Ik verbrak de verbinding.

De klanten bleven in een gestage stroom komen en elke keer dat ik het geluid van een SUV hoorde die bij een pomp stopte, keek ik op en verwachtte half dat het Kurt was. Maar hij kwam niet. Niet voor vijf uur, toen hoorde ik een Land Rover. Hij stapte uit en verdween uit het zicht. Hij liep kennelijk om het tankstation heen. Toen dook hij weer op en kwam langzaam naar de ingang gelopen met nog krommere benen dan anders. Hij kwam binnen en ging voor de toonbank staan met zijn duimen achter de gesp van zijn riem als de sheriff die hij volgens hem was.

'We kunnen elkaar niet op deze manier blijven ontmoeten, Roy.'

Ik vroeg me af hoelang hij over deze openingszin had nagedacht.

'Ik heb wat vragen voor je, hier of...' Hij aarzelde.

'Op het bureau,' vulde ik zijn zin aan. 'Hier is prima.'

Hij lachte even. 'Ik neem aan dat je gehoord hebt dat Anton Moe dood is aangetroffen?'

Ik knikte en zag aan Kurt dat hij verwachtte dat ik daar iets over zou zeggen, dus dat deed ik niet.

Kurt wisselde van standbeen. 'In verband daarmee vraag ik me af waar jij zaterdag rond halfelf was.'

In de stilte die volgde hoorden we het geluid van de personeels-wc die doorgetrokken werd en een deur die openging.

'Egil!' riep ik.

Hij kwam op ons afgelopen.

'Egil, waar was ik zaterdag om halfelf?'

Hij keek van mij naar Kurt en weer terug. Krabde zich achter zijn oor. 'Je was hier, toch?'

'De politiebrigadier wil een duidelijk antwoord.'

'Wie?'

'Kurt.'

'O, ja. Even goed nadenken... Zaterdagochtend. Ja, toen was je hier. Weet je dat niet meer? Je zat in de achterkamer en probeerde de fout in de boekhouding te vinden.'

Ik wilde daar inbreken, maar was niet snel genoeg.

'Je draaide de deur op slot en wilde niet gestoord worden,' zei Egil, duidelijk tevreden dat hij ook de niet noodzakelijke details kon opsommen. Ik vloekte in mezelf.

'En heb je hem niet gestoord?' vroeg Kurt.

'Wel geprobeerd,' zei Egil. 'De teller van een van de pompen hield ermee op, maar hij reageerde niet op mijn kloppen op de deur dus ik ben naar buiten gelopen en heb het zelf gerepareerd.'

Kurt trok een wenkbrauw op en keek me aan.

'*Earpods*,' zei ik, wijzend naar mijn oren. 'J.J. Cale en de boekhouding gaan heel goed samen.'

Kurt knikte. 'Mag ik die achterkamer zien?'

'Als je dat nodig vindt,' zei ik en ik probeerde onaangedaan over te komen.

Kurt lachte afgemeten en weer kreeg ik het gevoel dat hij iets had, dat hij een kaart achter de hand hield.

'Dat vind ik,' zei hij.

Op krukken ging ik hem voor naar de smalle achterkamer, waar ik tussen hem en de achterdeur ging staan, wijzend naar de stapels papieren op het bureau. 'Ik loop wat achter met de administratie, zoals je ziet.'

Maar Kurt was daar niet in geïnteresseerd, hij keek in plaats daarvan over mijn schouder. 'Waar gaat die deur naartoe?'

'Deze?'

'Dat is toch de enige deur daar,' zei hij en hij duwde een arm tegen die van mij waardoor ik wel aan de kant moest gaan. Hij draaide de knop om en opende de deur.

'Kijk eens aan. Daar staat je auto ook.' Hij klonk opgetogen. 'Zullen jij en ik even frisse lucht gaan happen, Roy?'

Ik zette de krukken voorzichtig op het natte asfalt.

De predikant reed net zijn auto uit de wasstraat, zag ons niet en reed weg.

Kurt wipte voldaan heen en weer op zijn laarzen van slangenleer terwijl hij een sigaret aanstak.

'Niet bepaald een sterk alibi dat je me hebt gegeven,' zei hij. 'Het is zelfs zo vreemd dat het tegen je kan werken. Hoe denk je dat het in de rechtbank zal zijn als aan Egil wordt gevraagd hoe vaak je in de afgelopen jaren de deur van deze kamer op slot hebt gedraaid en niet reageerde toen hij je riep om te komen? Dat hij dan zegt dat dat maar één keer was gebeurd? Namelijk op de dag dat Anton Moe werd vermoord?'

'Vermoord?' Ik smoorde een geeuw. 'Dacht dat zijn bestelbus op hem was gevallen?'

'Dat zeggen sommige mensen,' zei Kurt en hij trok aan zijn sigaret terwijl hij zacht trapte tegen de banden van mijn Volvo. 'Dat heb ik ook even gedacht. Totdat ik met zijn buurman sprak die vertelde dat het laatste levensteken van de boerderij een schot was. Om halfelf zaterdagochtend. De buurman kon dat tijdstip zo precies noemen omdat hij naar de radio luisterde en het geluid van het schot de inleiding verstoorde van die serie over het koningshuis.'

'Sorry, die serie ken ik niet.'

'Dus toen vroeg ik me af waar je op zaterdagochtend om halfelf op schiet?'

'Een ree?'

'Dat dacht de buurman ook,' zei Kurt. 'Dit is het jachtseizoen en reeën komen vaak naar de akkers, vooral in de ochtend. De buurman heeft vier jaar geleden een ree vanuit zijn keukenraam geschoten,' zei hij.

'Mysterie opgelost,' zei ik.

'Niet helemaal,' zei Kurt en hij zoog aan zijn sigaret. 'Er hing op zaterdagochtend een dichte mist. Je kon niet over de akkers uitkijken. Ik weet wat je nu gaat zeggen: dat de ree dicht bij het huis gestaan moet hebben, maar op dat tijdstip moet het beest maximaal vijftig meter van hem vandaan zijn geweest en van zo'n afstand mis je niet. We hebben alleen geen kadaver gevonden.'

Ik haalde mijn schouders op. 'Misschien was het geen schot, misschien kwam het geluid ergens anders vandaan.'

Kurt schudde zijn hoofd. 'Aan de wand in de schuur hing een Remington-geweer. Ik heb het gecheckt. Je ruikt het nog minstens een week als daarmee geschoten is en er was geen twijfel mogelijk. Er is onlangs mee geschoten.' Kurt boog zijn knieën terwijl hij nog steeds heen en weer wiebelde, hij leek zich kostelijk te vermaken. 'Dan begin je toch te denken: waarom heeft hij geschoten? Om zich te verdedigen? Tegen iemand die een gevaar voor hem was?'

Ik keek op mijn horloge. 'Kan het tempo wat omhoog, Kurt?'

Hij lachte. 'Je zegt het maar. Maar zullen we naar een plaats gaan waar we zeker niet gestoord zullen worden?'

'Waarom?'

'Dat merk je dan wel.'

Ik knikte naar de werkplaats.

'Goed,' zei Kurt en hij trapte zijn sigaret uit.

Ik draaide de deur van het slot en ging voor. Ik zette mijn krukken tegen de muur naast de fiets, schoof een stoel naar hem toe en ging op de andere zitten. Kurt bleef voor de fiets staan.

'Verdwenen?' vroeg hij en hij duwde de punt van zijn laars op de plek waar de ketting had gezeten.

'Ik had die ergens anders voor nodig,' zei ik.

'O ja, ik heb weleens gezien dat een fietsketting als een soort Engelse sleutel wordt gebruikt.'

'Juist,' zei ik huiverend. Misschien omdat het moordwapen – of wat daar nog van over was – in de schepbak lag die op minder dan een meter afstand boven zijn hoofd hing. Of mogelijk omdat ik bedacht dat het lijk van zijn vader, waar hij al zo lang naar zocht, in dezelfde schepbak was opgelost. Of het kwam gewoon doordat het in de werkplaats zo koud was.

'Pest of cholera,' zei Kurt en zijn blik ging door de werkplaats, hij stond nog steeds alsof hij het overzicht wilde bewaren. Uiteindelijk ging hij toch zitten. 'Moeilijke keuze of niet, Roy?' Hij zakte onderuit en sloeg zijn armen over elkaar.

'Nee,' zei ik. 'Cholera.'

'O?'

'Minder dodelijk dan de gewone pestvarianten.'

'Ook best,' zei Kurt. 'In dit geval dus de pest.'

Hij ging met zijn hand in zijn zak, trok zijn gebalde vuist eruit en opende die voor mijn neus. In zijn hand lag een klein stukje metaal.

'Herken je dit?'

'Zou dat moeten?'

'Dat is de kogel uit je been.'

'Jezus,' zei ik en ik verschoof op mijn stoel. 'Hoe ben je daaraan gekomen?'

Kurt hield de bebloede kogel tussen duim en wijsvinger en bestudeerde hem. 'Toen de buurman zei dat er een schot gelost was, herinnerde ik me dat jij beweerde dat je een schietongelukje in huis had gehad. Ik herinnerde me ook een paar andere zaken. Bijvoorbeeld die keer dat je mijn zonnebankuurtje kwam verstoren met het verhaal dat Moe zijn dochter misbruikte.'

Dat herinnerde ik me ook maar al te goed. Ik was de zonnestudio van Grete binnengestormd en het enige wat ik zag toen ik mijn verdenkingen uitte was de sigarettenrook die tussen de zonnepanelen omhoog kwam gekringeld. En dat Kurt alles als onzin had afgedaan.

Hij ging verder: 'Kort daarna liep Moe rond met een flinke wond in zijn gezicht en jij had een kapotte hand. Dacht je dat ik één en één niet bij elkaar op kon tellen, Roy?'

Ik had de neiging daar antwoord op te geven, maar liet het toch maar achterwege.

'Dus ik heb Stanley vanmorgen gebeld,' zei hij. 'Hem uitgelegd dat we deze zaak als een moordzaak behandelen met het risico op herhaling en dat hij de plicht heeft me te informeren. Ik heb hem gezegd in het afval te zoeken naar de kogel. En *voalla*.'

Ik liet zijn Frans maar voor wat het was en vroeg hem wat hij bedoelde met het risico op herhaling.

'Kijk je geen televisie, Roy? Dat is bij een seriemoordenaar als jij altijd het gevaar.' Kurt sloot zijn hand rond de kogel. 'Jij en ik weten allebei dat als we deze kogel en het geweer van Moe naar KRIPOS sturen, het ballistisch onderzoek zal aantonen dat de kogel uit jouw been afkomstig is uit het geweer van Moe. Dat brengt jou op de plaats delict. Dan heb je wel een paar dingen uit te leggen.'

'Zoals wat dan?'

'Bijvoorbeeld dat ik alle wonden in het gezicht van Moe niet kan rijmen met de wielkast. Dat er verse haksporen in de vloer zitten alsof iemand daar iets uit het hout heeft gehakt met een mes of een breekijzer. Jij denkt dat je slim bent, Roy, maar in feite is het niet zo verrekte moeilijk te reconstrueren wat er is gebeurd. Jij hebt een bezoekje gebracht aan Moe en hem vervolgens aangevallen. Moe heeft geprobeerd zich te verdedigen met zijn geweer, maar hij heeft je slechts in je been kunnen schieten voordat jij hem met iets doodsloeg, duidelijk deze keer niet met je blote vuisten, want je knokkels zien er ongeschonden uit. Het bloed van Moe en jezelf heb je uit de vloer gehaald en je hebt de plaats delict zo geënsceneerd dat het op een ongeluk lijkt. Hoe ver zit ik ernaast, Roy? Je hoeft geen antwoord te geven, het is een… hoe noemde je dat ook alweer? Retorische vraag?'

Kurt opende zijn hand weer.

'Deze kogel betekent twintig jaar gevangenis voor je. Daarom noem ik die de pest, maar cholera is ook mogelijk.'

Hij keek me aan. Tot ik deed wat hij wilde en hem vroeg hoe dat mogelijk was.

'Als jij de moord op mijn vader bekent. Dat je hem Huken in hebt gegooid en daarna een lege boot met zijn laarzen het water op hebt geduwd zodat het eruit zou zien alsof mijn vader een zielige zelfmoordenaar was. Oké?'

Hij keek me aan en leek zich ervan te willen verzekeren dat ik de deal had begrepen.

Ik schraapte mijn keel. 'Het lijkt me hetzelfde.'

'Ja, toch? Gearrangeerde ongelukken, dat is jouw…' Hij zocht naar het woord.

'Modus operandi?' opperde ik.

Hij schudde zijn hoofd. 'Jouw methode,' zei hij.

'Oké,' zei ik. 'Maar ik bedoelde dat jouw pest en cholera hetzelfde lijken.'

'Nee, nee, ten eerste zijn er verzachtende omstandigheden omdat je nog maar achttien was. Ten tweede wordt de straf voor een moord die zo lang geleden is gepleegd gereduceerd. Je krijgt hoogstens vijf jaar.'

'En jij krijgt... wat?'

De temperatuur in Kurts blik daalde vele graden. 'Ik heb de naam van mijn vader gezuiverd.'

Ik knikte. 'Dus wat stel je voor?'

'Een deal. Dat je de moord op mijn vader bekent tegen dat ik deze kogel in het Budalsvann gooi.'

Het knikken van mijn hoofd werd langzaam minder tot het uiteindelijk nog nauwelijks te zien was. 'Dus,' zei ik, 'Natalie Moe zal nooit weten wie haar vader heeft vermoord omdat jouw familie-eer redden belangrijker is.'

Ik kon nu haast fysiek de kou in Kurts blik voelen. 'Een beter aanbod zul je niet krijgen, Roy. Dus wat zeg je daarop?'

Ik krabde over mijn kin. Sinds Natalie had geklaagd dat mijn vijfdagenbaard haar huid openhaalde, was ik begonnen me elke dag te scheren. Tot zaterdag. Nu jeukte mijn huid.

'Ik weet dat je graag de gewiekste onderhandelaar uithangt, Kurt, zoals met de camping, maar je bent het niet echt.'

'O nee?' zei hij op afgemeten toon.

'De beste manier voor een geslaagde onderhandeling is dat beide partijen in hetzelfde schuitje zitten.'

'Dat doen we toch?' zei hij. 'Jij krijgt een lagere straf en ik zuiver de naam van mijn vader.'

'Luister nu eens even, Kurt. Laten we – hypothetisch – zeggen dat je gelijk hebt dat ik twee moorden heb gepleegd. Zodra ik heb bekend dat ik je vader heb vermoord, heb jij geen reden meer om de kogel in het water te gooien en zal ik veroordeeld worden voor twee moorden. Omgekeerd, als we ermee beginnen dat jij de kogel weggooit, dan heb ik geen reden meer om te bekennen en dan zit jij met twee onopgeloste moordzaken. Wat jij moet doen is een *balance of terror* scheppen, een situatie waarbij de ondergang van de ene partij tegelijkertijd de ondergang van de andere partij betekent. Maar het is duidelijk, dat vergt wel enige intelligentie die...'

Deze keer zag ik het aankomen, maar ik deed er niets mee. Kurt sloeg niet, maar hij wierp zich op me. Hij greep mijn arm bij de pols en draaide die zodat ik van de pijn op mijn knieën moest zakken terwijl Kurt achter me stond en in mijn oor siste: 'Ik laat me niet de les lezen door een verrekte, woordblinde boerenkinkel die in zijn ene hand een tankpistool heeft en in de andere een moordwapen. Is dat duidelijk?'

'Duidelijk,' kon ik kreunend tegen de koude betonvloer uit mijn mondhoek persen.

'Dus wat wordt het?'

'De pest.'

'Hè?'

'De pest! Enne... je mishandelt een gewonde man.'

Hij liet me los en ik krabbelde weer overeind.

'Dus jij wordt liever veroordeeld voor de moord op Moe?' Kurt fatsoeneerde zijn spijkerjas alsof het een dure blazer was.

'Ik beken niets wat ik niet heb gedaan,' zei ik.

'Zoals je wilt. Je gaat daar spijt van krijgen, Roy. Want ik zal bewijzen vinden dat je mijn vader ook hebt vermoord.'

'Doe wat je moet doen,' zei ik en ik veegde het vuil van mijn wang. 'Trouwens, die stijlfiguur die je gebruikte van het tankpistool in mijn ene hand en het moordwapen in de andere was best indrukwekkend. Helemaal niet slecht.'

Hij zond me zijn laatste als-blikken-konden-dodenblik en draaide zich om. Zijn voetstappen veroorzaakten korte, kwade echo's in de hal. Toen hij de deur achter zich dichtsmeet, zakte ik terug op mijn stoel.

Ik toetste een bericht op mijn telefoon.

GECONDOLEERD.

Wiste het weer, dat was te koud, zelfs voor Roy de Verschrikkelijke. Niet dat de nieuwe tekst die ik schreef veel beter was: IK HEB GEHOORD OVER JE VADER. BEL ME ALS JE WILT PRATEN.

Maar wat kon ik anders doen? Bekennen dat ik haar vader had willen mishandelen omdat ik ervan overtuigd was dat hij haar had verkracht toen ze hulpeloos was en dat het geëindigd was in moord? Wie had daar iets aan? Het enige wat ik kon doen was zeggen dat ik er zou zijn als ze me nodig had. Ze kon ervoor kiezen niet te reageren als ze alles en iedereen van Opgard haatte.

Ik drukte op verzenden.

32

Mijn hersenen hadden even rust nodig.

Dus ik concentreerde me op de praktische beslommeringen. De dagelijkse gang van zaken van een tankstation. En ik sprak met mijn boekhouder in Notodden die de papieren regelde van de verdeling in drieën van Fritt Fall. Ik maakte vijftig miljoen over van de lening naar Os Spa en met de nieuwe aandelenportefeuille was ik met zesendertig procent de grootste aandeelhouder van het bedrijf. Carl bood aan een aandeelhoudersvergadering te beleggen zodat ik in het bestuur zitting kon nemen, maar ik zei dat dat niet nodig was, ik zou de aandelen slechts zes maanden behouden en ik moest hoe dan ook de meerderheid in het bestuur volgen die zonder twijfel alles slikte wat Carl voorstelde.

Deze afleidingen hielpen me wel om niet de hele tijd te denken aan Natalie en de tikkende tijdbommen, maar ze dempten niet de pijn in mijn been. Ik zou ook met deze dosis pijnstillers niet kunnen slapen. Dus ik besloot de olijfgroene pillen van Carl uit te testen. En die nacht sliep ik als een blok.

Natuurlijk wist ik dat dit soort zelfmedicatie niet aan te bevelen is en dat ik het risico liep er verslaafd aan te raken, maar ze hielpen wel.

Na drie dagen besloot ik toch te stoppen en lag ik tot vier uur wakker. Ik ging naar de keuken en nam een pil en zei tegen mezelf dat die echt de laatste was. Het volgende wat ik me herinner is dat ik in mijn bed lig en dat Carl me door elkaar schudt.

'Ze hebben van het tankstation gebeld om te vragen waar je blijft,' zei hij met zo'n schelle stem dat ik begreep dat hij nogal wat moeite had moeten doen om me tot leven te wekken. Ik pakte mijn telefoon van het nachtkastje. Zes gemiste oproepen van Egil en eentje van Vera.

'Wat heb je tegen ze gezegd?' vroeg ik terwijl ik op één been stond en mijn jeans probeerde aan te trekken.

'Dat je je had ziekgemeld. Maar daar had Egil niets over gehoord, zei hij.'

'Ik kon zo snel geen mensen vinden die me konden vervangen,' zei ik en ik zette voorzichtig beide voeten op de grond. 'Het gaat trouwens veel beter met mijn been.'

Het regende, de gestage regen die wij krijgen als niet alles in Vestlandet is gevallen. Mijn hoofd was nog steeds niet helder toen ik in mijn auto ging zitten, maar toch belde ik Vera.

'Wel verdomme, zeg!' zei ze nog voordat ik hoi had kunnen zeggen.

'Hoi! Wat is er?'

'Je had me beloofd dat mijn hulp niet als een boemerang terug zou komen, maar nu hoor ik van Ballistiek dat ze in verband met een mogelijke moordzaak een kogel onderzoeken die uit jouw been komt. Begrijp je in wat voor problemen ik kan komen als bekend wordt dat ik je heb geholpen?'

'O, verdomme. Toen ik met je sprak wist ik niet dat Kurt zich zou gaan verdiepen in een ongelukje in huis dat ik met ons geweer heb gehad.'

'Wat voor ongelukje?'

'Ik was het geweer aan het schoonmaken en probeerde de trekker. Ik was vergeten dat er nog een kogel in de kamer zat.'

'En toen heb je jezelf in je been geschoten?'

'Ik lag op de bank met mijn been omhoog.'

In de geladen stilte die volgde probeerde ik te raden of ze mijn verhaal slikte of niet. Ten slotte schraapte ze haar keel. 'Ik heb het rapport gekregen van het lab.'

'Fijn! Wat hebben ze gevonden?'

'Geen alcohol, maar flunitrazepam. Beter bekend als rohypnol of roofie. Ik weet niet of je daar ooit van hebt gehoord?'

Mijn hersenen konden nog steeds niet helder denken. 'Jazeker,' zei ik. 'Maar ik dacht dat alleen verslaafden dat gebruiken?'

'Het is in elk geval lang geleden dat je het bij de apotheek kon krijgen. Rohypnol is een straatdrug vergelijkbaar met amfetamine en heroïne. Weet je zeker dat ze niet verslaafd is?'

'Weet je zeker dat het om een ze gaat?'

'Dergelijke bloedproeven vertellen van alles.'

'Ik dacht dat het slechts om een simpele screentest ging?'

'Het komt voor dat je meer info krijgt dan waar je om hebt gevraagd, Roy.'

'Wat bedoel je?'

'Ik hoorde van Gilliani dat je samen met een vrouw een reis naar Polen had geboekt en het mag dan vreemd klinken, maar dat stak een beetje. Jij en ik zijn nooit ergens naartoe gegaan.'

'Misschien steekt het iets minder als ik zeg dat het niet mijn idee was.'

'Een beetje. Gaat het om haar bloed? Wil je weten of ze een gebruiker is?'

'De laatste keer zei je dat je niet wilde weten waarom ik het bloed wilde laten testen zodat je een schoon geweten had.'

'Ja, klopt. Ik wil het niet weten. Dit gesprek stopt dan ook hier.'

'Oké, bedankt, Vera. *I owe you.*'

'*Love you?*'

'*Owe you.*'

'Nee, toch?'

'Jawel.'

'Oké dan.'

We lachten en hingen op.

Ik belde het hotel. Ik kreeg dezelfde vrouw van housekeeping te pakken met wie ik al had gesproken en ik vroeg naar de routine met betrekking tot de minibar.

Vijf minuten later was ik op mijn post in het tankstation, bedankte Egil dat hij was gebleven, drie uur zelfs, en zei dat hij de hele zondag vrij kon nemen en betaald zou worden. Hij grijnsde opgetogen terwijl ik mijn telefoon pakte die tegen mijn dij trilde. Ik las de naam op het scherm. Ik voelde dat ik het warm en koud kreeg. Ik drukte op opnemen.

'Hoi,' zei ik terwijl ik naar de achterkamer liep.

'Hoi,' zei Natalie. 'De begrafenis is vandaag.'

'Dat weet ik.'

'Kom jij ook?'

De predikant heette op een sacrale toon die paste bij de situatie iedereen welkom.

Ik was naar huis gegaan om een zwart pak aan te trekken, had geen tijd meer om mijn overhemd te strijken, maar ik zag er niet misplaatst uit op de tweede rij. Hoewel ik dat natuurlijk wel was: ik was op de begrafenis van de man die ik zelf naar de andere wereld had geholpen. Natalie had me voor de kerk opgewacht en we waren het erover eens geworden dat ik niet naast haar zou gaan zitten. Het kleine beetje familie dat ze nog had zat op de eerste rij en ik zat recht achter haar.

Terwijl de predikant in het eerste gebed voorging, had ik de tijd om rond te kijken.

Je kon niet zeggen dat iedereen er was. Bij de begrafenis van Willumsen was de opkomst groter geweest. Ook bij de vroegere politiechef, alhoewel er toen niets te begraven viel.

Maar er waren meer mensen dan bij vader en moeder en veel meer dan bij de herdenkingsdienst van Shannon die hier als immigrant maar kort had gewoond. Ja, misschien hoorde ik hier niet, maar het was in zekere zin ook traditie. Behalve bij de Deense afperser was ik van alle mensen die Carl en ik om zeep hadden geholpen op de begrafenis geweest.

De oud-burgemeester Jo Aas was er, Grete Smitt, Kurt Olsen. Julie zag ik ook.

De predikant zei dat de broer van de overledene een paar woorden wilde zeggen. Een magere man op de eerste rij stond op, liep naar het spreekgestoelte en ging erachter staan. Zijn toespraak was kort, niet sentimenteel en werd opgelezen van een blaadje dat zo heftig trilde dat de microfoon het geluid oppikte. Anton Moe zou een eerlijke, hardwerkende man zijn geweest die onopvallend door het leven ging en maar één doel had en dat was zorgen voor zijn gezin en bijdragen aan de lokale gemeenschap. En hij was grappiger dan de meeste mensen wisten. De broer vertelde over die keer dat hij een boterham had gepikt uit de lunchtrommel van Anton en dat Anton hem toen zacht tegen zijn achterhoofd had geslagen met een mattenklopper en had gezegd dat hij een houten plank had gebruikt als het de boterham met ham was geweest. De aanwezigen lachten beleefd. Ik weet niet waarom die armzalige anekdote me ontroerde. Misschien omdat die van een broer van hem kwam. Misschien omdat die getuigde van liefde, een genegenheid voor zijn broer die ik me ook nog kon herinneren, in een andere tijd. Toen hij nog mijn broertje was, het jochie voor wie ik moest zorgen, maar dat ik niet tegen onze vader kon beschermen. Het jochie van wie ik onvoorwaardelijk hield – dacht ik – tot de dag dat ik begreep dat er altijd voorwaarden waren.

De eerste keer dat ik het begreep was toen ik ontdekte dat hij Shannon had mishandeld. De tweede keer toen hij mijn deel van de grond had gestolen met een vervalste handtekening. Toen begon ik plannen te maken voor de broedermoord.

Maar de mens wikt, God beschikt.

Op de dag dat we het plan zouden uitvoeren, confronteerde Carl Shannon met het feit dat hij onmogelijk de vader kon zijn van het kind dat zij droeg. Ze maakten ruzie en hij doodde haar met een strijkijzer.

Toen gebeurde er iets wat ik nog steeds niet begrijp.

Zoals bij elke crisis vroeg Carl zijn grote broer om hulp, hij wist niet dat ik er ook mee te maken had. Waarom ik hem toen geen hulp weigerde, weet ik gewoonweg niet. Dat was toch tegennatuurlijk. Of misschien ook niet en was het zoals vader altijd zei: bloed is dikker dan water. In elk geval als alles verloren is. De saamhorigheid van een gezin is mogelijk een zegen, maar het is verdomme ook een vloek. Ik hielp Carl in elk geval iedere keer met wat mijn specialiteit was geworden: een moord zo arrangeren dat die eruitzag als een ongeluk of zelfmoord. Had ik ooit spijt gehad dat ik hem had gered? Dat is als vragen of je spijt hebt dat je terugslaat als je een vuist op je neus hebt gekregen. Het was geen keuze, het was voorgeprogrammeerd. Misschien was het me uiteindelijk ook niet gelukt Carl te vermoorden. Toen ik prutste aan de remleiding van vaders auto, was dat uit loyaliteit. Loyaliteit tegenover mijn kleine broertje dat me gesmeekt had vader te laten stoppen. Maar er was ook loyaliteit toen vader me vroeg hem te stoppen door het geweer klaar te zetten waarmee ik hem moest doden.

Zou het deze keer anders gaan? Zou ik iemand anders dan mezelf en mijn familie op de eerste plaats zetten?

Geschuifel en geritsel van kleding, ik begreep dat de predikant uit de Bijbel las en ik stond ook op. Niet lang daarna begonnen de klokken te luiden en de kist werd de regen in gedragen.

'Bedankt voor je komst,' zei Natalie die naast me was komen lopen toen we na de teraardebestelling het kerkhof verlieten.

'Niet meer dan logisch,' zei ik en ik pakte de paraplu over in mijn andere hand zodat zij ook droog liep. 'Hoe gaat het?'

Ze sloeg haar armen over elkaar en huiverde alsof ze het koud had in haar winterjas. 'Niet zo goed. Ik heb me ziekgemeld.'

'Dat is niet vreemd als je vader...'

'Niet om hem. Maar vanwege wat er is gebeurd op het personeelsfeest.'

'O?' Ik zag dat Kurt en Rita in de Land Rover stapten en wegreden. 'Je hebt duidelijk gezegd dat je het niet wilt vertellen en dat is oké, maar ik vraag me nog steeds af wat er is gebeurd.'

'Ik ook,' zei ze.

'Jij ook?'

'Ik herinner het me niet, Roy. Of beter: bijna niets.'

'Ja, dat is wat rohypnol met je doet.'

'Wat?'

'Er zat flunitrazepam in je bloed.'

Ze bleef staan en staarde me aan. 'Hoe weet...'

Ze werd onderbroken door een paar mensen die haar wilden condoleren. Ik liep door naar de parkeerplaats. Maar ineens was ze weer naast me.

'Ik had al het idee dat het dat was,' zei ze.

'O ja?'

'Soms konden we in Notodden aan roofie komen, dus ik herkende de bijwerkingen, dat je je naderhand niets meer herinnert. Maar ik had niets bij me op het feest, dus ik moet het van iemand hebben gekocht of gekregen.'

'Of iemand heeft het in jouw glas gedaan.'

Ze lachte. 'Dit is Oslo niet, Roy. Niemand in Os doet iets in je drankje.'

'Jawel, die avond was er iemand die dat heeft gedaan.'

'Wie dan?'

Ik hield het portier van mijn auto voor haar open en ze stapte in. Ik ging achter het stuur zitten. De regen liep als tranen over de voorruit terwijl we de laatste aanwezigen in hun auto zagen stappen en wegrijden.

'Wie dan?' herhaalde ze haar vraag.

'Carl.'

Ze keek me argwanend aan.

'Jullie hadden seks,' zei ik. 'Herinner je je dat?'

Ze schudde langzaam haar hoofd zonder haar blik af te wenden.

'Daarom noemden ze het de vergeetpil,' zei ik.

'Ik wist wel dat ik met iemand op het feest seks heb gehad,' zei ze. 'Toen ik wakker werd zag ik bloedvlekjes en sperma in mijn onderbroek. Sorry voor de details.'

'Dat had je inderdaad, want er zat ook bloed op het onderlaken in de bruidssuite. Dat bloed heb ik laten analyseren.'

'Maar hoe weet je dat het Carl was?'

'Hij heeft me dat verteld.'

'Hij heeft je dat vertéld?'

'Maar niet dat hij iets in je drankje heeft gedaan. Hij loog en zei dat jullie allebei dronken waren voordat jullie in de bruidssuite belandden.'

'Hoe weet je dat dat niet het geval was? Ik kon drugs hebben genomen zonder dat hij het verschil merkte tussen high of dronken.'

'Mogelijk. Maar hij loog toen hij zei dat je de minibar had leeggedronken. Dat zou verklaren waarom je in de taxi geholpen moest worden. Maar er was geen spoor van alcohol in je bloed...'

'Ik kon na de seks met de minibar zijn begonnen.'

'Nee, ik heb het nagevraagd in het hotel. De minibar in de bruidssuite werd op zaterdag en zondag niet bijgevuld omdat daar niets uit was gehaald.'

Natalie blies tegen de voorruit die daarop besloeg.

'Oké, dan loog hij dat ik had gedronken,' zei ze. 'Dat betekent niet dat hij over de rest loog. Hoe moest hij aan rohypnol komen? Dat is nauwelijks nog te krijgen.'

Ik stak mijn hand in mijn zak en hield een van de olijfgroene pillen voor haar.

'Jij hebt het,' zei ze.

'Niet ik, deze zijn van Carl. Hij heeft acht jaar geleden rohypnol gekregen. Tegen angst en als slaapmiddel.'

'Dat heeft hij niet voorgeschreven gekregen door een arts,' zei Natalie. 'Ze zijn daar al een eeuwigheid geleden mee gestopt. Ze schrijven nu iets anders voor.'

'Dat klopt, maar hij ging niet naar een arts.'

'Waarom niet?'

Ik keek haar aan. Wat moest ik antwoorden? Dat een man die zojuist zijn vrouw heeft vermoord zijn arts niet achterdochtig wil maken door te vertellen dat hij niet kan slapen en lijdt aan angstaanvallen? Dat hij de pillen via via in Oslo had gekocht?

'Vergeet het,' zei ze. 'Ik begrijp het. Hij was het. Het was Carl.'

'Ik geloof niet dat je dat nu pas doorhebt,' zei ik. 'Ik geloof dat je het al wist toen je me de volgende ochtend sprak.'

Ze gaf geen antwoord.

'Klopt dat niet?'

Ze knipperde met haar ogen alsof ik vlak voor haar gezicht in mijn handen had geklapt.

'Ik herinner me dat hij aangeschoten was en na het diner in de bar met me flirtte,' zei ze. 'En dat ik dat belachelijk vond.'

'Omdat hij je chef is?'

Ze sloeg haar ogen ten hemel. 'Omdat hij jouw broer is, idioot. Toen ik het sperma in mijn slipje zag, kwam ik via eliminatie tot de conclusie dat alleen hij het kon zijn geweest.'

'Was het om die reden dat je besloot dat je me niet meer kon zien? Je dacht dat je drugs had gebruikt en vrijwillig seks had gehad met mijn broer?'

'Ik weet niet hoe je mij ziet, maar het was niet de eerste keer dat me zoiets gebeurde. Minus dat met een broer. Maar het was de eerste keer dat ik met iemand anders was terwijl ik een verhouding had.'

'Ja, want dat was het?' zei ik en ik keek haar aan. 'Een verhouding?'

'Vind jij van niet?'

'Ik ben niet zo op de hoogte van de termen, maar voor mij was het dat wel.'

'Mooi, voor mij ook.'

We keken elkaar aan. Heel lang. Ik wist dat als ik haar probeerde te kussen dat ze me dan zou tegenhouden. Ten eerste omdat haar vader net begraven was en we konden het graf zien vanwaar we zaten. Ten tweede omdat het minder dan een week geleden was dat mijn broer zijn zaad in haar had gespoten. Ten derde omdat het allemaal nieuwe informatie was die verwerkt moest worden. Alleen wilde ik haar zo graag hier en nu kussen. Of niet? Ja, dat wilde ik absoluut.

‘Wat stel je voor dat ik nu doe?’ vroeg ze.

‘Wat denk je zelf?’

‘Dat ik óf aangifte moet doen tegen je broer óf dat ik ander werk moet zoeken in een plaats waar ik hem zeker niet tegenkom.’

‘Oké.’

Ze kreunde. ‘Wat bedoel je met oké?’

‘Ik bedoel dat jij beslist.’

‘Maar verdomme, Roy, jij hebt me dit allemaal verteld, jij hebt me deze info gegeven.’

‘En nu heb je die.’ Ik haalde tweemaal diep adem. ‘Ben je van plan je weg te laten jagen uit je geboortedorp door een verkrachter en je te laten beroven van het leven dat je zou kunnen hebben?’

Ze staarde voor zich uit. Het regende nu flink. ‘Als ik aangifte doe, wil je me dan helpen?’

Ik pakte het stuur stevig vast. ‘Dat zou ik graag doen, Natalie. Maar als je bij Kurt Olsen aangifte doet, dan help ik je het best door me helemaal afzijdig te houden.’

‘Ik begrijp het,’ zei ze snel. ‘Hij zit achter je aan. Prima.’

‘Je hebt de informatie die ik heb gevonden. Doe alsof je dat allemaal zelf hebt ontdekt en laat hem alles nogmaals onderzoeken. Het bloed, de pillen, de minibar. Alles.’

Ze knikte. Wilde het portier opendoen, maar stopte.

‘Waarom?’ zei ze.

‘Waarom wat?’

‘Waarom gooi je je broer onder de bus? Hij is ondanks alles…’

‘Alles wat ik heb aan familie,’ maakte ik haar zin af. ‘Nou…’

‘Nou?’

‘Sommige takken aan de stamboom zijn rot en hadden al lang moeten zijn afgezaagd.’

Ze keek me aan met een merkwaardige blik en huiverde. Toen stapte ze uit en verdween in de regen. Mijn woorden bleven als een echo in de auto hangen. Ik huiverde zelf.

33

De eerste tekeningen van Glen Moore en Rocky Mountain Constructions arriveerden. Het waren eigenlijk slechts technische specificaties van de tekeningen van Shannon, toch waren ze zo mooi en spannend dat ik me er maar nauwelijks van kon losrukken.

Moore schreef ook dat ze een wiskundig genie moest zijn geweest, want dit was fysica die je niet leerde tijdens de studie bouwkunde, maar toch waren alle dimensies correct. Hij had ook een planning, een betalingsschema en een contractvoorstel, gebaseerd op de werkzaamheden die RMC in Polen had gedaan, meegestuurd. Op het eerste gezicht leek het allemaal in orde, maar ik had een afspraak met de advocaten van het hotel die de contractbepalingen nauwgezet zouden doornemen. Er was geen sprake van potentiële dealbreakers, maar ik wilde bepaalde voorwaarden bespreken en bovendien een paar van ons in het contract hebben.

Het debat over de rijksweg ging niet meer over het rapport en de Toddetunnel, maar focuste op alternatieve tracés. Maar alle – zowel de waarschijnlijke als de minder waarschijnlijke – gingen ervan uit dat de weg door Os bleef gaan.

Natalie belde en nodigde me uit voor het eten.

'Zeker weten?' vroeg ik.

'Nee,' zei ze. 'Maar we kunnen daar beginnen.'

'Ik bedoelde het eten. Je zei toch dat je niet kunt koken?'

'Ik maak wel iets simpels.'

'Of ik kom je helpen.'

'Wil je zeggen dat je liever iets ingewikkelds hebt?'

Toen we ophingen stelde ik me dezelfde vraag, dat leek verdomd wel zo. Ik douchte, kleedde me aan en kamde mijn haar alsof het om een eerste date ging.

'Je loopt zonder krukken,' zei ze toen ze deur opendeed.

'Ze pasten niet echt bij me.'

Het was natuurlijk heel genereus van haar dat ze me beloonde met gelach, maar ik vond het heerlijk.

'Nee, bedankt,' zei ze toen ze de wijnfles zag die ik had meegenomen.

'Zonder alcohol,' zei ik.

Ze trok haar neus op. 'Vreselijk, of niet?'

'Vast. Maar ik overweeg om die in het assortiment van het tankstation op te nemen. Je kent het...'

'Wanhopige vakantiegangers die niet op tijd drank in hebben kunnen slaan?'

'Right.'

Ze kwam erop terug toen we haar verrassend goede lasagne aten en de wijn dronken die inderdaad niet best smaakte.

'Jij bent de enige persoon in Os die dat woord gebruikt. Right.'

'Carl en ik,' zei ik. 'Dat woord gebruikte mijn moeder vaak. Ze werkte voordat ze naar Opgard verhuisde als huishoudster in de stad.'

'Dus daarom spreekt Carl ons dialect niet?'

'Daar is hij mee gestopt tijdens zijn studie in Minneapolis. Hij zei dat hij dat deed om zich verstaanbaar te maken bij de andere Noorse studenten die hoofdzakelijk uit Oslo en Bærum kwamen. En omdat het gewone Noors makkelijker was voor Shannon toen ze op Noorse les zat.'

'*Bullshit.*'

'*Well put, native.*'

Ze glimlachte. 'Ik ben daarin geen uitzondering, maar zouden we niet tevreden zijn met wat we zíjn.'

'Hm. Is dat een vraag?'

'Als jij daarop een antwoord hebt wel.'

'Laat ik een poging doen. We zijn niet tevreden omdat we altijd denken dat er iets ontbreekt. Daarom imiteren we degenen van wie we denken dat ze perfect zijn, die zichzelf goed genoeg vinden. We kleden, praten, eten, wensen en zoeken hetzelfde als zij.'

'Net als modellen,' zei ze. 'Mimetisch verlangen.'

'Oei.' Ik tilde mijn glas op. 'Je hebt René Girard gelezen.'

'Nee, maar we hadden een docent marketing die enorm vol van hem was. Dat we willen hebben wat anderen, tegen wie we opkijken – de modellen –, hebben. Denk je dat het daarom was?'

Ik merkte aan haar waar ze heen wilde, maar toch vroeg ik wat ze bedoelde.

'Carl,' zei ze. 'Wilde hij mij hebben omdat ik van jou ben?'

Ik dacht aan Shannon. 'Ik geloof niet dat het zo simpel is,' zei ik.

'Waarom niet? Jij bent toch zijn grote broer. Zijn voorbeeld.'

'Het omgekeerde is eerder het geval.'

'Het omgekeerde?'

'Ik mag dan ouder zijn, maar hij had wat ik zo graag wilde hebben. Hij was beter op school dan ik. Hij was charmant, stoer, populair bij iedereen, kon krijgen wie hij maar wilde. Hád wie hij maar wilde.'

'En jij wilde wat hij had?'

Ik haalde mijn schouders op.

'Nog steeds?' vroeg ze.

Ik nam een slok van de slechte wijn. 'Met het ouder worden word je completer, meer tevreden met wie je bent en wat je hebt. Dus nee, ik wil niet hebben wat hij heeft.'

'Niet? Zijn hotel wil je niet hebben? Zijn nieuwe huis? Jij verlangt er niet naar de koning van Os te zijn?'

'Jij wel?'

'Nee!' zei ze lachend. Toen – alsof ze zich weer herinnerde waar we het over hadden – werd ze weer serieus. Ze keek naar haar bord en prikte in haar eten. 'Dus als het zo is dat je broer gewend is te krijgen wat hij wil, waarom dan toch op deze manier de vrouw nemen van wie hij weet dat ze bij zijn broer hoort?'

Ik haalde mijn schouders weer op. 'Omdat hij dronken was en jij de aantrekkelijkste vrouw op het feest.'

'Maar hij die kan krijgen wie hij wil, moest een drug in mijn glas doen om me te krijgen?'

Ik gaf geen antwoord.

'Jij was degene die zei dat het niet zo simpel was,' zei ze. 'En nu probeer je het te versimpelen.'

Ik zuchtte en keek uit het raam. Het begon alweer vroeg donker te worden. 'Ik weet het niet, Natalie. Misschien weet hij het zelf ook niet. Misschien is het een vorm van kleptomanie.'

'Dat moet je me uitleggen.'

'Misschien is het een dwanghandeling. Zoals anderen verslaafd raken aan gokken, zoekt hij spanning met iets waarvan hij weet dat hij niet alleen de gevangenis riskeert, maar ook sociale verstoting.'

Natalie zag er absoluut niet overtuigd uit.

'Nu we het toch over de gevangenis hebben,' zei ik. 'Ben je...'

Ze knikte. 'Ik was gisteren op het politiebureau, maar ik heb er nog niets over gehoord.'

'Heb je met Kurt Olsen gesproken?'

'Ja, hij raadde me aan te wachten met de aangifte tot hij wat onderzoek had gedaan. Dat was voor mijn eigen bestwil, zei hij.'

'O ja?'

Ze haalde haar schouders op. 'Hij zei dat hij wilde checken of het genoeg was omdat een aangifte die tot niets leidt me in een verkeerd daglicht zou kunnen plaatsen. Dat snap ik wel. Mensen denken vaak dat een vrouw haar reputatie wil redden door te beweren dat ze verkracht is of dat ze zich wil wreken op de man die niets meer met haar te maken wil hebben. Zullen we het over iets anders hebben? Ik heb behoefte aan...'

'Graag,' zei ik.

Ze schoof haar stoel iets naar achteren zodat ik haar helemaal zag.

Zette die blik op. Ik schoof zelf ook een beetje naar achteren. Sloeg mijn armen over elkaar.

'Hoe was de lasagne?' vroeg ze en ze knipperde met haar ogen.

'Zoals ik al zei, die was… heel goed.'

'Je hebt er maar twee keer een compliment over gemaakt.'

'Nu drie keer,' zei ik langzaam.

'Dat telt niet, ik moest ernaar vragen.'

'Oké, hoeveel keer had ik een compliment moeten maken?'

'Vier bij het hoofdgerecht, twee bij het toetje.'

'Dus er komt nog een toetje?'

'Ja,' zei ze en ze stond op. Knoopte haar jurk open, liet die op de grond vallen en liep heupwiegend door de kamer.

'Je bent vergeten ondergoed aan te trekken,' zei ik.

'Oeps,' zei ze en ze kroop op handen en knieën op de bank met haar billen naar mij gericht. Ze draaide haar hoofd naar me om en keek me met een omfloerste blik aan.

'Een fantastisch…' zei ik en ik moest slikken, '…goed toetje.'

Ergens na middernacht vertrok ik naar huis omdat ik niet de juiste kleren aanhad voor het werk morgen. Carl zat met een biertje in de wintertuin.

Vanuit de keuken riep ik naar hem dat ik naar bed ging, maar hij riep iets naar me.

'Wat is er?' vroeg ik.

'Kurt kwam naar het hotel,' zei hij zonder zijn blik van het uitzicht af te wenden. 'Die verrekte bitch overweegt aangifte tegen me te doen.'

'Bitch?'

'Natalie Moe. Ze beweert dat ik een verkrachtingsdrug, genaamd rohypnol, in haar glas heb gedaan. Alsof ik dat heb.'

'Niet? Heb je dat toen niet in Oslo aangeschaft tegen angst en slapeloosheid?'

'Was dát rohypnol? Mogelijk, maar het kan in elk geval nu niet meer gewerkt hebben.'

'Zeg dat niet. Ik heb net gelezen dat de meeste medicijnen nog jaren werken nadat de uiterste houdbaarheidsdatum is verstreken.'

'O ja?' Hij keek me aan.

Weer zag ik die vreemde blik in zijn ogen, die me aan iets deed denken. Nu besefte ik waaraan. Die deed me denken aan de blik die vader me over de ontbijttafel kon geven. Gepijnigd, maar tegelijkertijd hard.

'Misschien dom van me,' zei hij, 'dat ik die pillen al lang geleden heb weggegooid.'

Ik knikte slechts en wist dat de pillen uit de la zouden zijn verdwenen als ik keek.

Hopelijk had hij niet gemerkt dat er een aantal ontbraken.

'Wat zei Kurt?' vroeg ik. 'Zit je in de problemen?'

Carl haalde zijn schouders op. 'Kurt heeft het natuurlijk op me gemunt, vooral omdat hij maar geen vat op jou kan krijgen. Maar hij heeft gezegd dat ze haar bloed heeft laten onderzoeken en dat er sporen van rohypnol in zaten, maar dat bewijst niets. Alleen maar dat ze die drug heeft genomen. En dat is niets nieuws, ze is immers veroordeeld voor drugsgebruik.'

'Is dat zo?'

'Wist je dat niet? Je mag blij zijn dat je niets meer met die vrouw te maken hebt, Roy. Nee, ik zit niet in de problemen, ze heeft met die aangifte geen poot om op te staan.'

'Heb je Kurt verteld dat je die avond met haar hebt gevreeën?'

'Ben je gek?' Carl lachte vreugdeloos. 'Niet dat het strafbaar is om met haar te neuken, maar ik geloof niet dat ik de zaak complexer moet maken door dat te bekennen. Ik blijf zeggen wat ik tegen Kurt zei, dat ze high was en dat ik ervoor heb gezorgd dat ze in de bruidssuite kon liggen en dat is dat. De rest is haar woord tegen het mijne. Dat wil zeggen, zo zit het niet eens want ze heeft toegegeven dat ze zich geen bal herinnert van wat er is gebeurd.'

'Dan moet het goed gaan,' zei ik.

Carl nam een slok uit zijn flesje. 'Als de politie je vraagt wat ik je heb verteld over wat er is voorgevallen, dan zeg je niets, oké.'

Ik hield mijn hoofd schuin. 'Wat denk je zelf, broertje?'

Carl lachte even. 'Nee, we weten zoveel van elkaar. Dat zou een atoomoorlog worden, of niet?'

Ik gaf geen antwoord. Hij draaide zich helemaal om en nam me op.

'Wat zie je er netjes uit. Waar ben je geweest?'

'Uit eten,' zei ik.

'Met wie?'

Ik dacht na. Seconden verstreken.

'Met iemand die het tankstation wil kopen.'

'Wat? Overweeg je dat te verkopen?'

'Nee,' zei ik en ik geeuwde. 'Maar ik wilde horen wat hij me bood. Het is altijd interessant te weten wat dingen écht waard zijn, toch?'

Carl zag er een beetje verbaasd uit.

'Welterusten,' zei ik, ik draaide me om en vertrok.

34

Erik en ik bestudeerden de poster die ik bezig was naast de ingang van Fritt Fall op te hangen.

'Het lijkt wel of ik die tekening eerder heb gezien,' zei hij.

'Dat is ook zo,' zei ik.

'Maar Hell Spelemannslag? Ik kan niet zeggen dat er een bel gaat rinkelen.'

'Ze zijn goed, dat vind ik genoeg.'

'Ze gingen akkoord met vijfduizend,' zei Erik. 'Dat vind ik genoeg.'

'We zullen zien, misschien komen er meer mensen dan jij denkt.'

'In dat geval is dat een bonus. Ik zie het als een uitgave die Fritt Fall markeert als *the happening place* in Os.'

'Als concurrent van?'

'Tja, het gebedshuis, Gretes knip en zon, de pomp.'

Erik ging naar binnen en ik sloeg de laatste spijkers erin. Ik draaide me om en zag Natalie vanaf de Meierigård schuin de markt oversteken. Ik wachtte terwijl ik haar opnam. Ze had haar haar in een knot en ze liep met haar armen over elkaar geslagen in een dikke, grijze trui alsof ze het koud had in het grauwe ochtendlicht. Ze had een strakke, verwassen jeans aan en haar heupen wiegden heen en weer als een van die Amerikaanse jaknikkers. Haar brede, haast gulzige mond met de zachte lippen die ik had gekust en het liefst direct weer zou willen kussen. Die kleine huivering die door haar lijf ging als we naakt tegen elkaar lagen en later die grote huivering nadat ze zakelijk, maar ook wanhopig in mijn oor had gefluisterd: 'Ik kom.'

En daarna, hoe ze als een kat tegen me aan kroop, alsof het nu haar beurt was om binnen te dringen zodat we één zouden worden. Maar ik zag dat er iets hoekigs in haar manier van lopen was, net als toen we voor de eerste keer in de bergen wandelden, en toen ze dichterbij kwam kon ik zien dat haar ogen roodomrand waren. Ze bleef op een afstand voor me staan.

'Wat is er?' vroeg ik.

'Kurt Olsen heeft gebeld.'

'En?'

'Hij zegt dat ik niet genoeg heb om aangifte te doen.'

'Dat is toch onzin!'

'Hij zegt dat hij Carl heeft gesproken en dat zijn versie is dat hij me alleen maar op bed heeft gelegd om weer nuchter te worden. Kurt zegt dat het zijn woord tegen het mijne is en zelfs dat niet eens omdat ik me geen bal kan herinneren van wat er is gebeurd.'

'Geen bal van kan herinneren? Gebruikte hij precies die woorden?'

'Ja.'

Ik schudde mijn hoofd en deed een stap in haar richting om haar te omhelzen, maar ik bleef staan toen ze haar handen omhoogstak.

'Wat is er?' zei ik weer.

'Kurt vertelde ook iets anders.'

'O ja?'

'Hij zei dat hij niet geloofde dat vaders dood een ongeluk was.'

'O nee?'

'Hij gelooft dat hij is doodgeslagen. Door iemand die hij eerst een schotwond uit zelfverdediging had toegebracht.' Ze staarde me aan met haar roodomrande ogen en klemde haar armen zo stevig rond haar lichaam dat het leek of ze in een dwangbuis zat. 'Hij zegt dat hij daar snel bewijs voor heeft.'

Ik slikte en knikte.

'Ik wil de waarheid liever van jou dan van Kurt Olsen horen, Roy. Heb jij mijn vader vermoord?'

Ik had me natuurlijk moeten voorbereiden op die vraag, maar dat had ik dus niet. Ik haalde diep adem om mijn stembanden in beweging te brengen, om een geluid te maken waarvan ik nog niet wist wat dat zou zijn. Want ik wist niet of ik in staat zou zijn om nog meer te liegen. Tegen anderen, ja, maar niet tegen haar, niet tegen de vrouw die ik zojuist de markt over had zien steken en die het was gelukt waarvan ik verdomme had gedacht dat het nooit meer zou gebeuren: dat ik weer van iemand kon houden.

Ik liet de lucht uit mijn longen ontsnappen, maar er kwam geen geluid.

Tranen welden op in haar ogen. 'Ik begrijp het,' fluisterde ze. 'Vader zei bang voor je te zijn. Ik zei dat daar geen reden voor was, dat we alles achter ons hadden gelaten. Maar nu begrijp ik dat hij gelijk had.'

'Natalie…' Ik deed een stap in haar richting, maar ze deinsde terug.

'Ik wil je niet meer zien. Nooit meer.' Ze draaide zich om en liep snel dezelfde weg terug als ze was gekomen. Ik zag dat haar rug begon te schokken. Toen ging ze rennen. Pas toen de deur van de Meierigård achter haar dichtviel, sloot ik mijn ogen en fluisterde de vloeken die in me opkwamen.

De bestuursvergadering van Os Spa werd die middag gehouden in de grote vergaderzaal in het hotel.

Ik had nog nooit in een bestuur gezeten, maar alles ging bijna precies zoals ik me het had voorgesteld. Eigenlijk moesten bestuursleden gekozen worden tijdens een algemene vergadering, maar voorzitter Jo Aas legde uit dat het bestuurslid van Alpin zich had teruggetrokken voordat zijn termijn was verstreken en het hoofdkantoor in Parijs stond er niet op dat er een vertegenwoordiger aanwezig was, dus het bestuur kon mij kiezen.

Ik zat aan het eind van de tafel te luisteren naar de bestuursleden die de agendapunten afwerkten. Carl en Aas waren het meest aan het woord, de anderen knikten en deden alsof ze het allemaal goed volgden. De sfeer was prettig en er kwamen geen kritische vragen. Aangezien ik gekozen was voordat ik tijd had gehad alle cijfers door te nemen, kreeg ik alleen de balans en begroting te zien en die zagen er goed uit, dus ik nam aan dat dat de reden was dat er geen vragen kwamen. Maar het was wel duidelijk dat sommige posten meer uitleg verdienden dan Carl gaf. Ik zag dat de post uitgaven voor onderhoud het laatste jaar flink was gestegen zonder dat ik me kon herinneren dat er veel onderhoud aan het hotel was gepleegd. Toen ik een paar simpele vragen stelde over de waardebepaling van enkele activa keek Carl me eerder geërgerd dan bereidwillig aan, om het zo maar te zeggen.

'Dat zal bij het jaarverslag verduidelijkt worden door de accountants en niet nu,' zei hij. Alsof het niet zijn verantwoordelijkheid was op de hoogte te zijn van de cijfers. Misschien was dat ook wel zo, er was in elk geval niemand aanwezig die addertjes onder het gras vermoedde.

Op weg naar de parkeerplaats nam Jo Aas me apart.

'Ik wil je bedanken dat je de zaak aanpakt, Roy.'

Ik zag de lange, graatmagere man naar zijn auto lopen, een Opel die hij altijd leek te hebben gehad en waarmee – voor zover ik wist – nooit wat aan de hand was. Verborgen gebreken en fouten hebben we allemaal, maar Aas en zijn auto, die stonden voor iets, een soliditeit waarop je kon vertrouwen. Dus welke aanpak? De zaak aanpakken doe je niet als het allemaal goed gaat. Ik had kapitaal geïnvesteerd om een uitbreiding mogelijk te maken, toch?

Ik ging in mijn Volvo zitten, wachtte en startte de motor toen Carl naast me kwam zitten.

'Wat wilde Aas?' vroeg hij.

'Hij zei dat hij blij was dat ik in het bestuur zitting had genomen,' zei ik en ik keek in mijn spiegel hoewel ik wist dat alles te zien was op het scherm. We reden zwijgend en luisterden naar de lokale radio die wat te melden had over de rijksweg.

'Vertelde ik je al dat ik met Goebbel heb gesproken over de kwestie-Natalie?'

'Nee.'

'Ze zei dat ik in een politiezaak niets te vrezen heb. Maar als Natalie het voorval meldt bij de bedrijfsleider en dat daarna andere medewerkers met soortgelijke verhalen komen, dan heb ik wel een probleem.'

'Bestaat die mogelijkheid?'

'Andere medewerkers?' Carl schudde zijn hoofd. 'Er waren een paar jonge, pas begonnen medewerkers toen ik nog in Canada werkte en je zou kunnen zeggen dat ik een soort machtspositie innam, maar in die tijd dachten we niet zo. Ik hoorde trouwens over een interessante zaak een paar jaar geleden in een hotel in Bergen. Twee mannen in de leiding waren verliefd op dezelfde vrouw, een jonge receptioniste, en ze maakten haar allebei het hof. Je kent het wel: etentjes, bloemen, flirterige sms'jes en meer van dat soort dingen. De ene man sloeg haar aan de haak en is nu eigenaar van het hotel. De andere kreeg ontslag wegens seksuele intimidatie en schoot zich niet lang daarna door het hoofd. Later bleek dat de sms'jes die leidden tot ontslag niet veel verschilden van de sms'jes van de man die ze leuk vond en met wie ze trouwde.'

We reden langs Nergard en ik schakelde terug om aan de steile weg te beginnen.

'En de moraal van dit verhaal?'

'Dat het belangrijk is om er goed uit te zien,' zei Carl. 'En om je publiek te bespelen.'

'Zo simpel is het niet. Seksuele intimidatie gaat om de context, niet alleen de woorden in een sms of waar precies de chef de medewerker aanraakt.'

'Het is inderdaad niet zo simpel,' zei Carl. 'Maar voor de man die ontslagen werd, zijn goede naam kwijt was en alleen achterbleef met het pistool in zijn hand, was dat het geloof ik wel.'

Die avond ging ik in mijn eentje een stuk rijden in mijn auto. Ik werd altijd rustig achter het stuur, de weg zien, de weg de bekende bochten voelen maken, luisteren en horen dat de motor lekker liep, luisteren en horen dat J.J. Cale niet lekker liep, maar op een goede manier. Maar deze avond wilden de zenuwen niet tot rust komen. Ik dwong mezelf niet aan Natalie te denken, dus gingen mijn gedachten in plaats daarvan naar de man met het pistool. En Carl. Misschien dat ik daarom ineens voor de Kongsgård stond.

Ik was hier met Carl geweest toen hij op zoek was naar een bouwlocatie, maar ik had er geen goede verklaring voor waarom ik hier sindsdien niet meer was geweest. Hij had het me uiteraard wel gevraagd, maar ik had altijd een excuus klaar gehad. Iets groots of kleins wat ertussen kwam en het had immers ook geen haast, zei ik, het huis liep niet weg.

Ik parkeerde achter een cementmolen en stapte uit. Ik lichtte bij met mijn mobiel en vond mijn weg tussen de ingepakte stapels planken en bakstenen. De voordeur zat op slot, maar ik liep om het huis naar de kant die uitkeek over Os en in het souterrain vond ik een kelderdeur die op een kier stond. Ik stapte naar binnen. Het rook er naar cementstof en isolatiewol. Ik ging door alle kamers die half af waren, het waren er vele, zoveel dat het huis wel erg groot leek voor een gezin van vijf. Uiteindelijk kwam ik op de bovenste verdieping waar een simpel peertje aan het plafond hing, minstens een meter of zes boven me. Het licht bereikte de wanden niet, ik zag vaag de mezzanine en moest mijn mobiel gebruiken om een totaalbeeld van de ruimte te krijgen. Ik nam aan dat hier de woonkamer, eetkamer en – te oordelen naar de pijpen die uit de muren staken – de keuken uit Duitsland zouden komen. Verspreid over de ruimte zag ik allerlei gereedschappen. Een bank met een cirkelzaag, een klein kraantje, zagen, spijkerpistolen, alles met hetzelfde AUB-logo dat ik in de nieuwe vleugel van het hotel had gezien. De kant van de ruimte die uitkeek over Os was van boven tot onder van glas en met daarvoor een groot terras. Ik ging voor het raam staan en keek. Het was een fantastisch huis.

Koud, onpersoonlijk en fantastisch. Eventueel persoonlijk voor een koud persoon. Maar hoe dan ook verdomd fantastisch.

Ik besefte dat Carl niet alleen een perfect uitzicht had over Os, maar dat Os ook het perfecte zicht had op zijn Kongsgård. De hoogte van het huis had geen praktisch nut, die was uitsluitend om de mensen beneden te laten zien dat Carl Opgard zich uitstrekte naar de hemel en boven alles uittorende. Het concrete bewijs van wie de koning van Os was. Er kwam een zwaarmoedigheid over me en ik moest denken aan de tekst van het borduurwerk bij Moe in huis. WANT WAT BAAT HET EEN MENS DE GEHELE WERELD TE WINNEN EN AAN ZIJN ZIEL SCHADE TE LIJDEN?

Dat was waarschijnlijk geen probleem dat Carl noemenswaardig bezighield, maar hij was altijd de harde van ons tweeën geweest. Ja, ik was het, en niet hij, die met een mes een eind aan het lijden van Dog had gemaakt. Maar dat was noodzaak, een barmhartige daad zelfs. Maar wanneer het erom ging te doen wat je moest doen om wereldlijke hegemonie te bereiken, dan was Carl de man. De harde man.

AAN ZIJN ZIEL SCHADE TE LIJDEN.

Was dat wat ik had begrepen toen ik niet in staat was te liegen tegen Natalie of de waarheid te vertellen? Dat het een onmogelijke keuze was? Dat ze me direct zou verlaten als ik de waarheid vertelde en dat de leugen hetzelfde resultaat zou hebben, maar alleen langzamer en pijnlijker? Zo bekeken was de volgende fase van somberheid haast een bevrijding, want dan was absoluut alles zinloos en zonder waarde en betekende zelfs het verlies van je geliefde niet zoveel.

Ik voelde dat ik naar die fase op weg was.

Ik keek omhoog naar de draad waaraan het peertje hing. Het plafond zag er solide uit.

Mijn telefoon ging.

Ik overwoog niet op te nemen, maar zag dat het Vera was.

'Ja?'

'Hoi. Ben je alleen?'

'Daar lijkt het wel op.'

Ze aarzelde, het leek of ze me wilde vragen dat nader te verklaren voordat ze verderging.

'Het resultaat van het ballistisch onderzoek is binnen.'

'En?'

'Ze zien geen kans de kogel uit je been te matchen met het geweer dat in de schuur van Moe hing.'

'Zien geen kans?'

'Er is altijd een kans dat de kogel toch uit dat geweer komt. Maar ik heb met Gilliani gesproken en hij is het met me eens dat we te maken hebben met een politiechef die bezig is met een persoonlijke kruistocht. Dus hij zal contact opnemen met Kurt Olsen en ervoor zorgen dat… ja, dat er bij hem geen reden zal zijn te zeggen dat er theoretisch nog een mogelijkheid bestaat dat we ons vergissen.'

Ik zag ver op het Budalsvann een licht.

'Bedankt, Vera.'

'Ik ben opgelucht dat je me de waarheid hebt verteld. Sorry dat ik daaraan twijfelde.'

'Geen probleem.'

'Je klinkt… ongelukkig.'

'Is dat zo? Tja, dat zal wel aan de tijd van het jaar liggen. We verheugen ons op het voorjaar en de vogels die weer terugkeren om te nestelen. Nogmaals dank. *I love you.*'

'Hé! Nu zei je…'

'Je hoort wat je horen wilt, Vera, daar zijn pillen voor, weet je dat?'

'O, hou je mond.'

We hingen op, ik wierp een laatste blik op de ruimte voor ik weer dezelfde weg nam die ik genomen had om stiekem de Kongsgård te kunnen bekijken.

35

'*Yes, I do speak English*,' antwoordde de man en hij klonk haast beledigd.

'*I'm sorry, mister Gerard*,' zei ik. '*I wasn't sure since...*' Ik stopte.

'*Since I'm French?*' vroeg de man op uitdagende toon.

Ik zocht even in mijn hersenen naar een diplomatiek antwoord, maar besefte dat het me niets kon schelen.

'*Yes*.'

De man aan de andere kant lachte. '*I'm as busy as I'm sure you are, mister Opgard. So, how may you help me?*'

Ik wist niet of hij zich vergiste of een grapje maakte.

Ik vertelde dat ik in het bezit was van zesendertig procent van de aandelen in Os Spa, dat ik zijn plaats in het bestuur had overgenomen en wat mijn plan was. Gerard luisterde. Toen ik was uitgesproken, stelde hij voor dat ik naar Parijs kwam. Hij vroeg me hoe mijn agenda eruitzag.

'*If I had one, it would be empty*.'

Gerard lachte weer en stelde een dag en tijdstip voor.

We hingen op. Dat was vandaag al mijn tweede telefoontje naar het buitenland. Het eerste was naar Vilnius geweest en ik had een kwartier moeten wachten voor de receptionist van AUB me had doorverbonden met Lewi Wirkus. Ik was recht op mijn doel afgegaan en had verteld dat ik de rekeningen van Os Spa had gecontroleerd en een factuur van AUB voor drie miljoen kronen had gevonden waarop stond: *Preparatory work*. Kon Wirkus specificeren waar dat om ging? Het bleek dat mijn wachttijd verspilde tijd was.

'*We don't give out information like that, but in general we specify invoices the way our clients want it specified*,' antwoordde Lewi Wirkus. '*If you have more questions, talk to our client.*' Daarna had hij opgehangen.

En had ik naar Parijs gebeld.

Dat was stap twee. De derde moest nog gebeuren. De zwaarste. Ik was zo moe, maar er was geen weg buitenom. Natuurlijk was er wel een uitweg, die was er altijd.

Ik liep het tankstation uit naar het uitkijkpunt, stopte een zakje snus achter mijn lip en keek naar het Budalsvann en de verse sneeuw die als een muts op de Ottertind lag. Daar, onder de wolkeloze hemel met een najaarszon die zijn best deed, kwam de duisternis aangedreven. De echte duisternis. De onverdraaglijke.

De gedachte lag altijd ingekapseld in me, maar het was lang geleden dat ze van zich liet horen. Maar ze liet zich niet alleen horen, ze stond op, stond stevig op beide benen en ging voor me staan, verduisterde de zon. Ik knikte tegen de onzichtbare reus, alsof ze het samen eens waren geworden.

Ik draaide deur van de werkplaats van het slot, ging voor de muur met gereedschap staan. Hoe komt er een einde aan? Alleen in je fantasie waren er geen grenzen, maar nu leken die er wel te zijn. Ik liep naar mijn slaapplek en keek naar de nummerborden. Dat wil zeggen, ik keek naar het ene, het bord van Barbados dat ik van Shannon had gekregen. Toen trok ik een la open, pakte het rode fluwelen doosje dat daarin zat en maakte het open. Met mijn wijsvinger ging ik over de smalle gouden ring die ik in Kristiansand had gekocht. Het plan was geweest om haar ten huwelijk te vragen als we op weg waren naar Barbados. Weg van Os. Hadden zij en ik met ons kind daar een leven kunnen hebben zoals we dat hadden gepland? Zouden dingen anders zijn gegaan of had de duisternis me daar ook ingehaald? Ik weet het niet, ik weet alleen dat de duisternis niet zo donker was geweest voordat Shannon en ons meisje waren gestorven. Dus als iets ze tot leven had kunnen wekken, was ik misschien ook weer opgestaan als de man die ik was voor de moord op mijn ouders, voor ik een koude, depressieve duivel was geworden. Want ik leek niet alleen op papa, ik wás hem.

Ik sloot mijn ogen.

Toen ik ze weer opendeed, haalde ik mijn mobiel uit mijn zak en legde die in de vensterbank. Snel draaide ik de deur weer op slot en liep de winkel in. Egil was bezig de ovens schoon te maken. God zegene deze jongen.

'Egil, kun jij de rest van de dag het fort bewaken?'

'Natuurlijk.'

'Die boot van je oom bij het Gudimvann, denk je dat ik die mag lenen?'

'Vast wel. Ik kan niet garanderen dat die nog in orde is.'

'Ik ga vissen.'

'Vissen?'

'Ik heb tijd nodig om na te denken.'

Egils gezicht zag eruit als een vraagteken en dat was waarschijnlijk omdat het enige wat hij me ooit over vissen had horen zeggen, was dat ik de lol ervan niet inzag.

Ik reed naar Opgard en dacht na over twee opties: het geweer aan de muur of de rest van de tramadol in het medicijnkastje. De keuze viel om verschillende redenen op de pillen. Praktisch bekeken hoefde ik het geweer niet te dragen en Egils oom hoefde naderhand de boot niet schoon te maken. Het argument dat echter zwaarder woog, was dat ik met het geweer opnieuw een ballistisch onderzoek riskeerde en dat zou veel ellende met zich meebrengen voor hen die achterbleven. Ik woog de tramadol in mijn hand. Ik had gelezen dat zes tramadols dodelijk waren en dit was minstens het dubbele.

Ik reed weer over de rijksweg naar het oosten, kwam langs het tankstation en parkeerde mijn auto in de bosjes waar Rita Willumsen altijd haar Saab Sonett verstopte in de tijd dat ik haar jonge minnaar was en we afspraken in hun zomerhuisje.

Ik nam twee tramadols in en begon te lopen. Het ging verrassend snel en makkelijk. Mijn been was veel beter, wat in zekere zin irritant was omdat ik daar toch binnenkort niets aan had. Na twintig minuten lopen was ik op de heuvel. Het was windstil, het meertje vertoonde geen enkele rimpeling en weerspiegelde de blauwe hemel waardoor ze één geheel leken te zijn.

Ik vond de groene plastic boot van Egils oom die onder dezelfde boom bleek te liggen als Willumsens rode. Ik duwde de boot het water op en sprong erin. Verloor bijna mijn evenwicht, dat kwam mogelijk door de tramadol. Ik pakte de riemen en roeide naar het midden van het Gudimvann. Ik staarde naar het wateroppervlak. Zoals ik acht jaar geleden op een brug had gestaan en dezelfde gedachten had als nu. Het verschil was dat de keuze was gemaakt. Ik had bovendien geluk, want in mijn jaszak zat nog altijd die zelfmoordbrief zodat ik niet het risico op schrijffouten liep.

IK HEB GENOEG VAN DIT LEVEN. VAARWEL, OPGARD.

Funny.

Ik draaide het dekseltje van het potje tramadol en keek erin. Ik realiseerde me dat ik geen water had meegenomen om al die pillen mee door te slikken. Ik keek rond, vond een hoosblik, doopte dat in het water, leegde het potje in mijn mond en dronk uit het blik. Het voelde als een ketting doorslikken, maar het ging allemaal naar beneden.

Ik ging op de houten vlonder in de boot liggen die opgewarmd was door de zon en sloot mijn ogen. Nu de teerling was geworpen, heette ik de duisternis welkom en ik voelde even een scheut van paniek toen ik dacht dat mijn ergste vijand me in de steek zou laten. Maar toen kwam hij. Groot, zwart en overweldigend. Het mooiste aan pijn is dat je weet dat die een keer ophoudt.

De slaap en verdoving kwamen kennelijk langzaam, want elke keer dat ik mijn ogen opende, stond de zon op een andere plaats aan de hemel. Dat wil zeggen, dat was wat ik dacht, maar misschien was het de boot die draaide.

Het werd stil in mezelf. Toen werd het zwart. Op de goede manier.

Ik liep door een plat, verlaten landschap vol autowrakken. Die moesten met de regen uit de lucht zijn gevallen, want ik kon niet zien waar ze anders vandaan kwamen. Sommige stonden rechtop, de motorkap als een harmonica ingedrukt. Andere lagen op hun kant en weer andere op de kop met een ingedeukt dak. Het waren oude en nieuwe auto's, sommige verroest, andere met blinkende lak. De banden van enkele auto's waren weg alsof grafrovers aan het werk waren geweest. Hoog boven me cirkelden vogels, maar ze zongen of krijsten niet. Plotseling klonk er een dreun achter me. Ik draaide me om en zag dat een auto op zijn kant in een stofwolk heen en weer zwaaide en ik begreep dat die net naar beneden was gevallen. Ik zocht naar iemand, maar ik besefte dat ik niet meer wist wie en waarom. Ik gaf het op, ik ging op de uitgedroogde, harde grond liggen en sloot mijn ogen. Er suisde iets door de lucht. Ik verroerde me niet, wachtte tot de auto op me zou vallen. Maar het gesuis veranderde, werd een lange, droevige klank die steeg en daalde. Ik opende mijn ogen en nu lag ik in het water. Nee, ik lag in een wagentje van een achtbaan. Ik lag in het water van een achtbaanwagentje. Ik hees mezelf overeind en keek waar het geluid vandaan kwam. Er stond een meisje op de oever, niet ver van me vandaan. Ze droeg klederdracht en blies op een hoorn. Ze legde de hoorn neer en liep op me af. Ze liep op het water. Of nee, het water kwam tot haar knieën. En toen tot haar middel. Maar ze bleef doorlopen, het was of ze weigerde te zinken of dat ze bovennatuurlijke krachten had.

Ik ging weer liggen en de zon verwarmde mijn gezicht.

Toen schoof er iets voor de zon en het werd koud.

'Roy.'

Dat was inderdaad mijn naam en iemand zei die.

'Roy.'

Als ik het gewoon negeerde, zou de stem misschien weggaan.

'Roy!'

De stem sprak tegen mij, dat begreep ik. Maar ik wilde niet terug naar waar de stem was, ik wilde hier blijven.

Ik werd door elkaar geschud, iemand schudde aan het wagentje.

Ik opende een oog. Het was Natalie.

'Roy! Wat heb je gedaan?'

Ik probeerde een zin te formuleren, 'je vader doodgeslagen', maar mijn mond luisterde niet. Toen ging het licht uit.

36

Het licht was weer aangegaan. Het was zo sterk dat ik het door mijn oogleden heen zag. Ik hoorde mompelende stemmen en opende een ooglid een klein beetje. Veel wit om me heen: de muren, de gordijnen, het beddengoed, de kleding van twee van de drie vrouwen die bij het voeteneinde van het bed stonden te praten. Ik deed het oog weer dicht. Ik hoorde woorden als 'vergif' en 'ingrediënten' en die deden me denken aan de drie heksen over wie Rita me had voorgelezen, de vrouwen die soep kookten voor Macbeth en voorspelden dat hij koning zou worden.

Met tegenzin opende ik het oog weer.

'Hij is wakker,' zei de ene vrouw in het wit.

'Roy?' zei de tweede vrouw. Ik kreeg haar gezicht in het vizier, maar herkende het niet. 'Ik ben dokter Helgesen,' zei ze glimlachend. 'Weet je waar je bent en wat er het laatste etmaal is gebeurd?'

Ik wilde mijn hoofd schudden, maar besloot dat het minder pijnlijk was om alleen nee te zeggen.

'Ik weet ook niet welke dag het is,' zei ik.

'Je hebt achttien uur geslapen,' zei ze terwijl ze met haar blik de papieren scande die ze op een clipboard had bevestigd. 'Je maag is hier in het ziekenhuis leeggepompt en we hebben je actieve kool gegeven.'

'Hoe… ben ik hier gekomen?'

'Je bent hier door je vriendin naartoe gebracht.'

'Mijn vriendin?'

De vrouw in het wit glimlachte en knikte naar de derde heks, die niet in het wit was. 'Dat zegt zij.'

Ik kreeg de derde in het vizier. Het was Natalie. Ze kwam naar me toe en pakte iets wat op de deken lag en ik begreep pas dat het mijn hand was toen mijn hersenen met enige vertraging haar warmte registreerden. De arts ging door met haar uitleg, maar ik kreeg het maar half mee want mijn focus lag bij Natalie. Haar ogen waren vochtig en haar glimlach beefde.

'We laten jullie even alleen,' zei dokter Helgesen.

Ik hoorde een deur dichtvallen zonder dat ik mijn blik afwendde van Natalie of haar hand losliet. Ze zat op de bedrand.

'Mijn vriendin?' vroeg ik.

'Dat was het meest praktische,' zei ze. 'Anders hadden ze contact opgenomen met een familielid en aangezien jij er maar eentje hebt en ik geen zin had met hem te dealen...' Ze gebaarde met haar vrije hand.

'Goed,' zei ik. 'Maar hoe...'

'Hoe wat?'

'Hoe alles. En waarom?'

'Nou,' zei ze en ze staarde voor zich uit alsof ze een paar seconden nodig had om haar verhaal te structureren. 'Ik kreeg gisteren een telefoontje van Kurt Olsen. Hij zei dat ze hadden gedacht dat mijn vader iemand uit zelfverdediging in zijn been had geschoten. Maar uit onderzoek was gebleken dat de kogel in het been van de betreffende persoon niet uit vaders geweer kwam. Ze denken nu dat het schot dat de buren hebben gehoord van vader kwam die op een ree of een wolf had geschoten.'

'Een wolf?'

'Olsen zei dat. Hoe dan ook, hij zei dat ze de theorie dat iemand mijn vader dood had geslagen hadden losgelaten en dat het een ongeluk was geweest. Ik was zo blij, Roy. Omdat vader niet was vermoord, maar vooral omdat jij geen moordenaar bent.' Ze slikte en keek me aan. 'Kun je me vergeven dat ik dat van je dacht?'

‘Natuurlijk,’ zei ik. ‘Het is ook niet zo vreemd dat je dat dacht.’

‘Ik had beter moeten weten. Het was alleen dat gevoel dat ik had dat... ja, dat het zo zou eindigen tussen jullie twee. Dus ik veroordeelde jou terwijl je onschuldig was. Nadat ik het had gehoord van Kurt Olsen, reed ik direct naar het tankstation om je mijn excuses aan te bieden. En te vragen of je... ja, of je me terug wilde hebben hoewel ik je vals beschuldigd had. Maar je was er niet, Egil zei dat je net was vertrokken om te gaan vissen. Ik ging naar buiten en probeerde je te bellen. Je nam niet op. Toen nog een keer. En nog een keer. Maar ik zag iets oplichten achter een van de ramen van je slaapplek in de werkplaats. Ik liep ernaartoe en zag je mobiel in de vensterbank liggen. Toen werd ik ongerust.’

‘Omdat?’

‘Omdat die er zo eenzaam uitzag. Er is geen reden om je mobiel op een vuile vensterbank te leggen. En al helemaal niet om die te verstoppen. Ik zou zelf zoiets doen als ik...’

‘Als ik...?’

‘Wilde verdwijnen.’

Ik gromde en kneep in haar hand. ‘En toen?’

‘Toen heb ik Egil gevraagd waar je precies naartoe was gegaan en hij vertelde me over de groene boot en wees me de plek aan op Google Maps.’

‘Dus je hebt de plek gevonden. Hoe ben je bij de boot gekomen?’

‘Ik raakte een beetje in paniek, ik ben ernaartoe gewaad.’

‘Dus jij was het! Ik dacht dat ik hallucineerde.’ Ik moest lachen. ‘Nou ja, dat deed ik ook. En daarna...’

‘Ik klom in de boot en zag dat er een pillenpotje heen en weer rolde. Het was tramadol en de rest begreep ik. Dus haalde ik mijn flesje ipecac...’

‘O, verdomme, dat middel tegen een overdosis dat je altijd bij je hebt?’

Ze lachte. ‘Ik heb het meeste in jou gegoten.’

‘En ik gaf over?’

'Als Robert in *Bad Taste*. De oom van Egil zal de boot een flinke poetsbeurt moeten geven, om het zo maar te zeggen.'

'O, verdomme. En toen?'

'Ik roeide naar de oever en heb je naar de weg gebracht.'

'Kon ik lopen?'

'Nee.'

'Jij hebt…'

'Min of meer, ja.'

'O, verdomme.'

'Je moet echt iets aan je woordenschat doen.'

Ik knikte. Ik voelde dat mijn ogen weer wilden dichtzakken.

'Er komt een psychiater met je praten voordat je ontslagen wordt,' zei ze. 'Wat ga je zeggen?'

'Over wat?'

'Of je van plan bent een volgende zelfmoordpoging te doen.'

Ik schudde mijn hoofd. Dat was minder pijnlijk dan ik dacht. 'Er komt geen volgende.'

Ze lachte even. 'Dat zeggen ze allemaal.'

'Ik meen het. Je hebt mijn leven gered en dat mogen we niet verknoeien. Dat wil zeggen, mijn leven is misschien verknoeid, maar ik zal toch doorgaan met leven.'

'Omdat?'

'Wees niet bang, Natalie, ik heb de pillen niet genomen omdat je me hebt gedumpt. Je bent hier niet verantwoordelijk voor, oké?'

'Dat dacht ik ook niet. Maar ik heb in elk geval geen zin in een suïcidale vriend.'

Ik keek naar haar hand die de mijne streelde. Ik haalde diep adem.

'De vorige keer dat ik met dezelfde gedachte speelde, was acht jaar geleden. Ik zou zeggen dat twee keer in veertig jaar tamelijk weinig is. Gemiddeld genomen wil dat zeggen dat ik pas weer een poging doe als ik zestig ben en dan ben ik misschien al doodgegaan aan iets anders.'

Ze hield haar hoofd scheef. 'Is dit een verkooppraatje om toch voor jou te gaan?'

‘Dat is het beste wat ik nu kan verzinnen en ik ben nog steeds zo suf dat je best wat compassie mag tonen.’

Ze knikte en stond op. ‘Ik heb een lunchafspraak met Ola. Daarna kom ik weer terug. Misschien ben je dan ontslagen en kunnen we naar huis.’

Ik liet haar hand pas los toen dat echt moest. ‘Je vriend, ben ik dat?’

‘Nog niet,’ zei ze glimlachend.

‘O nee? Wat is daarvoor nodig?’

‘Een weekend Krakau.’

Ik dacht na. ‘Ik geloof dat ik wat beters weet.’

‘Wat dan?’

‘Wat denk je van Parijs?’

37

'*That's our price*,' zei Gerard.

'*Okay*,' zei ik.

'*Okay?*'

'*Opgards don't haggle*.'

De man die Gerard had voorgesteld als zijn financieel advocaat boog zich over naar zijn baas en fluisterde iets in zijn oor. Op het moment dat hij vooroverboog, kwam de Eiffeltoren in zicht. Het was niet dat ik Parijs kende of dat ik eraan twijfelde dat het hoofdkantoor van Alpin niet op een exclusieve locatie stond, maar ik had het idee dat die verrekte staalconstructie vanaf alle plekken in Parijs te zien was. Natalie en ik hadden hem in elk geval vanuit onze hotelkamer gezien, Natalie had er zelfs op gestaan dat we ons aankleedden en de balkondeuren opendeden om naar die veel te bejubelde toren te kijken.

'Wat staat je dan niet aan van de Eiffeltoren?' vroeg ze.

'De lichten helemaal bovenin,' zei ik. 'Die verstoren de navigatieroute van de trekvogels die van Afrika naar Os komen. Verrekte toren.'

Ze had gelachen en ik was natuurlijk tevreden.

'Hoe komt het toch dat je zoveel weet, Roy, terwijl je zegt dat je nooit ergens bent geweest?'

'Lezen. Dat is mijn manier van reizen.'

'Vertel me, wat vind je wel mooi aan Parijs?' vroeg ze.

'Oké,' zei ik. 'Dit.'

‘Dit?’

‘Franse balkons. Ze zijn hier in Parijs ontstaan zodat mensen zonder tuin een plek hebben voor bloemen. Maar in Engeland noemen ze die *Julian balconies*. Omdat Romeo onder zo’n balkon stond om Julia toe te zingen. Dat vind ik mooi.’

Ze was lang stil voor ze vroeg: ‘Bedoel je daar iets mee?’

‘Helemaal niet,’ zei ik.

Ze knikte Os-langzaam. ‘Zullen we al onze kleren uittrekken en neuken?’

‘Absoluut.’

Nu was het een echo van vannacht toen Gerard me aankeek en zei: ‘*It’s all yours.*’

‘*Good*,’ zei ik.

We drukten elkaars hand en Gerards advocaat schoof over tafel papieren naar me toe die ik diende te tekenen.

Ik keek naar de voorpagina en trok een wenkbrauw op.

‘*Sorry*,’ zei Gerard kort. ‘*There’s an English copy there also, but it’s French policy that all commerce in France is done in French. Actually, it’s French policy to spread the French language wherever.*’

‘*Why?*’ vroeg ik en las ondertussen de Engelse versie.

‘*Why? Pride, jealousy and world domination, of course. Are there any other reasons?*’

Gerard liep met me mee naar de lift.

‘*Now that we’ve signed*,’ zei ik. ‘*Can you tell me why you’re selling?*’

‘*Apart from the price, you mean?*’

‘*I don’t believe it was about the price, mister Gerard.*’

‘*You are right, mister Opgard. It was the accounts. We didn’t like them. Or more precisely, we didn’t like the accounting. I knew your brother when we were in Toronto. He is a smart man. Maybe too smart.*’

De liftdeur ging open, ik stapte naar binnen, draaide me om en knikte naar de Fransman. Zijn kostuum kostte waarschijnlijk het vijfvoudige van dat van mij dat ik in Notodden had gekocht, waarschijnlijk in dezelfde winkel als Asle Vendelbo. Ik weet niet of het alleen kwam door het kostuum, maar ik zag aan Gerard dat hij meende dat hij de naïeve, grote broer uit het noorden in zijn zak had. Gerard wist echter niet dat ik ook de nodige tweedehandsauto's had verkocht en dat ik direct bij binnenkomst had gemerkt hoe happig ze erop waren geweest om te verkopen. Dat de prijs die ik had betaald voor vijftien procent van de aandelen van Os Spa ongeveer dertig procent lager was dan ik bereid was te betalen.

In de lift naar beneden dacht ik aan wat Gerard had gezegd over de beweegredenen. Trots, jaloezie en wereldlijke hegemonie. Ik probeerde nog andere redenen te bedenken. Tevergeefs.

De volgende dag huurden Natalie en ik een auto en reden we naar Plailly, iets ten noorden van Parijs, en bezochten het Parc Astérix. Het einde van het seizoen naderde en we hadden ons warm aangekleed, maar voor zo'n koude dag waren er nog veel bezoekers. Het park was veel kleiner dan Disneyland Parijs, maar had wel zeven achtbanen en ik was van plan ze allemaal te proberen. Ik was vooral heel benieuwd naar Tonnerre 2 Zeus die – in elk geval voor de renovatie – de grootste houten achtbaan ter wereld was. Natalie was niet zo heel benieuwd, dat wil zeggen: ze was eigenlijk een beetje te gespannen.

'Moet ik?' vroeg ze terwijl we naar de top van de hartvormige baan keken en een wagentje op ons af kwam gestormd begeleid door een koor aan hysterisch geschreeuw.

'Je moet niks,' zei ik. 'Doe gewoon wat jij wilt.'

'Ik wil bijna alles met jou doen,' zei ze, leunend tegen me aan.

'O ja?' Ik moest achteroverbuigen om het wagentje te zien dat recht boven ons weer omhoogklom. 'Ook met mij trouwen?'

Ze trok aan mijn arm. 'Maak geen grapjes over het huwelijk!'

Ik lachte. 'Sorry, ik vroeg het me gewoon af.'

'Nee, je polst of ik ja zal zeggen. Want je bent van plan op de top van de houten achtbaan me ten huwelijk te vragen en dat te filmen zodat je het op YouTube kunt zetten.'

'Is dat zo?'

'Ik hoop het.'

'Oké, je hebt me door.'

Ze lachte. 'Echt?'

Ik zuchtte. 'Als je het zeker wilt weten, moet je met me meegaan.'

Ze draaide zich om, legde haar hoofd op mijn schouder en keek naar de lucht. 'Als je het zeker wilt weten, moet je met me meegaan,' herhaalde ze langzaam.

Terwijl ons wagentje de rails volgde, dacht ik na over wat ze had gezegd. De achtbaan in Os zou niet alleen een herdenkingsmonument voor Shannon zijn, maar ook mijn persoonlijke kathedraal, dus waarom haar niet op de top van de baan ten huwelijk vragen als die klaar was?

Koning Sigurd Jorsalfare was immers getrouwd in de kathedraal die hij zelf in Oslo had laten bouwen.

Maar toen ik het al benauwd kreeg van de gedachte en het wagentje zich naar beneden stortte, liet ik het plan natuurlijk varen.

We reden van het park rechtstreeks naar het vliegveld Charles de Gaulle. Terwijl we stonden te wachten in de saaie vertrekhal waar de vliegtuigen naar Scandinavië vertrokken, belde ik Jo Aas, informeerde hem over de aandelenportefeuille die ik zojuist had gekocht en vroeg hem hoe snel hij een buitengewone aandeelhoudersvergadering in Os Spa kon beleggen. Hij antwoordde dat aandeelhouders met meer dan tien procent aandelen een dergelijke vergadering konden eisen en dat de vergadering binnen een maand gehouden diende te worden. Hij vroeg of het haast had. Het werd stil aan de andere kant toen ik het hem vertelde.

'Heb je dit met Carl besproken?' vroeg Aas ten slotte.

'Nee.'

'Weet je zeker dat je dit wilt, Roy?'

'Heb je er iets op tegen?'

'Dit zal nogal wat kapotmaken voor velen.'

'Op de korte termijn, misschien. Maar op de lange termijn zullen het bedrijf en de plaatselijke gemeenschap er sterker uit komen. Ben je dat met me eens?'

'Het gevaar bestaat dat we een domino-effect krijgen, Roy. Weet je, ik vind dat jij en ik hier eerst over moeten praten als je thuis bent.'

'Ik vroeg of je het met me eens bent, Jo, omdat ik daar nieuwsgierig naar ben, niet omdat het mijn mening zal veranderen.'

Ik meende te horen dat de voormalige koning van Os omhoogschoot uit zijn stoel toen ik hem niet alleen tegensprak, maar ook zijn voornaam gebruikte. Maar hij zei niets. Sluwe realpoliticus als hij was, voelde hij dat de wind uit een andere hoek ging waaien.

'Zoals je wilt,' zei hij. 'Er is natuurlijk ook een andere mogelijkheid.'

'En dat is?'

'Dat we het bestuur de zaak laten afhandelen. Nu weet ik niet waarom je Carl wilt ontslaan, maar als het bestuur instemt met het ontslag kunnen we de redenen binnenskamers houden, om het zo maar te zeggen. We hebben dan meer armslag als het gaat om hoe we de veranderingen in de leiding naar de buitenwereld moeten communiceren.'

'Wat je zegt is,' zei ik, 'dat we het kunnen verpakken en minder vernederend voor Carl kunnen maken dat hij de zak krijgt.'

'Is dat niet iets wat we ondanks alles willen?'

Ik zag de auto met Shannon erin naar de Geitesving hobbelen, ik zag Natalie bewusteloos in het hemelbed van de bruidssuite liggen.

'Hallo, Roy, ben je er nog?'

'Ik moet ophangen, het is *boarding time*. Ja, we laten het bestuur de zaak afhandelen.'

38

Het was al na middernacht toen ik thuiskwam.

Carl draaide zich om in de schommelstoel en keek me aan terwijl ik in de deuropening stond.

'Hoe was Parijs?'

'Groot. Ga je mee een stukje lopen?'

'Lopen? Nu? Waarheen dan?'

Dat was iets wat hij van vader had, geloof ik. Dat het zinloos was om zomaar wat te lopen, om energie te verbranden, als je geen doel had. Slaan tegen een zandzak was prima, dat was trainen voor iets. Maar een wandeling maken of zomaar een stukje gaan rijden om te rijden, dat begreep hij niet.

Carl trok zijn rubberlaarzen en kameelharen jas aan.

Ik liep in het maanlicht voor hem uit over de hei, hoorde Carl achter me hijgen. Na een kwartier lopen bleef ik staan op een heuvel. Vanaf dat punt konden we het hotel zien liggen dat oplichtte in het terrein dat voor ons lag.

Ik wachtte tot hij naast me kwam staan. 'Herinner je je deze plek?' vroeg ik.

Hij knikte terwijl hij weer op adem kwam. 'Dit was het punt waar jij, Shannon en ik stonden toen ik jullie wees waar het hotel gebouwd moest worden.'

'Nog daarvoor,' zei ik.

Hij schudde zijn hoofd.

'Jij wilde vader laten zien dat je geen slappeling was, dat je een beest kon doden. Dus je nam het hagelgeweer van hem mee en Dog. Een groep sneeuwhoenders scharrelde een paar meter van je vandaan en toen ze opvlogen legde je het geweer tegen je schouder, zo was het toch?'

Carl knikte. 'Ik deed wat vader ons had geleerd, ik wachtte zo lang dat ik ze haast kon aanraken, voor ik de trekker overhaalde.'

'Alleen zag je geen kans de trekker over te halen.'

Carl haalde zijn schouders op. 'Ik dacht kennelijk dat het levende wezens waren. Dat ze samen waren, dat het een familie was.'

'Toen liet je het geweer zakken en je schoot.'

'Zodat jullie het konden horen. Ik dacht dat vader op het erf was en de hoenders zou zien die opvlogen, dus hij moest horen dat ik schoot.'

'Maar je raakte Dog.'

'Ik raakte Dog.'

'Je rende naar huis om mij te halen. Alleen ik. Omdat je niet wilde dat iemand anders het wist. Jij wilde dat ik het voor je op zou ruimen.'

Carl knikte.

'Ik heb Dog met een mes naar de andere wereld geholpen, heb het kloteklusje voor jou gedaan,' zei ik. 'Later vertelden we vader dat jij het was geweest, dat jij in elk geval je verantwoordelijkheid had genomen en gedaan had wat je moest doen na jouw blunder.'

Carl wisselde van standbeen, ik kon zien dat hij ongeduldig werd. 'Ik heb je ervoor bedankt, Roy. Dus waar gaat dit om? Wil je dat ik je nogmaals bedank?'

'Nee,' zei ik. 'Je bent me niets schuldig.'

'Ik had ooit een schuld bij je, maar toen ik het hotel bouwde op ons terrein, heb ik jou ook een rijk man gemaakt. Zonder dat...'

'Had ik het tankstation niet kunnen kopen.'

'Of een van je andere onroerende goederen.'

'Right.'

'Het is laat en koud, Roy. Zullen we tot de kern komen en dan naar huis gaan?'

Ik knikte ook. 'Ik moet weer iets voor je om zeep helpen. Omdat jij het niet zult doen.'

Carl keek me slechts aan.

'Ik heb in Parijs aandelen gekocht,' zei ik.

Carl tilde zijn kin op. Ik kende dat van hem, het betekende dat hem al iets begon te dagen.

'Mijn aandelenportefeuille van het hotel daarbeneden bedraagt eenenvijftig procent. Dat wil zeggen dat ik in mijn eentje de algemeen directeur om zeep kan brengen, of beter gezegd, kan afzetten. En net zoals bij Dog zul je me bedanken dat ik dat heb gedaan.'

In het maanlicht waren we al zo bleek dat het onmogelijk te zeggen was of Carl bleker was geworden. De eerste vraag was zoals verwacht.

'Waarom?'

'Omdat je Lewi Wirkus opdracht hebt gegeven facturen te schrijven voor werk dat AUB aan je huis heeft gedaan. Je hebt gezegd dat hij dat moet opvoeren als "Preparatory..."'

'Dat bedoel ik niet,' onderbrak Carl me. 'Ik wil weten waarom je denkt dat ik je daarvoor zal bedanken.'

Ik haalde adem. 'Vroeg of laat zal iemand vragen gaan stellen over die facturen, Carl. Als het niet iemand van het bestuur is, dan is het wel een van de aandeelhouders of nog erger: Dan Krane. Vendelbo heeft een vermoeden. Gerard had een vermoeden. Maar Gerard is een zakenman en pragmaticus. Toen hij voor de keuze stond tussen jou ontslaan of zijn aandelen verkopen voordat het openbaar wordt gemaakt, koos hij uiteraard voor het laatste. Daar mag je blij om zijn. Want met mij als grootste aandeelhouder en voorlopig de enige persoon die de onaangename feiten kent, wordt jouw ontslag minder dramatisch als we zeggen dat je een break nodig hebt en dat ik voorlopig het roer overneem. Maar we zullen niet uitsluiten dat je op enig moment weer terugkomt.'

'Jíj wordt algemeen directeur?'

'En bedrijfsleider. Ik zal ervoor zorgen dat de accountant de foute facturering van AUB corrigeert en dat de rekeningen naar het juiste adres worden gestuurd, naar jou persoonlijk. Als ik me niet vergis moet je iets verkopen wat meer dan drie miljoen waard is. Het eenvoudigste is dat je de aandelen in Os Spa verkoopt, in dat geval kan ik ze kopen voor een hoger bedrag dan ik Gerard heb betaald. Laten we zeggen dat ik je twintig procent meer betaal. Ik geef je die keuze.'

Carl schudde van een geluidloze lach. 'Zo ben je verdomme niet, Roy.'

'O nee?'

'Je steelt mijn hotel en bent brutaal genoeg om te doen alsof je me een dienst bewijst.'

'Dat doe ik niet, vind je?'

Carl hield zijn wijsvinger vlak voor mijn gezicht. 'Als ik naar Vendelbo ga en hem vertel dat vijftig miljoen van de lening die hij heeft gegeven voor de bouw van de achtbaan naar iets heel anders gaat, wat denk je dat er dan gebeurt?'

'Dan denk ik dat Vendelbo verdomde blij is dat het geld geïnvesteerd is in iets wat minder risicovol is. Een nieuwe vleugel zonder dat jij nog langer directeur bent, dat is de natte droom van de bank. Hij zal je bedanken, Carl.'

Ik zag dat Carl vond dat ik gelijk had, daarom was zijn reactie wat verrassend. Hij begon weer te lachen. Hij had kennelijk meer gedronken dan ik dacht.

'Ik heb erover nagedacht,' zei hij. 'Waarom vader niet met jou deed wat hij met mij heeft gedaan. Jij was immers de oudste, jij was de eerste die op die leeftijd kwam.'

'Jij was degene die op moeder leek,' zei ik. 'Zoals ze was toen hij verliefd op haar werd.'

'Idioot,' zei Carl. 'Dat was omdat hij een beetje bang voor je was. Hij begreep dat als hij jou aanraakte, zelfs als tiener, dat je hem zou doden. Hij zag een meedogenloze moordenaar in je, Roy. En kijk, hij heeft gelijk gekregen.'

'Ik zou hebben gezegd dat hij zich daarin vergiste,' zei ik. 'Ik ben een moordenaar met mededogen. Neem wat ik tegen je heb gezegd in overweging. De bestuursvergadering is over twee weken.'

Ik begon terug te lopen naar Opgard. Halverwege draaide ik me om. Het silhouet van Carl leek uit de berg te komen, hij stond nog op dezelfde plek en het leek of hij zijn hotel bewonderde.

De daaropvolgende tien dagen bracht ik met Natalie door in haar appartement. We waren de hele tijd samen en ik ging niet naar het tankstation. We sliepen, aten, keken naar films, vreeën en praatten. Ik ben een zogenaamd zwijgzaam type en had in de loop van deze dagen nog nooit zoveel woorden en zinnen gesproken, zelfs Shannon had me niet zo aan de praat gekregen als Natalie dat deed.

Maar op sommige momenten was het beter je mond te houden. Zoals op het kerkhof toen Natalie bloemen wilde leggen op zijn graf en ik tot mijn verbazing zag dat er een traan over haar wang rolde. De vraag of een vader en verkrachter wel tranen verdiende brandde op mijn lippen, maar ik zei niets. Misschien omdat ik dezelfde schizofrenie had gevoeld. Misschien omdat ik bang was dat ze het aan me kon zien als ik kritiek had op haar vader, dat ze het kon horen aan mijn stem dat ik indirect een moord rechtvaardigde. RUST IN VREDE, stond er gegraveerd op zijn grijze grafsteen. Dat deed hij niet in de nachtmerries die ik de laatste tijd had, maar als hij en alle anderen op het kerkhof in vrede rustten, dan was ik daar jaloers op. Ja, er zijn dagen geweest dat ik graag met ze had willen ruilen. Maar dat was al een poosje geleden.

We wandelden in de bergen en discussieerden over het leven, de toekomst en wat we om ons heen zagen. En over het runnen van een zaak. Niet zozeer over het runnen van een pretpark of Os Spa. Ik had Carl op de voet gevolgd en meende dat het in principe niet zoveel verschilde van het runnen van een tankstation. Natalie had overigens meer verstand van het runnen van een hotel dan ik, en bovendien een natuurlijk gevoel voor de grote lijnen en het leiden van een zaak.

'Delegeren,' zei ze minstens vijf keer tijdens een wandeling.

Ik had haar verteld dat ik wist wat het betekende, maar toch bleef ze het herhalen. Ze zei dat een leider moest vertrouwen op zijn of haar team. (Ze leek nadrukkelijk de mogelijkheid open te houden dat er een vrouw aan het roer stond.) Want dat was wat een goede leider kenmerkte, zei ze, hij of zij moest aan de spelers uitleggen wat hun taken waren en waarom het een belangrijk onderdeel van de tactiek was als ze de match wilden winnen. Maar de leider moest aan de zijlijn blijven staan, niet zelf de match spelen.

'Als je ziet dat de spelers elkaar om de nek vliegen als ze scoren, dan weet je dat je het goed hebt gedaan als leider. Ze willen niet voor jou winnen, maar voor zichzelf. Ze moeten trots zijn dat ze in Os Spa werken.'

'Je zou een peptalk voor de medewerkers moeten houden.'

'O, maar dat zal ik ook doen op de dag dat ik algemeen directeur word,' zei ze en ze lachte listig naar me met een opgetrokken wenkbrauw.

'Wat wil je in de tussentijd doen?'

'Ik weet het niet.' Het Os-dialect kwam langzaam weer terug in haar taalgebruik. 'Maar wat ik nu wil, dat weet ik wel.'

'En dat is?'

'Dat we snel naar huis gaan, al onze kleren uittrekken en neuken.'

Het was stampvol de avond dat Hell Spelemannslag in Fritt Fall speelde. Nu kan dat natuurlijk ook te maken hebben met het feit dat het tegenwoordig altijd druk was in Fritt Fall, welke dag van de week het ook was en wat er ook op het programma stond. Het leek of deze hardcore hardangervioolmuziek iets was waar het dorp al lange tijd op had gewacht. Toen Ola – met zijn kuif door een ring getrokken – op de rand van het podium balanceerde terwijl zijn viool jankte, kraste en knerpte, was iedereen al opgestaan en ik zag dat Johnny en zijn kompanen naar het twintig centimeter hoge podium drongen alsof ze op een concert van Satyricon waren.

Ola zwaaide met zijn hoofd zodat de kuif vrijkwam en hij zond een douche van zweet en wijwater naar de bekeerlingen. Ik zag, maar dat was wel na een paar biertjes, toch geloof ik echt dat ik het zag, dat Egil en Børge hun tong uitstaken om een paar druppels op te vangen.

Toen kwam Natalie op het podium, ze ging met haar lange hoorn aan de zijkant staan en staarde naar haar dorpelingen, die haar nog nooit zo hadden gezien, alsof ze van hen volledige onderwerping verlangde. Terwijl het publiek nog enkele seconden geleden uit zijn dak was gegaan, was het nu stil als in een kerk. Toen ze begon te zingen, voelde ik dat er een arm om mijn schouder werd gelegd. Het was Julie, haar andere arm had ze om Alex heen. Ze ging op haar tenen staan en fluisterde in mijn oor: 'Verrekte geluksvogel, ik had haar ook genomen.'

Toen de zaal eindelijk leeg was, afgezien van Julie, Alex, Erik Nerell, ikzelf en de band, was het al bijna twee uur. Wij – minus Julie en Natalie – deelden een fles cognac en Erik huilde bijna van geluk. Niet omdat de bar een recordomzet had, want dat was niet het geval, maar omdat we – dat wil zeggen hij vooral – de mensen in Os iets hadden gegeven wat ze zich nog lang zouden heugen. Ja, de rest van hun leven, dat wist Erik zeker. Hij bedankte me weer dat ik hem een nieuwe kans had gegeven. Toen hij me zelfs omhelsde, moest ik denken aan wat Natalie had gezegd over een jubelend team dat zijn eigen overwinning vierde en ik moest erkennen dat daar iets in zat.

Toen we naar huis liepen moest Natalie me ondersteunen.

'Vind je dat ik uit solidariteit nuchter had moeten blijven?' lispelde ik.

'Nee,' zei ze. 'Het is goed te zien dat ook Roy Opgard de grip een beetje kan verliezen.'

Kort samengevat: ik was in die tien dagen belachelijk gelukkig. Hoewel ik niet veel ervaring had met dat type geluk, beeld ik me in dat het gevoel versterkt werd door het feit dat de zon niet aan een wolkeloze hemel scheen. Integendeel, van alle kanten kwamen fucking zware onweerswolken aangedreven. Maar juist dan geniet je van de warmte, nietwaar? Wanneer je begrijpt dat het geleende tijd is, dat je van elke seconde moet genieten. En als je je ogen sluit en nog wat meer warmte voelt, dan komt dat doordat de zon bij de rand van een wolk is gekomen en de stralen zich een ogenblik verzamelen als in een brandglas. Maar dat is ook kort voordat de zon verduisterd wordt, de temperatuur een duikeling maakt en – als het gaat zoals aan mijn hemel – het noodweer losbarst.

Daar was ik, onder mijn zonnige hemel met een wanhopig gevoel van geluk op een waanzinnig hoogtepunt, toen Carl belde om te vragen of ik naar het hotel kon komen. Ik wist niet wat hij wilde, maar ik ken elke nuance in zijn stem – zoals hij die van mij gegarandeerd ook kent – en op dat punt begon de temperatuur al te zakken.

Toen ik een uur later in zijn kantoor stond, brak het noodweer pas echt los.

39

Carl zat achter zijn bureau toen ik binnenkwam.

'Ga zitten,' zei hij.

Aangezien wij broers dergelijke beleefdheidsfrasen nooit gebruikten, begreep ik dat dit een inleiding was, een waarschuwing dat hij iets ernstigs had te melden.

Ik ging zitten op het moment dat hij opstond.

Beslist iets ernstigs.

'Hou jij van dit kantoor?' vroeg hij en hij sloeg op de hoge rugleuning van zijn bureaustoel. Hij ging verder zonder op antwoord te wachten. 'Ik ook.'

Hij liep naar het raam.

'Ik hou ook van het uitzicht over mijn eigen land. Ik hou ervan dat ze naar mijn kantoor komen met een lunch uit het restaurant of dat er plaats voor me wordt gemaakt als ik een massage nodig heb. Ik hou van de mix van verantwoordelijkheid en de vrijheid als baas die deze baan me geeft. Ik hou van het respect dat ik krijg. En ik hou van de macht. De macht om dingen te doen. Goede dingen voor mezelf, voor mijn werknemers en voor Os. Ik hou er zo van, Roy, dat ik besloten heb dat ik alles wil houden.' Hij draaide zich naar me om. 'De laatste keer dat we elkaar spraken zei je dat je me een keuze gaf. Maar dat is natuurlijk niet waar, je gaf me geen keuze. Ik moest dit doen.'

'Wat moest je doen?'

Carl glimlachte, maar hij had een schuldbewuste, vertwijfelde blik in zijn ogen. Het was een blik die ik herkende. Het was dezelfde blik als toen hij vertelde dat hij Dog had neergeschoten. De blik toen hij bekende dat hij de voormalige politiechef Huken in had geduwd. Toen hij zei dat hij Shannon had doodgeslagen. Ik slikte.

'Wat is er, Carl? Zeg me wat je hebt gedaan.'

'Ik heb een deal gesloten met Kurt Olsen dat ik alles zou vertellen: hoe je vader en moeder hebt vermoord en dat Sigmund Olsen geen zelfmoord heeft gepleegd door zich te verdrinken en Willum Willumsen niet door een kogel door zijn hoofd te jagen. Dat jij dat in scène hebt gezet.'

Ik keek hem aan terwijl ik trachtte te begrijpen wat hij zojuist gezegd had. Want dit klopte niet. Ik ben zoals gezegd niet iemand die anderen goed kan lezen, maar ik ben heel goed in rekenen en dit klopte gewoon niet, dit kon niet waar zijn.

'Wil jij bekennen dat je de oude politiechef hebt vermoord om te voorkomen dat ik dit kantoor overneem?'

'Ik zal getuigen dat jij Sigmund Olsen hebt vermoord. En Kurt heeft al gezegd dat hij me gelooft. Iedereen die naar de dansavond in Årtun ging weet dat jij de gewelddadige van ons tweeën bent.'

Ik sloot mijn ogen en beet mijn tanden zo hard op elkaar dat ik ze hoorde kraken. 'Zeg je nu dat je al met Kurt hebt gesproken?'

'Ja.'

Ik ademde piepend en snuivend door mijn neus. 'Jij zorgt ervoor dat ik veroordeeld word en dan? Jij raakt hoe dan ook je baan kwijt als jouw bedrog met de facturen bekend wordt.'

'Maar dat wordt niet bekend,' zei Carl. 'En misschien word jij ook niet veroordeeld.'

Ik opende mijn ogen weer. 'Niet? Hoe zie je dat voor je nu je Karl al hebt gesproken?'

Een lach, breed en echt nu, verspreidde zich over zijn gezicht. 'Een politieverklaring en een getuigenverklaring zijn in het recht twee verschillende zaken, Roy. Een valse politieverklaring kan heel simpel worden ingetrokken, ik kan zeggen dat ik me onder druk gezet voelde door Kurt of dat ik hem wilde pesten als reactie op het feit dat hij ons al jaren achtervolgt. Ik kan vandaag nog de verklaring intrekken, Roy, maar alleen op de volgende voorwaarden. Dat jij niets op de bestuursvergadering uithaalt en dat ik mijn baan kan houden. En dat jij persoonlijk en zonder dat iemand dat merkt de factuur van drie miljoen regelt. Wordt de fout later ontdekt, kunnen we zeggen dat de schuld bij AUB lag, maar dat nu alles is rechtgezet.'

Ik knikte. Ik voelde me half verdoofd. Wat Carl had gedaan was wat vader ons had geleerd over boksen. Als je een tegenstander treft die over maximale kracht beschikt, moet je slaan als hij aanvalt. Dat was de weg naar de overwinning.

'Je ziet er een beetje overstuur uit, grote broer. Maar volgens mij moet je het zo zien dat ik je een dienst bewijs. Bovendien heb ik je een keuze gegeven.'

Ik kon alleen nog maar knikken, als zo'n verrekt speelgoedhondje dat oude mensen vroeger op de hoedenplank in hun auto hadden staan.

'Ik weet hoe je je voelt,' zei Carl. 'Maar nu staan we quitte en kunnen we opnieuw beginnen. Team Opgard. Wat zeg je daarop?'

'Quitte?' vroeg ik.

'Ja, ik wist uiteraard dat je verliefd was op Natalie Moe. Wist hoeveel pijn het zou doen als je te weten kwam dat ik haar had geneukt. Maar ik moest het doen. Zodat we ook op dat punt quitte zouden staan.'

Ik staarde hem aan.

Het begon de idioot van een Roy Opgard te dagen.

Carl had Natalie natuurlijk niet verdoofd om te kunnen neuken. Hij had dat gedaan om wraak op me te kunnen nemen. En dat kon maar één ding betekenen: dat hij het wist.

'Hoe...' begon ik en ik moest mijn keel schrapen.

'Kurt,' zei Carl. 'Hij kwam bij me en wilde me als getuige tegen jou hebben, dat jij zijn vader had vermoord. In ruil daarvoor zou ik vrijuit gaan voor eventuele medeplichtigheid. Hij had namelijk informatie die volgens hem de broederliefde aanzienlijk zou bekoelen, zoals hij zei. Want ze hadden niet alleen het bloed geanalyseerd van de oude Olsen dat op het nummerbord van vaders auto was gevonden, maar ook het bloed van Shannon in de auto waarin zij had gereden. Daaruit bleek dat ze zwanger was, iets wat ik natuurlijk al wist. Maar wat ik niet wist, was dat ze uit het bloed konden opmaken wie de vader was. Wist jij dat?'

Ik knikte, mijn nek begon pijnlijk te worden.

'Fantastisch, toch? Net zo fantastisch toen jij de vader bleek te zijn. Jij, Roy, mijn eigen broer, had met mijn vrouw geneukt en had je mond daarover gehouden.' Hij hield zijn hoofd schuin. 'Ik heb me afgevraagd wat jouw en Shannons plan was. Zouden jullie het geheim voor me houden, zou ik het koekoeksjong als mijn eigen kind opvoeden?'

Ik slikte. Het leek me niet verstandig hem te vertellen dat ons plan veel drastischer was.

'Kurt was ervan overtuigd dat hij een wig tussen de twee broers dreef. En daar had hij geen ongelijk in. Ik zei dat ik over zijn voorstel zou nadenken. En ik dacht na, Roy. Ik kon je onder de bus gooien, wraak nemen en er tegelijkertijd voor zorgen dat ik niet steeds over mijn schouder hoef te kijken uit angst dat Kurt Olsen weer achter me aan zit.'

Ik wist nu wat het waren geweest, die vreemde blikken die hij me had toegeworpen. De blikken waarmee hij indertijd naar vader had gekeken. Het was een mix van haat, maar ook schuldgevoel omdat hij wist wat hij ging doen.

'Ik besloot eerst dat het voldoende was om Natalie Moe te neuken,' zei hij. 'Ik wilde je pijn zien, zien hoe je hart gebroken was, ik hoopte dat dat genoeg voor me zou zijn. En weet je? Dat was het. Het had daar kunnen stoppen, Roy. Maar toen begon jij deze atoomoorlog en dan blijft er – zoals vader zei over een derde wereldoorlog – maar één ding over.'

'Vergelding,' zei ik.

'Vergelding,' echode Carl. 'Iedereen – vooral de communisten – te bombarderen zodat ze weer teruggaan naar het stenen tijdperk.'

Ik glimlachte even.

Carl ging weer in de directeursstoel zitten. 'Dus wat zeg je hierop, broer? Zullen we Kurt Olsen de overwinning door de neus boren? Zullen we zeggen dat we elkaar een pak rammel hebben gegeven, maar dat het daarbij blijft? Ik blijf het hotel runnen en jij krijgt je pretpark en de prinses op de koop toe?'

We namen elkaar op. Ik weet niet wat hij zag, maar ik zag mijn kleine broer met wie ik had gespeeld, gevochten, ruzie had gemaakt, die mijn rivaal was geweest, maar die ik ook had beschermd en getroost als ik kon. Als we dat beiden nodig hadden. 's Nachts als vader was geweest en weer was weggegaan en ik uit het bovenste bed was geklommen en achter Carl was gekropen, mijn armen om hem heen had geslagen en hem had vastgehouden tot hij stopte met huilen. Mijn broer die 's nachts was opgestaan als hij dacht dat ik sliep, mijn schooltas had opengemaakt, het opstel dat ik de volgende dag moest inleveren eruit had gehaald, alle schrijffouten had gecorrigeerd en ik had gedaan of ik niets had gemerkt. Mijn broer die met alle mooie meisjes in Årtun had gedanst waarna ik de jaloerse vriendjes in elkaar moest slaan.

'Was dat de reden dat Natalie niet verder kwam met de aangifte?' vroeg ik. 'Kurt beschermde jou, zijn kroongetuige in de zaak waar Kurt Olsen warm voor liep?'

'O, ik geloof niet dat Kurt iets tegen Natalie heeft gezegd wat niet waar was, dat de meeste aangiften van verkrachting niet voor de rechter komen.'

'Precies.' Ik wreef met mijn hand over mijn kin.

Carl leunde voorover in zijn stoel en stak zijn rechterhand naar me uit.

'Een handdruk op de vrede, grote broer?'

Mijn hand ging door met over mijn ongewoon gladde kin te wrijven, ik was er nog steeds niet aan gewend dat ik me elke ochtend schoor. Een merkwaardige gedachte kwam in me op. Als ik zijn uitgestoken hand drukte dan zou de warme, ruwe handpalm van de enige andere nazaat van het Opgard-geslacht bekender en veiliger aanvoelen dan de eigen huid van mijn kin. Ik schraapte mijn keel.

'Ja, ik herinner me nog goed wat vader zei over vergelding en derde wereldoorlog,' zei ik. 'Hij meende dat op de dag dat we elkaar bombardeerden en we teruggingen naar het stenen tijdperk, het zaak was alle anderen mee te nemen zodat we de strijd op gelijke voet konden voortzetten. Met vuurstenen bijlen.'

Carl keek me onzeker aan, zijn hand bleef hangen in de lucht als een zin die niet af was. Ik stond op.

'Ga naar Kurt met je getuigenverklaring, Carl. Dan ga ik naar huis naar mijn vuurstenen bijl.'

Ik hoorde zijn directeursstoel kraken alsof hij op en neer schommelde terwijl ik over het parket liep en de deur achter me dichtdeed.

40

Die middag, terwijl ik wist dat de Derde Wereldoorlog was uitgebroken en iedereen zou verliezen, maakte ik labskous voor Natalie. Niet de Noorse variant, maar de echte, de Duitse *Labskaus.* Uiteraard ging het niet om de eenvoudige versie met goedkoop vlees en gemalen scheepsbeschuit die op schepen werd geserveerd, maar om het gerecht dat zelfs de rijken in Hamburg en Bremen aten, het gerecht dat moeder als huishoudster had leren maken. Met gepekeld rundvlees, haring, aardappels, rode bieten, ui, peterselie en kruiden. Toen ze aanviel op de derde portie vroeg ik, volkomen overbodig, of ze het lekker vond. Ze lachte alleen en wees naar mijn bord. 'De vraag is eerder of jíj het lekker vindt.'

'Jazeker, maar ik heb alleen niet zo'n honger.'

'Is er iets aan de hand?'

'Iets aan de hand, iets aan de hand. Er is altijd iets aan de hand,' zei ik, want ik lieg het best als ik niet lieg.

'Op je werk?'

'Op mijn werk,' zei ik bevestigend en daarmee sprak ik nog steeds de waarheid, omdat het ging om mijn werk als hoteldirecteur.

'Ik luister graag als je er iets over kwijt wilt,' zei ze.

'Bedankt, schat, maar er valt niet veel te vertellen.' Ik leende haar woord 'schat' steeds vaker, had ik gemerkt. Net als zij was ik begonnen het te gebruiken als een lief grapje met een zekere ironische distantie, maar gaandeweg was de ironie minder en minder merkbaar geworden.

'Ik begrijp het,' zei ze met een zucht. 'Het is gewoon dat ik iets nodig heb om mijn hoofd bij te gebruiken. Dit nietsdoen begint me op mijn zenuwen te werken.'

Ik schoof het bord van me af. 'En ik moet een luchtje scheppen, voel ik. Ik ga wandelen en even bij Erik langs. Moet ik nog iets meenemen?'

'Alleen het tankstation is nu open en dat is een beetje ver nu het regent.'

'Een beetje ver, ja,' zei ik, ik kuste haar op haar voorhoofd en liep de regenachtige avond in. Het regende gestaag en ik zette mijn capuchon op, stak de markt over en nam het fiets- en wandelpad dat uitkwam bij het tankstation. Een eindje voor me zag ik een vrouw uit een Skoda, type hybride en een betrouwbare familieauto, stappen. Ik herkende de auto, maar de vrouw niet en meende dat het een vreemde plaats was om uit te stappen. Er waren hier geen huizen of iets anders. Toen ze gehaast naar het wandelpad liep en in de richting van de markt begon te lopen en de Skoda in dezelfde richting reed, begreep ik min of meer waar het om ging. De auto passeerde me als eerste en achter de zwiepende ruitenwissers zag ik Dan Krane strak voor zich uit staren, alsof een getuige verdween als je niet naar die persoon keek. Toen de vrouw dichterbij kwam herkende ik haar ook, het was de vrouw met het Oost-Europese accent die me geholpen had het laken te vinden in de opslagruimte van housekeeping. Ik knikte, maar haar versteende gezicht – met weliswaar een blosje op de wangen – staarde recht voor zich uit.

En toch. Wat ik had gezien was geen glimp van geluk, niet eens een glimp van gestolen geluk. Deze twee mensen hadden er niet eenzamer uit kunnen zien als ik ze in hun eentje in een bootje op zee gezien had.

Ik kocht Natalies guilty pleasure – een grote reep melkchocolade – in het tankstation en liep terug.

Ik telde de stappen en vond dat ik een besluit moest hebben genomen als ik bij driehonderddrieëndertig was. Zou Carl echt in een rechtszaak tegen me gaan getuigen? Dat was moeilijk voor te stellen. Als het een loos dreigement was, dan zou wat ik overwoog een enorme vergissing kunnen zijn. Driehonderdeenendertig. Ik stond voor Fritt Fall. De regen had strepen getrokken in Eriks handschrift op het reclamebord.

JUST DO IT was JUST DØ IT geworden. Een aansporing om maar dood te gaan.

Erik herhaalde mijn vraag. 'Wat voor vrienden we waren? Tja, het was in elk geval zo dat hij bepaalde terwijl wij anderen hem volgden. Vroeger keken we in onze vriendengroep op naar Kurt. Deels omdat hij de zoon was van de politiechef, we dachten kennelijk dat zijn leven spannender was dan het onze, maar ook omdat hij van ons de beste voetballer was, het grootste talent dat Os, zolang als men zich herinnerde, had gehad. Maar het kwam vooral door zijn soevereine manier van doen.'

Erik schonk nog meer koffie voor me in. Hij had de bar aan Alex overgelaten terwijl wij buiten gehoorsafstand aan de tafel bij de deur zaten. Ik nam een slok, ik wist dat het even kon duren voor Erik bij de kern van de zaak kwam.

'Hij was de beste en dat wist hij verdomde goed. Niet de slimste, hij was geen licht op school, maar zodra de schoolbel ging was hij nummer één in alles. Hij was ook de eerste die bij de meisjes opviel. Ze hielden van zijn zelfvertrouwen. En dan was er natuurlijk ook zijn blonde haar, dik en vol als een korenschoof. Hij had in een band moeten spelen, onze Kurt. Het idiote was dat hij een beetje gitaar speelde en dat deed hij helemaal niet slecht. Het ontbrak hem alleen aan geduld. Hij gaf de voorkeur aan voetbal, op zijn zestiende debuteerde hij in het A-elftal. Hij kreeg een aanbod van Notodden en ging ook naar Skien en speelde een oefenduel voor Odd. Een paar wedstrijden zat hij op de reservebank en kreeg daarna een invalbeurt die maar matig verliep. Hij was gespannen, snap je, kon niet echt laten zien waar hij goed in was. Daarna kwam hij snel weer terug naar huis. Hij vond het niet leuk in Skien, zei hij. Hij kende daar niemand. Hij hield van Os. Hield van het veilige. Hij had graag vrienden op wie hij kon bouwen als dat nodig was.'

'Hij hield ervan de beste in een klein dorp te zijn,' zei ik.

Erik knikte. 'Het zwakke punt van Kurt was dat hij het niet kon verdragen niet te winnen. Oké, misschien was dat ook zijn sterke punt, hij rende en rende tot hij zijn tegenstanders had uitgeput. Hij gaf nooit op. Maar hij kon ook vals zijn. Ik herinner me een wedstrijd tegen Notodden om de beker. Zij hadden een technisch begaafde, kleine jeugdspeler en Kurt trapte twee keer in diens schijnbeweging. De mensen lachten en juichten voor de jeugdspeler die hun aanvoerder voor de gek had weten te houden. Na de derde keer schoffelde Kurt hem ondersteboven door in zijn knieholte te trappen. De jongen verliet het veld op een brancard. Gescheurde kruisbanden. Een halfjaar later las ik dat hij had moeten stoppen.'

Ik zag Johnny – in uniform – met zijn twee vrienden bij een tafel zitten en af en toe naar ons kijken.

'Wat betreft dat bouwen op vrienden als dat nodig was,' zei ik. 'Ik vraag me af of hij daar gebruik van heeft gemaakt.'

'Wat denk je zelf?' vroeg Erik en hij bracht zijn kopje naar zijn mond. Maar het kopje was leeg.

Ik was op weg naar buiten en stond in de gang van Fritt Fall toen mijn telefoon overging.

Het was Bent Halden.

Normaal gesproken moest je iemand kennen om te horen dat er iets faliekant mis was, zelfs als ze kalm spraken over het weer. Bij Halden was dat niet het geval.

'Jazeker, hier is het ook kouder geworden,' antwoordde ik en ik tuurde door het glas van de buitendeur. 'Wat is er aan de hand?'

'Jon Fuhr,' zei hij.

'Ja?'

Hij legde me het probleem uit.

Het was verrassend, maar niet direct schokkend.

Ik vroeg aan Halden hoe snel hij in Os kon zijn. Hij zei dat hij niet graag met mij gezien wilde worden en ik zei dat hij naar de werkplaats moest komen en als iemand het vroeg kon hij zeggen dat ik nog iets moest doen aan zijn auto omdat ik daar de vorige keer niet aan toe was gekomen.

'Dat is goed,' zei hij en we verbraken de verbinding.

Ik bleef staan en keek naar het versleten parket in de gang. Een vierkant deel ervan was lichter van kleur en ik begreep dat daar de oude speelautomaat had gestaan. De asteroïden explodeerden steeds sneller en Kurt Olsen had natuurlijk gelijk. Uiteindelijk lukte het niet meer. Maar wat kon je doen? Anders dan doorspelen tot er *game over* stond, de muziek stopte en het licht uitging?

41

Het was al bijna middernacht. Bent Halden had zijn Audi de werkplaats in gereden, was op de houten stoel bij de muur gaan zitten en had het uitgelegd. Het was koud en guur en we zaten met onze jassen aan.

Jon Fuhr had tegen Halden gezegd dat hij inmiddels begreep hoeveel mijn broer en ik verdienden aan hun rapport en hij wilde meer geld. Om precies te zijn zes miljoen meer.

'Waarom precies zes?' vroeg ik.

'Ik weet het niet,' zei Halden met wanhoop in zijn stem. 'Ik geloof dat hij iemand geld schuldig is... ja, hij heeft gegokt en verloren.'

'Wat het ook is,' zei ik, 'het gaat niet gebeuren. We hadden een afspraak en ik verwacht dat jullie je daaraan houden.'

'Jon zegt dat als je weigert te betalen, dat hij dan het rapport zal veranderen.'

'Als jullie ook maar een komma veranderen, komen wij achter jullie aan.'

'Hij gelooft niet in dat "wij",' zei Bent. 'Hij denkt dat het alleen om jou en je broer gaat.'

Ik knikte. 'Begrijpt hij zelf niet dat als jullie het rapport veranderen en wij níet achter jullie aan komen, men argwanend zal worden en anderen achter jullie aan gaan? Alles zal worden ontdekt en we komen allemaal in de gevangenis terecht. En jullie zullen langer moeten zitten dan wij.'

'Dat begrijp ik heel goed,' zei Halden. 'En ik geloof dat Jon het ook begrijpt, maar...'

'Maar?'

'Maar hij wil het toch doordrukken. Hij lijkt... ja, geen angst te kennen.'

'Geen angst?'

'Hij is buiten zinnen, zou je kunnen zeggen.'

'Steroïden,' zei ik.

Halden keek me vragend aan.

'Wist je dat niet?' vroeg ik. 'Dat je partner anabole steroïden slikt?'

Halden schudde zijn hoofd. 'Hij heeft pillen in zijn bureaula liggen, maar dat zijn extra vitamines... eh... dat zegt hij.'

'Steroïden hebben vaak het effect dat je geen angst kent, agressief en kwaad wordt en doordraait,' zei ik. 'Klopt dat met de Jon die je de laatste tijd meemaakt?'

'Zeker.'

'En om die reden neem jij contact met me op zonder dat hij dat weet. Jij bent bang voor wat hij kan gaan doen.'

'Ik wil hier niets meer mee te maken hebben,' zei Halden huiverend en hij wreef in zijn handen. 'Ik heb een gezin aan wie ik moet denken.'

'Als de achtbaan eenmaal rijdt is het onmogelijk om eruit te springen,' zei ik.

'Maar hij... Je kent hem niet, hij gaat het doen. Hij is al begonnen een aangepast rapport te schrijven. Hij weet niet dat ik dat weet, maar ik heb in zijn computer gekeken en het gezien.'

Ik pakte mijn blikje snus en bood, voor ik er zelf eentje pakte, Halden ook een zakje aan – oké, dat was voor een deel een grapje. Ik nam de tijd en verwerkte wat hij had gezegd. Kreeg een beeld van wat er speelde.

'Vertel eens, Halden, waarom kom je me dit eigenlijk vertellen?'

'Omdat ik wil dat je weet dat ik hier niets mee te maken heb.'

'En omdat je wilt dat ik er iets aan doe?'

'Wat? Nee!' Hij keek me aan. 'Of ja... eigenlijk wel, als er iets aan gedaan kan worden.'

Onze blikken kruisten elkaar. Misschien probeerde ik zijn gedachten te lezen. Dat kon ik niet, maar ik vermoedde dat een van zijn gedachten ging over het verhaal dat ik in zijn garage had verteld, over de ingenieur die in zijn hotel uit het raam van de derde verdieping was gevallen.

'Wist je dat er in de omgeving een wolf is gezien?'

Halden keek me verward aan en schudde zijn hoofd.

'Veel schapenhouders zouden hem waarschijnlijk graag doodschieten, maar dat is verboden. Wat ze nu doen is uitzoeken waar de wolf jaagt en dan leggen ze vergiftigd schapenvlees voor hem neer. De wolf zichzelf laten doden, om het zo maar te zeggen.'

Halden knipperde met zijn ogen. Ik zag zijn hersenen werken, die geologen zijn vast slim.

'Dat is niet verboden?' vroeg hij.

'Waarschijnlijk wel. Maar het is moeilijker te ontdekken en al helemaal wie dat heeft gedaan.'

'Ik begrijp het. Doe jij... dergelijke dingen?'

'Nee,' zei ik beslist. 'Maar als ik het zou doen, dan zou ik fentanyl gebruiken. Vijftig keer sterker dan heroïne. Als je geluk hebt dan krijg je pillen te pakken die lijken op de pillen die de wolf al neemt. En je legt ze neer waar de wolf altijd naartoe gaat om ze te nemen, snap je?'

'En wat blijkt er uit het onderzoek van het kadaver?'

'Dat de wolf een overdosis van een bekende drug heeft genomen. Verrassend, maar niet schokkend wanneer uit het onderzoek blijkt dat de betreffende wolf al lange tijd andere drugs heeft gebruikt. Ik las onlangs nog dat anabole steroïden nu de op een na populairste drug zijn in Amerika, mensen gebruiken die niet alleen om spieren op te bouwen, maar ook om hun *sex drive* en energiepeil op te krikken, een beetje zoals bij amfetamine, toch?'

Halden keek me aan en knikte. Niet zo langzaam als wij in Os. Maar het scheelde niet veel. Ja, hij was slim. Slim genoeg om te weten wanneer het probleem bij de wortel diende te worden aangepakt.

Slim genoeg om het verschil te weten tussen twaalf miljoen gedeeld door twee en gedeeld door één.

We wisselden nog een paar algemeenheden over het weer, ik duwde de motorkap van de Audi dicht en zwaaide hem uit.

Toen ik Natalies appartement weer binnenkwam, zat zij in haar nachtjapon op de bank en zei ze dat ze op me had gewacht. Ze zag er zo verrukkelijk uit zoals ze daar zwijgend naar me zat te kijken. Ik kuste haar en we vreeëen, namen niet eens de tijd om naar ons bed te gaan. En ze was net als ik wild, intens, ja, bijna wanhopig. Als vrouwen en mannen in oorlogstijd, heb ik gelezen, die onbewust weten dat dit, deze nacht, hun laatste kon zijn.

Zoals gewoonlijk hield ik in toen ik bijna kwam en het tijd werd uit haar te gaan, maar deze keer stond ze dat niet toe.

'Ga door!' siste ze zacht in mijn oor.

'Maar...' begon ik.

'Sst.' Ze zette haar nagels in mijn billen.

Ik sloot mijn ogen en liet het gebeuren.

42

Het was zondag en nog twee dagen voor de bestuursvergadering.

Tijdens het ontbijt vroeg ik aan Natalie of ze meeging naar de voetbalwedstrijd later op de dag.

'Voetbal interesseert me niet,' zei ze. 'Ik dacht jou ook niet?'

Ik haalde mijn schouders op en lachte. 'Het kan spannend zijn.'

'Spannend? Ik dacht dat ze al gepromoveerd waren?'

'Ik heb het niet over de wedstrijd.'

Ze keek me met een gefronst voorhoofd aan. 'Waar heb je het dan over?'

'Tja, waar heb ik het over? Het is trouwens gratis.'

'O ja?'

'Ja, als hoofdaandeelhouder van Os Spa heb ik twee kaartjes voor de viptribune.'

Het begon haar te dagen. 'Jij wilt dat we gaan om ons... te laten zien?'

Ik knikte. In vroeger dagen waren een meisje en een jongen in Os officieel een stel als ze samen op zaterdag naar de dansavond gingen of zondag naar de kerk.

'Jij beslist,' zei ik. 'Het kan wachten. Of we doen het nooit. Misschien wil je gewoon niet en ben je alleen uit op mijn lichaam.'

Ze stond op en ging op mijn schoot zitten. 'Je bent een schatje,' zei ze, me op mijn neus kussend. Ze verstijfde. 'Je broer... zit hij ook niet op die klotetribune?'

'Wat als ik je zeg dat hij daar niet zal zijn?'

'Dan ga ik mee,' antwoordde ze en ditmaal kuste ze me op mijn mond.

Ik zat met mijn telefoon in de vensterbank en hoorde hoe Natalie in de kamer bezig was met de Duolingo-cursus Frans.

Carl nam na de tweede beltoon op.

'Waar ben je?' vroeg ik.

'In het nieuwe huis, de Duitsers zijn er met de keuken.' Ik hoorde aan zijn stem – of beter aan de stilte die volgde – dat hij verwachtte dat ik zou zeggen wat hij hoopte. Namelijk dat ik had nagedacht en een vredesvoorstel deed.

'Natalie wil vandaag graag mee naar de wedstrijd,' zei ik. 'Maar alleen als jij er niet bent. Ik geloof dat dat een respectvol gebaar kan zijn, Carl. Zo eentje dat ze mee zal wegen als ze een besluit moet nemen of ze door zal gaan met de aangifte of niet.'

In de denkpauze van Carl hoorde ik het gejank van een cirkelzaag en het geklop van een hamer.

'Ik zie af van de wedstrijd als jij afziet van het take-over-plan.'

'Gaat niet gebeuren,' zei ik. 'Ik red het hotel én jou, begrijp je dat niet?'

Carl zuchtte. 'O ja, ik begrijp je, Roy. Ik begrijp je verdomde goed. Jij hebt je eigen motieven, bullshit niet met me met die ik-zal-je-redden-woorden. Ik had gehoopt dat je tot rede zou komen en daarom heb ik gewacht met op de rode knop te drukken. Maar nu moet ik het doen. Onthoud goed dat het jouw keuze is, Roy. Onthoud dat. Het ga je goed.'

'Carl, wacht!'

Hij had de verbinding nog niet verbroken, hoorde ik. Misschien had het te maken met zijn ademhaling, de ademhaling die ik had gehoord in het bed onder me toen we nog jongens waren en waarvan ik elke nuance kende. Hij klampte zich in elk geval vast aan mijn 'wacht'. Een strohalm. De strohalm dat ik me eindelijk de zin zou herinneren die vader ons had ingeprent. WIJ ZIJN EEN GEZIN. WE HEBBEN ELKAAR EN NIEMAND ANDERS.

Ik kuchte. 'Ga je naar de wedstrijd, of niet?'

Ik hoorde dat er lucht uit hem ontsnapte. 'Je hebt geluk, grote broer.' Zijn stem was zo vlak als een vlakke weg. 'Ik moet hier de hele dag zijn om erop toe te zien dat alles goed gaat.'

'Dat alles goed gaat,' herhaalde ik.

Hij hing op en ik liep naar beneden.

Ik ging naar buiten terwijl ik achter me '*On y va!*' hoorde.

Voor een onbelangrijke wedstrijd was de opkomst in het Os Stadion imponerend.

'Zoals iedereen naar feesten komt van mensen met succes,' zei Natalie toen ik dat tegen haar zei.

Ik vond het toch moeilijk te begrijpen, we hadden het hier over een lage divisie. Een paar jaar geleden had Os een biatleet gehad die in de jeugdkampioenschappen uitkwam voor Noorwegen en dat stelde heel wat meer voor dan dit. Maar toch, het waren vooral ouders en bekenden die naar de kampioenschappen kwamen. Voetbal trekt veel mensen aan omdat veel mensen zelf hebben gevoetbald en ze weten een goede prestatie op het veld te waarderen. En ze trekken hun haren uit het hoofd als er voor open doel wordt gemist terwijl ze weten dat ze zelf negen van de tien keer mis hebben geschoten. Voor de meesten van ons is het een wonder dat een biatleet van een afstand van vijftig meter een doel moeten raken dat niet groter is dan een waxinelichtje.

'Een waxinelichtje?' zei Natalie terwijl we naar de viptribune liepen. 'Dat moet ik proberen!'

Ze leek onaangedaan van alle blikken die we kregen. Ik deed of ik niets doorhad, maar ik las het een en ander in de starende ogen. Bijvoorbeeld: 'Jezus, de dochter van dakdekker Moe en Benzine-Roy' en 'ze gaat dus voor het geld'. 'Kinderroof'. Of: 'Vreselijk zo happy als die twee eruitzien.' Of: 'Zei Grete Smitt niet dat Carl Opgard op het bedrijfsfeest met haar had geflirt. Ja, ja, ze moest genoegen nemen met de broer, Carl zal wel genoeg hebben aan Mari Aas.'

'Hoi,' zei Rita Willumsen toen we de tribune op liepen. 'Leuk te zien dat je gezelschap hebt. Hallo, Natalie.'

'Hallo, Rita.'

De twee glimlachten warm naar elkaar. Ze hadden nog nooit een woord met elkaar gewisseld, het enige wat ze hadden gewisseld was ik en nu leken ze ineens dikke vriendinnen. Vrouwenzaken. Ik begreep het niet en als iemand het aan me had uitgelegd, had ik het waarschijnlijk nog niet begrepen.

Mari Aas en Dan Krane stonden bij elkaar. Dan ontweek mijn blik, niet erg verrassend als je bedacht dat hij wist dat ik een glimp had opgevangen van waar hij mee bezig was. Het was vreemder dat Mari en hij elkaars hand vasthielden. Want dat deden ze. Om het zo maar uit te drukken: ik heb altijd gevonden dat de ingewikkeldste auto beter te begrijpen is dan mensen.

Ik knikte naar Asle Vendelbo en Jo Aas die voor Natalie en mij plaatsmaakten.

'Tegen wie spelen we?' vroeg ik aan de twee mannen.

'Tegen Kongsberg 2,' zei Natalie. 'Een middenmoter.'

Ik keek haar verbaasd aan en zag dat Vendelbo bevestigend knikte.

Zoals ik al zei: geef mij maar een kapotte auto op welke dag dan ook.

Aas schraapte zijn keel zonder iets te zeggen, maar ik begreep dat hij dat wilde. Hij wilde weten of ik over de kwestie had nagedacht. Of ik me had bedacht omwille van Carl dus. Ik spuugde de snus uit over de rand van de kleine houten tribune en hij knikte bijna onmerkbaar dat hij het begreep.

In de rust dronken we bier. Ik weet niet hoe ze het voor elkaar hadden gekregen, maar de viptribune werd dus gezien als een besloten gezelschap en daarmee was die vrijgesteld van de bepalingen voor een alcoholvergunning en het verbod van de voetbalbond om tijdens de wedstrijd alcohol te schenken. Vendelbo schonk uit naam van de bank bier in kleine bierglazen met een voet en we dronken alsof het champagne was. Het gepeupel onder ons keek naar ons op en schudde zijn hoofd, ze namen ons op alsof we de elitaire rode jassen waren tijdens een vossenjacht. Maar niemand protesteerde luidkeels, ze begrepen allemaal dat wij – of beter: ons geld – ervoor hadden gezorgd dat de club was gepromoveerd en dat misschien nog wel een keer zou doen.

Tegen het eind van de tweede helft hoorde ik dat het gepeupel op de tribune naast ons begon te juichen. Aangezien er op het veld niet veel gebeurde, draaiden we ons allemaal om om te zien wat er aan de hand was. Het was Kurt die met zijn o-benen langs het publiek en de zijlijn op onze tribune af kwam gelopen. Het gejuich ging over in een ritmisch 'Kurt, Kurt'. Hij grijnsde, zwaaide om te laten zien dat hij het spelletje meespeelde, maar beide partijen wisten dat het geen spelletje was. Hij was hier de koning van Os. Kurt richtte zijn blik op de tribune, ving mijn blik en ik begreep waarvoor hij was gekomen.

Deze keer had hij Johnny niet bij zich, maar er was geen twijfel mogelijk, hij zou me voor de derde keer in korte tijd aanhouden en kon zich geen betere plek voorstellen dan op de viptribune met iedereen als getuige. Niet in de laatste plaats Rita. Dat kon alleen maar betekenen dat hij ervan overtuigd was dat hij ditmaal een waterdichte zaak had.

Jo Aas – die aan de praat was geraakt met Natalie over de nieuwe vleugel van het hotel – moest hebben begrepen wat er stond te gebeuren. Hij stopte met praten, keek naar Kurt die onderweg was en naar mij. Daarna deed hij met zijn lange benen drie stappen naar de eerste rij van de tribune en sneed Kurt de pas af. Hij legde een hand op de schouder van de politiechef, boog zich naar hem toe en fluisterde in diens oor. Kurt bleef staan luisteren. Want iedereen in Os luistert als oud-burgemeester Aas iets te zeggen heeft, zo is het nu eenmaal. Kurt zei iets terug, maar Aas schudde zijn hoofd en rondde het gesprek af. Kurt knikte. Draaide zich om naar het veld, wist kennelijk dat alle ogen op hem gericht waren, trok zijn broek op aan zijn riem – precies zoals zijn vader dat altijd deed – en deed of hij naar de wedstrijd keek. Rita liep naar hem toe en zei ook iets, maar hij schudde zijn hoofd. Na een paar minuten keek hij demonstratief op zijn horloge en liep weg. Ik volgde hem met mijn blik tot hij achter de Duitse barakken verdwenen was. Ik luisterde of ik de motor van zijn Land Rover hoorde, maar het waaide te hard.

'Wat wilde Kurt?' vroeg Natalie.

'Niets wat niet kan wachten tot een passender moment,' zei Aas en hij wendde zich tot mij. 'Misschien dat je straks even contact met hem kunt opnemen, Roy? Hij had geloof ik een paar onopgeloste kwesties waarmee je hem zou kunnen helpen.'

Ik knikte.

Natalie had gezegd dat zij zou rijden dus ik had een paar biertjes gedronken en een paar minuten voordat de reguliere speeltijd voorbij was, zei ik dat ik, voordat het druk werd, even naar de wc ging in het clubhuis en op haar zou wachten in de auto.

Het was stil in het clubhuis.

Het was een ouderwets urinoir waar ik voor ging staan. Zo eentje waar het water wegspoelde volgens een patroon dat ik nooit had kunnen ontrafelen. In elk geval zal het door het geluid van het doorspoelen komen dat ik niet hoorde dat achter me de deur openging. Ik merkte niets tot ik iets tegen mijn ruggengraat voelde drukken en daarna Kurts stem hoorde.

'Dit is de loop van een Glock 17, Roy. Blijf staan en doe je handen op je rug.'

Was dit gebeurd op een heel ander tijdstip tijdens mijn leven in Os, dan had ik gelachen om deze parodie.

'Kurt...' begon ik.

'Doe wat ik zeg of we noemen dit verzet bij arrestatie en dat betekent dat ik de wet aan mijn kant heb en met jou kan doen wat ik wil. Ik vermoed dat je wel weet wat ik...'

'Laat me even...'

'Nu!'

Ik deed wat hij zei. Voelde en hoorde de handboeien rond mijn polsen klikken.

'Draai je nu om,' zei hij.

Ik draaide me om.

'Verdomme!' schreeuwde Kurt toen mijn urinestraal zijn broekspijp raakte. Hij stapte woest naar achteren, maar de straal volgde hem, ik kan niet zeggen dat ik een poging deed die te stoppen. De straal nam in kracht af en zakte langs zijn broekspijpen naar beneden, maar toen die de punten van zijn laarzen van slangenleer raakte werd hij echt wanhopig en begon hij onsamenhangend te schreeuwen. Hij was buiten zinnen. Toen de straal ophield, deed hij twee stappen naar me toe en wat er vervolgens gebeurde was een herhaling die ik natuurlijk had moeten voorzien. Hij sloeg. Met het pistool. Tegen mijn voorhoofd. Ik had het gevoel of de huid openbarstte voordat de wond opensprong. Ik sloot mijn ogen terwijl er iets warms over mijn wang liep. Toen ik mijn ogen weer opende, hield Kurt zijn gezicht vlak voor dat van mij. 'Ik maak je kapot,' zei hij. 'Dat weet je toch, Roy?'

Ik reageerde instinctief. Dus niet verstandig en doordacht, maar ook niet uit razernij, angst of andere contraproductieve gevoelens. Het was of de hersenen een enorm simpele rekensom maakten en mijn spieren de opdracht gaven dit op mijn manier te beantwoorden. Ik moest mezelf verdedigen. Dus met mijn handen geboeid op de rug, boog ik mijn nek iets naar achteren en knikte. Niet Os-langzaam, maar Årtun-hard. Kurt moest de oudste truc uit de doos zijn vergeten. De kopstoot. Ik voelde dat er iets meegaf en hoorde het neusbeen kraken, net als bij Fuhr. Kurt verloor zijn evenwicht, gleed uit in de pis en smakte op de vloer. Er klonk een akelige bonk toen hij met zijn achterhoofd op de tegels klapte.

Ik deed wat ik met Moe had gedaan, ik ging op zijn borst zitten en duwde met mijn knieën Kurts onderarmen op de grond. Ja, dit was een herhaling. Alles was een herhaling. Mijn leven was een verrekte cirkel en ik wist niet hoe ik daaruit moest komen, uit het wagentje moest komen. Het bloed drupte van mijn kin op Kurts gezicht, misschien dat hij daardoor weer bij zinnen kwam. Hij bewoog, opende zijn ogen en staarde omhoog naar me. Het duurde een seconde voor hij wist waar hij was, zo leek het.

'Nu zit je echt in de problemen, Roy,' fluisterde hij hees.

'Jij ook,' zei ik. 'Als we de wc verlaten zullen mensen zien dat je een man hebt geslagen die geboeid was.'

Kurt knipperde toen een bloeddruppel op zijn jukbeen viel. Hij snoof en voelde zich kennelijk veilig omdat ik mijn handen niet kon gebruiken. Hij bewoog wat heen en weer.

'Ga van me af, Roy. Anders smijt ik je eraf.'

'Je zult worden ontslagen, Kurt.'

'Helemaal niet. Ik zeg dat jij het eerst sloeg, dat ik je wel moest slaan om je uit te schakelen en dat ik je daarna pas heb geboeid. Het woord van een politieman tegen dat van een moordenaar. Moeilijk te zeggen wie ze zullen geloven, of niet?'

Op het gezicht van Kurt dat onder me lag verspreidde zich een grijns. Hij was een harde, dat moest ik toegeven. En misschien ook niet zo dom als ik vaak dacht. Maar op hetzelfde moment ging de deur open. Noppen trommelden op de stenen vloer, ik keek op en de man in het voetbaltenue van Os bleef onmiddellijk stilstaan. Het was de Nigeriaanse spits, de speler voor wie we zoveel hadden betaald. Hij staarde ons aan in deze plotselinge stilte.

'Coach?' zei hij vragend.

'*Yes, Umar?*'

'*Do you need help?*'

Kurt draaide zijn hoofd en keek naar zijn spits. '*No, Umar. Leave us, please.*'

Umar bleef staan en staarde me aan. Preciezer, hij staarde naar mijn pik die nog steeds uit mijn gulp hing en – dat realiseerde ik me nu pas – zich dicht bij de mond van Kurt bevond. Hij zag eruit of hij alle elementen van het beeld samen wilde voegen. Het bloed, mijn geslacht, twee mannen van wie eentje geboeid en een openbare gelegenheid. Toen knikte hij alsof hij het begreep en erin berustte, en draaide zich om. De deur zakte achter hem dicht en het geluid van de noppen verdween.

'Daar gaat jouw versie,' zei ik.

'Ga van me af.'

'Als je belooft de handboeien af te doen.'

'Ga van me af!'

Ik stond op. Kurt deed hetzelfde, hij pakte zijn pistool dat onder de wastafel terecht was gekomen, viste de sleutel op en deed mijn handboeien af. Ik stopte mijn lid in mijn broek en ritste de gulp dicht.

'Je staat onder arrest,' mompelde Kurt en hij gaf me een papieren handdoek uit de houder boven de wastafel.

'Waarvoor dan?'

Hij grinnikte triest. 'Ik weet niet eens waar ik moet beginnen.'

'Carl?' vroeg ik terwijl ik het bloed van mijn gezicht waste. Dat hielp nauwelijks, er kwam steeds meer bij.

Hij knikte. Hij raakte met een vinger voorzichtig zijn neus aan en vertrok zijn gezicht.

'Je broer is vanmorgen bij me gekomen en heeft alles verteld. Dus het is duidelijk. Ik heb eigenlijk geen bekentenis van jou nodig. Maar dat kan helpen een mildere straf te krijgen. Hoewel dat niet veel zal uitmaken omdat we het over meerdere moorden hebben. Dus wat zeg je daarop? Wil je direct de nor in of wil je een verklaring afleggen?'

'Wat zei Aas tegen je waardoor je me niet en plein public arresteerde?'

Kurt haalde zijn schouders op. 'Iets over professionele discretie. Het klonk wel verstandig.'

'Dat is vaak zo bij Aas.'

'Ja.'

We stonden beiden voor een wastafel ons op te frissen terwijl de kranen liepen.

'Dat ik eerst sloeg kun jij niet bewijzen,' zei Kurt. 'Je kunt zelfs niet bewijzen dat ik je heb geslagen.'

'Ik was ook niet van plan dat te doen,' zei ik.

'Niet? Waarom niet?'

'Omdat ik goed kan begrijpen waarom je zo reageerde. Ik piste immers op je, of niet?'

Hij keek me aan om te zien of ik een grapje maakte.

'Letterlijk, bedoel ik,' zei ik bevestigend. En ik maakte daarmee een grapje.

Kurt gromde. 'Je had de straal een andere kant op kunnen sturen.'

'Daarvan kun je de jury vast overtuigen.'

Ik kon in de spiegel zien dat Kurt grijnsde, ja, dat deed hij echt.

Ik weet verdomme niet waarom we ineens op zo'n vrolijke manier spraken. Wat Kurt betreft was dat misschien omdat de jacht eindelijk voorbij was. Roy Opgard was gepakt en zijn vader werd er niet langer van verdacht zelfmoord te hebben gepleegd. Zelf heb ik nooit de schaamte rond zelfmoord begrepen. Het kan zo zijn dat iemand niet in staat is een leven te leiden dat hij of zij waard vindt te leven. Maar wie bepaalt zoiets gecompliceerds en toevalligs?

'Krijg ik een bekentenis van je?' vroeg hij.

'Dat doen we later,' zei ik. 'Ik moet eerst dit bloeden stoppen.'

We verlieten de wc en kwamen in de kleedkamer. De spelers hadden zich al min of meer omgekleed, maar ze omhelsden en begroetten Kurt. Ik kon zien dat hij werkelijk geliefd was bij zijn spelers. Maar de spits hield zich afzijdig.

'Stanley,' zei Kurt.

Stanley Spind – die op zijn hurken zat en voorzichtig de knie van een van de spelers heen en weer bewoog – draaide zich naar ons om.

'Oei,' zei hij. 'Wat is hier gebeurd?'

'We zijn uitgegleden bij de urinoirs,' zei Kurt. 'Iemand heeft op de vloer gepist en we sloegen met de koppen tegen elkaar toen we onderuitgingen. Heb je spul bij je om te hechten?'

Stanley keek van Kurt naar mij en weer terug. Het was duidelijk dat hij dit verhaal geen seconde geloofde, maar hij opende zijn dokterstas en haalde er een doos uit.

'Veel ongelukjes de laatste tijd,' zei Stanley laconiek terwijl hij de wond op mijn voorhoofd hechtte.

Ik gaf geen antwoord en weer bracht hij een tulband aan.

Daarna keek hij naar de neus van Kurt die al bezig was dikker te worden. 'Ik kan je een pijnstiller geven en je doorsturen naar de knoarts in Notodden, dan maken ze daar een röntgenfoto.'

'Mijn neus staat scheef,' zei Kurt. 'Kun je daar iets aan doen?'

'Ik kan proberen hem recht te zetten, maar dat zal pijnlijk zijn. Het ziet er ook wat gecompliceerd uit, dus het is niet zeker of het me goed lukt.'

'Doe het,' zei Kurt, hij ging op de bank zitten en sloot zijn ogen.

Ik huiverde en herinnerde me hoe Stanley acht jaar geleden mijn wijsvinger rechtzette en hoe pijnlijk dat was geweest.

Kurt vertrok geen spier, maakte geen geluid. Maar dat deden de krakende neus en de kreunende spelers die om hem heen stonden en gefascineerd toekeken wel. Kurt bedankte Stanley, stond op en liep naar me toe terwijl hij de tranen van pijn wegknipperde.

'Dan gaan we nu een ritje maken, Roy.'

Hij legde een hand op mijn schouder en we liepen naar buiten.

De parkeerplaats was bijna verlaten, alleen Natalie stond daar met haar armen over elkaar geslagen naast mijn Volvo. Ze verstijfde toen ze ons in het oog kreeg.

'Mag ik...'

'Ja, maar doe het snel,' zei Kurt.

Ik liep naar haar toe. Zag de verwarring en bezorgdheid op haar gezicht.

'Wat is er gebeurd?'

'Carl heeft verteld wat er is gebeurd toen mijn ouders stierven.'

'Wat? Maar...'

'Ik moet nu met Kurt mee. Ik bel je zodra ik meer weet, oké?' Ik gaf haar de autosleutels en kuste haar op haar wang. 'Ik hou van je.'

De tranen stonden in haar ogen. 'Kom je... kom je terug?'

'Ja.'

'Zeker?'

'Nee, maar waarschijnlijk wel.'

'Hoe...'

'Rond de eenenzeventig procent.'

'Idioot.'

Dat was het laatste wat ze tegen me zei voor ik naar de SUV van Kurt liep, die het portier aan de passagierskant voor me openhield.

'Mooie dame geworden, die Natalie,' zei Kurt en hij startte de auto.

'Waar gaan we naartoe?'

'Naar Notodden.'

'De gevangenis?'

'Je moet goede kost en inwoning hebben, want je zult een tijdje moeten blijven.'

Toen we op de rijksweg naar het oosten reden, brak de zon door het wolkendek.

'Ik zal je het hele verhaal vertellen,' zei ik.

'Wacht daar liever mee tot we in Notodden zijn,' zei Kurt.

'Nee, ik ga niets zeggen in Notodden. Dus het is beter dat we een stop maken. Beter voor ons allebei. Een peuk, snus en een verhaal.'

Kurt keek me even aan.

'Wat bedoel je? Beter voor ons allebei?'

'Weet je?' zei ik wijzend naar een afslag iets verderop. 'Het zou heel goed zijn als we daar afslaan, daar kunnen we het verhaal eindelijk afsluiten.'

Kurt tuurde naar de afslag. Hij aarzelde, maar hij begreep wat ik bedoelde. Recht voor ons was het pad naar het botenhuis met daarin het bootje dat drijvend was aangetroffen met daarin Sigmund Olsens laarzen. Hij aarzelde nog even, maar zette toen zijn richtingaanwijzer aan en remde af.

'Laten we even kijken of het bootje nog waterdicht is,' zei ik en ik duwde het portier open.

'Rustig aan,' zei Kurt en hij leek zijn pistool uit zijn schouderholster te willen trekken, maar bedacht zich.

Hij liep achter me aan naar het oude, roodgeverfde botenhuis dat aan de waterkant lag te baden in het zonlicht. Er hing een hangslot aan de deur. Ik duwde tegen de houten deur en er ontstond een kier waar ik doorheen kon kijken. En inderdaad, het bootje was er nog.

'Jullie hebben het slot vervangen,' zei ik. 'Toen hing hier een groot, glimmend slot.'

'Dat moesten we wel,' zei Kurt en hij bood me een sigaret aan uit zijn pakje. 'De sleutels verdwenen immers samen met papa.'

Het kwam door dat 'papa' dat er iets gebeurde. Ik begreep iets wat me lang geleden al duidelijk had moeten zijn. Maar ik had hem nooit aan zijn vader horen refereren met 'papa' en nu hij dat wel deed leek het of hij zijn dekking liet zakken en me iets liet zien. Niet zijn kwetsbaarheid, want hoewel ik die ook zag, was er iets anders wat hij me wilde laten zien. De familieband. De intimiteit. De liefde voor zijn vader. Dat is tegelijkertijd je zwakte, maar ook je kracht, iets wat je niet kunt verslaan. Ik had niet van mijn vader gehouden, hij had niet van mij gehouden. Daarom zou Kurt Olsen mij keer op keer blijven slaan, want hij had een doel met zijn jacht, dat gaf betekenis. Terwijl ik alleen maar van iets wegrende, niet ernaartoe. Ik wist het, Kurt wist het en nu ik eindelijk was verslagen leek het of de haat die hij voor me voelde was verdwenen. Of hij zijn tegenstander wilde bedanken voor het gevecht. De verkregen goede sportmentaliteit.

Ik ging op het heuveltje zitten naast het botenhuis en pakte mijn blikje snus.

'Ik had gerommeld aan de remmen en de stuurkolom waardoor mijn ouders Huken in reden,' zei ik. 'Het moest eigenlijk alleen mijn vader zijn. Hij misbruikte Carl.'

'Ja, Carl vertelde dat.' Kurt ging naast me zitten en stak zijn sigaret op.

'Jouw vader vermoedde dat en Carl duwde hem het ravijn in.'

'Per ongeluk,' zei Kurt en hij blies de rook uit. 'Hij was zeventien en zou hoe dan ook vrijuit gaan. En toen?'

'Toen moest ik hem helpen. We moesten het lichaam laten verdwijnen. Ik bracht het lichaam naar de werkplaats, legde het in de schepbak van de tractor en goot er Fritz-wasstraatreiniger overheen. Zoals je misschien weet, eet die alles op.'

Ik zag Kurt slikken.

'Ik had de laarzen en sleutels van je vader bij me gehouden, maakte midden in de nacht het botenhuis open en duwde de boot met de laarzen erin het water op. Maar de boot dreef terug, dus ten slotte moest ik het meer op roeien zodat de stroming hem te pakken kon krijgen, in het water springen en weer naar land zwemmen.'

'Eén moord en medeplichtigheid aan het verbergen ervan,' zei Kurt. 'Jij was achttien dus je had daar niet zoveel jaar voor gekregen. Erger was het met Willumsen.'

'Zegt Carl dat ik hem heb gedood?'

'Hij heeft me verteld hoe jij de moord heb gepland en uitgevoerd.'

Ik zuchtte. Carl had zich niet ingehouden. 'Willumsen had gebruikgemaakt van het feit dat Carl klemzat, hij had hem geld geleend tegen een woekerrente en toen Carl niet in staat was te betalen, stuurde hij de Deense afperser op hem af. En op mij.'

'Dus jij vermoordde ze allebei?'

Ik haalde mijn schouders op. 'Zelfverdediging, zou ik willen zeggen. Verdedigen van het gezin. Dat begrijp je toch wel, Kurt?'

Kurt knikte langzaam. 'Maar de laatste moord was geen zelfverdediging, of wel?'

'De laatste?'

'Op de vrouw van Carl.'

Dat was onder de gordel. Had Carl werkelijk gezegd dat ík Shannon had gedood? Dat moest hij hebben gedaan omdat ik aan Kurt zou kunnen vertellen dat hij Shannon had vermoord en hij wilde dat voor zijn. Maar dat was niet logisch. Carl was kwaad en wilde mij stoppen zodat hij zijn baan kon houden, maar hij was daarom nog geen idioot. Hij wist dat we beiden veel te verliezen hadden als bekend werd dat Shannon niet zelf Huken in was gereden.

'Waarom denk je dat ik haar heb gedood?' vroeg ik en ik spuugde een klodder speeksel zo krachtig uit dat die in het water terechtkwam.

'Tja, als je schoonzus zwanger is van jouw kind en een abortus weigert, dan moet het probleem uit de weg worden geruimd. Aangezien je al wat ervaring had met de opruimingsdienst...' Hij maakte een gebaar met de sigaret in zijn hand waarmee hij kennelijk de rest wilde vertellen.

'Dus Carl heeft niet gezegd dat ik Shannon heb gedood?'

Kurt trok krachtig aan zijn sigaret, hij voelde waarschijnlijk dat zijn hersenen meer nicotine nodig hadden om een juiste afweging te maken of hij zou doorgaan met deze bluf of niet.

'Ik zei niet dat hij dat zei,' zei Kurt.

'Dus het is jouw hypothese?'

'Hypothese, hypothese. Het is een logische vraag in verband met de dood van al die anderen die gestorven leken te zijn door een min of meer natuurlijke oorzaak, maar die eigenlijk zijn vermoord door jou en je broer. Maar ik begrijp dat je dit ontkent en dat is prima...' Hij liet zijn peuk op een grijze steen vallen en trapte erop. 'Ik heb al meer dan genoeg tegen jou.'

Hij stak zijn hand in zijn jaszak, haalde er een echte Ray-Ban-zonnebril uit, niet een van die goedkope versies die we in het tankstation verkopen. Hij zette die op en hief zijn gezicht naar de zon.

'Weet je, Roy. Eigenlijk is dit alles zonde, want ik begrijp jou. Af en toe heb ik zelfs gedacht dat ik het had kunnen zijn. Ja, zelfs dat met het kind bij de vrouw van je broer, want die Shannon was verdomme een stuk. Ik begrijp je omdat we op elkaar lijken, jij en ik. We hebben niet alleen dezelfde smaak als het om vrouwen gaat, we zijn ook taaie duivels, we gaan door waar anderen het niet meer op kunnen brengen, we gaan door tot we hebben wat we willen. Zo zijn wij.' Hij lachte naar me. Niet de triomfantelijke lach van een overwinnaar, maar de uitnodigende, begripvolle, ja, zelfs vriendelijke lach van een gelijke. 'Ik vergeef het je, je hebt gedaan wat je moest doen. Ik denk dat als het muntje de andere kant op was gevallen, jij en ik vrienden waren geweest, Roy.'

Ik knikte. De zon verdween achter de Ottertind. Weer een dag voorbij, weer een nacht voor de deur. En daarna weer een dag. Rond en rond, herhaling op herhaling.

'Nou, we moeten verder,' zei Kurt en hij stond op. Hij keek nog lachend naar me terwijl ik bleef zitten.

'Je bedoelt zoals Erik Nerell en jij vrienden zijn?' vroeg ik.

Kurts lach werd iets minder breed.

'Zo'n vriend die jou een *shady* dienst kan bewijzen. Een goede vriend die jou uit de nesten kan halen waarin je was beland omdat je een beetje te snel was. Wil je niet weer gaan zitten, Kurt?'

'Waarom zou ik?' zei hij met een gruizig geluid in zijn stem.

'Omdat ik je het hele verhaal wil vertellen. En dit is het hele verhaal.'

De adamsappel van Kurt steeg en zakte. Hij ging weer zitten.

'Goed,' zei ik en ik haalde de snus uit mijn mond en legde die op een steen. 'Jij wilde de prijs opdrijven van het vastgoed dat jouw dame wilde verkopen. Niet omdat je hebzuchtig bent, maar om haar te laten zien dat jij niet van gisteren bent, zoals ze dat zeggen. Dus jij verzon een bod van een koper om meer te kunnen vangen. Dat lijkt tamelijk onschuldig, verkopers van allerlei zaken doen dat: er zijn meer kapers op de kust, je moet toeslaan nu je de kans hebt. Het is alleen zo dat wanneer je dergelijk vastgoed verkoopt, dat er regels zijn. Dus als de koper – ik in dit geval – wat weet over deze regels, je vraagt om een schriftelijk bewijs van dat bod, dan besef je wat je hebt gedaan en raak je in paniek. Als je toegeeft dat je hebt gebluft, verlies je niet alleen je gezicht tegenover de koper en jouw dame, je bent feitelijk ook schuldig aan zwendel. Geen leugentje of verlakkerij, maar zwendel met een grote z. Zoals die beschreven wordt in de Noorse wet. Daar zul je niet alleen voor worden veroordeeld, maar je raakt ook je baan als politiechef kwijt. En met onze voorgeschiedenis samen betwijfel je ten zeerste of ik je genade zal schenken. Je weet ook dat Rita een strenge, rechtschapen en principiële dame is. Haar krijg je niet mee in die zwendel. Integendeel, zij zal ook graag dat andere bod willen zien. Jij denkt na en besluit dat je in plaats van zelf een vervalsing te maken met een fictieve naam, want Rita zou die naam weleens kunnen checken, naar Erik te gaan en hem te vragen of hij wil doen alsof hij het bod heeft gedaan en jij krijgt hem zover dat hij het bod op een briefje schrijft. Dat laat je aan Rita zien en ze is wel verrast dat Erik 6,4 miljoen kan ophoesten en dat hij wil overstappen naar de campingbranche. Maar ze beseft dat Erik Fritt Fall is kwijtgeraakt en dat hij een type is dat graag zelf de baas is, de chef is, dus waarom niet? Als jij me het briefje laat zien, geef je me de naam niet, want je weet dat ik al argwanend ben en dat ik het grondig zou onderzoeken als ik wist om wie het ging. Maar ik accepteer het zonder de naam te willen weten, Rita's goedkeuring is voldoende. Het is alleen dat ik het handschrift op het briefje herken. Het sierlijke handschrift dat ik elke dag op het reclamebord voor Fritt Fall zie. Aangezien ik precies weet hoe weinig hij te makken heeft en wat een goede vrienden jullie zijn, begrijp ik wat er is gebeurd. Dus ik maakte een praatje met Erik. Hij gaf alles toe, zei dat jij niets had gezegd over dat ik de andere bieder was. Je had alleen gezegd dat het om een vriendendienst ging. Dat de camping was verkocht, dat hij het bod alleen wilde hebben om dat aan de koper te laten zien zodat hij zich beter zou voelen. Dat hij niet het idee zou krijgen dat hij veel te veel had betaald. Zodat de sfeer goed was, begrijp je? Toen vertelde ik Erik dat jij het niet had gedaan voor de goede sfeer, maar om mij zo te dwingen een hoger bod te doen. Dat jij een vuil spelletje met me had gespeeld. En dat hij, Erik, op kniehoogte was getackeld. Zijn loyaliteit tegenover jou nam echter beduidend af toen ik hem het derde deel van Fritt Fall schonk en hij bovendien begreep dat jij hem had gebruikt voor iets waarvoor hij veroordeeld kon worden.'

Kurt werd bleek, leek wel zeeziek.

'Dus Erik heeft een document ondertekend waarin stap voor stap uitgelegd staat wat er is voorgevallen en dat ligt nu bij een advocaat in Oslo. Voorlopig weten alleen drie, en nu vier, mensen wat daarin staat.'

'Waarom...' Kurt moest eerst zijn lippen natmaken. 'Waarom zou je het geheimhouden?'

'Waarom denk je, Kurt?'

We keken elkaar aan. Twee uitgeputte boksers in de vijftiende ronde, hij met een gebroken neus die nog steeds dikker werd, ik met een bloederig verband rond mijn hoofd.

'Omdat je wist dat je het kon gebruiken,' zei hij.

Ik knikte. Er leek iets tot hem door te dringen.

'Jij wist het al toen je de camping kocht,' zei hij. 'Dat je werd bedrogen.'

Ik haalde mijn schouders op. 'Ik heb te veel betaald. Hoeveel? Een miljoen misschien? Ik vond dat het deze verzekering waard was.'

'Je hebt van mij een zwendelaar gemaakt.'

'O nee, daar was je zelf heel goed toe in staat, Kurt. Ik heb je alleen niet tegengehouden.'

'Wel verdomme.'

Dat zei hij met zoveel lucht dat ik een ogenblik dacht dat hij moest overgeven. Ik had dit moment mogelijk voor me gezien en gedacht dat het zoet en heerlijk zou voelen. Maar dat deed het wonderlijk genoeg niet. Want ik had medelijden met deze man, verdomd, dat had ik.

'Dus daar zijn we dan,' zei ik en ik legde een hand op zijn schouder. 'We zitten in hetzelfde schuitje met tamelijk veel heavy shit van elkaar.'

Hij liet zijn hoofd hangen. 'Dus dat bedoelde je met dat je wilde kijken of het bootje nog waterdicht was?'

'Zoiets,' zei ik, ik klopte hem troostend op zijn rug. 'Als we allebei onze mond dichthouden, zal ons schuitje blijven drijven.'

'Ziek,' fluisterde Kurt.

'Mee eens.'

Hij stak een nieuwe sigaret op. 'Ik vermoed dat je er ook al over hebt nagedacht hoe het verder moet, Roy. Dus wat stel jij voor dat we nu doen? Alles afblazen en onze eigen weg gaan?'

'Het probleem is Carl,' zei ik.

'Waarom?'

'Zodra hij doorkrijgt dat je me niet arresteert, kan hij naar de politie in Notodden of Oslo gaan.'

'Oké, dat kan ik niet verhinderen.'

'Dat moet je wel. Anders zal mijn advocaat het document openbaar maken. Overigens zonder Eriks naam.'

'Maar verdomme zeg, Roy, hoe kan ik Carl tegenhouden?'

'Carl is rationeel. Hij is naar jou toe gegaan omdat hij wist dat jij een deal met hem zou sluiten waarbij hij buiten schot blijft. Dat zal hij elders niet automatisch voor elkaar krijgen. Tenzij jij dat via je collega's regelt. Zonder die garantie zal hij het risico niet willen lopen aangeklaagd te worden voor medeplichtigheid, bijvoorbeeld voor de moord op Willumsen. Als jij hem die dienst niet bewijst, zijn we behoorlijk veilig. Alle twee.'

'Denk je?'

'Dat denk ik. Bovendien, als het bestuur van Os Spa een nieuwe directeur heeft gekozen is de race voor Carl gelopen en heeft hij niets te winnen bij het gooien van de atoombom.'

Kurt krabde in zijn haardos. 'Hij is jouw broer dus jij zult het weten.'

We stonden op en liepen naar de auto terwijl Kurt belde met het politiebureau van Notodden om de assistentie bij het verhoor en de cel te annuleren.

Hij verbrak de verbinding en ging achter het stuur zitten. Ik op de stoel naast hem. Hij draaide en we bleven staan wachten tot we de rijksweg op konden rijden toen de vraag uit mijn mond rolde: 'Haat je me, Kurt?'

Ik zag dat hij nadacht terwijl hij naar links en naar rechts keek om het juiste moment te timen. Hij gaf gas en pas toen we weer op weg waren naar Os in zijn gebruikelijke gangetje, en ik al dacht dat hij mijn vraag was vergeten of ervoor koos die te negeren, antwoordde hij: 'Dat heb ik vele jaren gedacht, Roy. Maar het was natuurlijk zoals zo vaak.'

'Zoals zo vaak?'

'Als je iemand zo intens haat, is dat omdat je jezelf haat.'

We reden zwijgend verder en ik keek uit het raam en dacht aan vader. De zon zakte achter de Ottertind. Binnenkort zou het donker – dat in Os niet valt, maar opstijgt uit de grond – arriveren.

Toen ik thuiskwam vertelde ik Natalie wat er was gebeurd.

Ze luisterde met open mond en argwanende blik.

Die nacht vreeën we niet, maar hielden elkaar zo stevig vast dat het zweet van onze lichamen liep alsof we allebei droomden dat de ander op het punt stond overboord te vallen.

43

'Wil je met me trouwen?' Het was de eerste keer in mijn leven dat ik op deze manier deze vijf woorden uitsprak.

Natalie knipperde met slaapdronken ogen tegen het ochtendlicht en ze keek rond om te zien of de vraag misschien aan iemand anders was gesteld.

Ik zat op mijn knie naast het bed met een kopje verse koffie in de ene hand en in de andere een bord met een servet, een boterham en een roodfluwelen doosje met een smalle gouden ring. Ze pakte de boterham, nam een hap, kauwde terwijl ze naar het plafond keek.

'Oké,' zei ze alsof ze een oordeel uitsprak over de smaak van het brood. Toen barstte ze in een hysterische schaterlach uit en ze was niet op tijd om haar hand voor haar mond te houden voordat nat brood en kaas over het dekbed vloog. We veegden alles schoon met het servet.

'Zullen we het opnieuw proberen?' vroeg ik.

Ze knikte.

Ik liep de kamer uit, kwam binnen en knielde voor het bed. Herhaalde de vijf woorden, nu dus voor de tweede keer in mijn leven.

'Ja,' zei ze luid en ze begon te hikken en snikken.

'Zullen we het opnieuw proberen?' vroeg ik.

'Idioot,' zei ze, ze trok me in bed en gebruikte mijn T-shirt om haar tranen te drogen. 'Kus me, idioot.'

We haalden in wat we vannacht niet hadden gedaan en daarna pakte ze de ring uit het doosje.

‘Wat is die mooi,’ zei ze en ze probeerde hem aan haar ringvinger te doen. ‘Dacht je dat ik dunne vingers had?’ zei ze lachend. En ze stopte toen ze opkeek en mijn gezichtsuitdrukking zag. ‘Je hebt hem niet voor mij gekocht, of wel?’

Ik knikte bevestigend. ‘Ik had hem gekocht voor Shannon, maar kreeg de tijd niet om hem aan haar te geven. Nu geef ik hem aan jou. Is dat goed?’

Het leek of ik haar gedachtegang als een film in haar ogen zag. OF HET GOED IS DAT IK NUMMER TWEE BEN, BEDOEL JE? BESPAARDE JE LIEVER GELD DAN EEN NIEUWE TE KOPEN? OF WIL JE DAT IK DEZE RING DRAAG ZODAT JIJ JE KAN INBEELDEN DAT IK EIGENLIJK DEGENE BEN VAN WIE JE NOG STEEDS HOUDT: SHANNON?

Ik weet het niet, ze moest vast eerst door die gedachten gaan, zoals ik dat ook gedaan had. Maar toen was het of ze iets begreep, iets wat haar harde blik deed verzachten. Dat we hier op de berg geen bruikbare dingen weggooien, zelfs niet als ze een symbolische waarde hebben. Onze liefde is net zomin sentimenteel als de natuur en het lot zijn. Je houdt van iemand die je hebt verloren en dan – als je geluk hebt – hou je van een ander. Je kunt doen of het anders is, een suikerzoete ballade verzinnen met nep-romantiek, maar dat zou liegen zijn en Natalie en ik hadden een afspraak. We zouden niet liegen.

‘Hij is mooi,’ zei ze zacht en ze ging met haar vingertop over de ring. ‘Ik zal naar de juwelier gaan om hem groter te laten maken.’

We vielen in slaap en toen ik wakker werd was ik alleen in bed. Ik stond op en vond Natalie achter de laptop in de woonkamer.

‘Ik ben voor een sollicitatiegesprek in Lillehammer gevraagd,’ zei ze. ‘Ik ben bezig ze te antwoorden.’

‘Op die functie als directeur?’

‘In een klein hotel. Maar Lillehammer zul je leuk vinden. En je krijgt vast een goede prijs voor je tankstation.’

Ik lachte. Want ik begreep dat zij geen grapje maakte. Of maar een beetje.

Ze lachte scheef. ‘Het is nog maar het eerste gesprek.’

'Je krijgt vast meer uitnodigingen,' zei ik. 'Wat is er nodig om je in Os te houden?'

Ze haalde haar schouders op. 'Het gebruikelijke.'

'Het gebruikelijke?'

'Hoger salaris, betere functie, een beter huis, een man. In die volgorde.'

'Nu heb je een man en je woont hier toch goed?'

Ze schudde haar hoofd terwijl ze verder typte. 'Te klein voor twee. Of drie.'

Het voelde of mijn hart een paar keer oversloeg. Ze keek op van haar laptop en lachte.

'Schrok je? Kalm maar, ik maakte een grapje. Vrouwen die net zwanger zijn gaan niet op zoek naar een nieuwe baan.' Ze richtte zich weer op het toetsenbord.

'We kunnen vast iets groters vinden,' zei ik. 'Carl zal bijvoorbeeld verhuizen.'

'De boerderij van Moe is groter,' zei ze.

'Zou je daar willen wonen? Waar...'

'Waar slechte herinneringen in de muren zitten? Is dat niet ook zo met de muren van Opgard? Is dat niet de reden dat je broer iets nieuws laat bouwen?'

'Misschien, maar hij doet het in de eerste plaats om dezelfde reden als het winterkoninkje.'

Natalie fronste haar voorhoofd, maar toen wist ze het weer. En begreep ze het.

'Je bedoelt dat hij een nest bouwt waarmee Mari Aas tevreden zal zijn?'

Ik knikte.

'Dan kunnen ze koning en koningin van Os worden,' zei Natalie.

'Yep. Mari en Dan waren van plan naar die plek te verhuizen. Maar dat is niet gebeurd dus nu wisselt ze van mannetje.'

Natalie dacht na. 'Maar je zei dat je had gezien dat Mari en Dan tijdens de wedstrijd elkaars hand vasthielden?'

'Ja, dat heb ik gezegd.'

'Waarom als ze op het punt staat hem te verlaten?'

Ik haalde mijn schouders op. 'Misschien weten ze dat er geruchten rondgaan over een scheiding en proberen ze die op deze manier de kop in te drukken.'

'Nee,' zei Natalie en ze duwde haar laptop weg. 'Het is Irini.'

'Irini?'

'De vrouw van housekeeping in het hotel, die jij uit de auto van Krane zag stappen. Mari weet nu van die verhouding.'

'Denk je?'

'Yes.'

'Dus?'

'Dan gebeurt er iets vreemds. Mari beseft dat de man in wie ze geen interesse en geloof meer heeft in trek is bij andere vrouwen. Dat híj haar misschien zal verlaten. En dan herontdekt ze hem en wil hem terug hebben.'

'Mimetisch verlangen?' Ik ging met mijn hand over mijn hoofdverband. 'Maar volgens die theorie zal Mari Irini zien als voorbeeld en hoewel Mari uit een Arbeiderparti-gezin komt is ze niet – hoe zal ik het zeggen? – van het egalitaire type.'

'Je kunt niet de hele werkelijkheid in theorieën persen,' verzuchtte Natalie en weer keerde ze terug naar de laptop.

Jo Aas belde terwijl ik bezig was een paar hutten te inspecteren op de camping. Hij nodigde me uit voor koffie en ik reed naar zijn huis. Hij ontving me voor zijn huis, gekleed in een Noorse trui en op pantoffels. Zijn vrouw Elin serveerde koffie en amandelkoek in de kamer waar we uitzicht hadden over de akkers. Die waren groot en golfden licht, je waande je in het vlakke land van Østlandet als je niet beter wist. Je zag de rijksweg, het Budalsvann en het huis van Carl niet vanaf hier. Maar mooi was het uitzicht en dat zei ik tegen hem.

'Nou ja, het wordt hier te groot voor ons oude mensen dus in het nieuwe jaar verhuizen we naar het huis hiernaast,' zei Aas gebarend naar het huis waar zijn dochter en Krane woonden. 'Zij hebben meer ruimte nodig, snap je.'

Ik gaf daarop geen antwoord. Of hij deed of hij echt Carls en Mari's plannen niet kende, kon ik niet opmaken.

'Als aftredende bestuursvoorzitter meende ik dat het goed zou zijn om de nieuwe man wat raad en tips te geven,' zei hij en hij wachtte tot zijn vrouw de kamer had verlaten voordat hij verderging. 'De algemene raad is wat je zou kunnen verwachten van een oude man aan een jonge. Niets *übereilen*. Overhaasten. Dat is vaak het begin van het einde, Roy.'

Ik kauwde en kauwde. 'Lekkere amandelkoek.'

'Een familieband doorknippen is dramatischer dan de meesten denken. Wist je dat Elin uit een gezin van Jehova's getuigen komt?'

'Nee.'

'De regels zijn dat je meedoet, anders verbreken ze alle contact. Elin stopte al jong met geloven wat ze verkondigden, maar dat was niet de reden dat ze met hen moest breken. Dat was omdat ze samen was met een buitenstaander als ik.' Hij glimlachte zonder dat zijn grof uitgehakte granieten gezicht, dat wel leek op politieke propaganda-affiches, verzachtte. 'Het is geen uniek verhaal en iedereen aan onze kant meent dat zo'n besluit de enige kans is op geluk. Maar daarin vergissen ze zich.' Hij roerde in zijn koffie. 'Elin heeft nog steeds momenten dat ze twijfelt of ze de juiste beslissing heeft genomen. Ik weet wat je je nu afvraagt. Of ze echt vindt dat ze liever zou liegen over haar godsgeloof om toch deel te kunnen uitmaken van de gemeenschap in plaats van met de waarheid daarbuiten te leven? En het antwoord daarop is: sommige dagen ja en sommige dagen nee.' Hij keek me aan. 'Neem Mari. Ze heeft een gezin en we weten dat dat niet altijd genoeg kan zijn, vooral niet voor jullie generatie die... ja, die hogere eisen stelt aan het leven. Ik geloof dat ik het zo simpel mag zeggen. Dan komt het voor dat jullie vergeten hoe belangrijk familie is en dat onze generatie, ouder en vermoedelijk ook slimmer, jullie daaraan moet herinneren. Jullie de juiste weg te wijzen, de weg die naar een gelukkiger leven leidt.'

Ik kon niet anders dan knikken. Jo Aas wist alles over Mari en Carl. Misschien ook over Dan en die vrouw van Os Spa. Het was geen mimetisch verlangen of een ander fancy gedoe dat Mari en Dan weer samen had gebracht. Het was de donderpreek van de oude burgemeester. Het dreigement de familieband te verbreken. Waarschijnlijk gepaaid met de belofte dat ze het hoofdhuis kregen als ze deden wat Aas zei. Maar waarom had Aas pas nu ingegrepen? Het antwoord was me duidelijk. Nu Aas wist dat Carl Opgard ontslagen zou worden en een onzekere toekomst tegemoet ging, was hij de scheiding die Jo Aas zag aankomen niet meer waard.

'Toen Carl en Mari als tieners een stel waren, was Carl als een zoon voor me,' ging hij verder. 'Zoals je weet heb ik hem geholpen met het verkrijgen van een beurs om in Amerika te kunnen studeren. Doordat ik min of meer zijn koers heb uitgezet, voel ik een zekere verantwoordelijkheid voor hem en de situatie waarin hij nu verkeert. Om die reden voel ik me verplicht jou te vragen extra voorzichtig te zijn met je broer nu hij in deze benarde positie zit.'

'Bedankt,' zei ik. 'Dat zal ik proberen. Was dat alles?'

'Ja,' zei Aas.

Ik propte het laatste stuk amandelkoek naar binnen en stond op.

'Nog één ding,' zei Aas toen we in de gang stonden. 'Ik heb zojuist met Dan gesproken. Ene Fuhr van GeoData zal vanmiddag een persconferentie houden over de rijksweg.'

De amandelkoek waarop ik nog steeds kauwde werd groter in mijn mond.

'Laten we hopen dat het geen slecht nieuws is voor Os en Os Spa,' zei Aas en hij hield de deur voor me open. 'We zien elkaar morgen op de bestuursvergadering.'

Persconferentie.

Fuhr ging het doen.

Op de terugweg van Aas trapte ik op het gaspedaal alsof ik ergens op tijd moest zijn. Maar het was te laat, de race was gelopen, ik begreep het nu. Want je bent kansloos als een verrekte kamikazepiloot op steroïden heeft besloten alles op te blazen.

Uiteraard. Wat had ik eigenlijk gedacht?

Nadat ik Kurt Olsen om zes uur van me af had geschud, was ik toen zo overmoedig geworden dat ik dacht dat ik een verrekte asteroïde kon besturen? Dat ik in het hoogste niveau was beland waar de horizon helder was en ik alleen op de zonsondergang hoefde af te stevenen?

Zoals al eerder gezegd: de mens wikt, God beschikt.

Ik moest lachen in mezelf.

Het viel me op dat het weerbericht de situatie leek te benadrukken, net als in de Brontë-romans van Rita. Nu was het nog lichtbewolkt, maar later vanmiddag zou er regen komen en ik meende dat er in het westen al zware wolken aankwamen.

Natalie keek verbaasd op toen ik in de kamer stond en voorstelde om dezelfde wandeling te maken die we de eerste keer samen hadden gemaakt.

'Nu?'

'Het weer zal niet de hele dag zo mooi blijven.'

Ze zuchtte. 'Een wandeling betekent meestal dat je nog meer vreselijke bekentenissen wilt doen.'

'Jij denkt dat ik alles wat jij al weet kan overtreffen?'

'Alles kan overtroffen worden. Misschien heb je wel een zuigeling opgegeten.'

'Ga je mee?' herhaalde ik.

'Ik ben jouw goudplevier,' zei ze, ze klapte haar laptop dicht en ging zich omkleden.

Ik keek haar na.

Op de website van *Os Blad* stond dat de persconferentie van GeoData om zes uur zou zijn. Ik had dus vier uur de tijd voor de hel losbrak. Voordat ik alles zou kwijtraken. Op dat moment besefte ik ineens iets. Het was niet zo erg als Os Spa, het tankstation en de achtbaan naar de verdommenis gingen, als ik haar maar kon houden. Want ik was het met haar eens. Zij was mijn goudplevier, de eenzame volger. Ze was Mari niet, het winterkoninkje dat liever naar het nest keek dan naar haar man.

'Ik heb nog steeds geen bergschoenen,' riep ze vanuit de gang.

'Carl is op het werk, we halen de schoenen van mijn moeder op van Opgard. Dan kan ik gelijk nog wat kleren pakken.'

'Oké.'

We namen haar auto en onderweg naar Opgard vertelde ik haar over de persconferentie. En opnieuw besefte ik het. Hoe bevrijdend het was om iemand te hebben aan wie je absoluut alles kon vertellen. Nou ja, afgezien van één ding. Tijdens mijn jeugd was Carl dat geweest, maar dat voelde verdomd lang geleden.

'Dus Fuhr zal met een nieuw rapport komen waaruit blijkt dat de Toddetunnel toch gebouwd kan worden,' zei Natalie en ze schakelde terug voor de eerste steile helling.

'Daar lijkt het op.'

'Dus waarom bel je hem niet en zeg je dat je akkoord gaat met zijn eisen? Want daar zit hij nu toch op te wachten?'

'Omdat het daar niet bij zal blijven. Hij is onder invloed van steroiden en er zullen nieuwe eisen komen.'

'Maar heb je een keuze?'

'Ik kan ervoor kiezen de dingen die moeten gebeuren te laten gebeuren.'

'Dus dat alles waarvoor je hebt gewerkt naar de verdommenis gaat?'

'Ja, alles. De hele zooi.' Ik durfde haar niet aan te kijken, wachtte slechts op haar reactie. Toen kwam die.

'Oké.' Zo helder als een kwikstaart in april.

'Oké?'

'Als jij het een zooi vindt, laat het dan maar naar de verdommenis gaan. Dat meen ik. Jij kunt in Lillehammer huisvader worden. Ze hebben me gebeld en toen ik zei dat ik twijfelde of ik zou solliciteren, boden ze me min of meer de baan al over de telefoon aan.'

'Echt?'

'Yep. Dus nu hebben we toch een keuze, schat.'

Ik dacht erover na. Alles verkopen, inclusief Opgard en gewoon vertrekken. Nieuwe start. Dat was toen immers de droom geweest die me samen met Shannon was afgenomen. Zou die toch vervuld kunnen worden? Ik voelde ervoor. Wel verdomme, we konden verhuizen, het was gewoon een kwestie van doen. Dus wat hield me tegen? Was ik te oud geworden voor verandering? Nee, dat was het niet. Het was de gedachte om mijn leven in de handen van een ander te leggen.

'Vertrouw me,' zei ze.

Ik draaide me om en keek haar argwanend aan. 'Wat zei je?'

'Vertrouw me,' herhaalde ze.

Ik slikte. Kon deze vrouw nu ook al mijn gedachten lezen?

'Ik hou van je,' zei ik. Het klonk eenvoudig, maar het was waar.

'Hoeveel dan?'

'Tot in de hel.' Het klonk als de waarheid.

Zonder haar blik van de weg af te halen, leunde ze naar me toe en kuste me op mijn wang. Ja, ik vertrouwde haar. Mogelijk zou het nieuwe rapport ertoe leiden dat er onderzoek zou worden gedaan naar wat er was gebeurd toen het eerste werd geschreven, misschien zouden er zaken aan het licht komen hoewel Fuhr dat natuurlijk trachtte te vermijden. Hoe dan ook, met Natalie aan mijn zijde zou de omvang van de catastrofe beperkt blijven.

Dacht ik toen.

Vijf minuten voor de catastrofe.

Alle catastrofes kennen een prelude. Een opbouw, een waarschuwing voor wat er komen gaat. Zoals bij deze persconferentie. Zoals in de seconden op het erf toen vader naar me keek voor hij en moeder in de auto stapten en wegreden. Zoals toen Carl me belde en zei dat er iets helemaal verkeerd was. Zoals tijdens de jacht van de politiechef die me steeds dichter op de hielen kwam te zitten.

Zoals tijdens het gebulder van een berg voordat de lawine over je heen komt.

Maar het gaat niet altijd zo. Soms schijnt de zon aan een wolkeloze hemel en de vogels kwetteren terwijl je beseft dat de catastrofe niet onderweg is, maar al heeft plaatsgevonden.

Ik was boven op de slaapkamer en stopte T-shirts, sokken en onderbroeken in een tas die ik in de auto zou leggen en na de wandeling mee zou nemen naar Natalies appartement. Ik hoorde Natalie met haar voeten stampen terwijl ze in de gang bezig was de schoenen van moeder aan te trekken.

Ik zocht wat meer kleren en hoorde stoelpoten over de vloer in de gang schrapen.

Ik pakte nog wat jasjes en twee verkreukelde overhemden in. Als ik die streek kon ik me opdoffen voordat ik haar een goed diner serveerde.

Het was beneden stil geworden. Ik keek in een paar laden om te zien of ik nog iets nodig had, trok de rits van de tas dicht en liep de trap af.

Natalie stond op een kruk met haar rug naar me toe. Haar ene schouder en arm hingen naar beneden op een manier die ik nog niet eerder bij haar had gezien, het leek of er lood in zat. De andere arm had ze opgetild en met haar hand ging ze over wat voor haar hing. Het Remington-geweer. Van haar vader. Het identieke geweer van mijn vader hing in de Moe-boerderij. De deur van de schuur was na het dodelijke ongeluk natuurlijk gesloten geweest en ik had nog niets kunnen bedenken om Natalie om de sleutel van de deur te vragen zodat ik stiekem de geweren weer kon omruilen. Ik was ervan uitgegaan dat de kans zich wel zou voordoen. Maar die zou niet komen, dat zag ik nu.

Haar hand ging over de achterkant van de walnoten kolf. Over het enige wat de twee geweren van elkaar onderscheidde en wat je alleen zag als je wist dat het er was. Een heel klein hartje dat zijn dochter met een pen in de kolf had gebrand om haar vader te plezieren.

Natalie draaide zich om. Er liep een traan over beide wangen, de rechter lag voor. Ik was op de trap blijven staan en we stonden op dezelfde hoogte, leken te zweven boven de grond. Het was zo stil, het enige wat je hoorde was haar snelle, bevende ademhaling. Ze stapte van de kruk en trok de bergschoenen uit. Stak haar voeten in haar eigen schoenen, haalde iets uit haar zak en legde dat op de kruk. Haar bewegingen waren niet gehaast of aarzelend, slechts doelgericht en haar gezicht – afgezien van de tranen – stond gedecideerd, als bij iemand die een besluit had genomen. Ja, die zich erbij neerlegde dat dit het enige was wat gedaan moest worden. Het was het feit dat ze niet eens kwaad leek dat ik begreep dat dit definitief was. Mensen die ontzettend kwaad zijn zullen op een bepaald ogenblik stoppen met kwaad zijn en dan denken ze anders. Maar Natalie leek niet eens verbaasd, alleen maar iemand die bevestigd had gekregen wat ze al half had gedacht, iets waarover ze al had nagedacht en welke consequenties dat zou hebben.

'Jaja,' zei ze. Als in: jaja, zo is het leven, of jaja, zo kan het gaan, of jaja, we hebben het in elk geval geprobeerd. Toen keek ze me onverschillig aan, pakte de deurklink en was weg.

Ik bleef als verlamd staan.

Ik hoorde de motor starten en de auto reed weg.

Pas toen ik de tas liet vallen en naar de kruk liep, zag ik dat de ring erop lag.

44

Het was helemaal donker toen ik met een ruk wakker werd. Een diep, brommend geluid buiten stierf weg.

Onweer. Ik had een nachtmerrie gehad. Niet de zeven oude spoken die achter me aan zaten en ook niet het nieuwste met dakdekker Moe. De nachtmerrie was dat Natalie me voor de derde keer had verlaten en dat vader in mijn oor stond te schreeuwen: *third strike and yer out,* zoals hij altijd deed als hij Carl en mij op het erf baseball leerde spelen. Dus ja, het was een opluchting dat ik wakker werd. Totdat ik me realiseerde dat de realiteit niet veel beter was. Ik draaide me om in wat ik dacht dat mijn bed was en viel van de bank. Ik klapte op de grond en rook het versleten, Perzische tapijt dat vader meegenomen had uit Amerika en ik begreep dat ik in de woonkamer was. De wijzers op mijn horloge lichtten zwak op. Halftwaalf. Ik herinnerde me vaag wat er was gebeurd nadat Natalie was vertrokken. En dat was niet veel.

Ik had mijn telefoon uitgezet en was begonnen met de flessen Budweiser die Carl had besteld in de drankwinkel in Notodden hoewel hij het bier eigenlijk waterig vond smaken. Televisie en radio bleven uit terwijl ik naar een roes toe werkte om de pijn een beetje te verdoven, elke keer als ik aan Natalie dacht. Bier was voldoende, deze keer had ik geen plannen om de korte weg naar de stilte te nemen. Slapen was voldoende.

Nu ik wakker was, voelde de stilte stil genoeg. Een wilde gedachte kwam in me op. Dat Natalie had gebeld, ze had zich bedacht en wilde met me naar Lillehammer of waarheen dan ook. Lege bierflessen vielen rinkelend om toen ik om me heen tastte op zoek naar mijn mobiel, die ik volgens mij op tafel had gelegd.

Een ogenblik lichtte de kamer op en ik zag de mobiel op een boek liggen. Ik zette hem aan terwijl het onweer kwam aangerold. Zes gemiste oproepen en twee sms'jes. Geen ervan was van Natalie. Ik zuchtte. Drie oproepen waren van Carl, twee van Dan Krane en eentje van Jo Aas. De twee sms'jes kwamen van Dan Krane. Ik opende het eerste.

HEB GEPROBEERD TE BELLEN. JIJ BENT DE BELANGRIJKSTE INVESTEERDER IN OS EN *OS BLAD* WIL DAAROM GRAAG JOUW COMMENTAAR OP WAT BEKEND IS GEMAAKT OP DE PERSCONFERENTIE VAN GEODATA BETREFFENDE DE FOUTEN IN HUN EERDERE RAPPORT.

Ik moest bijna lachen. Ik wist niet precies wat de consequenties waren voor mij, wat ik kwijt zou raken, maar het was hoe dan ook niets vergeleken met het kwijtraken van Natalie. Jazeker, het tankstation, het pretpark en misschien zelfs Os Spa zouden ten onder gaan, maar dat zou episch zijn. Een eerste klas verlies. Ik moest helemaal bijna lachen toen ik het tweede sms'je las:

WAT IS JOUW COMMENTAAR OP DEZE TRAGEDIE EN DE BEWERINGEN DAT FUHR EN GEODATA DE ZAAK HEBBEN BEDONDERD?

Ik kon natuurlijk Krane bellen en als commentaar geven dat een woord als tragedie alleen gerechtvaardigd was in geval van ernstig lichamelijk letsel, dood en liefdesverdriet. Niet voor een wegomlegging en leegloop van een dorp. Want een tragedie was het niet: de dood van Os, was het brood voor Todde. Wat me ook deed beseffen dat ik sinds het ontbijt niet meer had gegeten. Ik besloot dat ik wat moest eten, daarna naar bed moest gaan om morgenvroeg op te kunnen staan. Het was nog tien uur voor de bestuursvergadering en er viel veel voor te bereiden in het licht van de laatste ontwikkelingen. Carl afzetten om vervolgens mezelf aan te stellen als algemeen directeur was één ding, maar net zo belangrijk was het stopzetten van de bouw van de nieuwe vleugel nu de rijksweg toch zou verdwijnen.

Ik stond op om naar de keuken te gaan en zonder het licht aan te doen sneed ik een paar boterhammen af van het grove brood. Ik vond gekookte ham in de koelkast en ging aan de tafel bij het raam zitten. Ik kauwde terwijl ik naar de zwarte donkere muur buiten staarde. Het viel me op hoe snel ik me over de breuk met Natalie heen zette en me nu concentreerde op praktische zaken.

De rijksweg, de bestuursvergadering, eten. Datzelfde was gebeurd na de dood van Shannon. Misschien was dat een overlevingsstrategie. Dat betekende in dit geval dat ik ondanks alles nog wel levenslust had.

Een bliksemflits ging door de lucht.

En toen zag ik hem.

Weer.

De wolf.

Hij moest de kleine afvalcontainer hebben omgegooid die naast de schuur stond en in het weerlicht zag ik hem met zijn neus door het afval gaan dat op de grond lag.

Toen was het weer donker.

Ik knipperde met mijn ogen. Had ik het echt gezien? Het deed me denken aan het jaar dat oom Bernard thuiskwam na een reis door Amerika met een viewmaster voor Carl en mij samen of een minibioscoop zoals we die noemden in Os. Het was de VR-bril van toen en we konden foto's zien die een fascinerende 3D-beleving gaven. Onze viewmaster toonde beelden van de Grand Canyon en de Rocky Mountains. Dat was te gek, maar waarschijnlijk interessanter voor mensen die zelf in een vlak land wonen. De foto waar ik graag naar keek en die nooit verveelde was die van een grote, gele poema op een berghelling. Niet vanwege de berg, zoals gezegd, maar omdat het beest daar zo alleen stond. Ik had het opgezocht in de encyclopedie van vader en daarin stond dat de poema alleen leeft in een groot jachtgebied. Alleen tijdens de paringstijd zal het mannetje een vrouwtje zoeken, hij paart met haar als ze dat toestaat en vervolgens zullen ze twee weken samen zijn. Daarna zal het mannetje weer de eenzaamheid opzoeken en regeren over zijn eigen lege koninkrijk. Het was zo triest. Maar op een goede manier, ik weet niet hoe ik dat moet uitleggen. Als je geboren bent als poema, dan is dat jouw natuur en je doet wat je kunt, dat moet je en dat is geen reden om te grienen. Maar het is duidelijk, jij bent een wolf, een verstoten roedeldier dat afvalcontainers moet omkiepen om te kunnen overleven en dat is wat anders.

Ik staarde in het donker, wachtte op een nieuwe bliksemflits. Om hem te kunnen zien. Om mezelf te kunnen zien. Koning van het afval. Een stumper die zijn waardigheid offert op het altaar van de overleving, zoals we dat allemaal doen. We verleggen alleen de grens voor wat we waardig noemen, veranderen de definitie zodat we verder kunnen leven met onszelf. Zelfs iemand die mensen vermoordt die in de weg staan en de vrouw van zijn broer en zijn baan inpikt, heeft het gevoel dat hij zijn eergevoel te verdedigen heeft. Een eergevoel dat hij steeds wanhopiger verdedigt dan de meeste andere mensen omdat de grens niet verder kan worden opgerekt, hem niet meer waardigheid kan worden ontnomen.

Eindelijk verlichtte een bliksemflits het erf opnieuw, maar de wolf was weg.

Ik deed het licht aan en at verder. Probeerde niet na te denken, me alleen te concentreren op het onweer. Het was moeilijk uit te maken of het kwam of ging.

Na een poosje ruimde ik alles op, spoelde mijn bord af en stond voor de geopende koelkast toen ik een ander geluid hoorde. Carls BMW. Ik liep naar het raam en zag de auto het erf op rijden. Maar in plaats van voor het huis te parkeren reed hij de helling naar de schuur op en verdween in de schuur. Hij schakelde de motor uit en even was het volkomen donker voordat het tl-licht aan het plafond een aantal malen knipperde voor het aanging. Carl stond in de schuur en het duurde even voor hij opdook. Hij liep de helling af, zag de omgevallen afvalcontainer in het licht dat uit de schuurdeur viel, maar deed er niets aan. Waar was hij mee bezig? Was hij dronken? Hij liep naar het huis met het licht in zijn rug en ik wist dat hij mijn silhouet zag achter het keukenraam.

'Wat doe jij hier?' vroeg hij toen hij de keuken binnenliep waar ik op hem zat te wachten.

'Ik woon hier toch,' zei ik.

'Is dat zo?' Hij was in de deuropening blijven staan. Zijn stem klonk zacht en kleurloos. 'Waar is je auto?'

'Natalie was hier. We waren met haar auto.'

'En nu is ze vertrokken?'

Ik knikte.

'Misschien heb je tijd om even naar mijn auto te kijken.'

'O? Is daar iets mee?'

'De remmen,' zei hij. 'Ze doen het niet goed meer.'

'Ik zal er morgen naar kijken.'

'Ik heb liever dat je het nu doet.'

Onze blikken kruisten elkaar. Hij zag er nuchter uit. Ik haalde mijn schouders op.

Hij liep voor me uit het erf over terwijl ik rondkeek of de wolf inderdaad in geen velden of wegen te bekennen was.

Een nieuwe bliksemflits gevolgd door een splijtende donderslag. En alsof die een scheur in de hemel had gemaakt, begonnen er dikke regendruppels te vallen. We renden de helling op en liepen de schuur in. Nog een lichtflits en een klap en het begon te hozen, na een paar seconden trommelde het op het golfplatendak en de helling. Carl ging achter het stuur zitten en ontgrendelde de motorkap.

Ik tilde die op en leunde voorover. Checkte de remvloeistof.

'Het ziet er normaal uit,' zei ik.

Ik kreeg geen antwoord en ik begreep dat ik moest roepen vanwege het oorverdovende getrommel op het dak.

'Ziet er normaal uit! We moeten kijken naar...'

Ik zweeg en keek langs de motorkap en zag dat Carl niet meer achter het stuur zat.

'Het is goed,' hoorde ik Carl vlak achter me zeggen. En op dat moment wist ik het.

'Misschien doen ze het toch wel,' zei Carl, die zelfs nu hij dichtbij stond zijn stem moest verheffen. 'Dat is goed te weten. Ik bedoel, ik ging het me afvragen toen ik vandaag van de technische recherche te horen kreeg dat er ook iets aan de hand was met de remmen van de auto waarin Shannon zat en dat dat de reden was dat ze het ravijn in reed.'

Ik draaide me niet om. Luisterde alleen maar naar de regen. Wachtte op een nieuwe donderslag, ze kwamen nu sneller op elkaar.

'Ik bedoel, het was immers mijn auto en ik wist dat er niets aan de hand was toen ik erin reed,' ging Carl verder. 'Dus ik dacht na. Jij en Shannon zouden een kind krijgen, misschien keken jullie daar zelfs naar uit, hadden jullie plannen gemaakt. Het is alleen dat ik op verschillende manieren in de weg stond. Dus wat deden jullie? Dat ligt voor de hand. Als jullie iets wilden doen wat risicovol was, maar waarin jij al eerder was geslaagd, dan herhaal je die methode, of niet? Je hebt gerommeld met de remmen van mijn auto zoals je dat hebt gedaan met vaders auto. Dat wil zeggen, je moet een geraffineerdere methode hebben gevonden waardoor de technische recherche niet zal denken aan iets crimineels. Als ik Shannon niet had doodgeslagen voordat ik die avond naar de investeerdersbijeenkomst van Os Spa ging, dan was ik nu dood geweest in plaats van zij. Of niet, Roy?'

Ik draaide me langzaam om.

Carl stond twee meter van me vandaan en hij hield het hagelgeweer op borsthoogte vast. Zijn vinger op de trekker, de twee lopen op mij gericht. Hij kende me, wist dat ik een aanval zou kunnen overwegen. Deze keer had ik geen fietsketting bij me.

'Herhaling,' zei ik.

'En dat is?'

'Jij kiest voor dezelfde methode. Dezelfde methode waarmee je Dog hebt neergeschoten, maar misschien worden de fouten ook herhaald. Het lukte je niet Dog dood te schieten, alleen maar te verwonden. En het was een ongeluk. Zal het je lukken je broer dood te schieten?'

Carl lachte. 'Beste Roy, wat ze zeggen over dat de eerste keer het moeilijkst is, zou waar kunnen zijn, misschien is het ook bullshit. Maar hoe dan ook, ik heb al twee keer eerder gemoord. De oude politiechef en Shannon. Nee, wacht, ook dat kind van jou.'

Ik slikte. 'Wat denk je eigenlijk te bereiken met mij dood te schieten? Het bestuur zal je je baan niet teruggeven als ze horen van alle onregelmatigheden.'

'O, maar dan vergeet je de erfenis, Roy.'

'De erfenis?'

'Ja, ik heb daarover nagedacht toen ik in mijn nieuwe huis zat en uitkeek over Opgard. Ik zag dat het licht aanging in de keuken en begreep dat je thuis was. Terug naar je erfenis. Toen gingen mijn gedachten verder. Dat ik de enige familie ben die jij hebt. Als jij doodgaat zal ik dus alles erven wat jij bezit. Niet alleen Opgard, maar ook de aandelen in Os Spa. Dat jij me dan op de bestuursvergadering van morgen niet kunt afzetten, integendeel, ik kan als de toekomstige grootaandeelhouder het hele bestuur afzetten, in elk geval degenen die niet positief staan tegenover het idee dat ik doorga als hoteldirecteur.' Carl lachte, de verbijstering moest van mijn gezicht af te lezen zijn. 'Simpel, nietwaar, Roy?'

'Oké,' zei ik. 'Maar hoe denk je hiermee weg te komen?'

'Weg te komen met wat? Niemand zal mij verdenken als blijkt dat jij je in deze schuur een kogel door het hoofd hebt gejaagd.'

'Zelfmoord dus. De dag voordat ik Os Spa overneem. Jij denkt dat de mensen dat zullen geloven?'

'In eerste instantie zal het mogelijk moeilijk zijn om een motief te vinden voor de zelfmoord. Maar als bekend wordt dat onlangs nog je maag in het ziekenhuis van Notodden is leeggepompt, begrijpen zowel de mensen als de politie dat je al langere tijd suïcidaal bent. Dat is niet ongebruikelijk voor mannen van jouw leeftijd. Kijk maar naar Fuhr.'

'Fuhr?'

Carl hief zijn kin en keek me met een gefronst voorhoofd onderzoekend aan. 'Heb je het niet gehoord?'

'Wat gehoord?'

'Echt niet? Nee, je had je mobiel uitgezet.' Carl lachte weer even. 'Jon Fuhr heeft zich van het leven beroofd. Hij kwam niet naar de persconferentie en werd kort daarna gevonden. Ze denken een overdosis van het een of ander. Maar oké, mogelijk had hij een motief. Afgaand op wat Bent Halden op de persconferentie zei, begreep ik dat Fuhr de fout in het eerste rapport op zich had genomen.'

'De fout? Die wij hadden geregeld?'

'Nee, nee, dat is het ironische van alles. Er loopt een onderaardse rivier door de berg die niet kan worden gedempt of afgesloten. De Toddetunnel kan, ondanks andere omstandigheden van de berg, niet aangelegd worden. Halden gaf toe dat GeoData dat veel eerder had moeten zien zodat de samenleving honderd miljoen kronen voor de planning en voorbereidingen bespaard was gebleven. Fuhr zou hebben opgeschept dat hij onlangs veel geld had ontvangen en dat heeft geleid tot speculaties dat Todde-aanhangers hem steekpenningen hebben betaald om de bevindingen over de onderaardse rivier uit het rapport te houden.'

'Dus de rijksweg...'

'Zal nog steeds door Os gaan. Er is geen twijfel, het is geen kwestie van interpreteren van onduidelijke data en los gesteente, een eventuele tunnel zou gewoon een rivier worden. Einde van de tunnel.'

Ik had het bericht van Krane die mijn commentaar wilde hebben op GeoData en 'de fouten in hun eerdere rapport' verkeerd begrepen. En ook het sms'je dat hij later had gestuurd nadat Fuhr kennelijk was gevonden. WAT IS JOUW COMMENTAAR OP DEZE TRAGEDIE EN DE BEWERINGEN DAT FUHR EN GEODATA DE ZAAK HEBBEN BEDONDERD?

‘Nu we het toch over het einde hebben,’ zei Carl en hij legde het hagelgeweer tegen zijn wang. Ik staarde in de lopen. Zag zijn vinger tegen de trekker duwen. Ik was niet bang. Alleen maar moe en wilde dat het voorbij was.

‘Wacht!’ zei ik.

‘Waarom?’ Hij staarde me aan met één oog, het andere was dicht.

‘Je kunt me met een hagelgeweer niet van twee meter afstand doodschieten en het er dan als een zelfmoord uit laten zien. Ten eerste ziet men aan de verspreiding van het bloed dat ik het niet zelf kan hebben gedaan. Ten tweede is het niet zeker dat ik meteen dood ben en dan zullen er overal sporen zijn. Mensen die zich om het leven brengen met een hagelgeweer stoppen de loop in hun mond.’

‘Juist, ja, wat stel jij dan voor?’

‘Dat je het geweer gebruikt. Dat hangt in de gang. Er zit zelfs nog een kogel in de kamer.’

‘O ja?’ Hij hield zijn hoofd schuin. ‘Help je me nu of probeer je iets?’

Ik schudde mijn hoofd. ‘Ten eerste wil ik niet lang pijn lijden. Ten tweede ben je mijn broer. Als ik toch dood moet – en het is niet zo dat ik dat niet heb verdiend –, dan zou ik niet graag zien dat de laatste Opgard cruciale fouten maakt omdat hij niet logisch kan nadenken. En ten derde...’

‘Ja?’

‘Als ik bereid ben nu mee te werken, dan wil ik dat Natalie het tankstation en mijn panden in het dorp krijgt.’

Carl dacht na. ‘Ze kan het tankstation krijgen.’

‘En de panden,’ zei ik. ‘Bedenk wel dat jij de camping en de aandelen krijgt. En Opgard.’

Carl lachte weer. ‘Deal. Je laat me al genoeg na. Maar ik doe het met het hagelgeweer, ben ik bang.’

‘Oké, maar dan wil ik de loop in mijn mond hebben.’

‘Is dat zo?’ Hij keek me sceptisch aan.

‘Kijk, ik zal niets proberen,’ zei ik en ik zakte door mijn knieën en stak beide handen achter mijn broekband. 'Daarna veeg je de trekker af en duw je die tegen mijn rechterwijsvinger. Je raakt niets aan, je laat alles zoals het is. En blijf zo dicht mogelijk bij de waarheid als je met de politie praat, bijvoorbeeld wanneer je thuis bent gekomen en zo. Je ging naar binnen, zag me niet, wilde naar bed gaan en toen hoorde je de knal. Je ging naar de schuur en daar vond je me, je checkte of ik nog leefde en daarna heb je alarm geslagen. Begrepen?'

'Begrepen.'

'Oké, doe het nu.'

Ik sperde mijn mond open. Carl keek me achterdochtig aan. Toen – nu met een oplettende blik – deed hij voorzichtig een stap in mijn richting. Ik sloot mijn ogen. Opnieuw een donderslag, verder weg nu. Toen voelde ik het dubbelloopsgeweer tegen mijn lippen en ik moest mijn mond nog verder opendoen. Carl duwde het metaal naar binnen en ik proefde de bittere smaak van kruit en staal in mijn mond.

Ik heb gelezen over de theorie die verklaart waarom je je leven aan je voorbij ziet trekken op het moment dat je beseft dat je doodgaat. De hersenen zijn in al je ervaringen wanhopig op zoek naar iets wat je kan redden. Ik was niet meer op zoek naar iets wat me kon redden, toch was dat precies wat er gebeurde. Het begon met dat Carl en ik wagenziek op de achterbank van de Cadillac zaten terwijl vader reed en rookte, en moeder de kaart las en rookte. Vader stopte zodat we konden overgeven, ging met zijn hand door onze haren en beloofde een ijsje bij het volgende tankstation. Een belofte waar hij zich aan hield. Voor we in Oslo arriveerden, stopten we bij de fjord waar we zwommen in zout water. Moeder ging ook zwemmen terwijl vader geleund tegen de auto rokend toekeek. Hij gaf een grote handdoek aan ons toen we eruit kwamen, ik herinner me dat hij lachte en ik dacht dat vader op dat moment gelukkig was. Misschien was hij dat ook. Op dat moment.

Ik die voor Carl stond met het opstel in mijn handen waarvoor ik een zeven had gekregen. Lachend ontkende hij – mijn kleine broertje – dat hij mijn schrijffouten had verbeterd hoewel ik dat gewoon kon zien.

De Cadillac met vader en moeder die wegreed terwijl Carl en ik op het erf stonden.

Vier personen in de oude Volvo die ik voor mijn achttiende verjaardag van oom Bernard had gekregen, op weg naar een dansavond in Årtun. Op de achterbank zat het verliefde stel Carl en Mari, op de stoel naast me Grete Smitt die verliefd was op Carl en ik achter het stuur en verliefd op Mari.

Mari die, nadat Carl in een dronken bui met Grete had geneukt, zich aan mij aanbood om wraak te nemen. En ik die op hetzelfde moment begreep dat ik niet verliefd was op Mari, maar op wat Carl had en nu was ze niet meer van Carl.

Moe die met gebogen schouders van schaamte en angst in het tankstation stond en om een spijtpil vroeg.

Shannon. Haar vlammende, rode haar en een huid zo wit als sneeuw, het ooglid dat half naar beneden hing alsof ze op me mikte. Ikzelf op de Varodd-brug nadat ik van Os naar Kristiansand was verhuisd om weg te komen van haar. Zij die op een avond voor mijn deur stond met haren nat van de regen en vroeg of ze binnen kon komen.

Natalie die in de hei ligt. Het wonder dat je beleeft dat je weer opnieuw zo van iemand kunt houden.

Zator. Uitzicht van de top, boven alles zijn en weten dat het slechts seconden duurt voor je naar de afgrond zult razen.

Toen kwam de knal. En in plaats van dat alles zwart werd, leek het of alles werd teruggespoeld. Het hagelgeweer schokte en werd uit mijn mond getrokken. Was dat wat er gebeurde als je stierf, dat het leven in omgekeerde volgorde werd geleefd? Zou ik Natalie krijgen en weer drie keer kwijtraken voordat ze weer jonger werd? Zou ik Shannon weer zien? Zouden vader, moeder, Willumsen, de oude politiechef en al die andere spoken opstaan uit de dood? Zou ik Natalie als tiener zien weglopen uit het tankstation en haar nooit weer terugzien? Ik voelde iets warms over mijn wang en lippen lopen en automatisch stak ik mijn tong uit, herkende de smaak direct. Geen tranen, maar bloed.

Ik opende mijn ogen.

Carl stond niet meer voor me, ik staarde vanuit de openstaande schuurdeur naar het donker voor me en het enige wat ik zag was het licht achter het keukenraam. Ik leefde nog, leefde ik nog? De knal. Dat moest het onweer zijn geweest. Een bliksemflits scheurde de nacht open en verlichtte ons hele huis. Bij een van de muren zag ik een gedaante. Misschien was ik dood, misschien zag ik wat ik wilde zien, misschien was dit het paradijs. Want daar was ze. Natalie. En ze hield haar lange hoorn vast waarop ze duidelijk speelde hoewel het zo hard regende dat ik niets hoorde. Toen was het weer donker en was zij weg.

Een kreun. Ik keek naar de grond.

Het was Carl.

Hij lag met een bleek gezicht voor mijn voeten. Maar zijn witte overhemd had kleur gekregen. Een rode kleur.

Hij staarde me aan terwijl zijn hand tastend rondging op zoek naar het hagelgeweer. Hij raakte het met een paar vingers aan voordat ik het naar me toe trok. Ik draaide me om en zette het geweer tegen de BMW achter me. Ik zag dat de grille onder de bloedspetters zat.

'Wat... wat is er gebeurd?' fluisterde Carl hees.

Ik zat op mijn knieën en staarde in het donker.

Toen stapte ze in het licht. Haar haren waren drijfnat.

'Hoi,' zei Natalie. Ik had het niet goed gezien, wat ze vasthield was niet de hoorn, maar een geweer.

'Hoi,' zei ik bij gebrek aan een betere reactie.

'Ik zag jullie toen ik om het huis liep om aan te kloppen. Hij wilde...'

'Ja,' zei ik en ik krabbelde overeind. 'Het geweer uit de gang?'

Ze kwam dichterbij. 'Ik was zo snel als ik kon. Is hij...'

'Niet helemaal.'

We keken naar Carl. Zijn gezicht werd wit als chocola die te lang heeft gelegen. Het bloed druppelde van zijn overhemd op de houten planken. Natalie had vanaf het woonhuis geschoten, een afstand van zo'n tachtig meter. De kogel was door Carls rug gegaan en had het lichaam via de borst weer verlaten. Ik draaide me om en zag dat aan de binnenkant van de motorkap een bijna onzichtbaar deukje zat waar de tocht van de kogel was geëindigd.

'Zal hij...'

'Nee,' zei ik. 'Hij zal dit niet overleven.'

Natalie keek me aan alsof ze nog meer wilde vragen, bijvoorbeeld hoe ik wist dat zijn leven niet meer te redden was. Maar kennelijk was er iets op mijn gezicht te zien waardoor ze haar mond hield.

'Kun jij het jachtmes halen?' vroeg ik met mijn blik op Carl die kronkelde als een worm aan een haak. 'Dat ligt in de onderste la in de kast in de gang.'

'Oké.'

Natalie verdween in het nachtelijk duister. Ik zag dat haar rug even verlicht werd door weer een bliksemflits. De donder kwam aangerold als een late reminder.

Ik ging op mijn hurken zitten bij het levende lijk. Carl opende en sloot zijn ogen. Zijn adem piepte als van een lekke band: 'Ik ga dood, of niet?' zei hij in Os-dialect dat na al die jaren bijna vreemd klonk uit zijn mond.

'Ja,' zei ik. 'Nog een laatste wens?'

Carl probeerde te lachen. 'Dezelfde als jij,' piepte hij. 'Dat je ervoor zorgt dat de koning van Os Opgard als achternaam heeft.'

'Ik weet niet of ik daarin geïnteresseerd ben.'

'Nee, dat weet *jíj* misschien niet, maar ik wel. Want jij wilde altijd hebben wat ik heb.'

'Is dat zo?'

'De troon. Shannon. Ja, Mari toen we nog tieners waren, ik had dat wel door. Zelfs de aandacht van vader, behalve dat deel... nou ja, je weet het wel. Ziek, maar waar, of niet?'

Ik huiverde. Was het waar?

De oogleden van Carl waren half naar beneden gezakt, het leek of hij in slaap viel. Ik pakte zijn hand en kneep erin. Hij kneep terug.

'Wat ga je doen met het lijk?' fluisterde hij.

'Daar heb ik nog niet over na kunnen denken.'

'Jawel, dat heb je wel. Jij denkt snel als het om praktische zaken gaat. Wat is je plan?'

'Weet je zeker dat je het wilt weten?'

'Niet zeker, dus lieg maar als het te erg is.'

'Ik begraaf je hier op de boerderij. Met uitzicht.'

Carl lachte en hoestte tegelijk. 'Je moet beter liegen!' Bloedspatten landden op zijn kin en bovenlip.

'Op de hei,' zei ik. 'Diep, zodat de wolf je niet zal vinden.'

'Mooi.' Hij glimlachte, zijn witte lippen zagen eruit als lege omhulsels van een larf.

Natalie stapte weer uit het donker. Ze gaf het breedbladige jachtmes met beide handen aan alsof het een chirurgisch instrument was en ik de chirurg. Het was het mes van vader waarmee ik Dog uit zijn lijden had verlost.

'Ik ga hier weg,' zei Natalie.

'Doe dat.'

Ik bleef zitten kijken naar het mes. Het was een bruut mes, zo'n type dat ribbels had waarlangs het bloed wegliep als je bezig was je buit te ontleden.

'Het doet vreselijk veel pijn, Roy. Kun je het *please* gauw doen?'

Ik knikte, maar kon me niet bewegen. Ik schraapte mijn keel.

'Wat nu als je dit kunt overleven als ik nu Stanley bel?'

'Denk na, Roy,' zei hij kreunend en hij fluisterde zo zacht dat ik voorover moest buigen om hem boven de regen uit te kunnen horen. 'Als ik het overleef, krijg ik morgen ontslag, ben ik persoonlijk failliet en moet ik in mijn eentje naar dat verrekte huis verhuizen omdat Mari toch Dan niet wil verlaten. Natalie belandt in de gevangenis voor een poging tot moord op mij en ik beland daar ook door mijn poging tot moord op jou. Maar als ik verdwijn, dan verdwijnen alle problemen voor jou en mij. Dan hoef ík niet te overleven en jíj kunt verder.'

Ik ging op de grond achter hem zitten, greep het dikke, donkere haar van hem met mijn linkerhand. Het was een déjà vu, de nachten dat ik in zijn onderste bed was gekropen nadat vader er was geweest, achter hem ging liggen en hem troostte terwijl hij huilde en ik hem, mijn kleine broertje, over zijn haren streelde.

Ik trok zijn hoofd stevig achterover. Omhelsde hem van achteren met mijn rechterarm, zette de punt van het mes aan de linkerkant tegen de hals.

'Wat denk je,' fluisterde ik in zijn oor. 'De naam Os Spa klinkt een beetje stijf. Wat als we die veranderen in Carls?'

'Idioot,' zei hij kreunend.

'Ik meen het.'

Een glimlach krulde rond zijn bleke lippen. 'Ik zal erover nadenken,' fluisterde hij.

Toen stak ik het lemmet naar binnen en trok het mes naar rechts terwijl ik erop lette dat de druk constant en het lemmet vlak bleef.

Het bloed stroomde. Tot ik bij de halsslagader kwam en het begon te spuiten. Drie stoten die op de vloer spatten. Toen stopte het en Carl werd slap in mijn greep.

Ik legde hem voorzichtig neer en stond op. Zag hem liggen in de bloedplas. Ik voelde niets. Dacht niets. Behalve dan dat ik opnieuw met een breekijzer aan de gang moest om de planken te vervangen.

45

Ik heb gehoord dat nabestaanden meestal kans zien hun verdriet een armlengte van zich af te houden zolang hun hersenen bezig zijn de begrafenis te regelen. Ik weet niet of dat de reden was dat ik merkwaardig onaangedaan was door het feit dat Carl dood was. Of misschien was ik al zo verdorven dat ik niet meer in staat was te rouwen.

Hoe dan ook, we begroeven Carl niet op de hei zoals ik hem had beloofd.

Want hij had gelijk. Waarom het risico lopen met iets nieuws als je een eerder bewezen methode kunt herhalen?

Dus we legden Carls mobiel op de keukentafel, pakten Carl in vuilniszakken, legden het lijk in de kofferbak van de BMW en reden die en Natalies auto naar de werkplaats. Het tijdstip en het weer waren perfect. Het tankstation was dicht en er was geen mens te zien in de regen die nog steeds onverminderd hard naar beneden kwam. Ik opende de deur, reed naar binnen en Natalie hielp me met het ingepakte lijk in de schepbak van de tractor te sjouwen. We gooiden het restant van Fritz-wasstraatreiniger in de bak. Ik hoorde het borrelen en sissen door het vlees dat verteerde terwijl ik de schepbak in de hoogste positie zette, tot onder het plafond. We lieten onze mobiels achter voordat we in de auto's gingen zitten en naar het oosten reden. We parkeerden op de verlaten parkeerplaats waar ik Jon Fuhr had gesproken. Daar haalde ik de getypte brief uit mijn zak en legde die op de bijrijdersstoel.

IK HEB GENOEG VAN DIT LEVEN. VAARWEL, OPGARD.

Met een lap die ik had meegenomen van de werkplaats veegde ik het stuur en andere plekken waar ik aan had gezeten schoon, hoewel er geen onderzoek zou volgen en het ook geen argwaan zou wekken als er sporen van de grote broer in de auto zouden zijn.

Toen stapte ik uit, veegde de sleutels af en legde die op een van de wielen, schopte mijn schoenafdrukken in het grind weg terwijl ik naar Natalies Mitsubishi liep en instapte.

Zwijgend reden we terug, het enige wat we hoorden waren de ruitenwissers en de regen. Tot nu toe hadden we alleen gesproken over de praktische zaken die op dat moment gedaan moesten worden. Pas nu hadden we tijd om over het andere te praten. Wat er nog was, waarover we het moesten hebben. Maar we deden het niet. Misschien hadden we het beiden nodig dat onze hartslag eerst bedaarde, onze hersenen en ons lichaam eerst laten rusten na alles wat we hadden meegemaakt. Uiteindelijk was ik het die de stilte doorbrak.

'Waarom ben je teruggekomen?'

Er volgde een lange stilte, maar ik zag dat ze slikte en slikte terwijl de huid op haar kin de putjes van een walnoot kreeg die je bij kinderen ziet als ze proberen niet te huilen.

'Omdat ik het weet,' zei ze met dichtgeknepen keel.

Ze probeerde meer te zeggen, stopte, haalde diep adem en ik wachtte. Toen was ze zover.

'Je hebt het gedaan omdat je dacht dat vader zich aan me had vergrepen. Ik weet niet of je het deed omdat je van me houdt, misschien had je het sowieso gedaan door wat jouw vader met Carl gedaan had. Maar ik begrijp je en dat beangstigt me. Ik besefte nadat ik was weggegaan dat ik zou willen dat je mijn vader vermoordde als hij dat wél had gedaan. Dan zou ik willen dat jij – of ik – mijn vader doodde. Dat ik ben zoals jij. Dat ik een moordenaar had kunnen zijn. En nu...' Er rolde een traan over haar wang. '...ben ik er eentje.'

'Nee,' zei ik. 'Je hebt een leven gered. Je hebt me twee keer gered.'

Ze veegde met haar handpalm de tranen weg en haalde haar neus op. 'Ik ben niet van plan daar een gewoonte van te maken, mocht je dat denken.'

Ik lachte. 'Gelukkig had je haast om me dat te vertellen.'

'Idioot, dat was niet wat ik je zo snel mogelijk wilde vertellen.'

'O? Wat dan wel?'

'Idioot,' zei ze snikkend en ze ging met de mouw van haar jas langs haar neus.

'Right, en idioten houden van duidelijke taal.'

Ze zuchtte moedeloos. 'Ik vond dat ik je zo snel mogelijk moest zeggen dat ik van je hou.'

Ik keek haar aan. 'Tot...?'

'Tot in de hel,' zei ze.

We lachten. Dat deden we.

Natalie wachtte voor de werkplaats terwijl ik onze mobiels ging halen. Ik hoorde niet langer geluiden van het chemische proces in de schepbak, maar ik rook vergif en ik hield mijn adem in tot ik weer buiten was.

Toen we in Natalies bed lagen en het licht hadden uitgedaan om nog een paar uur te kunnen slapen voor de bestuursvergadering, dacht ik dat ze al sliep toen ik een hand over mijn buik voelde gaan. Ik draaide me een beetje verrast naar haar toe om me ervan te verzekeren dat ze het echt wilde, een paar uur nadat ze had meegeholpen een mens te doden van wie de stoffelijke resten op slechts een paar honderd meter afstand lagen op te lossen. Haar oogwit lichtte op en nee, ik had die hand niet verkeerd begrepen. Plotseling begreep ik dat het niet ondanks het feit was dat ze mee had geholpen, het was dankzij. Niet dat ze een psychopaat was geworden die geilde op het moorden, maar omdat de nabijheid van de dood de honger naar leven opwekt, de wens het te verlengen, om zelf verder te gaan.

Nog geen minuut nadat we waren klaargekomen sliep ze als een baby, zoals ze dat dan zeggen.

Ik zag Rita Willumsen uit haar Saab Sonett stappen op het moment dat ik zelf de parkeerplaats van Os Spa op reed. Ze bleef staan wachten tot ik uit mijn Volvo was gestapt.

'Goedemorgen,' zei ze. 'Je ziet er goed uit.'

'Bedankt, hetzelfde,' zei ik en ik meende het. Dat zij het niet meende, dat begreep ik natuurlijk, ik had nauwelijks geslapen en in de spiegel vanmorgen had ik gezien dat ik er tien jaar ouder uitzag dan de man die de vorige dag was opgestaan.

'Gefeliciteerd met je vriendin,' zei ze terwijl we samen naar de ingang liepen. 'Je hebt een vrouw gevonden met hersenen én stijl.'

Ik wilde zeggen: 'Bedankt, hetzelfde,' maar liet het achterwege.

Ik nam het lijstje met mogelijkheden door waarom Rita Willumsen ineens zo vriendelijk was tegen Roy Opgard, de jongen die ze weliswaar ooit als knuffeldier had gehouden, maar van wie ze ook zeker wist dat hij haar weduwe had gemaakt.

Het lijstje was kort. Er stonden maar twee beweegredenen op.

De eerste was dat Kurt haar had verteld dat ik hem bij zijn ballen had en ergo ook haar met de illegale methoden die gebruikt waren bij de verkoop van de camping. Maar ik betwijfelde het eigenlijk of Kurt daar ook maar een woord over had gezegd, dus ik ging uit van de tweede reden. Dat Rita min of meer had begrepen waar deze bestuursvergadering op uit zou draaien en dat ze er zeer bij gebaat was Roy Opgard aan haar kant te hebben. Want hoewel Rita een gevoelsmens was, of nee, dat was ze eigenlijk niet dus laat ik het anders formuleren: want hoewel Rita sterke antipathieën kon hebben, was ze in de eerste plaats een pragmatische zakenvrouw die haar kaarten speelde naargelang de situatie.

De zes andere bestuursleden zaten al op hun plaats toen Rita en ik exact op het tijdstip dat de vergadering zou beginnen de grote vergaderzaal binnenkwamen. Ik schudde iedereen de hand en ging zitten. Ik stelde vast dat de anderen de stoel aan het eind van de tafel, het dichtst bij bestuursvoorzitter Jo Aas, hadden vrijgehouden. Of dat nu bewust was of niet.

'We wachten nog op Carl,' zei Aas, kijkend op de klok. Iedereen, ook ik, knikte.

Tijdens het wachten werd er wat gepraat over de ontdekking van

GeoData dat er een rivier door de berg ging, hoe die ertoe leidde dat de rijksweg door Os moest blijven gaan en de tragische zelfmoord van de man die dat feit liever had genegeerd. Misschien was het dat gepraat over de zelfmoord dat maakte dat de stemming in de zaal veranderde nadat ik had verteld dat de laatste keer dat ik mijn broer had gezien of gesproken de vorige avond was toen ik wakker werd op de bank in Opgard en hij kort daarna in de auto wegreed.

'Ik heb Carl al een paar keer proberen te bellen,' zei Aas met een rimpel op zijn voorhoofd die dieper was dan de andere. 'Er wordt niet opgenomen.'

'Dat kan wel kloppen,' zei ik. 'Natalie kwam me ophalen kort nadat Carl was vertrokken en toen we weggingen zag ik dat Carls telefoon op de keukentafel lag.' Ik keek op mijn horloge. 'Hij is vergeetachtig, maar het is vreemd dat hij niet is teruggekomen om de telefoon op te halen. Ik ben wel een beetje bezorgd nu. Hij heeft zich ook niet afgemeld of gezegd dat hij wat later zou zijn.'

Ik keek met een ernstig gezicht naar de aanwezigen. Die allen dezelfde uitdrukking op hun gezicht hadden: dat mensen in Os om minder dan ontslag hun leven hadden beëindigd.

'Mensen duiken altijd weer op,' zei Jo Aas. 'Meestal. Er zijn natuurlijk uitzonderingen, laten we hopen dat dit er niet eentje is. We moeten maar beginnen.'

De vergadering begon met het goedkeuren van de notulen en het vaststellen van de agenda. Daarna gingen we direct naar het volgende punt, namelijk het kiezen van een nieuwe bestuursvoorzitter. Dat was slechts een hamerstuk, zoals ze dat noemden.

'Ik meen dat Roy een goede keuze is, niet alleen omdat hij meer dan vijftig procent aandelen in zijn bezit heeft en we dus geen keuze hebben,' zei Aas en her en der klonk gelach. 'Maar zoals jullie weten heeft Roy ook ervaring als eigenaar van het tankstation, Fritt Fall en de Meierigård om maar wat te noemen. En die zaken lopen prima, voor zover ik weet. Het hotel en het bestuur zijn in de beste handen als Roy de zaak overneemt, als jullie het mij vragen.'

Ik werd verkozen met de woorden die ik zelden in mijn mond zou nemen: bij acclamatie.

'Ik zou je nu graag de voorzittershamer overhandigen,' zei Aas met een twinkeling in zijn ogen. 'Maar ik ben bang dat ik je moet teleurstellen, ik had niet eens een hamer toen ik burgemeester van Os was.'

Opnieuw gelach van de rest van het bestuur. Zelf liet ik een glimlach zien, het was goed te laten zien dat ik nu niet zo makkelijk lachte omdat het niet duidelijk was waar mijn broertje was en ik me daarom zorgen maakte. Het ergste was dat ik werkelijk bezorgd was. Alles wat er vannacht was gebeurd voelde zo onwerkelijk dat een deel van mij nog verwachtte dat Carl zo meteen de deur opendeed zodat ik opgelucht kon ademhalen en vaststellen dat het maar een nare droom was geweest.

'Hoe dan ook,' ging Aas verder. 'Formeel gezien zit jij deze vergadering nu voor, Roy.'

'Bedankt,' zei ik. 'Maar ik zou het op prijs stellen als jij vandaag ook de rest van de vergadering onze voorzitter wilt zijn, Jo.'

Een paar rimpels van Aas vertrokken even, maar al beduidend minder dan de vorige keer toen ik zijn voornaam gebruikte.

'Het is me een eer,' zei hij met een glimlach. 'Het volgende punt is de aanstelling van een algemeen directeur.'

Het was uiteraard een weloverwogen keuze van Aas om het als iets positiefs te brengen, weg te blijven van woorden als ontslaan, wegsturen, eruit gooien. Maar er gebeurde iets in de zaal, alsof de aanwezigen eraan werden herinnerd wat de lege stoel aan tafel kon betekenen.

'Roy en Carl stellen voor dat Roy het stokje overneemt. Het is een begrijpelijk voorstel, Carl meent dat het tijd wordt dat hij de handdoek in de ring gooit. Dat laatste zeg ik slechts gebaseerd op de indruk die ik na een paar gesprekken met Carl heb gekregen. Het was beter geweest als hij zelf aanwezig was geweest om het een en ander uit te leggen.'

'Strikt gesproken is het van ondergeschikt belang wat Carl vindt,' zei een van de bestuursleden. 'Áls Roy hem wil ontslaan, is het Roys besluit.'

Er ging een wijsvinger met een roodgelakte nagel de lucht in.

'Ja, Rita?' zei Aas.

'Het is beslist van groot belang wat Carl vindt,' zei ze. 'Hij heeft een contract getekend waarin staat dat hij een vergoeding krijgt als zijn aanstelling voortijdig wordt beëindigd. Het bestuur kan hem dus elk moment ontslaan. Maar als hij zelf ontslag neemt, doet hij ook afstand van de vergoeding, een vangnet van twee jaarsalarissen als ik me het goed herinner. Het salaris van Carl is zo hoog dat ik vind dat het bestuur eerst zeker moet weten of er sprake is van ontslag of van vrijwillig opstappen voordat het besluit over een nieuwe directeur wordt genomen. Als het bestuur Carl ontslaat voordat hij eventueel zelf ontslag neemt, dan zal dat een pre-emptive strike...'

'Een wat?' zei Aas.

'Toeslaan voordat een potentiële tegenpartij kan toeslaan,' zei ik.

Aas keek met opgetrokken wenkbrauw de tafel rond om zich ervan te verzekeren dat dit begrip niet alleen voor hem nieuw was.

'De eerste betreft economische consequenties voor de korte termijn,' ging Rita verder. 'De tweede kan langdurige reputatieschade betekenen voor Os Spa. Als blijkt dat Carl – in strijd met wat de voormalige voorzitter meent te hebben begrepen – toch niet vrijwillig wil aftreden, heb ik een voorstel voor een aanbod aan Carl dat het bestuur hem zou kunnen doen. Als Carl formeel zelf ontslag neemt tegen een lagere compensatie, laten we zeggen anderhalf keer zijn jaarsalaris, dat we een bonus zullen noemen voor goed geleverd werk, dan scheelt dat het bedrijf een half jaarsalaris en een deuk in de bedrijfsreputatie en besparen we Carl een flinke deuk in zijn persoonlijke reputatie. Als het bestuur hiermee instemt, stel ik voor te wachten op Carls reactie en de aanstelling van een nieuwe algemeen directeur uit te stellen en een nieuwe vergadering te plannen zodra we een antwoord hebben.'

Aas keek weer de tafel rond. Er werd geknikt, ook door mezelf, en ik besloot inwendig dat ik Rita Willumsen als eerste zou vragen zitting te nemen in het bestuur.

Het begon al te schemeren toen ik Kurt Olsens Land Rover zag aankomen bij het tankstation. Hij stapte een eindje voorbij de pompen uit, dus ik had al een vermoeden wat zijn boodschap zou zijn. Toen hij op zijn o-benen door de schuifdeuren kwam gewaggeld zag ik inderdaad dat hij zijn predikantenmasker voor begrafenissen en doodstijdingen had opgezet.

Ik knikte naar Egil dat hij zich moest richten op de rij klanten en liep Kurt tegemoet.

Toen we achter het tankstation stonden, stak hij een sigaret op en ik stopte een Berry in mijn mond. We stonden naast elkaar naar het water gekeerd terwijl Kurt uitlegde dat hij een telefoontje had gekregen van Grete Smitt. Een klant had Carls auto op een parkeerplaats ten oosten van de gemeentegrens zien staan. Aangezien zij ook had opgevangen dat Carl niet op de bestuursvergadering was verschenen, meende ze dat het belangrijk was dat te melden.

Ik knikte. 'Altijd mooi die informele informatiebronnen.'

'Dorpsroddels kunnen een functie hebben, ja. Hoe dan ook, ik ben daarheen gereden en heb het gecheckt. Het was inderdaad zijn auto. Er lag een brief op de bijrijdersstoel. Nooit een goed teken als je iets ziet wat op een brief lijkt. En het is een nog slechter teken als je de autosleutel boven op het linkerwiel vindt.'

'Is dat zo?' vroeg ik. 'Maar je hoeft het niet in etappes te brengen, Kurt.'

'Sorry.' Hij inhaleerde zo stevig dat ik zag dat de gloed zich door de sigaret heen at. Hij liet de rook ontsnappen. 'Het ziet eruit als een zelfdodingsbrief, Roy.'

'Zelfdoding?'

'Politietermologie. Zelfmoord.'

Terminologie, dacht ik, maar ik hield mijn mond.

'Die idiote Oslo-woorden ook,' zei hij. 'Politiebrigadier?' Hij snoof verachtelijk en leek blij met deze afleiding.

'Wat stond erin?' vroeg ik omdat het vreemd zou zijn het niet te vragen.

'Even kijken,' zei Kurt en hij scrolde door zijn telefoon. Kennelijk had hij foto's gemaakt.

IK HEB GENOEG VAN DIT LEVEN, dacht ik. VAARWEL, OPGARD.

Toen las hij het eindelijk op en ik knikte heel langzaam alsof ik tijd nodig had de woorden te verwerken.

'De politie is met speurhonden bezig te zoeken,' zei Kurt. 'Maar ik betwijfel of ze iets zullen vinden. Het loopt daar steil af naar het water.'

'Ja, ik geloof dat ik weet om welke parkeerplaats het gaat.'

'Nu is het natuurlijk mogelijk dat er niet is gebeurd wat we vrezen...'

Dat hópen we, dacht ik. Want jij zult ook beter slapen als je wist dat Carl niet meer naar de politie in Notodden of Oslo kan gaan om te vertellen dat de politiechef in Os de regels niet heeft gevolgd bij een aangifte van moord. Alleen zei ik dat natuurlijk niet, ik dacht het alleen. Zoals Kurt vast dacht dat het mijn werk was. Prima, we zaten in hetzelfde schuitje. Om die reden voelde ik me niet nerveus toen Kurt naar de werkplaats staarde en zich leek af te vragen of de geschiedenis zich had herhaald. Of er op dit moment iets in de schepbak lag te verteren.

Kurt nam nog een laatste trek van zijn filtersigaret. 'Als ze iets vinden, hoor je dat uiteraard direct.'

'Bedankt,' zei ik.

Ik bleef staan en keek naar de natte peuk. Pakte hem op en gooide hem in de afvalbak. Ik wilde dat het hier netjes was.

46

Het was kort na Pasen dat ik een telefoontje kreeg van Liv Goebbel. Er lag verse sneeuw op het ijs van het Budalsvann en de zon deed pijn aan mijn ogen toen ik op de camping stond. Ik liep een eindje weg van Glen Moore en de twee Noorse ingenieurs die druk aan het overleggen waren over wat waar moest komen terwijl ze afwisselend op de tekeningen en naar het terrein wezen.

Goebbel vertelde me dat ze de rechtbank ervan had overtuigd dat er geen twijfel was dat het om een sterfgeval ging en dat er een verklaring van vermoedelijk overlijden was afgegeven – ik moest toegeven dat ik van een dergelijke term nog nooit had gehoord – en dat betekende dat Carl eindelijk dood was verklaard en dat de erfenis kon worden geregeld. Dat wil zeggen, dat was niet al te ingewikkeld aangezien er geen testament was en ik de enige naaste verwant ben. Als het ging om liquide middelen dan was de erfenis niet lucratief. Carl had meer schulden dan cash, om het zo maar te zeggen. Maar het was duidelijk, hij bezat vastgoed en het was niet nodig alles te verkopen om de schulden af te betalen. Als aanstaande erfgenaam had ik al voor Kerstmis zijn BMW verkocht en de aandelen in Os Spa die Rita Willumsen bereid was te kopen. Als tegenprestatie moest ik beloven dat ik net zo goed voor het hotel zou zorgen als ik ooit voor haar Sonett had gedaan. Ik begreep aan haar schalkse lach wel ongeveer waarvoor de Sonett in dit geval stond.

'Alles is binnen een week of twee geregeld,' zei Goebbel. 'Komt er een uitvaart voor Carl?'

'Een herdenkingsceremonie,' zei ik. 'En een grafsteen naast die van vader en moeder.'

'Dat is mooi.'

'Bedankt, Liv. We zien elkaar op de bestuursvergadering volgende week woensdag.'

We hingen op en ik keek op mijn horloge. Ik legde aan Glen uit dat ik in het hotel een lunchafspraak met Natalie had en dat ik ervandoor moest.

'*It's going fabulous*,' zei hij enthousiast. '*Imagine the ride when it's been snowing. Fuckin' fantastic*.'

Natalie zat aan ons vaste tafeltje bij het raam te wachten toen ik tien minuten te laat arriveerde.

'Sorry, ik werd opgehouden,' zei ik en ik kuste haar hand die ze naar me uitstak. Ik voelde de ring tegen mijn lippen.

'Mooi,' zei ze. 'Je ziet er vrolijk uit.'

'Dat ben ik ook,' zei ik en ik bestelde bij de ober die onmiddellijk bij ons tafeltje was komen staan. Thee en Os-salade voor Natalie en de lokale forel en water voor mij.

'Het is mooi dat je zo bezig bent met het park,' zei ze. 'Maar ik moet ook zeggen dat ik begin te merken dat je weinig tijd hebt voor andere belangrijke zaken.'

Ik knikte en legde mijn hand op die van haar op het witte tafelkleed. 'Mee eens. Jij en ik moeten een lang weekend weggaan. Weet je, jij werkt ook te veel. Ik dacht dat we na de paasdrukte naar Sant Jordi in Barcelona konden gaan.'

'Sant Jordi?'

'Een Catalaans feest ter ere van de beschermengel Jordi waarbij de vrouw een boek geeft aan de man van wie ze houdt en de man een roos geeft aan de vrouw. Dat stamt uit de goede tijd voor vrouwen konden lezen, maar aangezien het bij ons omgekeerd is, ben ik blij met een roos.'

Ze lachte en sloeg naar me met haar servet. 'Lief. Maar ik bedoel niet dat je ons tweeën verwaarloost, het gaat om je baan in het hotel.'

‘O?’ zei ik en ik legde mijn servet op mijn schoot toen de ober met het versgebakken brood en de olijventapenade kwam. ‘Waar denk je precies aan?’

‘Ik heb een lijst.’

Ik lachte, maar aan haar gezichtsuitdrukking zag ik dat ze het letterlijk bedoelde.

‘Sommige besluiten móeten genomen worden, andere kúnnen genomen worden.’

‘Kúnnen genomen worden?’

‘Goede, proactieve voorstellen.’

‘Van jou?’

‘En anderen. We hebben hier veel goede mensen op alle niveaus. En een baas kan niet overal goed in zijn, maar hij moet wel goed kunnen luisteren.’

‘Schat, luister…’

‘Ik weet het, Roy, jij bént goed in luisteren. Het probleem is dat jij geen tijd hebt om te luisteren. Daarvoor moet jij een oplossing vinden, dat is alles wat ik zeg.’

Ik knikte. Keek naar Natalies handen terwijl ze de tapenade op het brood smeerde. Na de Fritz-nacht, de nacht dat ze in de gang van Opgard het geweer van de muur had gehaald en Carl had neergeschoten, had ze de ring weer aan haar vinger geschoven. Ze was naar de boerderij gekomen, had de situatie begrepen, de alternatieven afgewogen, een besluit genomen en gedaan wat ze moest doen. Ik had mezelf afgevraagd: worden dergelijke fictieve cases niet in Amerika gebruikt als er iemand voor een leidinggevende positie wordt gezocht? Kijken hoe oplossingsgericht de kandidaat is?

‘Voordat je me de lijst laat zien, wil ik jou eerst iets laten zien,’ zei ik.

‘O?’

‘Na de lunch.’

Terwijl we aten vertelde Natalie dat ze weer een baan aangeboden had gekregen, ditmaal ging het om een van de grote hotelketens die haar in de directie op het hoofdkantoor wilde hebben. Natalie zei dat hoewel het aanlokkelijk was, ze liever wenste te werken waar alles gebeurde, aan de frontlinie van het hotel. Ons gesprek werd voortdurend onderbroken door mensen die me kwamen begroeten. De nieuwe burgemeester Gilbert Voss, bankfiliaalhouder Asle Vendelbo en wegenbouwkundig ingenieur Dag Cappelen die de leiding had over de uitbreiding van de rijksweg door Os. Ze begonnen over de nieuwe vleugel, het weer en de vooruitzichten van Os FC komend seizoen terwijl wij knikten en een reactie mompelden of niet. Zelfs Dan Krane kwam naar ons toe en pakte mijn hand, kennelijk wilde hij me alleen begroeten. Hij was ook mak geworden en zag blijkbaar in dat hij het meest gediend was bij een status quo nu hij en Mari naar een grotere woning verhuisden en in afwachting waren van nummer vier.

'Jezus,' zei Natalie toen Krane was vertrokken. 'Het lijkt erop dat iedereen zich aan je onderwerpt en je ring wil kussen.'

Het duurde een paar seconden voor ik doorhad dat ze refereerde aan de slotscène van *The Godfather*.

Nadat we hadden betaald – in tegenstelling tot Carl hield ik mijn privé-uitgaven en de bedrijfsuitgaven strikt geschieden – reden Natalie en ik weg in mijn Volvo, waarvan zowel Erik als Kurt vond dat ik die, nu ik hoteldirecteur was geworden, moest inwisselen.

'Waar gaan we naartoe?' vroeg Natalie toen ik niet naar het dorp reed, maar afsloeg bij een bospad.

'Wacht maar, je zult het zo zien,' antwoordde ik.

Een paar minuten later parkeerde ik en we stapten uit.

Het huis – dat Kongsgård werd genoemd – stond te glinsteren met verse sneeuw op het dak en alleen buitenom moest er nog wat gebeuren aan de aanleg van de tuin en de paden.

'Wat vind je ervan?' vroeg ik.

'Het is prachtig. Dus het is bijna klaar?'

'Yep, er moet alleen nog iemand gevonden worden die er wil wonen.'

‘Misschien zijn er met Pasen belangstellenden,’ zei Natalie. ‘Dan komen alle rijkelui uit Oslo hierheen. We kunnen een advertentie in het hotel ophangen. Is het vanbinnen mooi geworden?’

‘Laten we gaan kijken,’ zei ik.

Er was niet geveegd en de sneeuw was zo diep en de schoenen van Natalie waren zo ongeschikt dat ik haar droeg tot bovenaan de trap en over de drempel waar ik haar neerzette.

‘Mijn hemel!’ riep ze uit.

Al vanuit de entree kon je het uitzicht aan de andere kant van de grote, open en voorlopig ongemeubileerde kamer zien. De avond daarvoor had ik de verwarming hoger gezet, dus ze schopte haar schoenen uit en liep op sokken over het pas in de was gezette parket naar het raam.

Ik ging achter haar staan en we keken naar beneden, naar het dorp dat baadde in het zonlicht. Ze leunde tegen me aan toen ik mijn armen om haar heen sloeg.

‘Vind je nog steeds dat we een advertentie in het hotel moeten ophangen?’ fluisterde ik in haar oor.

Eerst verstijfde ze. Ik zei niets meer. Wachtte. Toen – na een poosje – begon haar lijf te schudden door een geluidloze lach.

‘Stiekemerd,’ zei ze.

‘Je hebt er zelf om gevraagd.’

‘Ik? Ik heb toch nooit…’

‘Hoger salaris, betere functie, een beter huis, een man. Dat waren de eisen die je stelde om in Os te blijven. Herinner je je dat niet?’

‘Jawel, dat herinner ik me. Ik herinner me ook dat ik zei: in die volgorde.’

‘Ik weet het. Dus de volgende vraag is wat je ervan vindt om hoteldirecteur van Os Spa te worden. En wat je salariseisen zijn, natuurlijk. Die moeten door het bestuur worden goedgekeurd.’

Ze draaide zich met een argwanende blik in haar ogen om.

‘Je begrijpt,’ zei ik lachend. ‘De functie als hoteldirecteur komt vrij als de huidige directeur een pretpark gaat bouwen.’

Ik zag dat er achter de vreemd gekleurde ogen hard werd gewerkt.

'Als je meer wilt zien, moet je meekomen,' zei ik.

Ze lachte even en schudde haar hoofd. Oké, ik moest nog wat beter mijn best doen om haar te overtuigen. Ze draaide zich weer om, naar Os, en ik legde mijn wang tegen die van haar.

'Kijk,' zei ze, wijzend naar een witte wolk die zich langs de bergwand van de Ottertind bewoog.

Het was een geluidloze sneeuwlawine. Zo meteen zou die op het Budalsvann vallen, maar het was lichte sneeuw, niet zwaar genoeg om door het ijs te breken. De sneeuw zou boven het meer opstuiven in de richting van het dorp dat veilig aan de overkant lag. Een dorp met hooguit duizend inwoners, drieduizend in de hele gemeente, maar dat nog kan groeien. Het dorp ligt zeshonderd meter boven zeeniveau, heeft korte, maar warme en droge zomers en strenge, intense winters. De mensen hier werken hard en zeggen niet meer dan nodig is tenzij het een dorpsroddel betreft. Afgunst is menselijk en een zekere concurrentie is gezond, maar eenheid is een voorwaarde om te overleven. Dus hoewel iedereen hier gelijk is en over het algemeen eigen baas, is er af en toe een schaap met een bel nodig dat de weg kan wijzen als er mist hangt en omdat er steile ravijnen en wolven in het gebied zijn.

Ik liet mijn blik over het landschap gaan. Daar was de kerk. Daar was Årtun. Nergard met daarboven Opgard. De markt en de camping. Verderop was het gebedshuis, het huis van Smitt en het tankstation. Ik was alles kwijtgeraakt in dit dorp en ik had alles gekregen. Ik haatte dit dorp en ik hield ervan. Wat kun je uiteindelijk meer verlangen van je geboorteplaats?

De lawine trof het ijs van het Budalsvann en een poosje wervelde de sneeuw in het zonlicht.

Toen daalde die weer en was alles zoals daarvoor.